HEYNE

## Das Buch

»Es fühlt sich an, als wäre ich erst vor ein paar Minuten hergekommen – oder aber vor einem halben Leben. Ich kann es nicht mit Sicherheit sagen. Meine Gefühle Hemi gegenüber sind ähnlich zwiespältig. Eigentlich ist er ein Fremder für mich, und doch habe ich jedes Mal ein Flattern im Bauch, wenn er mich ansieht. Irgendwie habe ich das Gefühl, ihn in- und auswendig zu kennen, so als wäre da … eine Verbindung zwischen uns. Aber nicht im üblichen Sinne. Es fühlt sich eher so an, als wäre hier eine Art Tauziehen im Gange – sowohl zwischen uns als auch in uns. Ich bin das behütete Mädchen, das versucht auszubrechen, sich von den Zwängen des bisherigen Lebens zu befreien. Ich bemühe mich, meine Angst, meine Zweifel und meine Zurückhaltung zu überwinden und zu leben, zum allerersten Mal in meinem Leben.
Bei Hemi ist der Fall anders gelagert.
Es kommt mir so vor, als wäre er schon vor langer Zeit ausgebrochen, als hätte er das Leben so richtig ausgekostet, bis etwas geschah, das ihm Einhalt geboten hat. Etwas, das ihn in voller Fahrt gestoppt und ihn zum Umdenken gezwungen hat. Dazu, das Tempo zu drosseln. Sich zu distanzieren.«
Natürlich könnte ich völlig falschliegen, aber was, wenn nicht? Können sich zwei Menschen wie wir in der Mitte treffen? Ist das überhaupt möglich?«

## Die Autorin

Michelle Leighton wurde in Ohio geboren und lebt heute im Süden der USA, wo sie den Sommer am Meer verbringt und im Winter regelmäßig den Schnee vermisst. Leighton verfügt bereits seit ihrer frühen Kindheit über eine lebendige Fantasie und fand erst im Schreiben einen adäquaten Weg, ihren lebhaften Ideen Ausdruck zu verleihen.

## Lieferbare Titel

*Addicted to You – Atemlos*
*Addicted to You – Schwerelos*
*Addicted to You – Bedingungslos*
*The Wild Ones – Verführung*
*The Wild Ones – Verlangen*
*The Wild Ones – Verheißung*

*M. Leighton*

# ALL *the* PRETTY LIES

*ERKENNE MICH*

ROMAN

Roman

Aus dem Amerikanischen
Julia Flynn und Ursula C. Sturm

WILHELM HEYNE VERLAG
MÜNCHEN

Die Originalausgabe erschien 2013 unter dem Titel *All The Pretty Lies*
bei CreateSpace Independent Publishing Platform.



Dieses Buch ist auch als E-Book erhältlich.

FSC www.fsc.org
MIX
Papier aus verantwortungsvollen Quellen
FSC® C014496

Verlagsgruppe Random House FSC® N001967

Taschenbucherstausgabe 12/2016

Printed in Germany
Redaktion: Antje Nissen
Umschlaggestaltung: Nele Schütz Design, München
unter Verwendung von shutterstock/kostudio
Satz: KompetenzCenter, Mönchengladbach
Druck und Bindung: GGP Media GmbH, Pößneck

ISBN 978-3-453-41925-4
www.heyne.de

*Rühme dich nicht des morgenden Tages;*
*denn du weißt nicht, was heute sich begeben mag.*

*(Lutherbibel 1912, Sprüche 27, 1)*

*Lebe jeden Tag, als wäre es dein letzter, denn die Zukunft ist für jeden von uns nicht mehr als ein Versprechen.*

*Kapitel 1*

# SLOANE

»O Gott, ich kann nicht fassen, dass du das wirklich durchziehst«, sagt meine beste Freundin Sarah, als ich die Glastür zum Tattoostudio *The Ink Stain* öffne.

Obwohl ich es ihr gegenüber niemals zugeben würde, läuft mir tatsächlich ein leichter Schauer über den Rücken, als ich den Raum betrete. Ich war noch nie in einem derartigen Etablissement, deshalb fehlt mir der Vergleich, aber auf mich wirkt es ziemlich Furcht einflößend: Laute Musik erfüllt den Raum, in dem bis auf den schwarzen Tresen die gesamte Einrichtung aus glänzendem Metall zu bestehen scheint. Ich verdränge meine plötzlich aufkommende Nervosität und gehe weiter.

Während mein Blick über die atemberaubenden Skizzen an den Wänden gleitet, wird mir klar, warum dieses Studio einen hervorragenden Ruf genießt: *Hier sind echte Talente am Werk*. Sehr beruhigend.

»Bist du dir wirklich sicher, dass du das willst, Sloane? Dein Vater macht dir garantiert die Hölle heiß, wenn er davon erfährt«, meint Sarah. Als ich abrupt stehen bleibe und mich zu ihr umzudrehe, stoßen wir beinahe zusammen, weil sie so dicht hinter mir gegangen ist und ebenfalls damit beschäftigt war, die Skizzen zu betrachten. Sie kann gerade noch abbremsen. »Huch!«, stößt sie hervor.

»Dad kann mir nicht mehr die Hölle heißmachen, denn seit genau …« – ich sehe mich in dem neonbeleuchteten Raum um und kneife die Augen zusammen, um auf einer Uhr in Form eines Totenschädels mit zwei gekreuzten Knochen als Zeiger die Zeit abzulesen – »… sieben Minuten haben die dickköpfigen Männer der Familie Locke nicht mehr das Recht, mich herumzukommandieren. Das hier ist die erste Demonstration meiner Unabhängigkeit.«

Sarah schnaubt. »Kommt mir eher wie eine Rebellion vor.«

»Wortklauberei«, entgegne ich mit einer wegwerfenden Handbewegung. »Wie auch immer, ich lasse mich jetzt tätowieren, und niemand wird mich davon abhalten.«

»Aber … hast du denn gar keine Angst?«, fragt sie besorgt.

Genau deshalb mag ich Sarah so gern. Ich schenke ihr mein sanftestes Lächeln. »Nein. Wovor denn auch?«

Mit einem aufmunternden Nicken in ihre Richtung trete ich zu dem schwarz lackierten Tresen und drücke auf die Klingel, die dort steht.

Während wir warten, bis jemand kommt, bewundere ich erneut die Kohlezeichnungen, die an den Wänden ausgestellt sind und von einer geschickten Handführung und einem guten Auge zeugen. Das lässt mein Künstlerherz unwillkürlich höherschlagen.

Eine tiefe Stimme reißt mich aus meinen Betrachtungen. »Kann ich dir helfen?«

Die Worte bleiben mir im Hals stecken, als ich mich umdrehe, um meinen Wunsch zu äußern. Das Kunstwerk, das ich vor mir habe, ist mit Abstand das beeindruckendste im ganzen Laden. Die kantigen maskulinen Züge des Mannes scheinen wie aus Stein gemeißelt. Wie mit Lichtblitzen ausgeleuchtet, fallen mir einzelne Partien auf: die markanten Augenbrauen, die strahlenden Augen, die hohen Wangenknochen, die perfekten Lippen. Genau auf diesen Lippen ruht mein Blick, als der Mann die Mundwinkel nach oben zieht. Mir ist bewusst, dass ich ihn anstarre, und ihm ist es auch nicht entgangen. »Na, schon was gesehen, das dir gefällt?«

Ich sehe ihm flüchtig in die dunklen Augen und spüre, wie ich unter seinem spöttischen Blick erröte. »Nein«, erwidere ich ganz automatisch, und erst als sich eine seiner gepiercten Augenbrauen nach oben wölbt, wird mir klar, wie hochnäsig meine Antwort auf ihn wirken muss. »Ich meine, ich weiß bereits, was ich will.«

Spätestens als er auch die zweite Augenbraue hebt, fangen meine Wangen an zu glühen. Zweifellos haben sie inzwischen die Farbe eines reifen roten Apfels angenommen.

»Ich mag es, wenn eine Frau weiß, was sie will.«

Mir bleibt der Mund offen stehen, denn es hat in meinem ganzen Leben noch nie jemand mit mir geflirtet. Alle Typen, die mir bisher über den Weg gelaufen sind, hatten viel zu viel Respekt vor meinen Brüdern und meinem Vater. Deshalb habe ich auch nicht den geringsten Schimmer, wie ich mich verhalten soll. Ich stehe einfach mit hochrotem Kopf da und ärgere mich über mich selbst.

*Scheiße!*

Meine verdatterte Reaktion scheint ihn zu amüsieren, denn er lacht leise. Der Klang seiner Stimme fühlt sich an wie schwarze Seide, die kühl und sanft über meine Haut gleitet.

Mein Gesicht wird noch heißer. Herrje, ist das peinlich! Da mir nichts Besseres einfällt, unterbreche ich den irritierenden Blickkontakt und beginne, in meiner Tasche nach meiner Skizze zu kramen. Ich atme einmal tief durch in dem Versuch, meine Fassung wiederzugewinnen. Schließlich habe ich das Gesuchte gefunden und reiche es ihm wortlos.

Er nimmt mir das Blatt aus der Hand und sieht mir, ehe er einen Blick darauf wirft, noch einmal kurz in die Augen. Ich verfolge, wie er die Skizze zunächst flüchtig betrachtet und umdreht, als er merkt, dass er sie verkehrt herum hält.

Geduldig warte ich ab, während er die Zeichnung aufmerksam studiert. Er hat den Kopf gesenkt, sodass seine Miene kaum zu erkennen ist. Die langen, dichten Wimpern werfen einen Schatten auf seine Wangen.

Dann nickt er knapp und hebt den Blick. Wieder sieht er mich an. Vorhin hatte ich aus der Entfernung die Farbe seiner Augen nicht genau ausmachen, sondern lediglich erkennen können, dass sie dunkel sind und sein Blick etwas Bezwingendes hat. Jetzt wird mir bewusst, dass sie tiefblau sind. Eine solche Augenfarbe ist mir in meinem ganzen Leben noch nie untergekommen, und sein durchdringender, stählerner Blick raubt mir fast den Atem.

»Das ist gut. Wer hat das gezeichnet?«

Mein Herz schlägt Kapriolen. »Ich.«

Ein anerkennendes Lächeln huscht über sein Gesicht, verschwindet jedoch genauso schnell, wie es gekommen ist. Der ersten Frage folgen sogleich zwei weitere. »Ist das maßstabsgetreu? Möchtest du, dass ich genau diese Farben verwende?«, will er wissen, während er zu dem glänzenden Tresen hinübergeht. »Ich heiße übrigens Hemi.«

*Hemi.*

Was für ein sonderbarer Name! »Hemi? Ist das nicht so ein spezieller Automotor?«, platze ich heraus.

Er mustert mich erneut mit einem amüsierten Gesichtsausdruck. »Jep.«

*Hemi. Das passt. Ich kann durchaus Parallelen zu einem Motor erkennen. Einem großen, leistungsstarken Motor.*

»Ich bin Sloane. Ja, die Skizze ist maßstabsgetreu, und die Farben sind so, wie ich sie gern hätte.«

Hemi nickt wieder. Er legt ein paar Formulare auf den Tresen. »Wo hättest du es denn gern?«

Ich habe wirklich keine Ahnung, wieso ich schon wieder rot werde. »Die halb geöffnete Muschel hätte ich gerne auf der rechten Hüfte, etwas nach hinten versetzt, und die herausflatternden Schmetterlinge sollen an der Seite entlang nach oben und etwas nach vorne fliegen.«

Er nickt zwar, runzelt aber die Stirn. »Hmmm«, murmelt er vor sich hin. »Lass uns erst den Papierkram erledigen, dann gehen wir gleich mal nach hinten. Ich habe gerade keinen anderen Kunden.«

»O-okay.«

Hemi erklärt mir, was ich da unterschreibe (Freigabe, Haftungsausschluss und Einverständniserklärung) und was es bedeutet, nämlich: *Hey, wenn wir es verpfuschen, dann ist das allein dein Problem! Du bist volljährig und hast uns erlaubt, deinen Körper dauerhaft zu zeichnen. Wenn es dir nicht gefällt, dein Pech. Danke und einen schönen Tag noch.* Trotzdem zögere ich nicht einen Augenblick. Ich weiß, was ich tue. Anfänglich war ich nervös, aber jetzt, da ich Hemi kennengelernt habe, bin ich mir sicher, dass ich in guten Händen bin. In warmen, fähigen Händen.

Okay, vielleicht bin ich auch bloß von seiner Erscheinung geblendet.

Wie dem auch sei, ich unterschreibe rasch, denn ich will zum nächsten Teil übergehen.

Ich reiche Hemi die Formulare und den Kugelschreiber. Er schiebt die Formulare zu einem ordentlichen Stapel zusammen und legt sie beiseite, dann mustert er mich erneut.

»Bist du so weit?«, erkundigt er sich. Zweifellos ist er sich dessen nicht bewusst, aber bei dieser Frage geht es für mich um weit mehr als nur meine Bereitschaft, tätowiert zu werden.

Dasselbe gilt für meine Antwort. Ich nicke nachdrücklich. »Ja.«

Er deutet mit dem Kopf auf die Tür, durch die er vorhin gekommen ist. »Okay, dann mal los.«

Er geht nach nebenan, und ich drehe mich um und will nach Sarahs Hand greifen, stoße jedoch auf Widerstand.

»Vergiss es! Du ziehst mich da nicht mit hinein. Ich werde ganz sicher ohnmächtig.«

»Was? *Ich* bin doch diejenige, die sich millionenfach mit einer Nadel stechen lässt. Warum, um Himmels willen, solltest *du* ohnmächtig werden?«

»Aus Mitgefühl.«

Ich neige den Kopf zur Seite. »Sarah, mach dich nicht lächerlich. Ich möchte, dass du bei mir bist, während ich tätowiert werde.«

Sie befreit sich aus meinem Griff. »Ich mag dich wirklich, Sloane, aber solche Läden wie dieser hier sind perfekt, um sich Hepatitis einzufangen. *Du* sitzt auf dem Stuhl, aber ich muss stehen, und wenn ich das Bewusstsein verliere, lande ich mit dem Gesicht voran in fremdem Blut. Also nein danke.«

»Sarah, da ist kein Blut am Boden.«

»Woher willst du das wissen? Du warst doch noch nie in einem Tattoostudio.«

»Na und? Sieh dich doch mal um! Hier ist es blitzsauber. Es *riecht* sogar sauber, und das ist sicher nicht so leicht zu bewerkstelligen bei all den betrunkenen, stinkenden Leuten, die hierherkommen.«

»Damit unterstützt du mich nur in meiner Argumentation.

Ich komme auf keinen Fall mit rein. Ich warte hier drüben auf dich.« Damit dreht sie sich zu einem der ledergepolsterten Chromsessel um, die entlang der Wand stehen.

»Also gut, dann versäumst du eben einen der bedeutendsten Augenblicke meines Lebens. Aber das ist schon okay. Ich mag dich trotzdem.«

Mit einem brunnentiefen Seufzer drehe ich mich zur Tür um. Hemi ist inzwischen im Nebenraum verschwunden. Ich folge ihm langsam.

Hinter mir höre ich ein frustriertes Knurren, gefolgt vom *Klonk-Klonk-Klonk* von Sarahs Plateauschuhen, die sich auf mich zubewegen. »Okay, aber wenn ich ohnmächtig werde und mir irgendeine eklige Pilzerkrankung im Gesicht zuziehe, dann übernimmst du die Arztrechnungen und die Kosten für etwaige Schönheitsoperationen.«

Ich grinse breit und hake mich bei ihr unter. »Ich werde dafür sorgen, dass dein Gesicht keinen Kontakt mit dem Boden hat. Versprochen.«

»Ah ja? Sonst machst du doch nie Versprechungen«, stellt sie fest und beäugt mich skeptisch, während wir nach nebenan gehen.

»Falsch – ich mache nur nie leere Versprechungen. Aber dieses Versprechen kann ich halten.«

Wir bleiben stehen und sehen uns im Raum um. Zwei weitere Kunden, die gerade tätowiert werden, blicken zu uns herüber. Sie erwecken nicht den Anschein, als würden sie Höllenqualen leiden. Im Gegenteil, einer der beiden wirkt ziemlich verschlafen. Oder betrunken. Ich sehe der schmerzvollen Prozedur, zu der ich gerade schriftlich meine Einwilligung gegeben habe, nun schon etwas gelassener entgegen.

Ich schiebe Sarah weiter. Hier drin sind die Deckenlampen

direkt über den drei Tätowierstühlen platziert, der Rest des Raums ist in ein schummriges Licht getaucht, das für eine behagliche Atmosphäre sorgt.

Hemi steht in einer abgetrennten Nische im hinteren Teil des Raums, in der sich ein Tätowierstuhl mit verstellbarer Rückenlehne, ein Sessel, eine Art Rollwagen und eine kleine Kommode mit einem Spiegel darüber befinden.

Ich gehe zu ihm und will gerade auf den Stuhl klettern, als er mich bremst. »Warte. Zeig mir erst, wo genau du die Muschel haben willst, bevor du dich setzt. Vielleicht musst du dich auf den Bauch oder auf die Seite legen.«

Schon wieder werde ich rot. Ich drehe Hemi die rechte Körperseite zu und klopfe mir auf die Hüfte, dorthin, wo er die Muschel tätowieren soll. »Hier.«

Er geht neben mir in die Hocke und hebt den Saum meines Tops. Dann lässt er die Finger an meiner Seite nach oben wandern. »Und die Schmetterlinge hier entlang, ja?«

Ich beiße mir auf die Lippen, denn bei der Berührung seiner warmen Hände läuft mir ein wohliger Schauder über den Rücken. Er sieht mit seinen unglaublich blauen Augen erwartungsvoll zu mir hoch. Ich nicke.

»Okay, dann leg dich bitte auf den Bauch«, befiehlt er und betätigt ein Pedal am Boden, um Rückenlehne und Fußteil des Stuhls in eine waagerechte Position zu verstellen. »Bevor du dich hinlegst, solltest du deine Shorts aufknöpfen«, meint er beiläufig.

»Wie bitte?«

Hemi mustert mich mit einem belustigten Blick. »Ist irgendetwas unklar?«

»Ich soll die Hose ausziehen? Hier drinnen?«

»Nein, du musst sie nur aufknöpfen und ein wenig öffnen,

damit ich problemlos an die Stelle komme, an der du tätowiert werden willst.«

»Oh«, sage ich und komme mir dämlich vor. »Okay.«

Ich klettere auf den Stuhl und öffne Knopf und Reißverschluss meiner Shorts ein wenig, ehe ich mich auf den Bauch lege. Am liebsten würde ich den Kopf auf meine verschränkten Armen betten, stattdessen starre ich jedoch auf einen Punkt direkt vor mir. Sarah kommt in mein Blickfeld und lässt sich in den Sessel gegenüber von mir fallen. Ich betrachte sie einige Sekunden lang, doch sie ist vollauf mit ihrem Handy beschäftigt, also lege ich die Wange auf meine verschränkten Finger und spähe zu Hemi hinunter, der auf der Höhe meiner Taille auf einem Drehstuhl sitzt. Sein Anblick ist ohnehin ungleich interessanter.

Die untere Hälfte meines Oberkörpers wird von einer langarmigen Lampe ausgeleuchtet.

Ich halte den Atem an, als Hemi nach dem Bund meiner Shorts greift und ihn nach unten schiebt, gerade so tief, dass ihn der Stoff nicht bei der Arbeit stört. Jetzt befindet sich nur noch mein Slip zwischen ihm und meiner Haut.

Wie gebannt verfolge ich, wie er einen Finger unter die elastische Spitze meines Höschens schiebt und es hinunterzieht, registriere die Wärme seiner Hand auf meiner nackten Haut. Er streicht mir mehrmals bedächtig mit der Handfläche über die Hüfte, vor und zurück, während er sich noch einmal die Zeichnung ansieht. Dann fährt er mit der Fingerkuppe über meine Haut, als wollte er die Skizze auswendig vorzeichnen.

Er hält inne und hebt den Blick. »Also, ich fände es besser, die Muschel etwas nach oben in Richtung Taille zu verschieben«, sagt er und beschreibt dabei gedankenverloren mit seinem Daumen einen Bogen auf meiner Hüfte. »Und außerdem sollten die Schmetterlinge an einer unsichtbaren, flachen Schlangenlinie entlangflattern, ungefähr hier …« Seine Finger wandern in einer wellenförmigen Bewegung an meiner Seite entlang nach oben. »Das sieht bestimmt besser aus als eine gerade Linie.«

Ich weiß genau, was er meint, und ich stimme ihm zu. Allerdings habe ich Schwierigkeiten, klar zu denken und zu antworten, solange seine Hände auf mir liegen.

»Klingt gut. Tu, was immer du für richtig hältst. Du bist der Experte.«

Hemi zwinkert mir grinsend zu. »Das höre ich gern.« Er dreht sich um und nimmt von dem Rollwagen hinter ihm Desinfektionsmittel und Watte, einen Marker und meine Skizze. Letztere deponiert er auf meinem Hintern. »Das ist dein erstes Mal, stimmt's?«, fragt er, ohne mich anzusehen, weshalb er auch nicht bemerkt, wie mir erneut die Röte in die Wangen steigt. Er hat ja keine Ahnung, wie recht er hat – in mehr als nur einer Hinsicht. Mein Vater ist Polizist, und meine drei großen Brüder sind es ebenfalls. Unter diesen Umständen ist es nahezu ein Ding der Unmöglichkeit, mit einem Typen auszugehen. Dazu kommt alles andere, was sich in meinem Leben ereignet hat, als ich klein war. Kein Wunder also, dass ich mit einundzwanzig Jahren noch Jungfrau in Sachen Tätowieren bin – und in so ziemlich jedem anderen Bereich ebenfalls.

»Ja«, antworte ich verlegen.

Wieder mustert mich Hemi. »Keine Sorge, bei mir bist du in besten Händen.« Keine Ahnung warum, aber ich glaube ihm. »Es kann allerdings sein, dass wir zwei oder drei Sitzungen brauchen werden. Ich will nicht, dass es dir zu viel wird – es sind doch ziemlich viele Schmetterlinge. Außerdem ist man im Rippenbereich meist schmerzempfindlicher, und schwieriger ist es auch.«

»Das heißt, wir werden heute wahrscheinlich nicht ganz fertig?«

»Ich glaube nicht. Lass uns mit der Muschel und ein bis zwei Schmetterlingen anfangen, und dann sehen wir weiter, je nachdem, wie es dir geht. Ich möchte nicht, dass es heute zu lange dauert. Es ist besser, wenn wir einen zweiten Termin vereinbaren.«

*Ich darf ihn wiedersehen? Aber gern.*

»Gute Idee.«

Hemi betrachtet mich schweigend und mit ernster Miene. Diesmal wirkt er nicht belustigt. Sein Blick ist lediglich ... freundlich und interessiert. »Bist du immer so unkompliziert?«

Ich komme gar nicht dazu, mir eine schlagfertige, flirtende (oder dumme) Antwort zu überlegen, denn jetzt meldet sich Sarah zu Wort, zum ersten Mal, seit ich hier liege. »Schön wär's! Normalerweise ist sie stur wie ein Esel.«

»Dann ist sie also nur bei mir so«, stellt er fest und starrt mich mehrere Sekunden lang an. »Eine Frau, die nur bei mir unkompliziert ist. So gefällt mir das«, meint er dann grinsend.

Verdammt. Schon wieder glüht mein Gesicht. Und dann spüre ich die feuchte Kühle eines in Alkohol getränkten Wattebauschs, mit dem Hemi meine Haut auf das Kommende vorbereitet. Meine gesamte Aufmerksamkeit gilt der warmen Hand, die auf meiner Hüfte ruht. Mich festhält, damit ich mich nicht bewege.

# *Kapitel 2*

# HEMI

Ich bemühe mich, der sanftweichen, warmen Haut, die sich unter meiner Hand wie Seide anfühlt, keine Beachtung zu schenken, und versuche, die Art, wie diese Sloane mich ansieht, zu ignorieren. Diesen Blick, der mir so vorkommt, als würde sie sich vorstellen, dass ich ihr die Shorts ganz ausziehe. Wenn sie *das* zuließe, würde ich mit ihr Dinge anstellen, die ihr für den Rest ihres Lebens die Schamesröte ins Gesicht triebe, wann immer sie daran denkt. Aber auch das versuche ich zu verdrängen, genau wie meinen Frust darüber, dass ich keine Zeit habe, jemandem wie ihr näherzukommen.

Seit ich im zarten Alter von vierzehn Jahren das erste Mal eine Frau flachgelegt habe, die bedeutend älter war als ich, sind mir erfahrene Bettgenossinnen immer am liebsten gewesen. Je wilder, desto besser. Ich habe noch nie ein Mädchen entjungfert, und ich verspüre auch nicht das Bedürfnis danach. Ich mag Frauen, die wissen, was sie wollen und wie sie es bekommen. Frauen, die wissen, wo die Tür ist, noch ehe ich aus dem Bad gekommen bin. Auf solche Frauen bin ich spezialisiert. Und bis heute habe ich mich für keine anderen interessiert. Was also hat es mit diesem Mädchen mit den unschuldigen braunen Augen und dem perfekt geformten Po auf sich, dass ich hier mit einem Mega-Ständer sitze, der wie verrückt pocht?

*Du brauchst dringend mal wieder Sex, mein Junge,* denke ich, während ich den Umriss einer Muschel auf die blasse, makellose Haut zeichne. *Und zwar möglichst bald.*

Einen Augenblick lang fehlt mir der egoistische Scheißkerl, der ich einmal war. Früher, als mein Leben noch nicht einem einzigen Zweck diente.

*Kapitel 3*

# SLOANE

»Wann bist du gestern Abend nach Hause gekommen?«, will mein älterer Bruder Sigmond wissen, den alle nur Sig nennen.

»Spät.«

»Was du nicht sagst, Besserwisserin. Ich war mit den Jungs nach Feierabend noch im Cuff's, und als ich gegen halb zwei heimkam, warst du noch nicht da.«

»Und? Mit einundzwanzig bin ich dir keine Rechenschaft mehr schuldig.«

Sig reißt die Augen auf. Sie sind dunkelbraun, genau wie meine. »Puh, da ist jemand ganz schön empfindlich heute. Man wird ja wohl noch fragen dürfen, oder?«

Ich seufze. »Natürlich. Ich bin bloß müde. Entschuldige.«

Sig ist nur zwei Jahre älter als ich und steht mir seit jeher näher als Scout und Steven, meine beiden anderen Brüder. Er ist ein Spaßvogel und hat sich im Gegensatz zu ihnen mir gegenüber nie als Vater aufgespielt. Bei Scout ist es schon übel genug, aber Steven ist der Schlimmste. Als Ältester hat er es sich gemeinsam mit meinem Vater zur Aufgabe gemacht, mich wie eine Prinzessin zu beschützen. Sie haben alles darangesetzt, mich zu einer feinen Lady zu erziehen – gerade weil bei uns keine im Haus war. Aus diesem Grund stehe ich unter ständiger Beobachtung, potenzielle Freunde und Verehrer werden in die

Flucht geschlagen, und jedes Mal, wenn ich fluche, werde ich bestraft. Kein Wunder also, dass Sarah meine einzige Freundin ist, dass ich immer noch Jungfrau bin und mein Lieblingswort »Scheibenkleister« ist. Damit musste ich mich abfinden, wollte ich nicht für die gesamte Dauer meiner Kindheit und Jugend Hausarrest bekommen. Leider war den Männern in meiner Familie nicht bewusst, dass selbst eine feine Lady so einiges an Fäkalsprache aufschnappt, wenn sie tagein, tagaus damit konfrontiert wird. Aber letztendlich habe ich gelernt, damit zu leben.

»Reich mir bitte mal die Kaffeesahne«, sagt Sig und stößt mich leicht mit dem Ellbogen an. Hmpf. Warum holt er sie sich nicht selbst? Schließlich ist er ein Zweimeterhüne. Ich dagegen muss mich auf die Zehenspitzen stellen, um an die Kaffeesahne, die im obersten Fach steht, heranzukommen. Als er sich umdreht und dabei mit dem Pistolenhalfter meine frisch tätowierte Hüfte streift, schnappe ich unwillkürlich nach Luft.

»Was war denn das?«

»Was?«

»Du hast nach Luft geschnappt, als hätte ich dir wehgetan.«

»Habe ich nicht.«

»Hast du doch.«

»Es ist nichts weiter. Du hast mich mit deinem Pistolenhalfter gestreift.«

Sig blickt mit gerunzelter Stirn von dem Halfter zu meiner Hüfte und hebt dann den Blick. »Und?«, fragt er mit schmalen Augen. »Das tut doch nicht weh. Bist du verletzt? Und wenn ja, warum?«

Angesichts seiner sorgenvollen Miene wird mir klar, dass ich um ein Geständnis nicht herumkommen werde, sonst trommelt Sig noch vor dem Frühstück die ganze Familie zusammen.

»Ich habe mich tätowieren lassen«, gestehe ich. Er öffnet den Mund, um etwas zu sagen, doch ich komme ihm zuvor: »Ich will kein Wort hören! Und wehe, du verrätst irgendjemandem auch nur ein Sterbenswörtchen – ich schwöre dir, dann erzähle ich Bear alles über dich – alle peinlichen Geschichten, die mir einfallen.«

So, das sitzt. Bear ist Sigs Partner, und sollte ich ihm ein paar Geheimnisse meines Bruders anvertrauen, kann ich mich darauf verlassen, dass er ihn ewig damit aufziehen wird. Dessen ist sich Sig voll und ganz bewusst. Spielt man einem Cop Informationen zu, mit denen er einen Kollegen veräppeln, erpressen oder sonst irgendwie bloßstellen kann, ist das, als gäbe man ihm eine geladene Pistole und eine Zielscheibe. Sig weiß das genauso gut wie ich.

Er presst die Lippen zusammen – ein sicheres Zeichen dafür, dass ich gewonnen habe. »Also ehrlich, Sloane, du solltest wirklich etwas vorsichtiger sein.«

»Ich *bin* vorsichtig, Sig. Das war ich schon immer. Und es ist kein bisschen *un*vorsichtig, sich tätowieren zu lassen. Ich wollte einfach gern ein Tattoo haben. Und ich will mein Leben genießen, solange es geh…«

Sig hebt die Hand. »Stopp. Ich will nichts mehr hören. Ich will nicht einmal, dass du diesen Satz zu Ende sprichst.«

Augenblicklich klappe ich den Mund zu und bereue meine Worte, die unweigerlich schmerzhafte, traurige Erinnerungen wachgerufen haben, auch wenn das, was ich gesagt habe, mein heiliger Ernst war. »Also, dann lass mal sehen.«

»Es ist noch die Folie darüber.«

»Und? Die ist doch wohl durchsichtig, oder?«

Zögernd lasse ich die Pyjamahose über das Stück Plastikfolie, das mir Hemi auf die Hüfte geklebt hat, nach unten gleiten. Sig betrachtet die Tätowierung und runzelt missbilligend die Stirn.

»Eine Muschel und zwei Schmetterlinge? Was, zum Teufel, soll das bedeuten?«

»Es ist noch nicht fertig. Das ist erst der Anfang. Es kommen noch mehr Schmetterlinge dazu.«

»Wohin?«

»An der Seite entlang hinauf.«

»Sloane …«, sagt er warnend.

»Sig«, kontere ich und sehe ihm dabei direkt in die Augen. »Es ist mein Körper, mein Leben, meine Entscheidung.«

»Aber du bist …«

»Kein Aber. Ihr *müsst* mich endlich mein Leben leben lassen.«

Er verdreht die Augen. »Du hast meine Frage noch nicht beantwortet. Was soll das bedeuten?«

»Ich fühle mich, als wäre ich mein bisheriges Leben lang in einer Muschel eingeschlossen gewesen. Jetzt endlich, nach all den Jahren, werde ich sie aufbrechen und meine Flügel ausbreiten.«

»Aber du weißt doch, warum …«

»Ja, ich weiß, Sig, und ich liebe euch alle dafür. Aber es ist an der Zeit, dass ich mal ein bisschen lebe. Ich muss meine eigenen Entscheidungen treffen und mein eigenes Ding machen. Mom war Mom, und ich bin ich. Ihr könnt mich nicht den Rest meines Lebens einsperren, um mich vor allen möglichen Gefahren zu bewahren. Außerdem gibt es Dinge, vor denen ihr mich nicht beschützen könnt, auch wenn ihr es noch so gern tun würdet.«

Sig schweigt eine Weile. »Wann lässt du den Rest machen?«, fragt er dann.

»Heute Abend.«

»Gut«, antwortet er und rührt einen Löffel Sahne in seinen Kaffee. »Pass bloß auf, dass Dad oder Steven dich nicht erwischen, wenn du nach Hause kommst.«

»Ja«, entgegne ich mit einem tiefen Seufzer. »Ich hatte schon fast vergessen, was für eine unglaubliche Nervensäge Steven sein kann.«

»Er wird sicher nicht lange bleiben. Es geht ihm bestimmt selbst gehörig gegen den Strich, dass er wieder hier wohnt. Er ist ja nur deshalb wieder eingezogen, weil das Zusammenleben mit Duncan nicht mehr geklappt hat. Spätestens bis Weihnachten sind wir ihn los, wetten?«

»Meinst du?«

»Hundertprozentig. Er ist bereits auf der Suche nach einer günstigen Wohnung.«

»Warum ziehst du nicht mit ihm zusammen? Das würde ihm die Sache ungemein erleichtern.«

Sig reißt den Mund auf und tippt sich an die Stirn. »Jetzt mach aber mal halblang, Schwester! Ich würde eher einen Teller Katzenköttel verdrücken, als den Rest meines Lebens mit Steven zusammenzuleben.«

»Es wäre doch nicht für den Rest deines Lebens. Irgendwann wird sicher einer von euch heiraten.«

»Ich soll mit Steven zusammenwohnen, so ganz allein und ohne jemanden als Puffer dazwischen? Glaub mir, auch wenn es nicht für den Rest meines Lebens *wäre*, es würde sich garantiert danach *anfühlen*.«

Ich kann ein Kichern nicht unterdrücken. Armer Steven. Er ist ein toller Kerl, aber er nimmt das Leben unglaublich ernst und ist meist der Spielverderber in unserem Haus. In dieser Hinsicht ähnelt er Dad, genau wie Scout. Wobei Scout eigentlich nach beiden Elternteilen gleichermaßen kommt. Sig und ich dagegen sind wie unsere Mom richtige Frohnaturen. Der Fairness halber sollte ich wohl erwähnen, dass Steven schon fast ein Teenager war, als Mom krank wurde, weshalb es ihn am meisten mitgenommen hat. Natürlich waren wir alle am Boden zerstört, aber Steven und Dad haben am meisten gelitten, und es kommt mir oft so vor, als hätten sie durch Moms Krankheit und ihren Tod viel ihrer Lebensfreude verloren.

»Du solltest ihm gegenüber ein bisschen nachsichtiger sein, Sig. Er hatte es nicht leicht.«

»Du hattest es auch nicht leicht.«

»Wir alle hatten daran zu knabbern.«

»Aber nur Steven ist davon überzeugt, dass er sich deswegen wie ein Saftsack benehmen kann.«

»Das ist eben seine Art, damit umzugehen, Sig.«

»Und wenn schon. Ich habe jedenfalls nicht die geringste Lust, mir über einen längeren Zeitraum hinweg tagtäglich seinen Mist anzuhören. Es war schlimm genug, bis zur Volljährigkeit mit Steven unter einem Dach wohnen zu müssen.«

»Stimmt, aber du musst zugeben, dass er das perfekte Opfer für unsere Streiche war.«

»Allerdings!« Sig grinst und nickt. »Weißt du noch, wie wir das Abführmittel in seine Geburtstagsbrownies gemischt haben?«

Bei dem Gedanken pruste ich los. »Er hat damals zwei volle Tage lang das Haus hüten müssen. Ich dachte, er kommt nie wieder vom Klo runter.«

»Das waren noch Zeiten …«, sinniert Sig mit einem wehmütigen Blick aus dem Küchenfenster und nippt vorsichtig an seinem Kaffee. »Schöne Zeiten.«

Er hat recht. Es gibt immer schöne Momente, selbst in richtig schlimmen Zeiten. Man muss nur die Augen offen halten, damit man sie nicht verpasst.

* * *

Draußen ist es stockdunkel, als ich das Studio betrete. Beim Öffnen der Ladentür registriere ich als Erstes die Musik. Es läuft ein ziemlich alter Song – *Still Remains* von den Stone Temple Pilots. Ich kenne das Lied. Es hat etwas Intimes und … Erotisches. Keine Ahnung, ob ich das schon immer so empfunden habe, aber jetzt, heute Abend, fährt mir der Song so richtig ein und bringt tief in mir etwas zum Schwingen.

Wie gestern Nacht ist der Tresen unbesetzt, und ich will gerade klingeln, als Hemi in der Tür zum Nebenraum auftaucht. Er trägt ein eng geschnittenes schwarzes T-Shirt, schmale schwarze Jeans und klobige schwarze Stiefel. Er wirkt gefährlich. Und sehr attraktiv.

Bei seinem Lächeln vollführt mein Herz einen Sprung. »Willkommen zurück«, grüßt er und mustert mich fragend. »Heute ganz allein?«

»Ja«, antworte ich.

»Dein Timing könnte nicht besser sein. Mir war schon richtig langweilig.«

»Nicht viel los heute?«

»Ungewöhnlich wenig.« Er gibt mir mit einem Kopfnicken zu verstehen, dass ich ihm folgen soll.

Im Hinterzimmer brennt nur ein einziges Licht – jenes über dem Stuhl, auf dem Hemi mich letztes Mal tätowiert hat –, was der Situation noch zusätzlich eine intime Note verleiht. Die Tatsache, dass wir allein sind, trägt das ihre dazu bei.

»Bist *du* ebenfalls allein?« erkundige ich mich nun.

»Ja. Die anderen haben schon Feierabend gemacht.«

»Du hättest nicht meinetwegen so lange bleiben müssen. Ich hätte auch früher kommen können.« Bei der Terminvereinbarung hatte ich angenommen, es sei vorher nichts frei gewesen.

Er dreht sich zu mir um und klopft auf den Stuhl, auf dem ich gleich liegen werde. »Ich übernehme gern die letzte Schicht.

Nachts ist die Welt ruhiger. Es mag seltsam klingen, aber nachts habe ich ein besseres Gefühl für meine Arbeit und kann mich richtig darin vertiefen. Besonders, wenn es um eine Freihandtätowierung geht wie bei dir.«

»Das kann ich gut nachvollziehen«, sage ich, während ich mich auf den Stuhl setze. »Ich studiere Kunst und verstehe genau, was du meinst.«

Er lächelt. Einen kurzen Augenblick lang scheinen unsere Seelen jenseits aller Worte zusammenzufinden. Wahrscheinlich begreift nur ein Künstler, wovon Hemi spricht. Ich für meinen Teil jedenfalls weiß es genau. Für mich ist Zeichnen und Skizzieren die perfekte Kombination aus Eskapismus und Therapie. Es ist erfüllend und kathartisch. Ich frage mich, welche traumatischen Erlebnisse Hemi dabei verarbeitet. Welche Wunden bei ihm heilen müssen.

»Wir fangen wieder in der Bauchlage an, und wenn ich mit den unteren Schmetterlingen fertig bin, drehst du dich zur Seite, damit ich den Rest machen kann. Ich warne dich gleich vor: über den Knochen ist es deutlich schmerzhafter. Du wirst es wohl nicht sonderlich angenehm finden, auf den Rippen tätowiert zu werden.«

Ich nicke. »Das ist schon okay.«

»Ist es dir die Sache trotzdem noch wert?«

Wieder nicke ich. Die Schmetterlinge sind mir viel wichtiger, als ich jemals offen zugegeben hätte, sodass ich den Schmerz gern ertrage. »Ja«, sage ich.

Hemi sieht mir tief in die Augen, als wollte er in mich hineinblicken, um herauszufinden, wo die Schmetterlinge leben, wo sie herkommen und was sie durchgemacht haben. Dann sagt er: »So ist das immer bei wichtigen Tätowierungen.« Hm. Das klingt ja sehr mysteriös.

Ich lege mich auf den Bauch und bette den Kopf auf die verschränkten Arme, das Kinn an die Schulter gepresst. So kann ich Hemi bei der Arbeit beobachten. Ich verfolge, wie er nach meinem Hosenbund greift, genau wie gestern. Lächelnd blickt er zu mir hoch. »Kluge Wahl«, bemerkt er und schiebt eine Hand in den elastischen Bund meiner Yogahose. »Du weißt, was jetzt kommt. Hoch mit dir.«

Ich hebe das Becken an, und er zieht mir die Hose und den Slip gerade so weit hinunter, dass meine Hüfte freiliegt. Dann entfernt er die Folie. Seine Finger gleiten über den ersten Teil der Tätowierung, so sanft wie die Flügel der Schmetterlinge, mit denen er meinen Körper verziert hat. So sanft, dass mir Schauer über den Bauch und den Rücken laufen.

Er nickt. »Sieht gut aus. Bist du bereit für den Rest?«

Ich nicke ebenfalls. »Bin ich. Nur zu.«

Ich hole tief Luft, als die Tätowiermaschine zu summen beginnt.

## *Kapitel 4*

# HEMI

Für meine Konzentration ist es nicht gerade förderlich, Sloanes Körper unter meinen Händen zu spüren. Es fühlt sich an, als würde sie auf die leiseste Berührung von mir reagieren, und wie sie mich erst ansieht – gerade so, als sehnte sie sich danach, dass ich weit mehr mit ihr mache … Sie bringt mich total aus der Fassung. Dabei ist es von größter Wichtigkeit, dass ich völlig entspannt bin, gerade wenn ich freihändig arbeite.

Ich glaube, was mich am meisten aus der Ruhe bringt, ist ihr Blick, der stets etwas Trauriges hat, gerade so, als hätte sie schon früh ein traumatisches Erlebnis gehabt, was aber vermutlich nur jemandem wie mir auffällt. Jemandem, der etwas Ähnliches durchgemacht hat. Aber was für Tragödien kann ein derart junges, unschuldiges Ding wie sie schon erlebt haben?

»Du studierst also Kunst.« Ich betreibe Small Talk. Mir ist jedes Mittel recht, um mich von ihrem Körper abzulenken, während ich einen Schmetterlingsflügel auf ihre Porzellanhaut tätowiere.

»Ja.«

»An der University of Georgia?«

Sie nickt. Der dortige Studiengang für Kunst ist ziemlich renommiert.

»Cool. Und was möchtest du nach dem Abschluss machen?«

Ich höre sie seufzen.

»Keine Ahnung.« Es klingt, als würde dieser Umstand sie bedrücken. Ich blicke zu ihr hoch. »Ich weiß, ich *sollte* mir darüber im Klaren sein, aber alles, was ich weiß, ist, dass ich zeichnen will. Ich möchte etwas Schönes schaffen, das für immer bleibt.«

»Dagegen ist doch nichts einzuwenden.«

»Naja, ich sollte mir damit meinen Lebensunterhalt verdienen können.«

»Hey, sieh mich an«, entgegne ich und hebe meine Tätowiermaschine. »Ich verdiene gutes Geld mit dem, was ich mache, und ich tue das, was ich am liebsten tue, nämlich zeichnen – nur eben auf einer etwas ungewöhnlichen Leinwand.«

Sie legt nachdenklich die Stirn in Falten. »So habe ich das noch gar nicht gesehen.«

»Das tun die wenigsten«, erkläre ich und denke dabei insbesondere an meinen Vater.

»Wie hast du damit angefangen? Ich meine, *wolltest* du schon immer Tätowierer werden?«

»Nein, eigentlich nicht. Ich war eine Weile auf der Suche, wie die meisten vermutlich. Dann habe ich vor ein paar Jahren jemanden kennengelernt und mich tätowieren lassen. Wie du hatte ich meine eigene Skizze dabei. Meine Arbeit hat ihr gefallen, und sie hat mich um weitere Skizzen gebeten. Danach hat sie mich unter ihre Fittiche genommen und mir das Handwerk von der Pike auf beigebracht. Es hat nicht lange gedauert, bis mir klar geworden ist, dass das Tätowieren genau mein Ding ist. Seither lebe ich davon.«

*Warum, zum Teufel, breitest du quasi deine gesamte Lebensgeschichte vor diesem Mädchen aus? So viel hast du noch niemandem erzählt, seit du hierhergezogen bist.*

Ich muss mich richtig zusammenreißen, um es dabei zu belassen. Normalerweise erzähle ich kaum je etwas über mich. Sonst findet am Ende noch jemand heraus, wer ich bin, und das darf unter keinen Umständen passieren.

»Sie?«

»Ja, sie.«

»Es gibt also auch weibliche Tätowierer?«

»Natürlich. Wir leben schließlich in Amerika, wo alle immer von Chancengleichheit reden.«

»Das war nicht … ich meine, so hatte ich das nicht gemeint«, stottert sie.

Ich lache. »Jedenfalls gibt es auch Tätowiererinnen, noch dazu einige sehr gute.«

»Ist es schwer zu lernen?«

»Nein. Die Technik kann man sich antrainieren. Das Schwierige ist der künstlerische Aspekt. Es gibt Dinge, die kann man weder unterrichten noch lernen – zumindest nicht so richtig. Die hat man drauf oder eben nicht. Der Rest ergibt sich mit der Zeit.«

»Das Tätowieren an sich kann man also lernen …«

»Jep.«

»… sofern man über eine gewisse künstlerische Begabung verfügt?«

»Genau.«

Ich denke mir nichts bei ihrer Frage, bis sie das Thema direkt anspricht.

»Du hast gesagt, dass meine Skizze gut ist. Könnte jemand wie du mir den Rest beibringen?«

Überrascht hebe ich den Kopf und versinke prompt in den Tiefen ihrer seelenvollen, *hoffnungsvollen* Augen. »Jemand *wie* ich? Klar.«

»Aber nicht *du*?«

»Nein.«

»Warum nicht? Du bist doch sehr gut.«

»Aber ich unterrichte nicht.«

»Hast du es denn schon mal versucht?«

»Nein. Das wollte ich nie.«

»Aber du …«

»Und will es immer noch nicht.«

»Oh«, sagt sie enttäuscht.

Ich skizziere den Umriss eines weiteren Schmetterlings und nähere mich dabei dem Saum ihres Oberteils. Im Grunde würde ich ihr mein Handwerk liebend gern beibringen. Die Vorstellung, sie regelmäßig zu sehen und so eng mit ihr zusammenzuarbeiten, ist äußerst reizvoll. Ich hätte große Lust darauf, jeden Zentimeter dieses straffen, zierlichen Körpers zu erforschen – zwei- oder dreimal vielleicht. Wenn ich noch dasselbe egoistische Arschloch wie früher wäre, würde ich das auch tun und nichts auf die Folgen geben. Aber ich habe mich verändert. Ich habe ein Ziel, und meine Vernunft sagt mir, dass es ein Fehler wäre. Im Moment kann ich keine derartige Ablenkung brauchen. Ich habe eine Mission, und mit einem Mädchen wie diesem ins Bett zu gehen, gehört nicht dazu.

Wir verfallen in Schweigen. In der Stille klingt das Surren der Nadel so laut wie noch nie.

## *Kapitel 5*

# SLOANE

Ich liege bewegungslos da und sage kein Wort, während Hemi die Umrisse weiterer Schmetterlinge auf meine Taille zeichnet. Dann beginnt er, die Schmetterlinge auszumalen, angefangen beim untersten. Mir fällt nichts mehr ein, was ich jetzt noch sagen könnte, und ich fühle mich etwas unwohl angesichts seiner ablehnenden Reaktion. Ich bin gekränkt, beinahe so, als hätte er mir einen Korb gegeben.

Während Hemi an mir arbeitet, versuche ich, mich wieder etwas aufzubauen. Ich rufe mir in Erinnerung, dass das Leben kurz ist und dass man sehr häufig (wie auch in diesem Fall) gut daran tut, sich an das Motto »jetzt oder nie« zu halten. Ich habe mir ein Herz gefasst und gefragt. Mehr konnte ich nicht tun. Jetzt kann ich die Sache abhaken.

Aber je länger ich hier liege und darüber nachdenke, desto mehr wünsche ich mir, Hemi hätte zugestimmt. Ich hätte furchtbar gerne gelernt, wie ich meine Kunstwerke auf der Haut eines Menschen verewigen und damit unwiderruflich seinen Körper und seine Seele prägen könnte.

Als das Summen der Pistole verstummt, blicke ich zu Hemi hinunter. »Du musst das T-Shirt ein bisschen höher schieben und dich zur Seite drehen«, sagt er.

Es klingt ganz beiläufig, und das finde ich auch gut so. Alles andere wäre peinlich gewesen, so als hätte ich ihn um etwas ganz *anderes* gebeten und eine Abfuhr erhalten. Ich muss unwillkürlich an all das denken, worum ich ihn gern bitten *würde.* Doch nein, das wäre zu riskant. Es wäre dreist und schamlos.

*Aber das Leben ist kurz!*, ermahnt mich eine Stimme ganz tief in meinem Inneren. Ich bekomme eine Gänsehaut, wenn ich daran denke, in welche Richtung ein Szenario wie dieses sich entwickeln könnte, vor allem wenn Hemi offen für mein … Angebot wäre.

»Ist dir kalt?«, erkundigt er sich und unterbricht damit meine Gedankengänge.

Unsere Blicke kreuzen sich. »Nein, warum?«

»Du hast eine Gänsehaut«, bemerkt er und streichelt meine Seite mit seiner warmen Hand, was es ehrlich gesagt nicht besser macht.

Er sieht mir weiter in die Augen, während er die Hand nach oben und nach unten wandern lässt, als wolle er die Temperatur meiner Haut erforschen. Wieso tut er das? Ich habe ihm doch gesagt, dass mir nicht kalt ist. Warum berührt er mich dann auf diese Weise?

Was für Gedanken verbergen sich hinter diesen indigoblauen Augen?

Ich tue so, als würde ich nicht bemerken, dass er mich betrachtet, und frage ihn, auf welche Seite ich mich drehen soll.

»Dreh dich zu mir«, befiehlt er, ohne den Blick abzuwenden oder die Hand zu bewegen.

Ich lege mich auf die linke Seite, mit dem Gesicht zu Hemi. Nachdem ich es mir bequem gemacht habe, fährt er den Stuhl noch etwas nach unten, damit sich meine Hüfte auf einer für ihn angenehmen Höhe befindet. »Noch etwas näher zu mir bitte.«

Ich rutsche näher, nah genug, dass ich die Wärme, die er verströmt, an meinem entblößten Bauch spüren kann. Ich versuche angestrengt zu verhindern, dass ich erneut eine Gänsehaut bekomme. »Gut so?«, frage ich. Seine Nähe raubt mir fast den Atem, und die Umstände – das gedimmte Licht, die Tatsache, dass wir allein im Studio sind, weil es gleich Mitternacht ist, und dass er sich direkt neben meinem Körper befindet – tun ein Übriges.

Hemi beugt sich über mich und prüft, ob ich richtig liege und er in dieser Position gut arbeiten kann. Dann nickt er. »Ja, das geht. Jetzt das T-Shirt.«

Ich greife zwischen uns nach dem Saum meines Oberteils und ziehe es über die Rippen nach oben, um den Bereich freizulegen, den er nun tätowieren wird. Dann liege ich bewegungslos da und warte darauf, dass er mich berührt. Ich kann nicht anders, als tief einzuatmen, als ich seine Hände erneut auf mir spüre. Eine Hitzewelle erfasst meinen Körper, vom Kopf bis zu den Zehen.

»Wie weit willst du gehen?«, fragt Hemi mit rauer Stimme.

Ich starre ihn an. Er mustert mich ernst. »Wie bitte?«

»Wie weit soll ich gehen? Wo soll der oberste Schmetterling sein?«

Mein Puls rast, und ich tue mein Bestes, meine unkeuschen Gedanken im Zaum zu halten und wieder in die Wirklichkeit zurückzukehren.

»Ähm, bis hierher ungefähr«, antworte ich und zeige auf eine Stelle ziemlich weit oben, fast schon unter dem Arm.

»Dann wirst du deinen BH öffnen müssen, sonst ist er mir im Weg«, erklärt er mir.

Ich spüre, wie mir das Blut in die Wangen schießt. Hoffentlich denkt er nicht, dass ich es genau darauf angelegt habe. Dass ich ihn anmachen will oder so.

»Oh … Okay, dann hör einfach knapp darunter auf.«

»Sicher? Ich will dich schließlich zufriedenstellen«, sagt er mit Unschuldsmiene, als wäre ihm gar nicht bewusst, was für Zweideutigkeiten er da von sich gibt.

*Oder etwa doch?*

»Ich werde auf jeden Fall zufrieden sein.«

»Ich glaube, es wäre besser, wenn wir noch ein Stück weiter nach oben gehen, aber das ist nur meine Meinung. Die Entscheidung liegt ganz bei dir. Wenn du dich nicht wohl damit fühlst …«

Versucht er mich mit diesem Tonfall, diesem Blick zu provozieren? Er sieht mich einfach nur an. Seine Miene ist unverändert neutral. Trotzdem liegt urplötzlich etwas in der Luft … Es knistert zwischen uns, eindeutig. Zumindest empfinde ich es so. Allerdings bin ich mir nicht sicher, ob ich mir das nur einbilde oder ob es *tatsächlich* so ist.

»Daran liegt es nicht«, sage ich.

»Gut.« Ein Lächeln umspielt seine Lippen. »Du musst ihn nicht ausziehen. Mach ihn einfach auf, damit ich ihn etwas hochschieben kann.«

Ich atme flach, während ich, auf einen Ellbogen gestützt, nach hinten greife, um meinen BH zu öffnen.

*Gott sei Dank trage ich keinen, der sich vorne öffnen lässt!*

Das Band um meinen Brustkorb lockert sich, und ich lege mich wieder hin, mit dem Gesicht zu Hemi, die Arme angewinkelt, die Hände unter der Wange.

Wortlos rollt er auf seinem Hocker möglichst nah an mich heran, legt einen Arm auf meine Taille und startet die Tätowiermaschine, um den Schmetterlingsschwarm freihändig um einige wunderschöne Exemplare zu erweitern.

In dieser Stellung kann ich nirgendwo anders hinsehen als zu

Hemi, was mir sehr entgegenkommt. Sein Blick ist konzentriert, seine Stirn leicht in Falten gelegt. Er hat die wunderschön geformten Lippen einen Spaltbreit geöffnet, sodass ich zwischen den oberen und den unteren Schneidezähnen seine Zungenspitze ausmachen kann. Ich frage mich, wie er wohl schmeckt. Seine Zunge, sein Mund.

»Alles in Ordnung bei dir?«, erkundigt sich Hemi, ohne von seiner Arbeit aufzuschauen.

»Ja, alles bestens.«

»Je weiter ich an den Rippen entlang nach oben arbeite, desto stärker wirst du die Stiche spüren.«

»Ich weiß, aber das ist es mir wert. Ich bin darauf vorbereitet.«

Jetzt hebt Hemi doch den Kopf. Er betrachtet mich einen Augenblick neugierig, und seine Lippen bewegen sich, als wollte er etwas sagen, doch dann überlegt er es sich offenbar anders und widmet sich wieder seiner Tätigkeit. »Gut«, murmelt er. »Sag Bescheid, wenn ich aufhören soll.«

Ich beobachte ihn bei der Arbeit, betrachte sein Gesicht, seine Hand, die mich mit geübtem Griff festhält, seine geschickten Finger, die ruhig und kontrolliert die Tätowiermaschine über meine Haut führen. Ich verfolge das subtile Spiel seiner Armmuskeln, bemerke die Lichtreflexe auf seinem glänzenden braunen Haar. Wie hübsch sich die Spitzen an den etwas längeren Strähnen kräuseln! Vermutlich hätte er eine richtige Lockenmähne, wenn er sein Haar nicht kurz geschnitten halten würde. Ich stelle mir vor, wie ich ihm mit den Fingern durch die Haare fahre, wie sie mich an den Handflächen kitzeln.

Hemi arbeitet sich allmählich vor, sodass sich eine lose Girlande aus Schmetterlingen an meiner Seite entlang nach oben rankt, immer höher, bis knapp unter die Achsel. Als er an der

Stelle angelangt ist, wo sich mein BH befindet, gleiten seine Finger unter den Rand und schieben ihn nach oben.

Er tätowiert einen Schmetterling genau an die Stelle, wo sich normalerweise der Bund meines BHs befindet. Den nächsten Schmetterling setzt er etwas tiefer, noch näher an die Unterseite meiner Brust. Als er den Stoff zur Seite schiebt und dabei meinen Busen streift, spüre ich, wie meine Brustwarzen hart werden. Ich schließe die Augen und versuche, an etwas anderes zu denken. Ich konzentriere mich auf das schmerzhafte Stechen der Nadel, die in meine Haut eindringt und dort wunderschöne kleine Kunstwerke erschafft.

Als die Stiche plötzlich ausbleiben, öffne ich verwirrt die Augen. Hemi betrachtet mich. Regungslos sitzt er da und bewegt keinen einzigen Muskel. Er sieht mich einfach nur an. In diesem Moment gibt es nur noch ihn, seinen beunruhigenden Blick, seine Hand, deren Berührung auf meiner Haut brennt wie Feuer, und ein Pochen in meiner Brust, die sich förmlich danach sehnt, dass seine Finger nur einen halben Zentimeter weiter nach oben wandern.

Nachdem er mich eine gute Minute lang wortlos angestarrt hat, sagt er: »Vielleicht sollten wir jetzt eine Pause einlegen und ein anderes Mal weitermachen.« Er blickt an die Wand hinter mir. »Du bist schon fast zwei Stunden hier. Das ist ziemlich lange für eine Sitzung.«

Ich bin schockiert. Es fühlt sich an, als wäre ich erst vor ein paar Minuten hergekommen – oder aber vor einem halben Leben. Ich kann es nicht mit Sicherheit sagen. Meine Gefühle Hemi gegenüber sind ähnlich zwiespältig. Eigentlich ist er ein Fremder für mich, und doch habe ich jedes Mal ein Flattern im Bauch, wenn er mich ansieht. Irgendwie habe ich das Gefühl, ihn in- und auswendig zu kennen, so als wäre da … eine Verbindung zwischen uns. Aber nicht im üblichen Sinne. Es fühlt sich eher so an, als wäre hier eine Art Tauziehen im Gange – sowohl zwischen uns als auch in uns. Ich bin das behütete Mädchen, das versucht auszubrechen, sich von den Zwängen des bisherigen Lebens zu befreien. Ich bemühe mich, meine Angst, meine Zweifel und meine Zurückhaltung zu überwinden und zu *leben*, zum allerersten Mal in meinem Leben.

Bei Hemi ist der Fall anders gelagert.

Es kommt mir so vor, als wäre er schon vor langer Zeit ausgebrochen, als hätte er das Leben so richtig ausgekostet, bis etwas geschah, das ihm Einhalt geboten hat. Etwas, das ihn in voller Fahrt gestoppt und ihn zum Umdenken gezwungen hat. Dazu, das Tempo zu drosseln. Sich zu distanzieren.

Natürlich könnte ich völlig falschliegen, aber was, wenn nicht? Können sich zwei Menschen wie wir in der Mitte treffen? Ist das überhaupt möglich?

Vielleicht interpretiere ich aber auch viel zu viel in diesen kurzen Augenblick hinein. Er hat mich nicht gefragt, ob ich mit ihm zusammenziehen will, er tätowiert mich bloß, Herrgott noch mal.

Und doch …

Ich weiß, es ist ganz schön verquer, dass ich mir wünsche, die Nacht ginge nie zu Ende, dass ich gewillt bin, noch mehr Schmerzen zu ertragen, nur um noch etwas länger hierbleiben zu können.

*Du bist erbärmlich, Sloane. Erbärmlich und verzweifelt.*

Dann meldet sich wieder diese andere Stimme in mir zu Wort, jene, die mich ständig daran erinnert, dass nur die Gegenwart zählt. Keiner von uns kann mit hundertprozentiger Sicherheit behaupten, dass er den morgigen Tag erleben wird. Das Hier und Jetzt ist alles, was wir haben.

Hemis Hand, die immer noch auf meinem Oberkörper ruht, schüttelt mich sanft und reißt mich aus meinen Träumereien. Ich habe nicht den blassesten Schimmer, wie lange ich ihn angestarrt habe, wortlos und in Gedanken versunken. Zu lange, fürchte ich. Ich nicke lächelnd und richte mich auf, wobei ich mir schützend einen Arm vor den Oberkörper halte.

»Oh, entschuldige.« Hemi wendet sich ab und macht sich an seinem Werkzeug zu schaffen, damit ich mich unbeobachtet wieder anziehen kann.

Mein Blick ruht auf seinen breiten Schultern, während ich den BH richte und zuhake, das T-Shirt nach unten streife und den Hosenbund ein Stück nach oben ziehe, bis er wieder dort sitzt, wo er hingehört.

Hemi steht auf und wirft etwas in den Abfalleimer. Als er sich zu mir umdreht, kreuzen sich unsere Blicke, und plötzlich schlägt mein Herz so heftig, dass ich das Blut in meinen Ohren rauschen höre. Der Drang, ihm nahe zu sein, ist so stark, dass es mir fast den Atem raubt. Es ist, als würde mich eine kräftige Windbö geradewegs in seine Arme treiben. Zum ersten Mal in meinem Leben verdränge ich sämtliche Gedanken, überlege nicht lange hin und her. Im Grunde habe ich das Denken komplett eingestellt, und noch ehe ich es mir anders überlegen kann, gleite ich von der Liege und gehe auf Hemi zu.

Er rührt sich nicht von der Stelle, weicht nicht zurück, sondern steht einfach nur da, stumm und aufrecht, und starrt mich an. Ahnt er, was ich denke und fühle? Was ich vorhabe? Wird er mich davon abhalten?

Aber auch diese Gedanken verdränge ich rasch, damit mich der Mut nicht verlässt. Ich kann es mir nicht mehr leisten, Angst vor dem Leben zu haben.

Entschlossen gehe ich einen weiteren Schritt auf ihn zu. *Tu es einfach*, sage ich mir, *küss ihn*, und bin überrascht, als *er* es ist, der einen Schritt macht. Jetzt stehen wir voreinander, nur Zentimeter voneinander entfernt.

Wir sind uns so nah, dass meine Brust beinahe die seine streift, wenn ich einatme. Ich schwanke, schiebe mich noch ein winzig kleines Stück nach vorn, verzehre mich danach, diesen Mann, den ich überhaupt nicht kenne, zu berühren.

»Sloane«, flüstert er, und der Klang meines Namens aus seinem Mund jagt mir erneut einen Schauer über den Rücken. Er hebt die Hand, um mir das Haar über die Schulter zu streichen. Seine Fingerkuppen verharren den Bruchteil einer Sekunde an meinem Nacken, dann lässt er die Hand sinken.

»Hemi«, seufze ich. Mir ist, als müsste ich unter seinem glühenden Blick schmelzen. Ich wusste doch, dass da etwas zwischen uns ist! Zumindest hatte ich es gehofft. Ich hatte gehofft, dass ich mir das alles nicht nur einbilde. Jetzt bin ich davon überzeugt, dass das nicht der Fall ist. Es knistert zwischen uns, laut und vernehmlich, während er mich aus halb geschlossenen Augen betrachtet, ungeniert und mit unverhohlenem Interesse. Er begehrt mich. Und ich ihn ebenfalls.

»Du solltest jetzt gehen und nie wieder zurückkommen.«

Mein Herzschlag setzt ein, zwei Takte aus. Damit hatte ich nun wirklich überhaupt nicht gerechnet. »Was?«, frage ich leise, mit zitternder Stimme.

»Geh. Und vergiss mich.«

Ich versuche, meine Fassung wiederzugewinnen. »Aber … was ist mit meinem Tattoo? Es ist doch noch gar nicht fertig.«

»Ich rede nicht von deinem Tattoo, und das weißt du auch.«

»*Wovon* redest du dann?« Ich stelle mich dumm, um nicht auch noch den kümmerlichen letzten Rest meines Stolzes einzubüßen.

»Ich rede von dir und mir. Von uns.«

»Es gibt kein uns.«

»Es wird aber gleich eines geben, wenn du hier nicht auf der Stelle verschwindest.«

»Und wenn ich nicht gehen will?« Ich bin total verwirrt. Soll das heißen, dass er mich will? Oder dass ich tatsächlich gehen soll?

»Das war keine Bitte.«

»Warum?«

»Wie, warum?«

»Warum willst du, dass ich gehe?«

»Weil Typen wie ich Mädchen wie dich verändern.«

»Mädchen wie mich?«

»Unschuldige Mädchen.«

»Was ist, wenn ich gar nicht so unschuldig bin?«

Sein Mund verzieht sich zu einem ironischen Grinsen. »Und ob du unschuldig bist. Das kann ich förmlich riechen. Süß, rein und unberührt, und um ehrlich zu sein, täte ich nichts lieber, als all das auf meiner Zungenspitze zu erkunden.«

»Was hält dich davon ab?«

Ich spüre, wie er gegen irgendetwas ankämpft. »Ich habe weder die Zeit noch die Absicht, das Leben eines anderen Menschen zu zerstören.«

»Wie kommst du darauf, dass du mein Leben zerstören würdest?«

»Oh, glaub mir, das würde ich.«

»Aber …«

»Kein Aber. Heute Nacht werde ich ein artiger Junge sein, dir zuliebe, ganz egal, ob du es zu schätzen weißt oder nicht. Ich bitte dich zu gehen, Sloane. Aber ich verspreche dir – *ich verspreche dir hoch und heilig* –, wenn du dich auch nur ein einziges

Mal über die Schwelle dieses Studios wagst, lasse ich dich nicht mehr gehen.«

Ich bin hin- und hergerissen zwischen einem geradezu berauschenden Glücksgefühl und tiefer Enttäuschung angesichts seiner Zurückweisung.

»Hemi …«

»Geh, Kleine«, sagt er sanft. »Geh, bevor ich es mir anders überlege.«

## *Kapitel 6*

# HEMI

Ein hartnäckiges Summen weckt mich. Ich taste mit der Hand danach und höre, wie mein Handy klappernd auf dem Boden landet. Verschlafen spähe ich über die Bettkante hinunter und muss dreimal blinzeln, ehe ich auf dem Display etwas erkennen kann. Erstens: Es ist erst Viertel vor elf, viel zu früh für einen Anruf. Alle, die meine Nummer haben, wissen, dass ich bis spätnachts arbeite und deshalb üblicherweise lange schlafe. Und zweitens: Der Anrufer ist mein älterer Bruder Reese, der vermutlich hören will, was es Neues gibt.

Mir dröhnt der Schädel, als ich die Hand nach dem Handy ausstrecke. Fluchend lege ich mich wieder auf den Rücken, einen Arm schützend über den Augen, und streiche mit dem Daumen über das Display, um den Anruf entgegenzunehmen.

»Was gibt's?«

»Du bist immer noch im Bett?«

»Ja, verdammt, ich bin immer noch im Bett. Du weißt, dass ich selten vor drei nach Hause komme.«

»Dann hast du bereits mehr als sieben Stunden geschlafen, Weichei. Das sollte doch wohl reichen.«

»Ich bin aber nicht gleich schlafen gegangen, Arschloch.«

»Da ist ja jemand mal wieder verdammt empfindlich heute. Klingt, als hättest du einen ordentlichen Kater.«

Es ist nicht das erste Mal, dass sich Reese über meine alkoholisch bedingte schlechte Laune beschwert. Und nicht zu Unrecht. Ich bin so geladen, dass ich ohne Weiteres die Faust durch eine massive Stahlplatte boxen könnte.

»Was willst du?«, knurre ich, ohne auf seine Bemerkung einzugehen, und er ist klug genug, es dabei zu belassen.

»Ich wollte mich nur mal erkundigen, wie es so läuft.«

»Alles in Ordnung. Keine großen Neuigkeiten.«

»Bist du schon näher dran?«

»Du sagst das, als wäre es so einfach. Aber das ist es nicht. Diese Leute sind nun mal von Natur aus misstrauisch. Ist ja auch kein Wunder, bei diesem Beruf.«

»Und *du* bist nun mal alles andere als vertrauenerweckend.«

»Was, zum Teufel, soll das nun wieder heißen?«

»Naja, Tätowierer sind in den Augen der meisten Menschen doch ziemlich zwielichtige Zeitgenossen.«

»Bla, bla«, gebe ich patzig zurück. »Die alte Leier.«

»Ich sage ja nicht, dass *ich* so denke, aber es gibt genügend Leute, die dieser Ansicht sind.«

»Die können mich alle mal.«

»Hör zu, ich habe nicht angerufen, um mit dir zu streiten. Sieh einfach zu, dass … du mich auf dem Laufenden hältst.«

»Das werde ich«, presse ich zwischen zusammengebissenen Zähnen hervor.

»Und sauf nicht so viel.«

»Leck mich«, brumme ich und hebe den Arm, gerade lange genug, um das Gespräch zu beenden. Wahrscheinlich wird mich das schlechte Gewissen plagen, sobald ich wieder nüchtern bin, aber im Moment fühle ich mich einfach nur elend.

Reese ist im Grunde ein feiner Kerl, und ich mag ihn sehr. Eigentlich vertragen wir uns ziemlich gut, aber seit ich nach

Atlanta gezogen bin, ist unser Verhältnis etwas angespannt. Der Verlust von Ollie hat eben alles verändert. Seither lastet ein unheimlicher Druck auf unseren Schultern.

Genervt von meinen unerfreulichen Gedankengängen richte ich mich auf. Mist, das war eine Spur zu schnell. Mir ist schwindelig, und mein Kopf dröhnt. Ich presse die Handflächen an die Schläfen in dem Versuch, die Kopfschmerzen etwas abzumildern.

Und das alles nur wegen dieser verfluchten Sloane. Sie trägt zu hundert Prozent die Schuld an meinem Kater. Was, zur Hölle, hat sie sich nur dabei gedacht, einfach so in mein Studio hereinzuspazieren und dabei auch noch so süß und unschuldig auszusehen?

Mir ist völlig klar, dass es nicht allein daran liegt. Süße, unschuldige Mädchen haben mich noch nie sonderlich interessiert. Es ist die Mischung aus süß und unschuldig *kombiniert* mit diesem ihr eigenen Sexappeal, die mich reizt. Höllisch reizt. Ich denke an das Glitzern in ihren Augen – ein unmissverständliches Zeichen dafür, dass sie von mir nur zu gern allerlei unanständige Dinge lernen würde.

Oh, und ich würde ihr nur zu gern das eine oder andere beibringen. In dieser Hinsicht habe ich so einiges auf Lager. Und das meiste davon ist unter Garantie unanständiger, als sie sich je hat träumen lassen.

Aber jemand wie Sloane hat es verdient, dass man auch nett zu ihr ist, und das kann ich ihr nicht bieten. Im Moment weniger denn je.

Und deshalb muss ich mich von ihr fernhalten. Aber ich bin es nicht gewohnt, mir *irgendetwas* zu versagen, das ich haben will – Frauen eingeschlossen.

Wie es aussieht, wird Sloane die Erste sein, bei der es so ist.

Die Vorstellung behagt mir noch weniger, als ich erwartet hätte.

Dem Schwindelgefühl zum Trotz stehe ich auf und gehe ins Bad. Zeit für eine Dusche. Eine *kalte* Dusche.

## *Kapitel 7*

# SLOANE

Das einzig Positive, das mir einfällt, als ich die Augen aufschlage, ist, dass heute Donnerstag ist – und somit morgen Freitag. Am Freitag finden keine Kurse statt, sprich, da kann ich ausschlafen.

Ich rolle mich auf die Seite und werfe einen Blick auf die Uhr. In drei Minuten klingelt der Wecker. Das ist nun schon der vierte Morgen, an dem ich vor dem enervierenden Rasseln wach bin. Und es ist der vier*zehnte* Morgen, an dem ich beim Aufwachen gleich an Hemi denken muss.

Am Samstag vor drei Wochen habe ich ihn zuletzt gesehen. Damals hat er mir gesagt, ich solle gehen, und ich habe es getan, obwohl ich nicht wollte. Ich wäre viel lieber geblieben, um all das zu erforschen, was ich in seinen Augen gesehen und in seiner Berührung gespürt hatte. All das, worauf er angespielt hatte, ohne es explizit auszusprechen.

Aber ich habe es nicht getan. Ich bin gegangen, und seither bereue ich jeden Morgen gleich beim Aufwachen meine Entscheidung.

Ich schlage die Decke zurück und gehe duschen.

Eine knappe Stunde später steige ich in Sarahs Pick-up.

»Grundgütiger, ein Auto mit noch größeren Reifen hast du wohl nicht auftreiben können, wie?«, ächze ich, während ich mich auf den Beifahrersitz plumpsen lasse.

»Ich bin nun mal ein Mädel vom Land, und Mädels vom Land fahren nun mal solche Autos.«

»Das bin ich auch, aber ich fahre trotzdem keinen fetten Geländewagen.«

Sie legt den Gang ein und fährt los. »Ja, weil dein Vater der Meinung ist, dass das nicht zu einer Lady passt.«

Da hat sie völlig recht. Genau so denkt mein Vater.

»Pff. Der hat doch keine Ahnung. Ich wette, er hat nach dem Tod meiner Mutter bei Google ›wie man eine Lady wird‹ eingegeben und aus jedem einzelnen Artikel, über den er gestolpert ist, genau das herausgefischt, was ihm am besten in den Kram gepasst hat, um mich damit zu nerven.«

Der Blick ihrer schwarz umrahmten hellblauen Augen ruht einen Moment lang auf mir. »Da hast du wahrscheinlich recht, aber er hat seine Sache gut gemacht. Du bist eine Lady, so viel steht fest.«

»Ich habe die Nase voll davon, eine Lady zu sein.«

Sarah grinst und schüttelt den Kopf, dass ihre blonden Locken fliegen. »Hört, hört!«

Ich lache. »Ich glaube, du genießt meine Rebellion weit mehr als ich.«

»Und wie! Jetzt kommt endlich mal ein bisschen Aufregung in unser langweiliges Leben.«

»Die hättest du doch schon die ganze Zeit über haben können.«

»Während sich meine beste Freundin allein langweilt? Auf keinen Fall.«

»Blablabla. Du hast doch noch *nie* etwas getan, bevor ich es ausprobiert habe.«

»Habe ich wohl.«

»Hast du nicht.«

»Hey, wer ist denn hier die Jungfrau von uns beiden?«

»Okay, dafür bist *du* aber noch nicht tätowiert.«

»Und? Das entspricht eben nicht meiner Vorstellung von einem aufregenden Leben. Und überhaupt – wir wissen beide, was dabei herausgekommen ist.«

»Noch ist gar nichts ›dabei herausgekommen‹. Ich habe noch nicht entschieden, was ich tun werde.«

»Doch, das hast du. Du willst es bloß nicht zugeben.«

»Was?«

»Dass du zu viel Schiss davor hast, zurückzugehen und ihn auf die Probe zu stellen.«

»Ich habe keinen Schiss. Ich lasse mir nur Zeit.«

»Zeit wofür? Um zu reifen? Hier geht es um Sex, nicht um Wein, Sloane.«

»Ich weiß, aber …«

»Kein Aber. Was ist mit deinem ganzen Gelaber von wegen ›die Flügel ausbreiten‹?«

»Nichts ist damit. Es ist nur … Ich meine, er hat mir gesagt, ich solle gehen. Es ist nicht leicht, nach so einer Ansage noch einmal zurückzugehen.«

»Hör zu, du bist wunderschön, klug und unglaublich witzig, und du hast einen Wahnsinnskörper. Auf diese Kombination fahren Männer voll ab. Glaub mir, du musst ihm nur dein Lächeln schenken, dann frisst dir der Kerl aus der Hand.«

»Nichts für ungut, aber ich glaube kaum, dass das bei ihm funktioniert. Er ist ein bisschen anders gestrickt als die meisten Typen hier.«

»Er ist ein Mann, und Männer sind schwanzgesteuert. Solange du das im Hinterkopf behältst, kannst du nicht viel falsch machen.«

»Den Spruch solltest du auf Becher drucken lassen.«

»Ich weiß, ich bin eine Art moderner Konfuzius.«

»Ich wage zu bezweifeln, dass Konfuzius Weisheiten über Männer und ihre Schwänze verbreitet hat.«

»Woher willst du das wissen?«

»Guter Einwand.«

»Allerdings«, schnaubt Sarah. »Und jetzt hör auf, vom Thema abzulenken. Wann gehst du in dieses Studio zurück, damit ihr da weitermachen könnt, wo ihr aufgehört habt?« Sarah wackelt vielsagend mit den Augenbrauen. Sie kann es einfach nicht lassen. Ich schüttle den Kopf, kann aber ein Lächeln nicht unterdrücken.

»Keine Ahnung. Aber es ist nur eine Frage der Zeit, glaube mir.« Ich blicke ein paar Sekunden lang aus dem Fenster. »Warum interessierst du dich überhaupt so brennend für meine Jungfräulichkeit?«, frage ich schließlich.

»Es ist gegen das Gesetz der Natur, im reifen Alter von einundzwanzig Jahren noch immer Jungfrau zu sein. So was könnte das Raum-Zeit-Kontinuum durcheinanderbringen, und ehe wir's uns versehen, gibt es allenthalben Erdbeben und Vulkanausbrüche und in den Bars wimmelt es vor Höhlenmenschen.«

»Wir sind hier nicht in *Die fast vergessene Welt*, Sarah.«

»Wer weiß. Ich bin jedenfalls entschlossen, meinen Beitrag zur Erhaltung der Menschheit zu leisten.«

»Wow, ich hätte nicht gedacht, dass der Zustand meines Hymens von derart großer Bedeutung für die Welt sein könnte.«

»Ich weiß. Du bist eben die Unschuld in Person und total planlos. Aber genau deshalb hast du ja mich, liebes Kind«, behauptet sie völlig gelassen. »Ich werde dir den Weg weisen.«

Ich schüttle den Kopf. »Das kann nicht gut gehen. Du verirrst dich doch sogar auf dem Parkplatz des Supermarkts.«

»Hey! Das ist nur *ein* einziges Mal vorgekommen.«

»Und das war einmal zu viel.«

»Ach, halt den Mund, Schlampe!«

»Ganz sicher nicht, Flittchen.« Wir grinsen einander an. Diese Art Geplänkel ist normal zwischen meiner Freundin und mir.

* * *

Ich bin total kribblig. Was ziemlich vorhersehbar war. Dieses Gefühl überkommt mich jeden Abend, seit ich Hemi zuletzt gesehen habe. Ich hätte gern etwas mit Sarah unternommen, aber sie war bereits mit ihrem Freund Todd verabredet, mit dem sie eine On-Off-Beziehung führt. Und so erbärmlich es klingt, außer Sarah gibt es niemanden, mit dem ich etwas unternehmen könnte. Wenn sie anderweitig verplant ist, bleibe ich zu Hause. Gewöhnlich zeichne oder lese ich dann, aber irgendwie habe ich heute keine Lust darauf.

Nicht, dass der Grund dafür sonderlich mysteriös oder unerklärlich wäre. Im Gegenteil – ich weiß *genau*, was dahintersteckt. Oder besser gesagt wer.

Hemi.

Ich würde zu gern noch einmal zu ihm ins Studio gehen, aber irgendetwas hält mich davon ab. Vielleicht hatte ich insgeheim gehofft, er würde seine Meinung ändern und sich bei mir melden. Mich anrufen, zum Beispiel. Alle Frauen wollen doch, dass ihnen die Männer nachlaufen, oder? Eben. Und meine Nummer steht auf der Einverständniserklärung. Aber er hat nicht angerufen. Er ist mir nicht nachgelaufen. Er hat seinen Standpunkt klar und deutlich geäußert, und er bleibt dabei.

Vielleicht sollte ich das auch tun.

Nach dem x-ten Blick zum Wecker auf meinem Nachttisch springe ich aus dem Bett. »Es reicht«, sage ich in die Stille des Zimmers hinein. »Ich werde nicht noch einen Abend hier sitzen und an ihn denken.« Zehn Minuten später habe ich meine bequemen Klamotten gegen Jeans und ein T-Shirt mit der Aufschrift *GEORGIA BULLDOGS* getauscht und mache mich in meinem Auto auf den Weg zum Cuff's. Es gibt schließlich nicht nur einen Way of Life, und ich habe noch viel zu beweisen. Heute Abend werde ich mich auf meine begriffsstutzige Familie konzentrieren. Wenn ich in dieser Hinsicht ein Erfolgserlebnis verbuchen kann, wird mir das hoffentlich genug Selbstvertrauen geben, um noch einmal zu Hemi zu gehen.

Als ich die Bar betrete, von der meine Brüder seit Jahren reden, bin ich nicht sonderlich beeindruckt. Sie erweckt ehrlich gesagt einen alles andere als weltbewegenden Eindruck. Das Cuff's ist eine laute, überfüllte Bar, wie so viele andere auch, nur dass sich hier – wie ich rein zufällig weiß – viele Polizisten aus der Gegend tummeln.

Wenn ich das nicht bereits gewusst hätte, wäre ich allerdings nie darauf gekommen. Ich sehe niemanden in Uniform, lediglich einen Haufen Jungs in Alltagskleidung, die trinken, lachen und einander auf den Rücken klopfen.

Und mir fällt auf, dass es kaum weibliche Gäste gibt. Ich kann zwar ein paar vereinzelte ausmachen, aber normalerweise ist der Frauenanteil in Bars deutlich höher. Jedenfalls kommt es im Fernsehen immer so rüber. Das hier könnte auf den ersten Blick eine Schwulenbar sein, in die man zur Tarnung einige bärtige Männer gesteckt hat.

Ich sehe mich suchend um, in der Hoffnung, zwischen all den Gesichtern ein vertrautes zu erblicken. In Anbetracht ihrer unregelmäßigen Arbeitszeiten ist davon auszugehen, dass sich zumindest einer meiner Brüder hier befindet, um bei ein paar Feierabendbierchen den anstrengenden Arbeitstag ausklingen zu lassen. Eventuell sogar mein Dad.

Und ich liege richtig mit meiner Vermutung.

Als ich neben den Billardtischen einen dunkelblonden Schopf entdecke, weiß ich sofort, dass es sich um Steven handelt. Wie üblich überragt er die Umstehenden um gute fünf bis zehn Zentimeter. Er ist zwar nicht so groß wie Sig oder Dad, aber mit seinen ein Meter fünfundneunzig definitiv größer als der Durchschnitt. Er sticht aber auch wegen seiner dunkelblonden Haare mit den vereinzelten helleren Natursträhnen aus der Menge heraus. Niemand weiß, von wem er die hat. Mom hat immer gesagt, das Dunkle, das seinen Haaren fehlt, sei direkt in seine Augen gewandert. Während der Rest der Familie braune Augen hat, sind die von Steven beinahe schwarz wie Onyx. Ein entscheidender Vorteil für einen Polizisten, denn dadurch wirkt sein Blick ganz schön durchdringend. Besonders wenn er sauer ist. Manchmal jagt er sogar mir Angst ein, dabei weiß ich, dass Steven mir nie wehtun würde. Ich kann mir gut vorstellen, wie unwohl sich Verbrecher unter diesem Blick fühlen müssen.

Ich schiebe mich zwischen zwei Männern hindurch an die Bar und warte ab, bis ich bedient werde.

Als mich der stämmige Barkeeper entdeckt, kommt er gemächlich zu mir herüber und fragt mit rauer Stimme: »Ausweis?« Stolz zücke ich meinen Führerschein und halte ihn dem Typen unter die Nase. Er betrachtet ihn eingehend, mustert mich prüfend und wirft dann noch einmal einen Blick auf den Ausweis. In einer Bar, in der vorrangig Polizisten verkehren, ist das Personal offenbar darauf bedacht, sich nichts zuschulden kommen zu lassen. Schließlich nickt er. »Was soll's sein?«

Ich bestelle einen Cuba Libre (eines der wenigen Getränke, die ich bestellen kann), und er nickt und trottet davon. Ich lächle. Das hat sich gut angefühlt. Sehr erwachsen und unabhängig. Bisher habe ich in meinem Leben nur ein oder zwei Bier getrunken. Dad hat dafür gesorgt, dass ich mich nie danebenbenommen oder gar gegen das Gesetz verstoßen habe. Aber jetzt bin ich volljährig und lasse mir von niemandem mehr Vorschriften machen, nicht einmal von meinem Vater oder meinen Brüdern. Und ich bin hier, um ihnen genau das zu beweisen.

Ein paar Minuten später schiebt mir der Barkeeper meine Cola mit Rum hin. Ich reiche ihm lässig einen Zehner, als hätte ich das schon hundert Mal gemacht. Als er den Geldschein betrachtet, frage ich mich kurz, ob ich etwas falsch gemacht habe. Ich war der Meinung, das sollte reichen, aber vielleicht war es ja doch zu wenig für das Getränk samt Trinkgeld.

»Willst du das Rückgeld?«

Innerlich seufze ich erleichtert auf. »Nein, der Rest ist für dich.«

Er brummt etwas, und ich nehme mein Glas und schiebe mich erneut an den beiden Männern vorbei.

*So, und jetzt kommt der schwierige Teil …*

Ich straffe die Schultern, hole tief Luft und marschiere in Richtung der Billardtische. Doch ich komme nur ein paar Schritte weit, dann spüre ich, wie mir jemand eine Pranke auf die Schulter legt.

»Was, zur Hölle, machst du hier?«

Als ich mich umdrehe, stehe ich meinem Bruder Sig gegenüber, der mit finsterer Miene auf mich herunterblickt. Er muss eben erst gekommen sein. Ich schenke seinem Partner, der direkt hinter ihm steht, mein schönstes Lächeln. »Hi, Bear!«

»Hey, Sloane«, erwidert er sanft. Mit seinem braunen Haar und den großen blauen Augen wirkt er recht unscheinbar. Wenn man ihn ansieht oder ihm zuhört, würde man nie vermuten, was für ein knallharter Typ er ist. Laut meinen Brüdern hat er den schwarzen Gürtel in Karate und kann ganz schön ausflippen, wenn man ihn reizt. Deshalb trägt er auch den Spitznamen in Anlehnung an ein Sprichwort, das da lautet: »Hüte dich, den Bären zu reizen«.

Sig packt mich am Ellbogen, bugsiert mich zu einem leeren Tisch mit zwei Sitzbänken und legt mir dann eine Hand auf die Schulter, um mich zum Hinsetzen zu bewegen. Ich leiste Widerstand, indem ich die Knie durchstrecke und mich mit einer Hand am Tisch abstütze.

»Hör auf, Sig, sonst verschütte ich noch meinen Drink!«

»Ist da Alkohol drin?«

Ich hebe das Kinn und sehe ihm geradewegs in die Augen. »Ja, da ist Alkohol drin«, sage ich und strecke ganz automatisch ein wenig die Brust raus. »Ich darf dich daran erinnern, dass ich einundzwanzig bin und ein Recht darauf habe, Alkohol zu konsumieren.«

»Ich werde dich jetzt nicht daran erinnern, wie dämlich das ist, gerade für jemanden wie dich …«

»Schluss damit! Es ist überhaupt nicht …«

»Ich sage doch, ich werde dich nicht daran erinnern«, wiederholt er ungehalten. »Aber warum in aller Welt kommst du ausgerechnet *hierher*, um Alkohol zu konsumieren?«

»*Genau deshalb* bin ich hier – um ein Statement abzugeben. Ich dachte, wenn ich es auf diese primitive Art tue, müssten es sogar ein paar Neandertaler wie meine Brüder kapieren.«

»Eine simple *Erklärung* hätte in meinem Fall auch gereicht.«

»Sig, ich bin erwachsen. Ich glaube, du hast das allmählich begriffen, aber Scout und vor allem Steven und Dad muss ich es wohl auf die harte Tour klarmachen.«

»Warum? Was ist so schlimm daran, wie wir dich bisher behandelt haben?«

Diese Frage ist wie ein plötzlicher Schlag ins Gesicht. »Herrgott noch mal, Sig, nun tu doch nicht so, als wäre ich missbraucht worden oder so. Betrachte das Ganze doch bitte mal aus meiner Perspektive! Ich kann nicht bis zum Ende meines Lebens wie eine Gefangene dahinvegetieren! Das will ich nicht, und das werde ich auch nicht. Und ich hoffe, dass ihr endlich erkennt, wer ich wirklich bin, und kapiert, was ich will. Ich möchte, dass ihr glücklich seid, wenn ich es bin, auch wenn ich hin und wieder Entscheidungen treffe, die euch nicht in den Kram passen.«

Sigs braune Augen, die den meinen so ähnlich sind, ruhen auf mir, und ich sehe förmlich, wie er versucht, das alles zu verarbeiten. Und er wäre nicht Sig, mein Bruder, den ich kenne und liebe und dem ich schon mein Leben lang am nächsten stehe, wenn er nur mit dem Kopf und kein bisschen mit dem Herzen denken würde.

»Worauf wartest du dann noch?«

»Hä?« Ich mustere ihn erstaunt.

Sig nimmt mir das feucht angelaufene Whiskyglas aus der Hand und hält mir den Strohhalm an die Lippen. »Na los! Auf ex!«

In seiner Miene lese ich Zustimmung – widerstrebende Zustimmung, aber immerhin.

*Einer weniger*, denke ich. Er hat akzeptiert, dass ich eine Tätowierung habe und jetzt auch, dass ich Alkohol trinke. Somit betrachtet mich nun zumindest einer der Männer in meinem Leben endlich doch als Erwachsene.

Ohne ihn aus den Augen zu lassen, nehme ich den Strohhalm zwischen die Lippen und beginne lächelnd daran zu saugen. Doch sobald sich die brennende Flüssigkeit in meine Kehle ergießt, fange ich automatisch an zu würgen und zu husten.

Mein Bruder klopft mir sichtlich amüsiert auf den Rücken.

»Heiliger Strohsack! Was ist denn da drin, Terpentin?«, keuche ich.

Sig prustet los. »Milch ist für Babys, Schwesterherz. Willkommen in der Welt der Erwachsenen.« Er stellt das Glas auf den Tisch und dreht sich zu seinem Partner um. »Besorg uns doch bitte zwei Bier und eine Cola *ohne* Rum, ja?« Er kramt ein paar Geldscheine aus der Hosentasche und reicht sie Bear.

»Was, zum Teufel, soll das? Ich dachte, du hast ...«

»Das Bier ist für euch beide«, unterbricht mich Sig. »Ich schätze mal, mehr als einen Cuba Libre wirst du nicht schaffen, also würde ich dir raten, dass du als Nächstes auf Bier umsteigst. Und die Cola ist für mich, denn irgendjemand wird dich nachher, wenn du sturzbetrunken bist, nach Hause fahren müssen.«

Er drückt mich auf die Bank und lässt sich neben mir nieder. Ich lehne mich kurz an ihn, den Kopf an seiner Schulter. »Du bist echt ein toller großer Bruder.«

Er schnippt mir mit dem Finger an die Nasenspitze, was so höllisch wehtut, dass ich mich abrupt aufrichte. »Verdammt richtig, das bin ich. Dir ist hoffentlich klar, wem Dad dafür in den Arsch treten wird.«

»Niemandem, weil alles auf meine Kappe geht. Das gehört schließlich zum Erwachsensein dazu, dass man die Konsequenzen trägt.«

»Ja, aber bis jetzt hast du noch nie erlebt, was das bedeutet, jedenfalls wenn es nach Dad oder Steven geht. Du glaubst, die beiden waren streng zu dir, dabei hast du keine Ahnung, wie drakonisch ihre Strafen ausfallen können.«

»Ich werde dich beschützen«, verspreche ich und nehme noch einen Schluck von meinem Glas. Diesmal brennt es schon weniger, sodass ich die Mischung aus scharfem Rum und süßer Cola nun eher genießen kann.

»Ich nehme dich beim Wort.«

»Tu das.«

* * *

Die Sache mit dem Alkohol ist die: Er macht sich ganz plötzlich bemerkbar, wie ich wenig später feststellen muss. Erst fühlt man sich bloß ein bisschen benommen, und einen Augenblick später kann man kaum noch geradeaus schauen.

»Ich glaube, das sollte dein letztes sein«, meint Sig, als ich mein drittes Corona mit Limette leere.

»Mir geht's blendend«, erkläre ich. Ich bin gut drauf und fühle mich angenehm beduselt, aber eigentlich nicht betrunken. »Aber ich gebe zu, ich werde allmählich ein bisschen müde«, räume ich ein und versuche ein Gähnen zu unterdrücken. »Lass mich mal raus. Ich will nur schnell für kleine Mädchen, dann können wir gehen.«

Sig rutscht zur Seite, und als ich mich erhebe, beginnt die Bar zu schwanken. Ich taste Halt suchend nach dem Tisch und stütze mich daran ab, bis ich einigermaßen stabil stehe.

»Schaffst du es überhaupt allein zur Toilette?«

»Natürlich schaffe ich das«, entgegne ich und merke selbst, dass ich lalle. »Du musst mir nur sagen, wo sie ist.«

Sig legt mir die Hände auf die Schultern und dreht mich etwas zur Seite, bis ich mit dem Gesicht zur Bar stehe. »Geradeaus und dann den Gang da vorne runter, auf der linken Seite.«

Nach einem angestrengten Blick in die angegebene Richtung nicke ich. »Alles klar.« Dann mache ich mich auf den Weg und schlängle mich bedächtig zwischen den Leuten hindurch.

Alkoholisiert zu pinkeln ist gar nicht so einfach. Normalerweise vermeide ich es tunlichst, mich auf dem Klo hinzusetzen, wenn ich außer Haus bin. Mein Allerwertester hat noch niemals den Sitz einer öffentlichen Toilette berührt. Diesmal stellt das allerdings eine große Herausforderung dar, weil ich doch ziemliche Gleichgewichtsprobleme habe. Also tue ich das einzig Mögliche: Ich stütze mich mit beiden Händen an den silbernen Metallwänden der Kabine ab und lehne mich nach hinten, bis ich mich über der Toilettenschüssel befinde. So, jetzt kann's losgehen.

Als ich fertig bin und es mir gelungen ist, mich zu erleichtern, ohne die Klobrille auch nur ein einziges Mal zu streifen, bin ich richtig stolz auf mich. Ich ziehe meine Jeans hoch, wasche und trockne mir die Hände und betrachte mich anschließend im Spiegel.

Mein spärliches Make-up und mein glattes schwarzes Haar sind immer noch makellos. Es sind die Augen, die mich verraten. Die Lider sind schwer, mein Blick unfokussiert. Ich sehe *eindeutig* betrunken aus, obwohl mir bislang nicht klar war, dass ich es bin.

Ehe ich zu unserem Tisch zurückkehre, fahre ich mir mit der Zunge über die trockenen Lippen und presse die kühlen Hände auf meine glühenden Wangen.

Auf dem Rückweg durch den überfüllten Raum käme es mir definitiv sehr entgegen, wenn ich mich etwas weniger benebelt fühlen würde.

»Sloane Annelle Locke, was, zum Teufel, suchst du hier?«

Oh-oh. Sowohl die Stimme als auch der Tonfall sind mir wohlvertraut, weshalb ich heftig zusammenzucke, obwohl ich vorhin noch so große Töne gespuckt habe und wild entschlossen war, mich zu behaupten. Es ist mein älterer Bruder Steven, und wenn er wütend ist, nennt er mich, wie mein Vater, beim vollen Namen.

Ich drehe mich zu ihm um. »Steven!«, begrüße ich ihn übertrieben erfreut. »Dich habe ich gerade gesucht. Dad ist doch hoffentlich auch da, oder? Dann wäre mein Glück perfekt.«

»Nein, ist er nicht, und du kannst heilfroh darüber sein.«

Ich gebe mich unbeeindruckt. »Wieso sollte ich?«

»Weil es dann garantiert ein Jahr lang Hausarrest setzen würde, so betrunken, wie du bist.«

»Na ja, das wäre etwas schwierig, weil ich nämlich schon einundzwanzig bin und Alkohol trinken darf, so viel ich will.«

»Da täuschst du dich aber ganz gewaltig!«

»Nein, das tue ich nicht!«, kontere ich mit ebenso viel Nachdruck in der Stimme.

»Um dein Alter geht es hier überhaupt nicht, und das weißt du genau.«

»Worum geht es denn *dann*?«, fauche ich. Allmählich werde ich richtig wütend.

»Es geht darum, dass …«

Ich schneide ihm das Wort ab. »Vergiss es, Steven. Ich werde mich nicht mehr rumkommandieren lassen. Ich bin mein eigener Herr. Ich treffe meine eigenen Entscheidungen. *Ich allein* bin für mich verantwortlich. So, und jetzt lass mich in Ruhe! Ich hatte gehofft, dass du mich verstehen würdest, dass ihr alle mich endlich, endlich nicht mehr wie ein kleines Kind behandeln würdet. Aber da habe ich mich ganz offensichtlich getäuscht.«

Ich wirble herum und will gerade davonstolzieren, als Steven mich am Arm packt und mich zu sich dreht. »Wo, zum Teufel, willst du hin?«

»Nach Hause«, zische ich und versuche vergeblich, mich aus seinem eisernen Griff zu befreien.

»In deinem Zustand? Mit dem Auto? Das bezweifle ich doch stark.« Steven marschiert los, wobei er mich durch die Menge vor sich her schiebt.

»Lass mich gefälligst los!« Ich versuche mich loszureißen, aber das ist sinnlos. Er ist einfach zu stark.

»Vergiss es. Du kommst mit, und zwar sofort.«

»Steven …«

»Ich schlage vor, du lässt sie los, und zwar auf der Stelle«, höre ich eine vertraute Stimme hinter mir, und mein Magen vollführt vor Freude einen kleinen Salto. Als ich über die Schulter spähe, erblicke ich ein, zwei Meter hinter uns Hemi. Er hat die Arme vor der Brust verschränkt und mustert meinen großen Bruder mit einem drohenden Blick.

»Halt dich da raus, Arschloch«, knurrt dieser unbeeindruckt.

»Ich werde dich nicht noch einmal bitten«, kontert Hemi.

Steven bleibt abrupt stehen. Er kocht schon vor Wut. Kein Wunder, er ist mit Abstand der aufbrausendste meiner drei Brüder. Er dreht sich um, ohne mich loszulassen, und sein fester Griff schnürt mir fast das Blut im Arm ab.

»Aua! Du tust mir weh, Steven!«, beschwere ich mich.

»Nun hör mal gut zu …« Stevens Stimme klingt trügerisch ruhig, aber umso nachdrücklicher. »Wenn du deine Nase weiterhin in Angelegenheiten steckst, die dich nichts angehen, muss ich sie dir leider brechen, haben wir uns verstanden?«

Hemi macht sichtlich unbeeindruckt einen Schritt auf ihn zu. »Tu, was du nicht lassen kannst, Mann. Ich bleibe jedenfalls so lange hier stehen, bis du sie loslässt.«

»Ich glaube nicht, dass du das wirklich willst«, warnt Steven ihn.

»O doch.« Ein Lächeln umspielt Hemis Lippen.

*Mist! Wo ist eigentlich Sig, wenn man ihn mal braucht?*

Ich baue mich vor Steven auf. »Steven, es geht mir gut, und ich habe nicht vor, noch Auto zu fahren. Geh einfach dorthin zurück, wo du hergekommen bist, und mach hier keine Szene, ja?«

In Lokalen, in denen Polizisten verkehren, gibt es grundsätzlich nie Schwierigkeiten mit Polizisten. Es sind immer die anderen, die sich danebenbenehmen, und falls es Ärger gibt, werden sämtliche anwesende Cops genau das zu Protokoll geben. Das ist einfach eine Tatsache. Wenn Hemi sich hier einmischt, gibt es für ihn unweigerlich nur einen Ausgang: Er wird auf dem Rücksitz eines Streifenwagens landen.

Steven würdigt mich die ganze Zeit über keines Blickes. Er starrt unverwandt Hemi an, und dann legt er mir, um seinen Worten Nachdruck zu verleihen, die Hände auf die Schultern.

»Diesmal werde ich gnädigerweise ein Auge zudrücken, aber beim nächsten Mal kommst du nicht mehr ungeschoren davon.« Damit packt er mich erneut am Arm und schiebt mich vor sich her.

Ich höre noch, wie Hemi »Okay, ich habe dich höflich gebeten …« sagt, und dann bricht die Hölle los.

Als ich merke, dass mich Steven loslässt, drehe ich mich um. Mein Bruder hat auf dem Absatz kehrtgemacht und zielt mit der rechten Faust auf Hemis Gesicht. Mir bleibt die Luft weg. Steven ist ein Riese, und er ist darauf trainiert, Verbrecher unschädlich zu machen. Allein die Vorstellung, dass er Hemis wunderschönes Gesicht zurichten könnte …

Meine Gedanken werden jäh unterbrochen, als Hemi mit einer flinken, anmutigen Bewegung vor Stevens Faust in Deckung geht. Anschließend richtet er sich lächelnd wieder auf.

»Knapp daneben, großer Mann. Was hast du sonst noch auf Lager?«

*O mein Gott. Er provoziert meinen Bruder!*

Heilige Scheiße, das kann nicht gut ausgehen.

Steven bringt seine Faust erneut in Position und zielt auf Hemis Magengegend. Diesmal weicht Hemi mit einem kleinen

Schritt zur Seite aus, und der Treffer geht größtenteils ins Leere. Hemi nutzt die Wucht, mit der Steven zugeschlagen hat, um ihn in die Menge zu stoßen.

Mein Bruder stolpert ein, zwei Meter nach vorn, ehe er zum Stehen kommt. Dann dreht er sich blitzschnell um und stürzt sich mit wutverzerrter Miene erneut auf Hemi. Erst in diesem Augenblick wird mir der Ernst der Lage wirklich klar.

Ich habe zum ersten Mal in meinem Leben harten Alkohol getrunken, in einer Bar, in der auch meine Brüder verkehren, und es gibt meinetwegen eine Schlägerei.

Das wird der erste Eindruck sein, den ich als Erwachsene bei meiner Familie hinterlasse – für immer und ewig.

Ohne lange zu überlegen, baue ich mich vor Hemi auf und schreie aus vollem Hals: »Schluss jetzt!«

Keine Ahnung, ob es mein Gebrüll ist oder die Tatsache, dass ich mich zwischen ihn und Hemi gestellt habe, jedenfalls erstarrt Steven einen Augenblick, und ich rede schnell weiter, ehe er Hemi erneut angreift.

»Jetzt hör mir mal gut zu, Steven, bevor du dich noch weiter lächerlich machst und deine Wut an einem völlig Fremden auslässt: Ich werde mich jetzt umdrehen und mich von Sig nach Hause fahren lassen. Dein Verhalten war total daneben, und wenn du nicht aufhörst, mich wie ein kleines Kind zu behandeln, dann wirst du damit rechnen müssen, dass ich mich dagegen wehre, bis unser letztes Stündlein geschlagen hat. Wenn du es so haben willst, bitte. Aber ich werde tun, was *ich* will, ob es dir nun passt oder nicht.«

Sobald ich mit Steven fertig bin, drehe ich mich zu Hemi um. Als sich unsere Blicke treffen, setzt mein Herz einen Schlag aus, doch ich schenke diesem Umstand keinerlei Beachtung. »So, und nun zu dir. Das hier geht dich gar nichts an. Du hast doch ohnehin keine Zeit für ein Mädchen wie mich, schon vergessen?« Hemi hebt lediglich eine seiner dunklen Augenbrauen, ansonsten bleibt er wie angewurzelt stehen und starrt mich wortlos an. »Ich weiß es zu schätzen, dass du mich beschützen wolltest, aber ich muss nicht beschützt werden, nicht einmal vor diesem Mistkerl von einem Bruder.«

Hemis Augenbrauen ziehen sich zusammen. »Er ist dein *Bruder*?«

Ich werfe Steven über die Schulter hinweg einen Blick zu. »Leider, ja.«

Als ich mich wieder zu Hemi umdrehe, ziert eine tiefe Falte seine Stirn.

»Ich kann nur hoffen, dass ihr zwei zumindest einen Funken Vernunft besitzt und die Sache auf sich beruhen lasst. Und falls ihr euch wie zwei Dorftrottel aufführen und auf dem Parkplatz prügeln wollt, dann tut das. Ich gehe jetzt.«

Damit straffe ich die Schultern und marschiere hocherhobenen Hauptes davon, wobei ich mir große Mühe gebe, nicht zu stolpern. Verdammt starker Abgang, soweit ich das beurteilen kann.

*Kapitel 8*

# HEMI

Ach du Scheiße! Er ist ihr *Bruder*? Ich bin mir nicht sicher, was ich davon halten soll. Im besten Fall ist es ein unerwartetes Geschenk an einen Mann, der verzweifelt versucht, das Richtige zu tun. Im schlimmsten bietet sich mir nun mit dieser Wendung die ideale Gelegenheit, mich selbst zu zerstören. Wie dem auch sei, die Karten sind damit auf einen Schlag völlig neu gemischt.

Ich muss eine schwierige Entscheidung treffen. Soll ich mich mit Sloane einlassen? Soll ich das Undenkbare tun und sie in das Chaos hineinziehen, das mein Leben beherrscht? Oder soll ich diese Gelegenheit verstreichen lassen? Wie auch immer man es betrachtet, ich bin und bleibe ein ignoranter Mistkerl. Im Grunde läuft alles auf eine einzige Frage hinaus: Mit wessen Enttäuschung kann ich besser leben, mit der meiner Familie oder der eines unschuldigen Mädchens?

# *Kapitel 9*

# SLOANE

Es klingelt an der Tür, aber das ignoriere ich einfach. Wahrscheinlich ist es jemand, der mir irgendetwas andrehen will. Vor einem Jahr ist das Schild mit der Aufschrift *Betteln und Hausieren verboten*, das in unserer Siedlung stand, zum ersten Mal gestohlen worden. Genutzt hatte es ohnehin nichts. Die Hausierer haben sich davon nicht groß abschrecken lassen. Seither kauft jemand alle paar Monate ein neues Schild und stellt es auf der Wiese neben der Einfahrt zu unserem Viertel auf, und ein paar Tage später wird es erneut gestohlen. Die Hausierer kommen trotzdem. Hin und wieder frage ich mich, ob womöglich einer von ihnen solche Schilder herstellt. Das wäre ziemlich gerissen.

Es klingelt erneut. Ich wälze mich auf die Seite und werfe einen Blick auf den Wecker. Es ist zwanzig vor zehn.

Meine Schläfen pochen, als wäre mein Herz von meiner Brust in den Kopf gewandert. Ich stöhne in die Stille hinein. Ein Glück, dass ich allein bin! Meine Brüder und mein Vater sind entweder schon bei der Arbeit, oder sie legen auf dem Weg dorthin noch eine Trainingseinheit im Fitnessstudio ein, und ich bin heilfroh darüber. Bei meinem scheußlichen Kater kann ich echt auf süffisante Blicke und arrogante Kommentare à la »Ich hab's dir doch gleich gesagt« verzichten.

Als das nervtötende Gebimmel zum dritten Mal ertönt, schlage ich zähneknirschend die Decke zurück, stampfe die Treppe hinunter und reiße die Tür auf, im Begriff, eine Schimpfkanonade der Extraklasse auf den nichtsahnenden Staubsaugervertreter, den ich dahinter vermute, loszulassen. Stattdessen sehe ich mich unverhofft Hemi gegenüber. Er sieht zum Anbeißen aus in seinen Hüftjeans mit Riss am Knie und einem schwarzen T-Shirt mit dem coolen Logo des Studios. Auf seiner Nase sitzt eine Aviator-Sonnenbrille.

Ich betrachte ihn mit zusammengekniffenen Augen, denn die grellen Sonnenstrahlen scheinen sich wie tausend kleine Nadelstiche direkt in mein Hirn zu bohren.

»Was willst du denn hier?«

Er verzieht die Lippen zu einem schiefen Grinsen und hebt die Hand, und erst da bemerke ich, dass er mir einen Becher Kaffee hinhält.

Ich nehme den Kaffee mit beiden Händen entgegen, führe das dampfende Gebräu an meine Lippen, um vorsichtig einen Schluck zu nehmen, und fühle mich schlagartig etwas besser. Allein der Duft wirkt ungeheuer belebend.

»Komm rein«, murmle ich geistesabwesend, drehe mich um und gehe ins Haus.

Erst als ich mit angezogenen Beinen auf der Couch im Wohnzimmer sitze, wird mir bewusst, was für einen Anblick ich biete – rosa karierte Shorts, knappes rosarotes Top mit der Aufschrift *Kiss me*, die Haare zu einem Pferdeschwanz zusammengebunden und dazu das Make-up von gestern Abend, das inzwischen vermutlich gleichmäßig über mein gesamtes Gesicht verteilt ist.

Ich nehme noch einen Schluck Kaffee, dann schließe ich die Augen und versuche, das Bild bewusst zu verdrängen. Es herrscht Stille, und nachdem eine oder zwei volle Minuten verstrichen sind, schlage ich die Augen wieder auf. Hemi hockt auf der Kante eines Sessels, die Ellbogen auf den Knien aufgestützt, und betrachtet mich.

»Tut gut, hm?«

Ich nicke und nehme einen weiteren Schluck. »Woher hast du das gewusst?«

»Ich hatte schon den einen oder anderen Kater.«

»Für mich ist es der erste.«

»Mmm, ich kann mich wirklich glücklich schätzen, dass ich so viele deiner ersten Male live miterleben darf.«

Seine Worte verursachen mir ein warmes Gefühl in der Magengegend. Es hat den Anschein, als würde er auf allerlei Verbotenes anspielen. Sein Gesichtsausdruck jedoch bleibt neutral, und seine Augen sind hinter der Brille versteckt. Aber ich muss sie nicht sehen, um zu wissen, dass sie auf mir ruhen. Sein Blick ist wie eine Berührung, wie ein warmer Finger, der mir über den Mund streicht. Ich befeuchte die Lippen mit der Zungenspitze – aus reiner Nervosität, und nicht etwa mit der Absicht, ihn zu reizen, was aber völlig unerheblich ist. Er schnappt nach Luft und beißt die Zähne zusammen, sodass die Kiefermuskeln hervortreten.

Ich genieße das Knistern zwischen uns in vollen Zügen, würde es am liebsten künstlich verlängern. Ich habe nicht vor, ihn zurückzuweisen, so wie er es mit mir getan hat.

»Und ein paar letzte Male«, erwidere ich mit einem beiläufigen Lachen. Meine jüngste Erfahrung in Sachen Alkoholkonsum hatte es echt in sich.

»Gut möglich. Einiges, das du ausprobieren wirst, hat bedeutend mehr … Suchtpotenzial.«

Mein Puls beschleunigt sich. »Und woran denkst du da?«

»Das musst *du mir* sagen.«

Der Kaffee kommt mir lauwarm vor verglichen mit der Hitze, die plötzlich durch meinen Körper strömt. Mit seinen subtilen Anspielungen gelingt es ihm immer wieder, mich aus der Ruhe zu bringen, und zugleich geht dabei ein Kribbeln durch gewisse Teile meines Körpers … Wie kann das sein? Schließlich hat er doch gewollt, dass ich gehe!

»Was willst du?«, frage ich ihn erneut. »Du bist doch sicher nicht den ganzen Weg hergefahren, um mir einen Kaffee zu bringen.«

Ich wohne ungefähr eine halbe Autostunde von Atlanta entfernt. Unter einem Dach mit meinem Vater und meinen Brüdern.

Leider.

Aber sobald ich meinen Abschluss habe und mein eigenes Geld verdiene, bin ich hier weg.

»Ich hole dich zu deiner ersten Unterrichtsstunde ab.«

»Zu meiner ersten Unterrichtsstunde?«

»Ja, ganz recht. Hast du nicht gesagt, du willst alles über die Kunst des Tätowierens lernen?«

»Ja, schon, aber hast du nicht gesagt, du würdest niemanden unterrichten?«

»Das stimmt. Aber da wir offenbar dazu bestimmt sind, deine ersten Male gemeinsam zu erleben, dachte ich, ich sollte mich wohl ranhalten.«

»Wie kommst du darauf, dass ich noch andere erste Male mit dir teilen werde?«

Hemi lächelt breit, und wieder strömt eine Hitzewelle durch meinen Körper. »Glaub mir, das wirst du, und zwar noch so einige.«

Ich erhebe keine weiteren Einwände, und zwar in erster Linie deshalb, weil ich mir nichts Schöneres vorstellen kann, als alle meine ersten Male mit Hemi zu teilen. Der Gedanke, im Beisein eines derart faszinierenden Menschen meine Flügel auszubreiten, gefällt mir. Sehr sogar. Aber das muss ich Hemi ja nicht unbedingt auf die Nase binden.

»So, meinst du«, sage ich betont nonchalant, obwohl mir kein bisschen nonchalant zumute ist.

»Ja, das meine ich.«

Hemi lächelt immer noch, sein Lächeln übt nach wie vor eine verheerende Wirkung auf gewisse Körperteile von mir aus.

»Und wie soll diese erste Unterrichtsstunde ablaufen?«

»Du. Ich. Und der Strand.«

»Der Strand?«

»Ja, der Strand. Also, beeil dich. Trink den Kaffee aus, und dann sieh zu, dass du deinen appetitlichen Hintern in einen Bikini steckst, damit wir aufbrechen können. Wir haben eine lange Fahrt vor uns.«

Ich höre nur *appetitlicher Hintern* und *lange Fahrt*. Ich werde den Tag mit Hemi verbringen. Und er findet meinen Hintern appetitlich.

Das ist nicht nur der erste, sondern auch der beste Kater, den ich je hatte.

# *Kapitel 10*

# HEMI

*Was, zum Teufel, habe ich mir nur dabei gedacht?*

Ich habe beschlossen, Sloane beim Wort zu nehmen, weil ich diese Gelegenheit einfach nutzen muss. Ich meine, das könnte genau der Einstieg sein, den ich benötige. Allerdings muss ich vorsichtig sein. Ich darf mich auf gar keinen Fall zu sehr von ihr ablenken lassen. Ein bisschen Zerstreuung ist durchaus okay. Jeder braucht dann und wann etwas Unterhaltung, und einen quasi unberührten Körper wie den ihren zu erforschen, das wird *zweifellos* unterhaltsam sein. Aber es könnte auch eine allzu große Ablenkung werden.

Ich fürchte, es war die Vorstellung, ich müsste mir etwas versagen, die mich mürbe gemacht hat. Früher habe ich mir stets einfach genommen, was ich wollte. Ohne ernsthafte Konsequenzen. So läuft das nun mal bei Typen wie mir. So lief es seit jeher. Bis vor Kurzem. Und dieser Typ schlummert nach wie vor in mir, auch wenn er schon eine ganze Weile nicht mehr in Erscheinung getreten ist. Aber ich habe den Verdacht, dass er aus seinem Winterschlaf erwachen wird, gerade lange genug, um seinen Nutzen aus der Situation zu ziehen, so dämlich das auch sein mag.

Insgeheim frage ich mich, ob meine Entscheidung tatsächlich rein pragmatischer Natur war oder ob nicht doch in erster Linie

Sloane und die köstliche Versuchung, die sie für mich darstellt, dahinterstecken. Natürlich gibt es triftige Gründe für meine Entscheidung, aber sind sie auch triftig *genug*?

Rasch verdränge ich den Gedanken. Meine Entscheidung ist absolut gerechtfertigt. Mit achtundzwanzig Jahren bin ich eindeutig zu alt, um mich von einem Mädchen wie Sloane betören zu lassen. Schließlich könnte ich mit all meiner Erfahrung und in Anbetracht der Art und Weise, wie ich lange Zeit gelebt habe, genauso gut schon fünfzig sein.

Trotzdem finde ich die Vorstellung, meine Finger, meine Zunge, meinen Schwanz in Sloanes süßem kleinen Körper zu versenken, verflucht reizvoll. Erst recht, als sie weniger als zehn Minuten später ins Wohnzimmer zurückkehrt. Sie schwenkt eine Badetasche und trägt nichts weiter als ein Bikini-Top und die knappsten Shorts, die ich je gesehen habe.

»Bereit?«, fragt sie, voller Unschuld und Begeisterung.

»O ja. Und wie.«

## *Kapitel 11*

# SLOANE

Ich habe mir keine Gedanken darüber gemacht, was für ein Auto ein Mann wie Hemi wohl fährt. Es hätte mich auch nicht überrascht, wenn es ein großes, glänzendes Motorrad oder ein kleiner, schneller Sportflitzer gewesen wäre. Aber das Cabrio, das mit geöffnetem Dach in der Auffahrt unseres Hauses steht, passt einfach perfekt zu Hemi.

Es ist ein älteres Modell, allerdings – soweit ich das beurteilen kann – in hervorragendem Zustand. Mit seinem kantigen Design, der schwarzen Lackierung und den silbernen Rennstreifen auf der Motorhaube wirkt es kräftig und gefährlich, genau wie sein Fahrer.

»Ich habe keine Ahnung, was das für ein Auto ist, aber es ist wie für dich gemacht!«, bemerke ich, während ich zur Beifahrerseite hinübergehe. Da ich in die Betrachtung des Wagens vertieft bin, registriere ich gar nicht, dass Hemi mir folgt. Ich bemerke es erst, als er mir die Tür öffnet. »Oh, danke!«, sage ich überrascht.

Er nickt, und der Anflug eines amüsierten Lächelns umspielt seine Lippen. »Gern geschehen.« Ich liebe es, wenn er so lächelt. Es erweckt den Anschein, als würde er etwas im Schilde führen, und das lässt mein Herz unwillkürlich schneller schlagen.

Ich beobachte, wie er lässig den Kühlergrill umrundet und auf dem Fahrersitz Platz nimmt. Er sieht zu mir rüber. »Das ist ein Chevrolet 1969 Camaro«, sagt er und startet den Wagen. Der Motor heult auf, und das tiefe, kehlige Brummen bestätigt meine Annahme, was die Leistungsstärke angeht. Es klingt verheißungsvoll, nach Geschwindigkeitsrausch und Kraft. »Normalerweise dauert die Fahrt ans Meer vier Stunden, aber in diesem Baby sind wir locker in drei Stunden da.«

Er legt den ersten Gang ein und steuert den Wagen langsam aus dem Viertel. Auf der Auffahrt zum Highway steigt er aufs Gaspedal und dreht das Radio lauter. Ich spüre, wie ein unbeschwertes Lachen in mir aufsteigt. Die Musik, der Wind, die Sonne und Hemi – das alles vermittelt mir ein Gefühl von Freiheit. Ich bin im Begriff, meine Flügel auszubreiten, und es fühlt sich großartig an.

* * *

Es ist kurz nach eins, als wir in Tybee Island ganz in der Nähe von Savannah ankommen. Auf der Fahrt haben wir uns so gut wie gar nicht unterhalten, weil das in einem offenen Cabrio praktisch unmöglich ist. Aber Reden wäre ohnehin völlig überflüssig gewesen. Die Fahrt war auch so wunderschön, obwohl wir kaum ein Wort gewechselt haben.

Hemi hat einen freien Platz auf einem öffentlichen Parkplatz gefunden. Er stellt den Motor ab, steigt aus und nimmt meine Tasche vom Rücksitz. Ich bin aus dem Wagen gestiegen, ehe er es auf meine Seite geschafft hat, und komme ihm auf halbem Wege entgegen.

»Ich hoffe, du hast Sonnencreme dabei«, bemerkt er und streicht mit dem Handrücken über meinen Arm. »Es wäre jammerschade, wenn diese Porzellanhaut verbrennen würde.«

»Habe ich«, erwidere ich sanft. Seine Berührung geht mir durch Mark und Bein.

»Okay, dann mal los.«

Ich lächle. Genau das hat er an jenem Abend gesagt, als wir uns kennengelernt haben. Er streckt die Hand aus, und ich ergreife sie und kämpfe gegen den Drang an, wie ein Honigkuchenpferd zu grinsen. »Ich bin bereit.«

Er sieht mich nicht an, als er antwortet, und seine Stimme ist leise, deshalb bin ich nicht ganz sicher, ob ich ihn richtig verstanden habe, aber es kommt mir so vor, als hätte er »Das will ich auch hoffen« gemurmelt.

Wir überqueren die Straße und betreten den heißen Sand. Es ist zwar einiges los, aber der Strand ist bei Weitem nicht so touristisch wie so mancher andere und daher auch weniger überlaufen.

Zu meiner Überraschung führt mich Hemi zu einer kleinen freien Stelle mitten im Getümmel. »So, das hier ist perfekt«, sagt er und stellt meine Tasche ab.

»Nicht, dass ich mich beschweren möchte, aber perfekt wofür?«

»Um zu beobachten.«

»Um was zu beobachten?«

»Menschen. Körper. Das hier wird deine Leinwand sein«, erklärt er mit einer weit ausholenden Geste. »Menschen wie diese hier. Je besser du über den menschlichen Körper Bescheid weißt, über die Art und Weise, wie sich die Haut bewegt, wie sie sich über Knochen und Muskeln spannt, desto geschickter wirst du dich beim Tätowieren anstellen.«

»Ah ja«, entgegne ich, weil mir sonst nichts einfällt, aber ich muss zugeben, seine Argumentation leuchtet mir ein. »Verstehe.«

Ich hole mein Badetuch aus der Tasche und breite es im Sand aus, wobei ich mir Hemis Gegenwart nur allzu bewusst bin. Er steht auf meiner linken Seite, mit dem Gesicht zu mir. Wegen der Sonnenbrille kann ich allerdings nicht mit Sicherheit sagen, ob er mich oder die Menschen um uns herum beobachtet. Wie dem auch sei, ich bin nervös und aufgeregt, als ich mich aus meinen Shorts schäle.

Ich lasse mich auf dem Frotteetuch nieder, mit dem Gesicht zur Sonne, und betrachte Hemi verstohlen, wobei mir der Umstand, dass ich ebenfalls eine Sonnenbrille trage, zugutekommt. Seine Körperformen interessieren mich viel mehr als all die anderen halb nackten Menschen hier.

Ich sehe, wie seine Mundwinkel erneut ein paar Millimeter nach oben wandern, und frage mich, ob ihm klar ist, dass ich ihn beobachte. Er nimmt die Brille ab, zieht sich das T-Shirt über den Kopf und wirft es achtlos in den Sand. Ehe er die Brille wieder aufsetzt, treffen sich unsere Blicke. Jep, er weiß genau, dass ich ihn durch die getönten Gläser angestarrt habe.

Ich habe Hemi bereits in einem Tanktop gesehen, aber ohne sieht er noch besser aus. Viel besser, als ich es mir je hätte träumen lassen. Er hat einen Waschbrettbauch und unbeschreiblich breite Schultern, von denen eine mit einem aufwendig gestalteten Tattoo überzogen ist, das sich bis zu seiner muskulösen, leicht behaarten Brust erstreckt. An einer Seite rankt sich von der Hüfte oberhalb des Hosenbundes bis zur Achsel eine Reihe wunderschön geformter Buchstaben und Zahlen. Ich will ihn gerade fragen, was sie bedeuten, doch bleiben mir die Worte im Hals stecken, als er sich anschickt, die Jeans auszuziehen.

Während seine Finger mit geschickten Bewegungen Knopf um Knopf öffnen, stelle ich mir unwillkürlich vor, wie er mit einem geübten Handgriff den Verschluss meines BHs aufschnappen lässt und mir die Shorts auszieht. Und was sich noch zwischen seiner und meiner nackten Haut befindet.

Unter seinen Jeans kommt eine schwarze Badehose zum Vorschein, und dazu die schönsten Männerbeine, die mir jemals untergekommen sind. Sie sind muskulös und kaum behaart, und unter dem Saum der Badehose lugt eine weitere Tätowierung hervor, die offenbar seinen rechten Oberschenkel bedeckt.

Er wirft die Jeans zum T-Shirt auf den Boden, rückt die Sonnenbrille zurecht und wendet sich von mir ab, um aufs Meer hinauszublicken. Mein Mund wird ganz trocken, während ich seinen breiten Rücken betrachte. Ich kann nur hoffen, dass wir früher oder später schwimmen gehen werden, damit ich jeden Zentimeter von ihm zu sehen bekomme, wenn der dünne Stoff seiner nassen Badehose an seinem Unterleib klebt.

»Hast du die Sonnencreme wirklich eingepackt?«, erkundigt er sich mit einem Blick über die Schulter.

»Natürlich. Ich bin schließlich ein folgsames Mädchen«, erwidere ich grinsend und beginne, in meiner Tasche nach der Tube zu kramen. Ich hatte von Hemi genaue Anweisungen zur Pflege meiner Tätowierung erhalten, und Sonnenschutz war eine davon.

»Folgsam? Das höre ich gern.« Ich weiß nicht, ob es sein Tonfall ist, der mich aufhorchen lässt, oder seine raue Stimme, jedenfalls hebe ich den Kopf und stelle fest, dass er mich nun wieder beobachtet. Und dass mein Mund nach wie vor wie ausgetrocknet ist.

»Du weißt doch, ich bin ein braves Mädchen.«

»Wie könnte ich das vergessen?«

Ich habe keine Ahnung, was er mir damit sagen will, deshalb bin ich erleichtert, als ich endlich fündig werde. »Willst du auch?«, frage ich und reiche Hemi die Sonnencreme.

»Gern«, erwidert er, greift nach der Tube und drückt sich einen Klecks in die Handfläche. Er gibt mir die Tube zurück, und meine Finger nehmen sie entgegen, doch dann erstarre ich zur Salzsäule und verfolge fasziniert, wie er die Creme auf seinen Armen, auf der Brust und auf dem Bauch verteilt, bis seine Haut in der Sonne glänzt. »Könntest du mir den Rücken eincremen?«, bittet er mich ruhig.

Ich blicke ihm ins Gesicht und verfluche im Stillen die dunklen Gläser, die seine Augen verbergen. Das Einzige, was ich darin erkennen kann, ist mein Gesicht, in dem sich mein Interesse und mein Begehren spiegeln. Und ich habe keinen blassen Schimmer, was er empfindet, falls er überhaupt etwas empfindet.

»Klar«, antworte ich, im Begriff, mich aufzurappeln.

»Bleib ruhig sitzen, ich komme zu dir runter«, winkt er ab und setzt sich zwischen meine Beine.

Ich drücke etwas Sonnencreme auf meine Handfläche, spreize die Beine noch etwas weiter und beuge mich nach vorn, um Hemis glatten, bronzefarbenen Rücken einzureiben. Er scheint von Natur aus ein eher dunkler Typ zu sein, denn ich sehe keine Bräunungsstreifen. Keinen einzigen.

Meine Hände gleiten über seine Schultern, über die Arme, den breiten Rücken und die Seiten entlang nach unten. Ich achte darauf, die Tätowierung auf Rippenhöhe gleichmäßig einzucremen, und versuche dabei, das Spiel der Muskeln unter der Haut zu ignorieren.

»Fertig«, hauche ich schließlich. Ich bin irgendwie durcheinander, und dazu etwas atemlos von der Hitze.

»Jetzt du.« Er dreht sich um, kniet sich breitbeinig vor mich hin und nimmt die Tube, die neben mir liegt. »Leg dich auf den Bauch.«

Langsam strecke ich die Beine aus, zwischen seine Knie, und bin mir der Knappheit meines Bikinihöschens deutlicher denn je bewusst, als ich mich vorsichtig auf den Bauch drehe. Als Erstes drückt mir Hemi einen kühlen Klecks zwischen die Schulterblätter, dann eine zickzackförmige Linie, von einer Seite zur anderen, über den gesamten Rücken hinunter bis zum Ende der Wirbelsäule. Nach einer kurzen Pause spüre ich seine warmen Hände zwischen den Schulterblättern. Sie wandern etliche Male von der Mitte nach außen und wieder zurück, dann spreizt er die Finger und beginnt meine Nackenmuskeln zu massieren.

Ich japse nach Luft.

»Warum bist du so angespannt?«, erkundigt er sich.

»Von der Fahrt vermutlich«, murmle ich und bette mein Gesicht auf die überkreuzten Arme, während sich Hemi an meinem Rücken entlang nach unten vorarbeitet.

Seine Finger gleiten unter das Band meines Bikinioberteils und kommen, als er mich seitlich eincremt, meinen Brüsten gefährlich nahe. Dann widmet er sich den Rippen, verteilt sorgfältig etwas Creme auf den frisch tätowierten Schmetterlingen.

Seine Bewegungen verlangsamen sich, und ich spüre, wie er sich über mich beugt. »Die sind wirklich gut gelungen. Vielleicht können wir sie noch diese Woche fertig machen.«

Ich spüre seinen warmen Atem auf meiner Haut und bekomme eine Gänsehaut. Schon wieder.

»Sag bloß, dir ist kalt?«

»Nein, ist mir nicht.«

»Warum dann die Gänsehaut?«, flüstert er mir ins Ohr.

»Ich bin kitzlig«, murmle ich, was nicht gelogen ist.

»Ach ja? Wo denn am meisten? Hier?«, fragt er. Seine Fingerspitzen huschen an meiner Seite entlang nach oben, und ich zucke zusammen, allerdings nicht, weil es kitzelt. »Hier?«, fragt er, als er sich den Achseln nähert. »Oder eher weiter unten?«

*O Gott, o Gott, o Gott!*

Ich schnappe nach Luft und halte den Atem an, während seine Hände an meiner Wirbelsäule entlang nach unten wandern, auf meinen Hüften verharren, sie in den Sand drücken. Als seine Fingerspitzen dabei ganz zart meinen Bauch streifen, bäume ich mich unwillkürlich auf und hebe das Becken ein wenig an.

Ich höre ihn fluchen, dann sind seine Hände plötzlich weg. Als ich mich umdrehe, ist er bereits aufgestanden und verreibt mit zusammengepressten Lippen die restliche Sonnencreme auf seiner Brust.

»Auf, auf! Jetzt sehen wir uns deine potenziellen Kunden an.«

»Warte! Ich muss mich noch vorne eincremen.«

»Okay. Ich warte unten am Wasser auf dich«, sagt er brüsk, dreht sich um und marschiert los.

## *Kapitel 12*

# HEMI

Hier stehe ich nun am Strand, umgeben von spärlich bekleideten Frauen, glitzerndem Wasser und feinem weißem Sand, und nichts davon interessiert mich auch nur annähernd. Ich betrachte das alles bloß, um mich nicht umzudrehen und Sloane anzustarren, während sie die Sonnencreme auf ihren langen Beinen, ihrem straffen Bauch und zwischen ihren üppigen Brüsten verteilt.

Gott, sie einzucremen war echt die reinste Folter. Die Frauen, mit denen ich mich für gewöhnlich einlasse, wissen genau, wohin solche Aktionen führen, und sie finden es total in Ordnung. Sie betteln sogar darum. Bei Sloane dagegen ist das etwas völlig anderes. Sie ist einfach noch ziemlich naiv, und außerdem scheint sie nicht die geringste Ahnung zu haben, wie verdammt heiß und sexy sie ist. Was sie allerdings nur noch unwiderstehlicher macht. Vielleicht ist es ja genau das, was ich so reizvoll an ihr finde. Je länger ich sie um mich habe, desto mehr begehre ich sie. Ich *muss sie haben*, unbedingt. Das mit ihrem Bruder könnte allerdings ein ernst zu nehmendes Hindernis sein. Keine Frau ist dieses Risiko wert. Nicht einmal sie.

»Okay, und was nun?« Ich drehe mich um und stelle fest, dass Sloane links hinter mir steht und mich mustert. Ihre Augen sind von der Sonnenbrille versteckt, aber ich muss sie nicht sehen, um zu wissen, dass sich in ihnen unverhohlenes Interesse spiegelt. Keine Ahnung, ob sie glaubt, ich würde ihr nicht anmerken, dass sie sich zu mir hingezogen fühlt, oder ob sie gar nicht erst versucht, es zu kaschieren. Wie dem auch sei, es ist für mich ebenso klar und deutlich zu erkennen wie diese süße kleine Stupsnase mitten in ihrem Gesicht. Und es treibt mich in den Wahnsinn.

»Lass uns einen kleinen Spaziergang machen«, schlage ich vor und schlendere gemächlich los, durch das knöcheltiefe Wasser. Sie hält mühelos mit mir Schritt. Die frische Brise weht mir den Geruch der Sonnencreme und einen Hauch ihres Parfums in die Nase – der appetitliche Duft der Unschuld.

»Wonach soll ich Ausschau halten?«

»Sieh dich einfach um. Hier gibt es jede Menge nackte Haut. Beobachte, wie sie sich beim Gehen bewegt, wie sie spannt, wenn sich die Leute bücken oder wenn sie laufen, und wie sie aussieht, wenn sie die Muskeln locker lassen. Eine Tätowierung ist ein Bild auf lebendiger Haut, die sich mit dem Menschen, dem du sie verpasst, verändert. Der Tätowierte muss sehr lange damit leben. Deshalb musst du alles in Betracht ziehen: Falten, Fett, Knochen, Muskeln und das Alter. Alle diese Faktoren können einen Einfluss auf deine Arbeit haben.«

Während wir durch die Brandung spazieren, weise ich sie auf verschiedene Tätowierungen einiger Leute hin und erkläre ihr, warum ich es ebenso oder anders gemacht hätte. Ich stelle Sloane Fragen, um herauszufinden, inwieweit sie über eine natürliche Begabung verfügt. Ich erkundige mich, wie sie um eine Hautfalte herum arbeiten würde oder was sie zu Kunden sagen würde, wenn diese eine Tätowierung an einer Stelle möchten, an der sie sicher anders aussehen würde, als sie es sich vorstellen.

Ich hatte bereits vermutet, dass sie ein gutes Gespür für Kunst hat – schon nachdem ich ihre Skizze gesehen habe, stand für mich außer Frage, dass sie Talent hat. Und ich komme allmählich zu dem Schluss, dass sie richtig begabt sein dürfte, was sie für mich nur noch anziehender macht. Es gibt nicht allzu viele Menschen, die sich aufs Tätowieren verstehen, deshalb kann man sich auch nur selten mit jemandem darüber austauschen. Ich spüre, wie dadurch eine Verbindung zwischen uns entsteht. Damit habe ich überhaupt nicht gerechnet, und wenn, dann hätte ich vermutlich versuchen müssen, sie zu meiden wie die Pest.

Egal. Im Augenblick bringt mich diese Verbindung dem Ziel ein gutes Stück näher. Die Vorstellung, dass jemand dabei verletzt werden könnte, behagt mir zwar nicht, aber ich kann mich nun mal nicht um das Wohl der ganzen Welt kümmern. Ich habe selbst genügend Probleme am Hals, und einige von ihnen haben absolute Priorität. Daran wird sich nichts ändern, bis alles ausgestanden ist. So ist das nun mal. Ende der Geschichte.

Nach einem beinahe zweistündigen Strandspaziergang, während dessen wir unzählige Körper mit den Augen eines Tätowierers betrachtet haben, fällt mir plötzlich auf, wie heiß es ist.

»Schwimmst du gern?«

Sloane grinst breit. »Ja, ich liebe Schwimmen.«

»Dann hast du die Wahl: Lauf los oder ich werfe dich ins Wasser.«

Es dauert zwei, drei Sekunden, bis sie den Sinn meiner Worte erfasst hat. Dann erstirbt ihr Lächeln, und sie dreht sich um und spurtet kreischend los. Ich lasse ihr einen sehr kleinen Vorsprung, ehe ich hinterherstürze, sie hochhebe und mit ihr ins tiefere Wasser renne, bis es mir etwa zu den Oberschenkeln reicht. Als sich eine größere Welle nähert, die kurz davor ist zu brechen, schleudere ich Sloane geradewegs in den höchsten Punkt des Wellenkamms.

Ihr neuerliches Aufkreischen wird jäh durch das über ihr zusammenschlagende Wasser erstickt, ihre Sonnenbrille fliegt in hohem Bogen davon und landet einige Meter entfernt auf der Wasseroberfläche. Ich hole sie, ohne Sloane aus den Augen zu lassen, um sicherzugehen, dass sie nicht ertrinkt. Aber ihr Kopf ist bereits wieder aufgetaucht, und ich grinse, als ich sie spucken und prusten höre. Sie rappelt sich auf und streicht sich ein paar lange, tintenschwarze Haarsträhnen aus dem Gesicht.

»Du … du …«, stammelt sie entrüstet, und ich hätte wohl ein schlechtes Gewissen, wenn sie ernsthaft sauer wäre, doch das ist nicht der Fall, sonst würde sie nicht lächeln. Ihre Empörung ist bloß gespielt.

»Ich … ich … was? Ich schnell, du langsam?«

»Na warte.« Sloane kommt auf mich zugestampft. »Jetzt kannst du was erleben, Mister.«

»Pfff, Worte, nichts als leere Worte.« Lachend angesichts ihrer großspurigen Drohung trete ich den Rückzug an, werde schneller, als sie einen Zahn zulegt, und weiche ihr aus, als sie einen Satz in meine Richtung macht. »Tu dir nicht weh, Baby«, necke ich sie, während sie vergeblich versucht, meinen Arm zu erwischen.

»Ich bin *kein* Baby«, knurrt sie und stürzt sich erneut auf mich. Ich trete einen Schritt zur Seite, woraufhin sie in das aufspritzende Wasser stolpert.

»Beweis es«, fordere ich sie grinsend heraus.

Sloane hält inne. Wie angewurzelt steht sie da und sieht mich an, die vollen Lippen leicht geöffnet, heftig schnaufend nach der Anstrengung, sodass sich ihr Brustkorb hebt und senkt. Ihre langen Wimpern sind nass, in ihren schokoladenbraunen Augen sind goldene Sprenkel zu erkennen.

Sie hebt die Hand, um sich noch einmal das Haar aus dem

Gesicht zu streichen. Die Bewegung sorgt dafür, dass das Bikinioberteil über ihren Brüsten spannt und sich ihre harten kleinen Brustwarzen unter dem nassen Stoff abzeichnen. Einen Augenblick lang kommt es mir so vor, als würde ich bei einem Fotoshooting für die Zeitschrift *Sports Illustrated* zusehen.

Ich lasse den Blick über ihre Kurven wandern. Kleine Wassertropfen bahnen sich einen Weg an ihrem Hals entlang bis hinunter in das Tal zwischen ihren Brüsten. Ihre Bauchmuskeln spannen sich bei jedem Atemzug an, und ihre Oberschenkel bewegen sich rhythmisch durch das Wasser, als sie ein paar Schritte auf mich zugeht.

Als ich ihr wieder ins Gesicht sehe, stelle ich fest, dass sie mich mustert. Sie hält meinem Blick stand, bis sie bei mir angekommen ist. Dann bleibt sie stehen und hebt den Kopf ein wenig an.

Ansonsten verharrt sie regungslos, sagt kein Wort. Wir sind uns so nah, dass ich die Wärme spüren kann, die ihr Körper verströmt, trotz der Kühle des Wassers, das meine Haut umspült.

Ich sehe, wie sie die Arme hebt, spüre ihre warmen Hände an meiner Taille und halte den Atem an, als sie sich auf die Zehenspitzen stellt und ihr Mund immer näher kommt.

Dann berühren sich unsere Lippen.

Der Kuss ist unschuldig, flüchtig und sanft. Als sie sich zurücklehnt, erkenne ich, dass in dem Mädchen mit dem arglosen Blick, das ich jedes Mal vor mir sehe, wenn ich die Augen schließe, sehr wohl eine Frau schlummert. Eine Frau, die weiß, was sie will. Vielleicht ist mir das bis jetzt entgangen, wenn ich in die Betrachtung ihres süßen Lächelns und ihrer geröteten Wangen vertieft war. Vielleicht habe ich Sloane ja unterschätzt. Vielleicht ist sie den Frauen, die mir bisher über den Weg gelaufen sind, doch ähnlicher, als ich angenommen hatte.

Ja, Sloane weiß, was sie will. Sie mag weniger zielstrebig sein als andere, mit denen ich im Bett war, aber sie versteht sich sehr wohl darauf, die ihr zu Verfügung stehenden Mittel einzusetzen, um es zu bekommen.

Und genau das tut sie.

Jetzt.

Um es von mir zu bekommen.

Als sie sich wieder an mich lehnt, vertiefe ich den Kuss, entschlossen, mit ihr etwas weiter hinauszuwaten und ihr zu zeigen, worauf sie sich eingelassen hat. Ihr einen kleinen Vorgeschmack von dem zu liefern, was sie bekommen wird.

Doch ehe ich mein Vorhaben in die Tat umsetzen kann, zuckt sie heftig zusammen und löst sich mit einem Japsen von mir.

»Aua!« Im ersten Moment hat es für mich den Anschein, als wäre sie auf einen spitzen Stein getreten, doch dann höre ich, wie sie erneut nach Luft schnappt und aufschreit. »Mist! Ich glaube, mich hat gerade etwas gebissen.«

Sie macht rasch ein paar Schritte nach hinten und wedelt mit den Händen im Wasser, als wollte sie ein Tier verscheuchen. Dann fasst sie sich an das rechte Bein.

»Lieber Gott«, stößt sie hervor. »Mich hat irgendetwas gebissen, Hemi!«

Okay, das ist ganz offensichtlich kein Scherz. Sie wirkt zusehends alarmiert und scheint echte Qualen zu leiden. Ich sprinte los, hebe sie hoch und laufe mit ihr zurück zum Strand, so schnell ich kann. Dort lasse ich mich im nassen Sand auf die Knie fallen und setze sie sanft ab. Ihr hübsches Gesicht ist schmerzverzerrt, und sie wirkt auch deutlich blasser als eben noch.

»Zeig mir, wo es wehtut«, fordere ich sie auf.

Sloane deutet auf die Außenseite ihres rechten Oberschenkels. Dort zeichnen sich einige hässliche Striemen ab, die aus roten Bläschen bestehen.

Eine Qualle, eindeutig.

»Du bist von einer Qualle erwischt worden«, erkläre ich ihr. »Halt still.«

Ich überzeuge mich kurz davon, dass keine Tentakelteile noch oberflächlich an ihrer Haut kleben, dann stehe ich auf.

»Du hast doch nicht etwa vor, mich anzupinkeln, oder?«, fragt sie mit weit aufgerissenen Augen.

Ich muss grinsen. »Nein. Ich will nur schnell etwas holen. Bleib, wo du bist. Ich bin gleich wieder da.«

Ich hetze den Strand entlang zu unseren Sachen. Zum Glück waren wir fast wieder am Ausgangspunkt unseres Spaziergangs angelangt. Hastig schnappe ich mir die Tube Sonnencreme aus Sloanes Tasche und mache mich umgehend auf den Weg zurück zu Sloane. Es dauert nur ein paar Minuten, bis ich wieder bei ihr bin.

Als ich ihr mit dem scharfkantigen Tubenende über den Schenkel schabe, schreit sie auf und krümmt sich vor Schmerz. »Nicht!«

»Halt still. Die Stacheln müssen raus.« Vorsichtig führe ich das flache Ende der Tube erneut über die roten Striemen, bis ich einigermaßen sicher bin, dass keine Stacheln mehr in ihrer Haut stecken. Sloane lässt es über sich ergehen, ohne einen Laut von sich zu geben, obwohl sie sichtlich leidet. Als ich fertig bin, hebe ich sie wieder hoch und trage sie ein paar Meter weit ins Wasser.

»Was hast du vor?«, will sie wissen. Sie hat mir die Arme um den Hals geschlungen und schmiegt sich ängstlich an mich, als hätte sie Angst, wieder ins Wasser gehen zu müssen.

»Vertrau mir.« Ich setze sie ab. Das Wasser ist gerade tief

genug, um ihr Bein abzuspülen. »Die Wunde muss mit Salzwasser ausgewaschen werden, das lindert das Brennen und unterstützt die Heilung.«

Mit der hohlen Hand schöpfe ich ihr etwas Meerwasser über den Oberschenkel und reibe den betroffenen Bereich vorsichtig ab, um etwaige noch verbliebene Tentakelreste wegzuspülen und das Gift zu neutralisieren.

»Ist es schon etwas besser?«, erkundige ich mich, nachdem ich die Prozedur ein paarmal wiederholt habe, und mustere sie prüfend. Sie ist immer noch blass, aber es hat den Anschein, als wären ihre Schmerzen nicht mehr ganz so unerträglich.

»Ein bisschen.«

»Du hast keine Atembeschwerden, oder?«

Sloane horcht kurz in sich hinein, dann schüttelt sie den Kopf. »Nein. Abgesehen davon« – sie deutet auf ihr Bein – »geht es mir gut.«

»Okay, dann machen wir uns jetzt auf den Weg zu einem Arzt oder ins Krankenhaus.«

Ich bücke mich, um sie hochzuheben, doch sie setzt sich zur Wehr.

»Ist das wirklich nötig? Es war doch nur eine Qualle.«

Sie wirkt beunruhigt.

»Na ja, *unbedingt* nötig ist es zwar nicht, aber es wäre mir schon lieber, wenn die Wunde von einem Arzt versorgt wird.« Sie beißt sich auf die Unterlippe.

»Was ist los? Hast du eine Aversion gegen Krankenhäuser oder so?«

»Nein, das nicht. Es ist nur … Ich …«

»Was? Raus mit der Wahrheit.«

Sie lehnt einen Augenblick lang den Kopf an meine Brust, als wollte sie ihr Gesicht vor mir verbergen.

»Ich möchte nicht, dass meine Familie etwas davon erfährt«, gesteht sie verlegen.

»Warum nicht? Es war ein Unfall.«

»Ja, schon, aber … naja, Dad und meine Brüder sind … ach, es ist kompliziert.«

»Kompliziert?«, wiederhole ich.

»Ja. Kompliziert.« Inzwischen sind wir bei unserem Liegeplatz angelangt. Ich setze Sloane auf ihrem Badetuch ab und gehe neben ihr in die Hocke.

»Sag bloß, sie wissen nichts von unserem Ausflug?«

Sie räuspert sich. »Nein, niemand weiß davon.«

»Ist es wegen gestern Abend? Wegen deines Bruders? Vor dem habe ich nämlich keine Angst.«

»Nein, nein. Das ist es nicht. Es ist nur …«

»Du kannst es mir ruhig sagen. Was immer es ist, ich werde mir kein Urteil bilden, und ich werde auch nicht sauer sein, falls es das ist, wovor du Angst hast.«

Sie stößt ein entnervtes Knurren hervor. »Nein, das ist es nicht. Es ist nur … es ist mir peinlich.«

Ich setze mich neben sie. »Okay, erzähl mir, was los ist.«

»Naja, meine Familie ist einfach sehr … besorgt um mein Wohlergehen. Es war ein ziemlicher Kampf für mich, ihnen begreiflich zu machen, dass ich erwachsen bin und dass sie mich nicht daran hindern dürfen, mein Leben zu leben. Mein einundzwanzigster Geburtstag war eine echt große Sache für mich. Sie werden die Wände hochgehen, wenn sie herausfinden, dass ich mit irgendeinem wildfremden Typen ans Meer gefahren und wegen einer Qualle im Krankenhaus gelandet bin. Wenn sie das erfahren, werden sie monatelang jedes Mal ein Riesendrama veranstalten, wenn ich das Haus verlassen will.«

»Ich will dir ja nicht zu nahe treten, aber warum ziehst du nicht einfach aus?«

Sloane seufzt. »So einfach ist das nicht. Es gibt da etwas … Ach, egal. Wie gesagt, es ist kompliziert. Glaub mir.«

Ich hake nicht weiter nach, weil es meine feste Überzeugung ist, dass jeder Mensch ein Recht auf Geheimnisse und auf Privatsphäre hat.

»Okay, wie wär's damit: Ich kaufe jetzt etwas Essig für deine Wunde, und dann nehmen wir uns ein Zimmer in einem Hotel, damit du dich etwas ausruhen kannst. Auf diese Weise bleibt dir eine mit Sicherheit ziemlich unangenehme Rückfahrt und ein womöglich ebenso unangenehmes Zusammentreffen mit deinem Dad und deinen Brüdern erspart. Du rufst zu Hause an und sagst, dass du bei einer Freundin übernachtest und morgen nach Hause kommst. Wie klingt das?«

Sie atmet sichtlich erleichtert auf. »Das klingt großartig«, sagt sie lächelnd.

Auch ich atme einmal tief durch. »Okay, dann gehen wir jetzt als Erstes zum Auto und fahren nach Savannah rein. Dort suchen wir uns ein Hotel für die Nacht, und dann sehen wir weiter. Okay?«

»Okay«, wiederholt sie.

Ich werfe all unsere Sachen in ihre Tasche: Kleider, Schuhe, Sonnencreme, meine Sonnenbrille.

»Ach, Mist, ich fürchte, ich habe deine Brille verloren. Ich finde sie jedenfalls nicht mehr.«

»Das macht nichts. Sie war nicht allzu teuer, und ich bin bereit, dir zu verzeihen, weil du dich so aufopfernd um mich gekümmert hast.«

»Sehr großherzig von dir«, antworte ich ironisch. »Ich werde dir eine neue kaufen, bevor wir wieder heimfahren.«

»Das musst du nicht.«

»Müssen vielleicht nicht, aber ich werde es trotzdem tun.«

Ich schultere ihre Tasche und will mich gerade bücken, um sie hochzuheben, doch sie wehrt ab.

»Ich kann gehen«, sagt sie, rappelt sich auf und klopft sich den Sand vom Hintern. Dann dreht sie sich um und hebt das Frotteetuch auf, um es auszuschütteln.

»Was ist los?«, frage ich, als ich sehe, dass sie die Stirn runzelt. »Du hast doch noch etwas auf dem Herzen, stimmt's?«

Sie zuckt die Achseln und schüttelt den Kopf, woraus ich schließe, dass ich recht habe.

»Spuck es aus.«

»Naja, ich … ich habe nicht wirklich …«

»Sag es einfach«, fordere ich sie auf.

»Ich hatte nicht damit gerechnet, dass wir hier übernachten würden. Ich habe nicht allzu viel Geld dabei, und meine Karte …«

»Hey, das war allein meine Idee. Wenn ich nicht vorgeschlagen hätte, dass wir einen Ausflug machen, wärst du gar nicht hier.«

»Aber du hättest es mir nicht vorgeschlagen, wenn ich dich nicht gebeten hätte, mir das Tätowieren beizubringen.«

Hm, die Sache mit dem Geld scheint ihr wirklich unangenehm zu sein.

»Dazu hätten wir keineswegs ans Meer fahren *müssen*. Aber ich wollte dich eben im Bikini sehen. Verklag mich, wenn dir das nicht passt.«

Ein Lächeln umspielt ihren verführerischen Mund, und ich würde zu gern die Zeit zurückdrehen zu dem Moment vorhin im Wasser, als ich gerade im Begriff war, sie noch einmal zu kosten.

»Du bist einfach …«

»Ich bin ein Kerl. Ich liebe es, deinen Körper zu betrachten, und zur Strafe übernehme ich die Kosten für das Hotel. Belassen wir es einfach dabei, okay?« Sie wirkt nicht überzeugt. »Herrgott noch mal, wie lange willst du mir das denn noch vorhalten? Ich habe mich doch bereits entschuldigt und gesagt, ich bezahle die Übernachtung! Was muss ich noch alles tun, um es wiedergutzumachen? Deine Wunde versorgen? Sicherstellen, dass beim Duschen alle wichtigen Stellen gewaschen werden? Dich ins Bett stecken?« Ich stöhne theatralisch auf. »Okay, meinetwegen, ich tu's, aber hör verdammt noch mal endlich auf, mir deswegen die Hölle heißzumachen. Meine Güte!«

Sloane lacht, und ich halte ihr den Arm hin, damit sie sich beim Gehen darauf stützen kann. Ich bezweifle, dass sie sich noch einmal von mir tragen ließe, deshalb biete ich es ihr erst gar nicht an.

Auch wenn es mir nichts ausmachen würde.

Es wird noch lange dauern, bis ich das Gefühl, wie sie sich dabei an mich schmiegt, wieder vergessen habe. Die bevorstehende Nacht wird wohl die reinste Hölle für mich werden.

## *Kapitel 13*

# SLOANE

Nicht, dass ich noch mehr Gründe gebraucht hätte, um völlig hin und weg von Hemi zu sein, aber seine Fürsorglichkeit und die Art, wie er die ganze Angelegenheit geregelt hat, lässt ihn nur noch anziehender auf mich wirken. Dabei fand ich ihn ohnehin schon total unwiderstehlich.

Auf dem Weg von Tybee nach Savannah hat er an einer großen Tankstelle mit Supermarkt eine Flasche Essig und Backsoda besorgt. Als ich wissen wollte, wofür, meinte er bloß: »Frag nicht.« Er hat mir eine Cola und ein Snickers mitgebracht, eine Kombination, die ich schon vorher mochte und nach der ich, ohne genau zu wissen warum, ab jetzt garantiert süchtig bin, was natürlich ziemlich albern ist.

Jetzt warte ich im Auto vor einem orangeroten Backsteingebäude, das wie eine richtige Villa aussieht. Mit der aufwendig gestalteten Stuckfassade und dem skurrilen Türmchen mit Spitzdach, das perfekt zu der direkt vor dem Gebäude stehenden Pferdekutsche passt, könnte es ohne Weiteres als historisches Baudenkmal durchgehen. In Wahrheit handelt es sich um ein schickes Hotel, das direkt am Forsyth Park liegt, weshalb es mir nicht das Geringste ausmacht, hier zu sitzen und auf Hemi zu warten, der drinnen die Formalitäten erledigt.

Eben habe ich mit Sarah telefoniert und sie gebeten, bei

Bedarf zu behaupten, ich würde bei ihr übernachten. Sie war total aus dem Häuschen und wollte sofort wissen, ob ich mit Hemi schlafen werde oder nicht. »Sarah«, habe ich sie unterbrochen. »Ich hatte eine echt unangenehme Begegnung mit einer Qualle und bin ziemlich lädiert. Ganz im Ernst – ich glaube kaum, dass das jetzt ein guter Zeitpunkt ist, um meine Jungfräulichkeit zu verlieren.« Sie war zwar enttäuscht, hat sich aber bereit erklärt, meine Geschichte zu decken. Dann habe ich Dad angerufen. Er klang etwas misstrauisch, hat mich aber überraschenderweise nicht mit Fragen gelöchert.

Nun vertreibe ich mir die Zeit damit, die Passanten zu beobachten. Ich frage mich, ob sie wohl tätowiert sind. Mir ist bewusst, dass Hemi meine Gedanken vollständig beherrscht. Tja, es gibt weit Schlimmeres, als Tag und Nacht nur noch an einen Mann wie ihn denken zu müssen.

Die Hoteltür schwingt auf, und Hemi kommt auf mich zu. Ich lasse den Blick über seine hoch aufgeschossene, schlanke Gestalt wandern.

Vor der Abfahrt aus Tybee hat er sich wieder angezogen, und seit ich weiß, was sich unter seiner Jeans und dem T-Shirt verbirgt, beobachte ich ihn noch lieber. Er bewegt sich mit einer Kombination aus natürlicher Lässigkeit und Selbstvertrauen, die mir den Atem raubt. Nachdem er einen flüchtigen Blick nach links und rechts geworfen hat, sieht er mir geradewegs in die Augen. Kein Lächeln, kein Nicken. Er zwinkert mir lediglich zu, und schon vollführt mein Herz einen Salto.

*Was für eine spektakuläre Art, die Flügel auszubreiten!*

Ich unterdrücke ein Grinsen und versuche, meine hyperaktiven Hormone und meine überbordende Fantasie, die mir in letzter Zeit ziemlich zu schaffen machen, unter Kontrolle zu bringen.

»So, alles geregelt.« Hemi lässt sich auf den Fahrersitz plumpsen, startet den Motor und fährt um den halben Block zur Rückseite des Gebäudes. Dort wartet ein Hotelangestellter am Straßenrand. Er öffnet höflich die Autotür und reicht mir die Hand, um mir aus dem Wagen zu helfen. Ich ergreife sie, und sobald ich ausgestiegen bin, schließt er die Tür und geht zu Hemi hinüber.

»Haben Sie Gepäck dabei, Sir? Ich kann dem Hotelpagen Bescheid geben, damit er …«

»Nein danke. Wir hatten eigentlich nicht geplant, hier zu übernachten«, erklärt Hemi beim Aussteigen und gibt dem jungen Mann ein Trinkgeld.

Der Angestellte nickt. »In Ordnung, Sir.«

Hemi tritt zu mir und legt mir eine Hand auf den Rücken. »Wollen wir?«, fragt er und deutet auf den Hoteleingang.

Ich mustere ihn mit schmalen Augen. »Du hast das ja ziemlich gut drauf«, stelle ich fest. »*Richtig* gut.«

Er zuckt gleichgültig mit den Schultern. »Ich sehe mir eben viele Bond-Filme an.«

Er öffnet mir die Tür, und wir betreten die luxuriöse Lobby. Der Holzboden hat die Farbe von Kaffee, und die Einrichtung wirkt wie eine Mischung aus französischen und italienischen Antiquitäten. Ich kann mich auch täuschen – das wenige, das ich über Innenarchitektur weiß, stammt aus dem Fernsehen. Wie dem auch sei, das Interieur wirkt äußerst imposant.

Auf dem Weg zum Lift nicken uns mehrere Angestellte zu. Ich bin froh, dass ich Shorts über der Bikinihose und dazu eine Tunika trage, die ich vorhin eingesteckt habe. Natürlich passe ich optisch nicht in diese Umgebung, aber ich komme mir zumindest nicht ganz so deplatziert vor wie Julia Roberts als *Pretty Woman* im Regent Beverly Wilshire.

Als der Aufzug in unserem Stockwerk hält und die Türen praktisch geräuschlos auseinandergleiten, erstreckt sich vor uns ein eleganter Korridor. Hemi wendet sich sogleich nach links, und ich folge ihm. Vor der vierten Tür bleibt er stehen und schiebt eine Karte in den Schlitz unterhalb des Knaufs. Ein grünes Licht blinkt auf, gefolgt von einem mechanischen Klicken. Hemi öffnet die Tür und geht ein Stück zur Seite, um mir den Vortritt zu lassen.

Die Zimmereinrichtung ist ... opulent. Das ist jedenfalls der Ausdruck, der mir als Erstes in den Sinn kommt. Die Wände sind ein paar Nuancen heller als der taupefarbene Teppich. Ein schokoladenbrauner Nerzüberwurf und einige rote Kissen auf den Mahagonimöbeln sind die einzigen Farbtupfer. Das Bett ist ganz in Weiß gehalten: weißes Federbett, weiße Kissen, weißes Kopfteil. Kurzum: Das Zimmer ist atemberaubend.

»Ich schätze, die Frage, ob man mit Tätowieren gut verdient, erübrigt sich.« Ich trete ans Bett und lasse mich auf dem Fußende nieder.

Hemi sagt nichts. Stattdessen geht er ins Bad und kommt gleich darauf mit einem Stapel Handtücher und einem Waschlappen wieder heraus. »Auf welcher Seite schläfst du?«

Seine Frage trifft mich unvorbereitet. Erst jetzt fällt mir auf, dass es nur ein Bett gibt. Es ist groß, wunderschön und luxuriös – aber es ist bloß eines, und wir sind zu zweit.

»Ähm, das ist mir eigentlich egal. Ich kann ...«

»Das war keine Fangfrage, Sloane«, erwidert er lächelnd. »Ich muss nur wissen, wo ich dein Krankenlager aufschlagen soll.«

»Hier«, antworte ich und klopfe auf die linke Seite.

»Du wirst die Shorts ausziehen müssen«, bemerkt er beiläufig. Trotzdem überläuft mich bei seinen Worten eine Gänsehaut.

»Und dann schlag die Decke zurück und leg dich hin«, befiehlt er und deponiert die Handtücher auf der anderen Seite.

Ich strecke mich auf dem Bett aus. »Hör zu, Hemi, ich schlafe auf beiden Seiten gleich gut«, sage ich, weil ich den Drang verspüre, ihm ein bisschen entgegenzukommen. »Wenn du lieber hier schlafen willst, ist das für mich auch kein Problem.«

»Nein, schon gut. Ich werde heute Nacht ohnehin nicht viel schlafen. Ich bin es nicht gewohnt, das Bett mit jemandem zu teilen.«

»Im Ernst?«

»Ja, im Ernst.«

»Aber … warum? Ich meine …«

Er blickt grinsend zu mir hoch. »Du meinst, ich bin schließlich ein Mann und somit ein Casanova, also sollte ich in der Lage sein, auf beiden Seiten zu schlafen, ganz egal, wer neben mir liegt?«, stellt er fest, während er zwei Handtücher der Länge nach zusammenfaltet.

»Das wollte ich damit nicht …«

»Natürlich wolltest du das«, unterbricht er mich. »Aber du täuschst dich. Die Frauen, die ich … mit nach Hause nehme, wissen, dass sie zu verschwinden haben, bevor ich aus dem Bad komme. Ich bin nicht unbedingt der … Frühstückstyp.«

»Verstehe«, entgegne ich matt. Im Grunde überrascht mich das nicht weiter. Er erweckt tatsächlich nicht den Eindruck, als würde er nach dem Sex kuscheln wollen. Aber dass er derart … abgebrüht ist, hätte ich nun auch nicht erwartet. »Hattest du nie … ich meine …«

»Schon sehr lange nicht mehr.« Er schiebt die Handtücher unter mein Bein, dann tränkt er den Waschlappen mit dem Essig, den er vorhin erstanden hat, und presst ihn auf die leuchtend roten Pusteln an meinem rechten Oberschenkel.

»Eigentlich soll die betroffene Stelle in Essig gebadet werden, aber das ist am Oberschenkel eher schwierig. Um eine Badewanne zu füllen, hätten wir bedeutend mehr Essig gebraucht. Also müssen wir es eben so machen.«

Nachdem er mir die Kompresse angelegt hat, geht er kurz zum Schreibtisch und kehrt mit einer in Leder gebundenen Speisekarte zum Bett zurück.

»Wo hast du das alles gelernt?«

Hemi zuckt die Achseln. »Ich habe als Kind viel Zeit am Strand verbracht und dabei das eine oder andere aufgeschnappt«, sagt er abwesend, während er die Speisekarte studiert. Ich bin nicht sicher, ob er absichtlich das Thema wechselt oder nicht, jedenfalls fragt er: »Hast du Hunger? Es gibt hier einen Zimmerservice für Gäste mit Behinderungen.«

»Ich bin nicht behindert!«

»Okay, entschuldige. Für Gäste mit Bewegungseinschränkungen«, korrigiert er sich.

»Ich bin auch kein Gast mit Bewegungseinschränkungen! Ich kann ohne Weiteres aufstehen. Meinetwegen können wir zum Essen gern rausgehen.«

»Das will ich gar nicht. Ich sitze mit einer Frau im Bikini in einem lauschigen Hotelzimmer fest. Wieso sollte ich da zum Essen rausgehen wollen?«

Ich muss lächeln.

»Naja, du hast dir das Ende dieses Tages doch bestimmt anders vorgestellt.«

»Ach, wenn du mich fragst, hätte dieser Tag definitiv *weniger* erfreulich enden können«, erwidert er mit einem lasziven Grinsen.

Ich richte mich spontan auf. »Ach herrje, hättest du heute nicht arbeiten müssen? Daran habe ich überhaupt nicht gedacht, als ich zu Hause angerufen habe. Wirst du jetzt Schwierigkeiten bekommen?«

»Beruhige dich«, sagt er und lässt sich neben mir auf dem Bett nieder. »Ich habe mich bereits darum gekümmert.«

»Gott, tut mir echt leid, dass ich dir so viele Unannehmlichkeiten bereite.«

»Tjaaaa, ich wollte ja nichts sagen, aber …«

Ich greife nach einem Kissen und werfe es ihm an den Kopf. Hemi lacht.

* * *

Ich bin satt, und draußen ist es längst dunkel. Hemi hat noch einmal die Essigkompressen erneuert und dann eine eklige Paste aus Backpulver und Wasser fabriziert, die er mir auf den wunden Oberschenkel gestrichen hat. Mit diesem klebrigen Zeug am Bein bin ich zwar endgültig zum Nichtstun verdammt, aber ich muss zugeben, dass die Schmerzen nachgelassen haben.

Hemi steht vom Bett auf. »Hast du etwas dagegen, wenn ich kurz unter die Dusche springe und mir den Sand und das Salzwasser runterwasche?«

»Überhaupt nicht.«

»An deine Wunde sollte heute möglichst kein heißes Wasser kommen. Du kannst ja morgen früh duschen.«

»Okay. So lange werde ich es schon aushalten.«

Hemi verzieht sich ins Bad, lässt die Tür allerdings einen Spaltbreit offen. Vermutlich, damit er mich hört, falls ich etwas brauchen sollte. Vielleicht will er mich auch bloß quälen. Zutrauen würde ich ihm beides. Allmählich wird mir klar, dass dieser attraktive, charismatische Mann ein ganzes Bündel an Widersprüchen in sich vereint.

Ich schließe die Augen, um mir vorzustellen, was er da im Bad so treibt. Die Ringe des Duschvorhangs gleiten über die Stange, als er ihn auf- und hinter sich wieder zuzieht. Dann höre ich Wasser rauschen und sehe vor meinem geistigen Auge klar und deutlich, wie er nackt in die Duschkabine steigt, die weiße Seife nimmt, die sich deutlich von seiner gebräunten Haut abzeichnet, während er sich Brust und Bauch einschäumt. Ich stelle mir vor, wie die Wassertropfen über seinen Rücken und seinen perfekt geformten Hintern laufen. Es gibt kaum etwas, das ich mir nicht in sämtlichen Einzelheiten vorstellen kann. Bei dem Teil jedoch, den ich mir am liebsten ausmalen würde, lässt mich meine Fantasie im Stich.

Meine Augen sind nach wie vor geschlossen, als das Wasser abgedreht wird. Ich höre, wie sich Hemi mit einem Frotteetuch abtrocknet, stelle mir vor, wie er es sich um die Taille schlingt und sich dann mit den Fingern durch die Haare fährt.

Als das Surren des Lüftungsventilators lauter erklingt, schlage ich die Augen auf. Hemi steht in der Tür. Er ist nackt bis auf das Badetuch um seine Taille.

»Hast du geschlafen?«

»Nein, ich habe … nachgedacht.«

»Worüber denn?« Er schlendert zum Bett und streckt sich mit dem Gesicht zu mir am Fußende aus, den Oberkörper auf einen Ellbogen aufstützt, die Beine an den Knöcheln überkreuzt. Seine Miene wirkt interessiert.

»Über Haut«, erwidere ich ehrlich. Ich muss ihm ja nicht auf die Nase binden, dass es seine Haut war. »Ich habe mir überlegt, wie es sich wohl anfühlt, darauf zu zeichnen«, fahre ich rasch fort.

»Willst du es ausprobieren?«

»Wie denn?«

»Mit einem Kugelschreiber. Auf mir. Hier gibt es bestimmt einen, und hinterher kann ich es ja wieder abwaschen.«

»Ist das dein Ernst?«

»Na klar. Was sollen wir sonst tun?«

Da fiele mir durchaus so einiges ein, aber ich halte wohlweislich den Mund. Mein Bein ist mit einer ekligen weißen Paste beschmiert, und ich habe heute noch nicht geduscht. Und meine Haare sind garantiert total zerstrubbelt und verfilzt vom Salzwasser.

»Schwebt dir ein bestimmtes Motiv vor?«

Hemi steht auf, geht zum Schreibtisch und kehrt mit einem Kugelschreiber zurück, der mit dem Namen des Hotels bedruckt ist. »Ich spiele schon eine Weile mit dem Gedanken, mir das Motto ›Lebe ohne Reue‹ auf die rechte Seite tätowieren zu lassen. Die Schrift sollte cool und fetzig wirken und nicht zu verschnörkelt sein. Vielleicht mit Tribal-Anklängen beim L und beim R. Keine Ahnung. Ich hatte schon die ganze Zeit vor, mal einen Entwurf zu zeichnen, aber … egal. Du kannst es gern versuchen.«

»Okay.« Ich freunde mich zusehends mit dem Gedanken an. »Ist ›Lebe ohne Reue‹ dein Lebensmotto oder so?«

»Es war … das Motto von jemand anderem, den ich kannte.«

Sein Tonfall lässt keinen Zweifel daran aufkommen, dass er nicht mehr dazu sagen wird. Und genau deshalb würde ich gern nachhaken. Es interessiert mich, ob dies der Grund dafür ist, dass er Zuflucht in seiner Kunst sucht. Und ob es um eine Frau geht. Vielleicht ja um die Frau, neben der er vor langer Zeit geschlafen hat und mit der er gefrühstückt hat.

Ich richte mich im Bett auf, schiebe all diese beunruhigenden Gedanken beiseite und überlege mir, wie ich am besten vorgehen soll. »Wie soll ich … ich meine, wie willst du …«

»Bist du Links- oder Rechtshänderin?«

»Rechtshänderin.«

»Gut, dann dreh dich auf die linke Seite, und ich lege mich vor dich hin.«

Ich rutsche ein Stück rüber und drehe mich zur Seite, wie Hemi es vorgeschlagen hat, dann verfolge ich nervös und mit heftig klopfendem Herzen, wie er sich mit dem Gesicht zu mir hinlegt. Ich hatte angenommen, er würde mir den Rücken zudrehen, doch nein, er bettet den Kopf auf mein Bein, direkt unter der Wunde, und drapiert den Arm über meine Taille, damit ich bequem an seine Seite komme.

Seine Augen gleichen dem aufgewühlten Wasser eines tiefblauen Sees, als er zu mir hochblickt. »Ich kann sehr … entgegenkommend sein.«

»Ja, das kannst du«, antworte ich einfallslos. Meine Nerven sind zum Zerreißen gespannt. »Ich hoffe, du bist nicht kitzlig.«

»Nur an einer Stelle, aber der wirst du dich mit dem Kugelschreiber definitiv nicht nähern«, bemerkt er augenzwinkernd.

Ich spüre, wie ich rot anlaufe, und verfluche die verdammte Qualle, die mich so zugerichtet und mir damit so gründlich die Tour vermasselt hat. Ich räuspere mich und setze den Stift an. Jetzt heißt es volle Konzentration, Sloane!

Der Kuli will anfangs nicht so recht, also fahre ich ein paarmal mit der Spitze über meine Handfläche und starte dann einen neuen Versuch. Die ersten paar Striche auf Hemis Haut fühlen sich eigenartig an. Kein Wunder, ich habe noch nie die Haut eines Menschen bemalt – noch nicht einmal *meine eigene*. Doch schon bald habe ich mich daran gewöhnt, und es fällt mir zusehends leichter.

Ehe ich es mich versehe, gleitet der Stift mühelos über Hemis Haut und hinterlässt Schriftzeichen um Schriftzeichen auf seinen Rippen. Ich verliere jegliches Zeitgefühl, bin ganz in meine Tätigkeit vertieft, schattiere und verziere, füge meinem Werk da und dort eine persönliche Note hinzu.

»So, fertig«, sage ich schließlich.

Ich blicke zu Hemi und stelle fest, dass er mich ansieht, ruhig und aufmerksam.

»Du gehst wirklich voll in deiner Kunst auf, oder?«

Ich lächle verlegen. »Ja, schon.«

»Wir haben viel gemeinsam.«

Ich nicke bloß, weil ich nicht weiß, was ich darauf antworten soll. Aber es macht mich glücklich, dass er das sagt.

Hemi starrt mich immer noch an. Für gewöhnlich spiegelt sich Leidenschaft oder Belustigung in seinem Blick, doch im Moment kann ich weder das eine noch das andere darin erkennen. Seine Miene wirkt … beunruhigt, als würde ihm etwas Kopfzerbrechen bereiten. Ich frage mich, ob ihm die Vorstellung, dass wir viel gemeinsam haben, gegen den Strich geht. Ob es ihm nicht behagt, jemanden an sich heranzulassen.

Ohne ein weiteres Wort zu verlieren, rückt er von mir ab, gleitet vom Bett und schlendert ins Badezimmer. Durch die offene Tür verfolge ich, wie er meine Arbeit im Spiegel begutachtet, schweigend mit dem Finger einige Details nachfährt. In seinem Blick liegt nach wie vor eine gewisse Zurückhaltung. Allmählich beunruhigt mich sein Schweigen.

Schließlich dreht er sich zu mir um. »Das ist gut, Sloane. Richtig gut.«

Ich atme erleichtert auf und schenke ihm ein schüchternes Lächeln. »Danke.«

»Du wirst das Tätowieren bestimmt problemlos erlernen.«

»Meinst du?«

»Ja. Absolut problemlos.«

Ich setze mich im Bett auf und fasse einen Entschluss, für den ich all meinen Mut zusammennehmen muss. Ich werde Hemi um einen Gefallen bitten, für den er eine verbindliche Verpflichtung eingehen müsste, und ich bin mir nicht sicher, ob er damit einverstanden sein wird. Mir das Tätowieren einfach so beizubringen, ist definitiv etwas ganz anderes, als offiziell mein Lehrer zu sein.

»Hör mal, Hemi, ich … ich mache nächstes Jahr meinen Abschluss an der University of Georgia. Dieses Semester belege ich das Fach Aktzeichnen und Anatomie und dazu ein Wahlfach, das einen Praxisbezug haben darf, wenn mein Professor es bewilligt. Wärst du damit einverstanden, offiziell mein Lehrer zu sein? Meine Erfahrungen mit dir könnte ich mir dann für das Wahlfach anrechnen lassen. Wenn ich daran denke, was meine Kommilitonen so machen, kann ich mir gut vorstellen, dass mir mein Professor seinen Segen geben wird, und auf diese Weise könnte ich zwei Fliegen mit einer Klappe schlagen.«

Hemi mustert mich aufmerksam. Ich kann förmlich sehen, wie sich die Zahnrädchen in seinem Kopf drehen, während er über meinen Vorschlag nachdenkt. Je länger er überlegt, desto nervöser werde ich.

»Warum nicht? Du könntest erst ein paar Skizzen anfertigen und dann anfangen, mit Schablonen zu arbeiten, und wenn du so weit bist, kannst du dich mit der Tätowiermaschine am lebenden Objekt versuchen.«

Ich bin aus mehreren Gründen begeistert, nicht zuletzt deshalb, weil das bedeutet, dass ich künftig viel Zeit mit Hemi verbringen werde.

»Klasse, danke! Ich weiß das wirklich zu schätzen.«

Er lächelt schmal und fährt geistesabwesend mit dem Finger über die Buchstaben, die ich auf seine Seite gemalt habe. »Mach ich doch gern.« Er hält meinem Blick noch einen Augenblick lang stand, dann wendet er sich ab, als wäre ihm nicht ganz wohl in seiner Haut. »Ich werde uns jetzt ein paar Kleinigkeiten besorgen – Zahnbürsten, Zahnpasta und so. Brauchst du sonst noch etwas?«

Ich weiß nicht genau wieso, aber ich habe das Gefühl, dass er ein bisschen Abstand will.

»Nein, Zahnbürste und Zahnpasta genügen vollauf. Schließlich bin ich ja morgen schon wieder zu Hause.«

Hemi nickt. »Gut, dann ziehe ich mich an und mache mich gleich auf den Weg.«

Ich nicke erneut, und er verschwindet im Badezimmer und schließt die Tür hinter sich. Als er wieder herauskommt, schwenkt er sein Handy. »Sag mir noch deine Telefonnummer, dann schicke ich dir eine SMS, damit du mich anrufen kannst. Nur für den Notfall.«

Hm, seltsam. Er will doch nur schnell ein paar Kleinigkeiten besorgen. Das sollte nicht allzu lange dauern, oder?

Doch das behalte ich für mich. So beiläufig wie möglich diktiere ich ihm meine Nummer. Er tippt sie ein, und ein paar Minuten später summt mein Handy und signalisiert mir, dass ich eine neue Nachricht erhalten habe. Sie lautet schlicht und einfach »Hemi«.

»Bin gleich wieder da«, sagt er noch, dann ist er weg.

Anfangs bin ich noch hellwach, doch nach einer halben Stunde des Wartens macht sich allmählich der Umstand bemerkbar, dass ich einen ereignisreichen Tag hinter mir habe. Meine Augen werden schwer, und ich rutsche ein Stück im Bett nach unten und kuschle mich in die Kissen.

Ich habe keine Ahnung, wann ich eingeschlafen bin, aber als ich aufwache, sind bis auf die Leselampe alle Lichter aus. Hemi sitzt am Schreibtisch und zeichnet etwas auf einen Notizblock. Er hat den Kopf gebeugt, und seine ernste Miene ist in dem sanften, direkten Licht klar zu erkennen. Ich wälze mich zur Seite, um einen Blick auf die Uhr zu werfen. Es ist zwanzig nach zwei. Als ich wieder zu Hemi hinüberblicke, hat er den Kopf gehoben und sieht mich an. Er schweigt, ich ebenfalls. Ich lasse mich wieder in die Kissen fallen, schließe die Augen und versuche, die Gedanken an ihn zu verdrängen, damit ich einschlafen kann.

Es dauert eine Weile, bis es mir endlich gelingt.

## *Kapitel 14*

# HEMI

Sloane war den ganzen Morgen über ziemlich still. Vermutlich, weil ich gestern Abend eine Zeit lang verschwunden bin. Ich musste mal gründlich nachdenken, einen klaren Kopf bekommen. Die Buchstaben an meiner Seite haben mich an mein Ziel erinnert. Ja, ich mag Sloane, und ich fühle mich ihr gegenüber schuldig, aber ich *muss* es durchziehen, und damit basta. Vielleicht hätte sie sogar Verständnis dafür, wenn ich es ihr erzählen würde. Vielleicht aber auch nicht. Aber das werde ich wohl nie herausfinden, denn ich kann es ihr unmöglich erzählen. Ich kann mich ihr nicht anvertrauen. Sie könnte meine Pläne durchkreuzen, und dieses Risiko darf ich auf gar keinen Fall eingehen.

Sobald sie aufgewacht ist und meinte, ihrem Bein gehe es schon viel besser, habe ich zum Aufbruch gedrängt. Heute ist Samstag. Gut möglich, dass Sloane noch nichts vorhat, aber ich habe zu tun. Ich muss zurück zur Arbeit. Und Schlaf brauche ich auch, nachdem ich letzte Nacht kein Auge zugetan habe.

Wir sind etwa eine Stunde unterwegs, als es plötzlich anfängt zu nieseln. Ich drehe die Musik leiser und fahre den Wagen an den Straßenrand, um das Dach zu schließen. Als ich wieder einsteige, vernehme ich ein lautes Knurren vom Beifahrersitz.

»Ach, verdammter Mist! Ich bin echt so ein Blödmann!«, fluche ich laut und fahre los.

»Was ist denn los?«, erkundigt sich Sloane erstaunt. »Warum bist du ein Blödmann?«

»Du hast ja noch gar nicht gefrühstückt. Du musst einen Bärenhunger haben.« Ich halte nach einer Raststätte Ausschau.

Sie zuckt die Achseln. »Schon okay. Ich werd's überleben.«

»Hör bitte auf, immer so nett und pflegeleicht zu sein. Du musst dich bemerkbar machen und mir sagen, was du willst.«

»Im Ernst, es ist alles bestens. Überhaupt kein Pr…«

Wenn sie so süß und verständnisvoll ist, habe ich gleich ein noch schlechteres Gewissen wegen dem, was ich ihr angetan habe. Und was ich ihr noch antun *werde*. »Hör zu, ich fühle mich bereits total mies, und auf diese Weise machst du es nur noch schlimmer. Du solltest mich einen egoistischen Mistkerl nennen und verlangen, dass ich sofort anhalte und dir gefälligst etwas zu essen besorge. Oder mich verdreschen. Tu irgendetwas!« Meine Tirade kommt bedeutend aufgebrachter rüber als geplant, ich erkenne es deutlich an ihrer gekränkten Miene.

»Wie du willst«, sagt sie und überlegt einen Augenblick, ehe sie sich zu mir rüberbeugt und mir mit der Faust in den Oberschenkel boxt. Und zwar keineswegs halbherzig, wie man es von einem Mädchen erwarten würde, sondern ziemlich kräftig. Wahrscheinlich hat sie das an diesem Yeti von ihrem Bruder geübt. »Halt gefälligst am nächsten Restaurant an, damit ich frühstücken kann, du egoistischer Mistkerl.«

Ihr nachdrücklicher Tonfall lässt darauf schließen, dass sich nun auch bei ihr einiges an Aggressionen aufgestaut hat. Vermutlich ist sie sauer auf mich wegen gestern Abend.

»Aua, verdammt! Du musst doch nicht gleich das volle Programm durchziehen«, stoße ich mit gespielter Entrüstung hervor.

Sie starrt mich mit grimmiger Miene an, muss dann aber

doch lächeln in Anbetracht meines patentierten »Ich-bin-ja-so-ein-armer-Kerl«-Blicks.

»Entschuldige. Wenn ich hungrig bin, reagiere ich schnell gereizt.«

»Gereizt? Das ist wohl die Untertreibung des Jahrhunderts! Bissig wie eine wütende Bulldogge, meinst du wohl!«

Lachend verpasst sie mir einen Klaps auf den Arm. »Gar nicht wahr.«

»Und ob. Jetzt werde ich jedem erklären müssen, warum ich hinke.«

Sie verdreht die Augen, wirkt aber schon bedeutend entspannter. Genau das war meine Absicht. Es wäre alles andere als hilfreich, wenn ich sie ausgerechnet jetzt vor den Kopf stoße. Ich brauche sie. Und sie muss in Plauderlaune sein.

Ich erspähe eine Reklametafel der IHOP-Restaurantkette und nehme die nächste Ausfahrt. Ein paar Minuten später sitzen wir schon am Tisch, mit der Speisekarte in der Hand.

Nachdem wir bestellt haben und die Kellnerin uns Kaffee gebracht hat, sagt Sloane: »Ich kann es dir nicht verdenken, dass du das Frühstück vergessen hast.«

»Und warum nicht?«

»Du hast doch gesagt, dass du nicht der Frühstückstyp bist.«

»Ja, das habe ich gesagt, stimmt's?«

»Ich fühle mich geschmeichelt, dass du meinetwegen eine Ausnahme machst.«

»Wir haben nicht miteinander geschlafen. Das zählt also nicht.«

»Das heißt, die Frauen, mit denen du Sex hattest, lädst du nicht zum Frühstück ein?«

»Nein.«

»Und warum nicht?«

Ich zucke mit den Schultern. »Ich habe nicht die Zeit und die Absicht, mich mit jemandem … ernsthaft einzulassen.« Sloane sieht mich nicht an, sondern pustet behutsam in die Tasse, um ihren Kaffee etwas abzukühlen, ehe sie einen Schluck nimmt. Ich ergreife die Gelegenheit, um das Thema zu wechseln. »Erzähl doch mal ein bisschen von deiner Familie.«

Sie seufzt. »Naja, ich habe drei Brüder. Alle drei sind Polizisten, und mein Vater auch, und zu behaupten, sie hätten einen ausgeprägten Beschützerinstinkt wäre ungefähr so, als würde man den Golf von Mexiko als Pfütze bezeichnen.«

Ich versuche, nicht zu interessiert zu wirken, obwohl das Gegenteil der Fall ist. »Drei Brüder, und alle Polizisten? Wow! Ich wette, du hast es nicht leicht. Erzähl mir alles über sie.«

»Sig, der Jüngste, ist nicht so knallhart wie die anderen beiden. Wir stehen uns sehr nahe, schon immer, und er ist weniger streng mit mir als die anderen. Er hat die Polizistenausbildung erst vor ungefähr einem Jahr abgeschlossen. Dann kommt Scout, der, was sein Temperament angeht, eine Mischung aus Mom und Dad ist. Manchmal ist er recht verständnisvoll, aber nicht immer. Und dann ist da noch Steven, den du im Cuff's kennengelernt hast. Er ist ein Bär, genau wie Dad. Wenn es nach den beiden ginge, würde ich niemals das Haus verlassen.«

»Hat er sich deshalb wie ein Armleuchter verhalten? Weil es ihm ein Dorn im Auge war, dass du dort warst?«

»Ja. Ich bin ohne Vorwarnung aufgetaucht – ich wollte damit ein Statement abgeben, und das ist mir auch gelungen. Und wie!«

»Er hat es offensichtlich nicht besonders gut aufgenommen.«

»Naja, als ich ihm über den Weg gelaufen bin, hatte ich bereits einiges intus. Das war wahrscheinlich nicht gerade das beste Timing.«

»Hast du gewusst, dass er dort sein würde?«

»Ja, die Jungs sind regelmäßig im Cuff's.« Sie nimmt noch einen Schluck Kaffee. »Apropos, wieso warst du eigentlich dort? Ich dachte immer, dort gehen nur Polizisten ein und aus«, meint sie stirnrunzelnd.

»Ist dir klar, wie viele tätowierte Polizisten es gibt?«, sage ich, um ein Pokerface bemüht. »Fast so viele wie beim Militär.«

»Ach so.« Sie nickt. »Darüber habe ich mir noch nie Gedanken gemacht.«

Ich nehme ebenfalls einen Schluck Kaffee. »Und was sagt deine Mutter zu dieser Horde Männer mit ausgeprägtem Beschützerinstinkt?«

Sloane lächelt traurig, und ich habe augenblicklich das Gefühl, in ein riesiges Fettnäpfchen getreten zu sein. »Wahrscheinlich würde sie nur die Augen verdrehen, wenn sie das wüsste. Sie ist gestorben, als ich sieben war.«

»Gott, Sloane, das tut mir leid.«

»Muss es nicht. Sie hat das Leben in vollen Zügen genossen, solange es ging. Sie hatte akute Lymphoblastenleukämie. Zum ersten Mal ist die Krankheit aufgetreten, als sie ein kleines Mädchen war. Sie hat sich davon erholt und war jahrelang gesund. Doch mit achtundzwanzig hatte sie leider einen Rückfall, und wenn die Krankheit im Erwachsenenalter noch einmal auftritt, ist die Prognose meistens schlecht. Mit dreißig ist sie gestorben.«

»Oh, verdammt. Tut mir echt leid, dass ich gefragt habe.«

»Kein Problem, ehrlich. Sie war eine wunderbare Mutter, und sie hat sich nie davon abhalten lassen, das Leben so richtig auszukosten. Sie war fest entschlossen, aus jeder einzelnen Minute das Maximum an Glück und Freude herauszuholen. Und das ist ihr auch gelungen.«

*Puh, schöne Scheiße.*

Ich fühle mich wie der letzte Dreckskerl, weil ich Sloane danach gefragt habe. »Das ist schön zu hören. Das Leben ist kurz. Wir müssen das Beste daraus machen.«

»Genau!«, sagt Sloane nachdrücklich. »Deshalb möchte ich auch *jetzt* leben. Meinem Dad und meinen Brüdern mag das zwar weniger gefallen, aber ich bin erwachsen, und sie können mich nicht für immer und ewig in einen Elfenbeinturm sperren, um mich zu beschützen, sei es vor Kummer, Schmerzen, Fehlern oder dem Leben an sich. Sie müssen lernen, mich ziehen zu lassen.«

O Gott. Wenn sie wüsste, wie recht sie hat!

»Manchmal fällt das Loslassen eben schwerer als man denkt.«

Sloane wirft mir über den Rand ihrer Kaffeetasse hinweg einen eigenartigen Blick zu. »Das bezweifle ich nicht. Trotzdem ist es notwendig. Das Leben geht weiter. Wir müssen nach vorn blicken. Denk an das Motto deiner nächsten Tätowierung: ›Lebe ohne Reue‹.«

Ich nicke und starre in die dunkle Flüssigkeit in meiner Tasse. Wir schweigen, und dann kommt auch schon die Kellnerin mit dem Essen und erspart es uns, das Thema weiter zu vertiefen. Ich werde Sloane später noch weitere Fragen zu ihrer Familie stellen. Im Augenblick brauchen wir, so glaube ich, beide eine Pause.

## *Kapitel 15*

# SLOANE

»Soll das ein Witz sein? Mehr ist nicht passiert?«, fragt Sarah, die neben mir im Wagen sitzt. Wir fahren immer abwechselnd gemeinsam zur Uni, und diese Woche bin ich an der Reihe. Es ist Montagmorgen, und sie hat sogleich ein Verhör gestartet, das dem KGB zur Ehre gereichen würde.

»Ganz recht.«

»Mädel, wir müssen uns dringend ein paar Pornos reinziehen. Du brauchst Hilfe. Und zwar jede Menge.«

»Ich brauche keine Pornos, Sarah, und auch keine Hilfe. Er hat mir gleich am Anfang klipp und klar gesagt, dass er nicht auf ›unschuldige‹ Mädchen steht. Er tut gerade so, als würde er mein Leben ruinieren, wenn er sich mit mir einließe.«

»Dann musst du ihn eben vom Gegenteil überzeugen. Am besten konfrontierst du ihn mit nackten Tatsachen. Damit bewegt man jeden Mann zum Umdenken.«

»Meine Güte, Sarah! Du bist hier diejenige, die Hilfe nötig hat.«

»Nein, das bist und bleibst immer noch *du*. Ich sage dir, Sloane, er ist der perfekte Mann, um die B…« – sie legt eine kleine Kunstpause ein – »ich meine, die Flügel zu spreizen. Er ist genau der Richtige, glaub mir«, versichert sie mir und schenkt mir ein spitzbübisches Grinsen, als ich kurz zu ihr rübersehe.

»Du bist widerlich, ist dir das klar?«

»Dieser Ansicht wärst du nicht mehr, wenn du endlich mal deine lästige Jungfräulichkeit loswerden würdest.«

»Ich versuch's ja, aber es ist nicht so einfach, wie ich angenommen hatte.«

»Es ist *genauso* einfach, wie du angenommen hattest. Du verlierst nur gerade die Nerven.«

»Tu ich nicht. Überhaupt nicht. Ich stehe total auf ihn, aber er hat aus unerfindlichen Gründen beschlossen, sich nicht mit mir einzulassen. Keine Ahnung, wieso. Es steckt mehr dahinter als nur die Tatsache, dass ich noch … so unerfahren bin. Es kommt mir so vor, als würde er mir am liebsten aus dem Weg gehen, aber er schafft es nicht, und das ärgert ihn.« Ich überdenke noch mal meine Wortwahl. »Wobei ›ärgern‹ die Sache nicht ganz trifft. Ich weiß nicht genau, wie ich es dir erklären soll. Es ist fast so, als *wollte* er mit mir zusammen sein, irgendwie aber auch nicht. Als hätte er das Gefühl, dass er sich von mir fernhalten muss, aber dann tut er es doch nicht. Es ist total seltsam.«

»Und *heiß!*«, fügt Sarah hinzu.

Ich grinse sie an. »Und es macht mich verrückt!«

»Das kann ich mir vorstellen. Bis du ihn endlich dazu gebracht hast, aufs Pferd zu steigen und es zu reiten, wirst du es kaum noch erwarten können. Aber das kann nicht schaden, besonders beim ersten Mal.«

Es ist mir unangenehm, an mein erstes Mal zu denken, geschweige denn darüber zu reden. Ich weiß Bescheid, bin über alle Details und die körperlichen Aspekte bis in die kleinsten Einzelheiten informiert. Ich möchte die Schmerzen und den ganzen anderen peinlichen Kram einfach möglichst schnell hinter mich bringen, damit ich endlich zum angenehmen Teil übergehen kann. Ich will nicht mehr länger meine Zeit verschwenden!

»Also«, setze ich an, »wenn es irgendjemanden gibt, bei dem ich meinen letzten Dollar darauf verwetten würde, dass er es schafft, einem Mädchen gleich beim allerersten Mal ein absolut himmlisches Erlebnis zu bescheren, dann ist es Hemi.«

»Und ich will allllle Details, verstanden?«

»Verstanden.«

»Drück ein bisschen auf die Tube. Du bist eine Frau. Setz alles ein, was Gott dir gegeben hat, und zwing diesen Kerl in die Knie.«

Ich seufze. »Ich gebe mir Mühe.«

»Nein, tust du nicht. Du lässt dich einfach treiben und wartest ab, was passiert. So wird das nie was. Du musst endlich aktiv werden. Nimm die Dinge in die Hand, auf deine Weise. Wenn du so weit bist.«

»Ich gebe mir wirklich Mühe, Sarah, glaub mir. Das wird schon noch.«

Das sage ich nur, damit sie endlich Ruhe gibt. Ich selbst glaube keine Sekunde daran. Je mehr Zeit vergeht, ohne dass Hemi die Initiative ergreift, desto mehr verunsichert mich das. Aber noch bin ich nicht bereit aufzugeben. Wenn ich mir von allen Männern auf der ganzen Welt einen für mein erstes Mal aussuchen könnte, dann wäre das Hemi. Er gibt sich gern knallhart und sachlich und nüchtern, aber er hat mir auch schon eine ganz andere Seite von sich offenbart. Er ist auch fürsorglich, verletzlich und in mancherlei Hinsicht verunsichert. Es mag nicht seine Absicht gewesen sein, mir diese Seite zu zeigen, aber er hat es getan, und ich habe sie gesehen. Und ich kann sie nicht mehr vergessen.

Was ich Sarah unmöglich sagen kann und deshalb auch nicht sagen werde, ist, dass mir diese Angelegenheit zu wichtig ist, um sie wegen Sex leichtfertig aufs Spiel zu setzen. Sie ist mir mehr wert. *Hemi* ist mir mehr wert. Aber ich werde mich hüten, das meiner besten Freundin auf die Nase zu binden.

»Und, wann seht ihr euch wieder?«

»Am Donnerstag- oder Freitagabend, weil ich da am nächsten Tag frei habe. Er will nicht, dass ich im Kurs einschlafe, weil ich bis spätnachts bei ihm im Studio war.«

»Wie aufmerksam«, bemerkt Sarah sarkastisch. »Er soll den ganzen Kram vergessen und einfach mal zur Sache kommen.«

»Sarah!« Ich verdrehe die Augen. »Du hättest ein Kerl werden sollen.«

»Warum? Weil ich ehrlich bin?«

»Vielleicht, ja.«

»Genau deshalb bin ich eben *kein* Kerl. Männer sind nicht ehrlich. Sie verheimlichen dir alles Mögliche und erzählen dir nur das, was du hören willst. So was tue ich nicht. Und deshalb gehöre ich dem weiblichen Geschlecht an, das dem männlichen, nebenbei bemerkt, weit überlegen ist.«

»Das solltest du *echt* auf Becher drucken lassen.«

»Ich arbeite daran.« Ein Blick in ihre Richtung verrät mir, dass das durchaus der Wahrheit entsprechen könnte. Falls sie es tatsächlich tut, wird garantiert ein Exemplar unter meinem Weihnachtsbaum landen.

Ich schüttle den Kopf und verdrehe erneut die Augen.

Sarah ist wirklich ein verrücktes Huhn.

* * *

Spätestens am Donnerstag bin ich mehr als reif für ein Wiedersehen mit Hemi. Ich habe das Gefühl, als wäre ich allmählich süchtig nach ihm. Es tut mir schon fast körperlich weh, Zeit ohne ihn zu verbringen. Was natürlich total albern ist, schließlich kenne ich ihn noch gar nicht lange.

Und trotzdem …

Für meine erste Nacht im Studio habe ich mich sorgfältig in Schale geworfen. Ich wollte reif und sexy aussehen, ohne billig und allzu bemüht zu wirken. Ich habe eng sitzende Hüftjeans und ein T-Shirt mit Fledermausärmeln gewählt, in dem meine Taille schmal wirkt und mein Busen gut zur Geltung kommt. Bei bestimmten Bewegungen gibt es den Blick auf meinen Bauch frei. Einem Mann ein bisschen Haut zu zeigen kann nicht schaden, habe ich zumindest mal gehört. Ganz besonders gefällt mir, dass auch meine Schmetterlinge gelegentlich darunter hervorblitzen.

Ich stelle meinen Wagen am Ende der Straße ab, damit ich keinen Kundenparkplatz belege, und steige aus. Meine Tasche lasse ich im Auto, ich nehme nur die Mappe mit den Formularen mit, die Hemis Chef ausfüllen muss – Unterrichtsfreistellungen und dergleichen mehr, und natürlich das Formular, das Hemi in seiner Funktion als mein Lehrer unterschreiben muss. Damit ist es dann offiziell. Er wird mich bis zum Ende des Semesters am Hals haben. Schon bei der bloßen Vorstellung könnte ich vor Freude Purzelbäume schlagen.

Als ich das Studio betrete, sitzen zwei Leute im Empfangsraum. Wie es aussieht, warten sie, bis sie an der Reihe sind, auf einem der Tätowierstühle drinnen Platz zu nehmen. Ich lächle sie an und gehe zu der Tür, durch die man ins Hinterzimmer gelangt. Ich weiß nicht recht, ob ich einfach reingehen soll, also recke ich den Hals und halte nach Hemi Ausschau. Ich entdecke ihn sogleich, gerade so, als würde er meinen Blick magisch anziehen. Ich kann nur seinen Kopf sehen, denn er steht hinter dem Raumteiler und unterhält sich mit jemandem. Mit einer Frau, soweit ich es anhand dessen, was von ihr zu sehen ist, beurteilen kann.

»Willst du zu Hemi?«, erkundigt sich ein junger Bursche, der plötzlich neben mir steht. Ich war so mit der Suche nach Hemi beschäftigt, dass ich ihn erst jetzt bemerke. Er dürfte in meinem Alter sein, hat einen Irokesenschnitt und mehrere Piercings im Gesicht. Mit seinem gewinnenden Lächeln und den leuchtend grünen Augen wirkt er irgendwie süß, auf eine punkrockige Art.

»Ja, aber ich möchte ihn nicht stören.«

»Keine Sorge, sie ist keine Kundin.«

»Bist du sicher? Ich möchte ihn nicht in Schwierigkeiten bringen.«

»Wieso solltest du das?«

»Naja, womöglich ist euer Boss sauer, wenn …«

Der Typ lacht. »Hemi *hat* keinen Boss. Er *ist* hier der Boss.«

»Er führt diesen Laden?« Ich bin verwundert.

»Jep.«

»Oh«, erwidere ich matt. Ich frage mich, wieso er mir das bis jetzt verheimlicht hat.

»Das muss aber unter uns bleiben. Er redet nicht oft darüber. Ich hatte nur angenommen, dass er es dir gesagt hat, weil du ja jetzt eine Weile bei uns sein wirst.«

»Woher weißt du das?«

»Er hat uns bereits vorgewarnt. Er hat erzählt, dass er dir das Tätowieren beibringen wird. Dass es irgendwie mit deinem Studium zu tun hat.«

»Genau. Er … hilft mir.«

»Worauf wartest du dann noch? Geh ruhig zu ihm«, ermuntert mich der Punkrocker mit einem freundlichen Lächeln. »Er wird sich bestimmt *sehr* freuen, dich zu sehen.« Ich weiß nicht recht, was ich von diesem Kommentar halten soll, aber ich komme gar nicht dazu, mir Gedanken darüber zu machen, weil er mir die Hand hinstreckt und sich vorstellt. »Ich heiße übrigens Paul. Ich arbeite hier. In Teilzeit.«

Ich erwidere das Lächeln und schüttle ihm die Hand. »Hi, Paul. Schön, dich kennenzulernen. Ich bin Sloane.«

»Sloane«, wiederholt er. »Es freut mich *sehr*, dass du uns des Öfteren Gesellschaft leisten wirst, Sloane.«

Jungfrau hin oder her, wenn ein Mann Gefallen an mir findet, erkenne ich das an seinem Blick. Und Paul scheint von mir äußerst angetan zu sein.

»Du bist ein Charmeur, Paul«, stelle ich ungeniert fest. »Aber ich finde dich trotzdem sympathisch.«

»Ich wusste doch, dass du mich mögen würdest. So geht es allen Mädels. Willst du mal meine Haare anfassen?«

Er beugt den Kopf leicht nach vorne und präsentiert mir seine Irokesenfrisur. Eine reichlich alberne Geste, aber ich muss trotzdem grinsen. Und ehrlich gesagt würde ich seine Haare tatsächlich gern mal anfassen. Wenn er es mir schon so anbietet …

»Wie *hält* das bloß?«, staune ich, während ich die Stacheln berühre.

Paul hebt den Kopf, lässt die Fingerspitzen über seinen Haarkamm tanzen und grinst mich an. »Das willst du gar nicht wissen.« Er geht auf einen der Tätowierstühle zu, auf dem jetzt ein Kunde sitzt. »Bis nachher, Sloane.«

Lächelnd verfolge ich, wie er den beleibten Hünen auf dem Stuhl mit einem komplizierten Handschlag begrüßt, als würden sie sich aus einer Stundentenverbindung kennen oder so.

Witziger Typ, dieser Paul.

Ich wende meine Aufmerksamkeit wieder dem Objekt meiner Begierde zu und gehe auf die kleine Nische zu, in der er arbeitet. Als ich um die Ecke des Raumteilers biege, muss ich feststellen, dass es sich bei seiner Gesprächspartnerin, einer atemberaubenden Blondine, in der Tat nicht um eine Kundin handeln dürfte. Ganz im Gegenteil. Es hat den Anschein, als würden sie sich schon eine ganze Weile kennen, so nah, wie sie nebeneinanderstehen.

Ich bleibe abrupt stehen, und beide drehen sich zu mir um. Hemi wirkt verärgert, der Blick der Frau dagegen irgendwie … hungrig.

»Tut mir leid, ich wollte nicht stören«, sage ich zu der Blondine und fahre dann, an Hemi gewandt, fort: »Paul hat mich zu dir geschickt, aber ich kann auch draußen warten …«

»Aber nicht doch, Herzchen«, erwidert die Frau an seiner Stelle. Sie hat kühle graue Augen und ein perfekt geschnittenes Gesicht. »Ich wollte ohnehin gerade gehen.« Sie schenkt Hemi ein bezauberndes Lächeln. »Danke noch mal, Baby. Ich werde mich dafür erkenntlich zeigen, versprochen.« Sie haucht ihm einen Kuss auf die Lippen. »So, und jetzt lasse ich dich weiterarbeiten.« Damit stöckelt sie an mir vorbei, in eine Wolke teuren Parfüms gehüllt. Ich weigere mich hinzusehen, aber das ist auch gar nicht nötig. Ich kann mir lebhaft vorstellen, wie sich eine Frau wie sie fortbewegt, und außerdem verrät mir die Art, wie Hemi ihr nachglotzt, alles, was ich wissen muss.

Kein Wunder, dass er sich nicht für mich interessiert. Jedenfalls nicht ernsthaft. Niemals, nicht in tausend Jahren könnte ich mit einer Frau konkurrieren, die so umwerfend gut aussieht. Selbst wenn ein ganzes Team von Schönheitschirurgen sein Möglichstes tut.

Plötzlich habe ich einen Kloß im Hals. Ich sollte mir das nicht so zu Herzen nehmen. Ich meine, ich hatte in Hemi doch bloß einen Kerl gesehen, mit dem ich ein bisschen Spaß haben wollte. Dem ich meine Jungfräulichkeit schenken wollte. Und das ist ja auch völlig in Ordnung, oder?

*Jawohl.*

»Ich kann auch später wiederkommen, wenn du zu tun hast«, sage ich und bin stolz auf mich, weil meine Stimme kein bisschen zittert.

»Nein, das musst du nicht. Wir waren ... Wir waren ohnehin fertig.« Hemi betrachtet die Mappe, die ich mit beiden Händen umklammere. »Sind das die Unterlagen, die ich ausfüllen soll?«

»Ja, und zwar alle, schließlich bist du hier ja der Boss.« Er verzieht keine Miene, als ich das sage. Es scheint ihm egal zu sein, dass ich Bescheid weiß.

Wortlos nimmt er die Formulare aus der Mappe und geht damit zu einem kleinen Tisch, der an der Trennwand steht, um sie zu studieren. Irgendwann werden die Stille – und meine Neugier – einfach unerträglich.

»Eine ... attraktive Frau.«

»Kann man so sagen«, erwidert er abwesend.

Er macht keine Anstalten, sich zu seiner Besucherin zu äußern. Ich sollte es dabei belassen, aber ich kann einfach nicht.

»Ist sie eine ehemalige Angestellte von dir oder so?«

»Nein.«

»Deine Schwester?«

»Nein.«

»Eine Cousine? Ein Kredithai? Eine Nonne?« Ich drücke mir selbst die Daumen, dass er meine letzte Vermutung bejaht.

Das erwartete Grinsen bleibt aus. Er sieht mich nicht einmal an. »Nein, sie ist eine alte Freundin.«

»Verstehe.« Ich bin alles andere als erleichtert. »Hätte ja sein können, dass du Verwandte hier hast oder so.«

»Nein, das habe ich nicht.« Er wirkt zerstreut und nicht eben glücklich, und ich habe den dumpfen Verdacht, dass das auf den Besuch seiner »alten Freundin« zurückzuführen ist. Was dazu führt, dass ich diese Tussi schon jetzt unsympathisch finde. Hemi hat inzwischen den Papierkram erledigt, reicht mir die Formulare und wirft den Stift auf den Tisch. »Okay, draußen warten schon ein paar Leute. Lass uns mal hören, was sie wollen. Vielleicht kannst du heute schon ein paar Skizzen und eine Schablone machen.«

Und genauso kühl und distanziert verhält er sich dann den ganzen Abend, was mich ehrlich gesagt ziemlich erschüttert.

Mittlerweile frage ich mich, ob es wirklich so klug war, Hemi zu diesem Arrangement zu überreden. Ich hatte mich darauf gefreut, mehr Zeit mit ihm zu verbringen, aber der Schuss könnte auch nach hinten losgehen.

## *Kapitel 16*

# HEMI

Der Umstand, dass nun auch noch Sasha wieder in mein Leben getreten ist, trägt nicht gerade dazu bei, dass sich meine Laune bessert. Ich fühle mich ohnehin schon reichlich schäbig, und seit ich Sloane ständig um mich habe, geht es mir noch häufiger so. Andererseits ist es für Sloane vermutlich besser so – auf diese Weise sind sie und ihre verdammte Unschuld viel weniger gefährdet. Und mein Plan ebenfalls.

Begeistert bin ich trotzdem nicht.

Noch ein Gutes hat die Sache immerhin: Sasha ist die Art von Frau, bei der ich weiß, woran ich bin. Gemeinsame Vergangenheit hin oder her, sie kennt die Regeln. Vielleicht kann ich meinen Frust ja an ihrem mehr als willigen Körper abreagieren.

Aber dafür müsste es mir erst einmal gelingen, einen weitaus süßeren lange genug zu vergessen.

## *Kapitel 17*

# SLOANE

Es war mir irgendwie gelungen, mir einzureden, dass es heute Abend bestimmt besser laufen würde, dass Hemis … Reizbarkeit wegen dieser »alten Freundin« verraucht sein würde und wir unseren Flirt wieder aufnehmen könnten. Doch sobald ich das Studio betrete, werden meine Hoffnungen nicht bloß zunichtegemacht, sondern förmlich zerschmettert und zerstört.

Das Erste, was ich erblicke, ist diese atemberaubende Blondine, die breitbeinig auf einem Hocker vor einem der Tätowierstühle sitzt und den Oberschenkel eines Kunden bearbeitet.

Die Enttäuschung darüber trifft mich tief.

Sie wirft mich regelrecht aus der Bahn.

Als sie von ihrer Arbeit aufsieht und mich prompt dabei erwischt, wie ich sie anstarre, würde ich vor Verlegenheit am liebsten im Boden versinken.

»Ah, Sloane, stimmt's? Komm rein und setz dich zu mir. Hemi wird gleich wieder da sein.«

Sie wirkt freundlich und sympathisch, weshalb ich sie natürlich nur umso mehr hasse. Trotzdem bleibt mir nichts anders übrig, als mir einen Hocker zu holen und ihn auf die andere Seite des Stuhls zu rollen.

»Du willst also die Kunst des Tätowierens erlernen?«, fragt mich der Kunde.

»Ich versuch's«, erwidere ich leichthin.

»Sie wird einen der besten Lehrer haben, die es gibt. Ich muss es wissen, schließlich habe ich ihm alles beigebracht, was ich weiß«, erklärt sie dem Mann mit einem Augenzwinkern.

*O Gott.* Das *ist die Frau, die Hemi unter ihre Fittiche genommen hat?*

Erst bedrückt mich diese Erkenntnis nur noch mehr, doch nachdem ich kurz über ihr Verhältnis zueinander nachgedacht habe, bin ich doch ein wenig beruhigt. Hemi hatte kein privates Interesse an dieser Hardcore-Glamourpuppe. Er war ihr Protegé, sprich, ihre Beziehung war ganz anderer Natur, als ich zunächst angenommen hatte. Ich habe nicht den geringsten Grund, mich von dieser Frau einschüchtern zu lassen.

Jetzt kann ich sie sogar anlächeln, und mein Lächeln ist fast gar nicht gespielt. »So, so, von dir hat er also alles gelernt?«

»Ja. Es war allerdings nicht weiter schwierig, ihm etwas beizubringen. Hemi ist ein Naturtalent. Wir haben jeden Morgen beim Frühstück unsere Servietten hergenommen und drauflosskizziert. Ich wusste, dass er begabt ist, noch ehe er das erste Mal eine Tätowiermaschine in der Hand hatte.«

Diese Aussage erstickt den Funken Hoffnung, der kurz den Kopf aus dem Sumpf meiner Verzweiflung gereckt hatte, endgültig im Keim.

*Jeden Morgen beim Frühstück.*

Hemi hat gesagt, er frühstückt nicht mit Frauen. Nicht mehr. Er hat auch erzählt, dass das letzte Mal schon ziemlich lange her ist. Allmählich bekomme ich eine Vorstellung davon, wie lange.

»Also«, räuspere ich mich, »wie lange dauert es, bis man einigermaßen sattelfest ist? Ich meine, wie lange hast du Hemi unterrichtet?«

Ich hoffe, meine Frage ist einigermaßen subtil. Bitte lieber Gott, lass sie subtil rüberkommen.

»Gute zwei Jährchen. Eigentlich hatte er es binnen kürzester Zeit drauf, aber wir haben es ein bisschen in die Länge gezogen, wenn du weißt, was ich meine.«

Ihr heiseres, zweideutiges Lachen gibt mir beinahe den Rest.

»Ah ja«, erwidere ich. Gut, wenn sie mit offenen Karten spielt, dann besteht für mich auch kein Grund mehr, um den heißen Brei herumzureden. »An die zwei Jahre also, weil ihr das Angenehme mit dem Nützlichen verbunden habt, aber eigentlich lernt man es sehr viel schneller, wenn ich dich richtig verstanden habe?« Ich schenke ihr ein harmloses Lächeln, damit es nicht eifersüchtig oder gehässig klingt, obwohl ich sehr wohl eifersüchtig bin.

»Genau.«

»Dann werde ich wohl keine zwei Jahre brauchen.« Es tut weh, es mir einzugestehen, doch ich weiß sehr genau, wann ich mich geschlagen geben muss. Aber diese Sasha soll zumindest glauben, dass mir das schnurzpiepegal ist.

Auch wenn das nicht den Tatsachen entspricht.

»Darauf würde ich nicht wetten, Herzchen. Hemi verbindet sehr gern das Angenehme mit dem Nützlichen, und man kann ihm nur schwer widerstehen.«

»Bist du deshalb zurückgekommen?«, frage ich sie ganz unverblümt und lächle erneut, als sie überrascht den Kopf hebt. »Ich meine, man kann ihm ja *tatsächlich* nur schwer widerstehen.«

»Habe ich mich eigentlich schon vorgestellt?«, sagt sie, ohne darauf einzugehen. »Ich bin Sasha und werde hier eine Zeit lang aushelfen.«

Als Hemi zur Tür hereinkommt, könnte ich ihn vor Erleichterung umarmen. Ich glaube nicht, dass ich dieses Theater auch nur eine Sekunde länger hätte weiterspielen können. Wobei ich ohnehin das Gefühl habe, dass mich Sasha durchschaut hat.

»Tut mir leid, dass du warten musstest, Sloane«, entschuldigt sich Hemi und steuert direkt auf seinen Arbeitsplatz zu. »Komm mit. Ich habe gleich eine Kundin, die ein Original will. Ich dachte, wir arbeiten ein bisschen daran, bevor sie kommt.«

»Klingt gut.« Ich schiebe den Hocker zurück, stehe auf und sehe auf Sasha hinunter. Sie beobachtet Hemi. Ich frage mich, ob sie beleidigt ist, dass er sie nicht beachtet hat. Der bloße Gedanke daran lässt mich etwas breiter lächeln. »Schön, dich kennengelernt zu haben, Sasha.«

»Gleichfalls, Herzchen. Wir werden bestimmt öfter miteinander zu tun haben. Ich werde noch eine ganze Weile hier sein.«

Als ich vorhin einen kurzen Augenblick lang angenommen habe, von Sasha würde keine Bedrohung ausgehen, lag ich eindeutig falsch. Aber ich lag auch falsch mit meiner Annahme, ich könnte nicht mit einer Frau wie ihr konkurrieren. Es muss nicht unbedingt etwas bedeuten, dass Hemi sie ignoriert hat – vielleicht hat er sie vorher schon begrüßt. *Ihre* Reaktion dagegen macht mir Hoffnung. Denn warum sollte sie sich auch nur im Geringsten von mir bedroht fühlen, wenn sie keinerlei Grund dazu hätte?

*Ist es verrückt, so zu argumentieren?* frage ich mich, während ich meine Tasche verstaue, wie Hemi es mir aufgetragen hat.

Vielleicht. Aber dank dieser Argumentation ist mir jetzt wieder etwas leichter ums Herz, und ich habe ein besseres Gefühl, was meine Chancen angeht. Die Situation ist zwar nicht ganz so rosig, wie ich es mir erhofft hatte, aber ich kann damit leben.

Vielleicht habe ich diese Sasha und ihre Fähigkeiten ja doch überschätzt.

❊ ❊ ❊

Drei Wochen bin ich jetzt schon damit beschäftigt, im Studio Skizzen anzufertigen. Drei Wochen, in denen ich ständig Hemi um mich hatte. Und Sasha. Drei Wochen, in denen ich das Gefühl hatte, dass das, was sich zwischen Hemi und mir zu entwickeln schien, … stagniert.

Aber heute Abend werde ich versuchen, frischen Wind in die Angelegenheit zu bringen, oder zumindest mal testen, ob da überhaupt noch etwas ist, in das man frischen Wind bringen kann. Sasha hat heute frei, und Hemi meinte, es wäre nicht viel los. Wenn nicht allzu viele Kunden unangekündigt vorbeikommen, wollte Hemi mein Tattoo fertig machen. Allein der Gedanke, endlich wieder seine Hände auf meinem Körper zu spüren …

*O Gott!*

Heute habe ich mich zur Abwechslung mal wieder richtig darauf gefreut, zum Studio zu fahren, zum ersten Mal seit ich vor drei Wochen den allerersten einer ganzen Reihe von enttäuschenden Abenden erlebt habe. Heute Abend wird es nämlich nur Hemi und mich geben. Heute wird sich zeigen, wo wir stehen und wie er sich verhält, wenn Sasha nicht da ist.

Nicht, dass er in meiner Gegenwart mit ihr flirten würde. Im Gegenteil. Er verhält sich ihr gegenüber griesgrämig, bleibt dabei aber immer höflich. Sie nimmt es locker. Ich wette, sie weiß, *warum* er so übellaunig ist. Schließlich fing es erst an, als sie hier aufgetaucht ist. Ich weiß nicht, was genau da zwischen den beiden abgeht, aber ich glaube nicht, dass die Spannungen von einem aktuellen Konflikt herrühren. Vielmehr hat es für mich den Anschein, als würden die beiden emotionales Gepäck aus der Vergangenheit mit sich herumschleppen.

Natürlich könnte das alles auch bloß Wunschdenken meinerseits sein.

Scheibenkleister!

Als ich das Studio betrete, wartet Hemi bereits am Tresen auf mich.

»Ich muss hinten noch bei jemandem die Farbe nachbessern. Wie wär's, wenn du solange hier die Stellung hältst, für den Fall, dass Kundschaft kommt? Deine Skizzen kannst du ja auch hier machen.«

Ich lächle Hemi an und versuche, mir meine Enttäuschung nicht anmerken zu lassen.

»Okay. Soll ich etwas Spezielles zeichnen?«

»Ja. Den Schriftzug, den du damals auf meine Flanke gemalt hast. Mach eine detaillierte Skizze davon, damit wir eine Schablone anfertigen können. Ich werde dein Versuchskaninchen sein.«

Mir bleibt der Mund offen stehen. »Machst du Witze?«

Er lächelt, zum ersten Mal seit einer Ewigkeit. »Nein, ich mein's ernst.«

»Heute Abend?«

»Nein, heute Abend könnte ich dein Tattoo fertig machen.« *Ja!* »Mit meinem kannst du anfangen, wenn du das nächste Mal hier bist.«

»Okay, wenn du das wirklich willst, dann …«

Ich nehme mir ein paar Blätter von dem Stapel Druckerpapier unter dem Ladentisch und lasse mich auf den Hocker gleiten, der dort steht. Hemi wendet sich zum Gehen, hält aber an der Schwelle noch einmal inne.

»Sloane?« Da er nicht weiterredet, hebe ich den Kopf. Er sieht mir einen Moment lang in die Augen, ehe er fortfährt. »Nimm es als Kompliment. Es bedeutet, dass ich dir vertraue.«

»Danke«, sage ich, weil mir nichts Besseres einfällt.

Hemi zwinkert mir zu und verschwindet nebenan, und wieder einmal keimt Hoffnung in mir auf, wie ein aufmüpfiger Phönix, der sich, schon halb verkohlt, weigert, in Asche verwandelt zu werden.

* * *

Endlich ist es so weit. Alle Kunden und auch die anderen Tätowierer sind gegangen, nur Hemi und ich sind noch da. Allein.

Und er wird mein Tattoo vollenden.

Ich bin nervös. Keine Ahnung, warum, aber irgendwie fühlt es sich nach viel mehr an als nur nach der bloßen Fertigstellung einer Tätowierung. Ich glaube, insgeheim gebe ich Hemi noch eine allerletzte Chance, mir zu zeigen, dass er mich begehrt, ehe mein letzter Hoffnungsschimmer endgültig erlischt. Und ich hoffe und bete, dass ich heute endlich eine Art Durchbruch erleben werde.

»Also, wie soll ich mich hinlegen?«, frage ich.

»Ach ja, richtig, deine Schmetterlinge«, murmelt er und runzelt gedankenverloren die Stirn. »Ähm, wo soll denn der oberste sitzen?«

Ich deute durch mein Top hindurch auf eine Stelle unter dem BH. »Naja, der bisher letzte ist genau hier. Ich würde sagen, noch drei oder vier, ungefähr bis hier oben.« Ich zeige auf eine Stelle unterhalb meiner Achsel. *Ich* weiß genau, was das bedeutet. Die Frage ist: Weiß Hemi es auch?

»Okay, damit ich da rankomme, musst du dich obenrum freimachen. Es würde mich bei der Arbeit behindern, wenn ich ständig dein Oberteil und den BH beiseiteschieben muss.«

Sein Tonfall ist ruhig und sachlich, in meinem Herzen und meinem Magen dagegen geht es ordentlich rund.

»Und wir wollen doch, dass du beide Hände frei bewegen kannst«, sage ich mit einem frechen Grinsen. Hemi erwidert zwar nichts darauf, doch seine gepiercte Augenbraue wandert nach oben. Ich erschauere und räuspere mich. »Schon okay. Ich kann mir ein Abdecktuch überziehen, wenn das für dich okay ist.«

Er schweigt eine Weile, dann sagt er: »Klar. Hauptsache, du fühlst dich wohl.«

Ich nicke und schenke ihm ein Lächeln, dann drehe ich mich um und begebe mich in die Umkleidekabine. Dort schlüpfe ich aus Top und BH und ziehe mir ein lose sitzendes Zellstofftuch über den Kopf. Es ist auf beiden Seiten geschlitzt, sodass es praktisch nur Brust und Rücken bedeckt. Ich betrachte mich im Spiegel und hoffe, dass Hemi meine leicht geröteten Wangen und meine vergrößerten Pupillen nicht bemerkt. Dann atme ich einmal tief durch, öffne die Tür und gehe wieder zu Hemi rüber.

»Okay, meinetwegen können wir loslegen«, verkünde ich. Hemi, der mit dem Rücken zu mir am Tisch steht, sieht über die Schulter und lässt den Blick über meinen Oberkörper wandern. Ich sehe, wie er die Lippen zusammenpresst, dann wendet er sich wieder ab.

»Gut, dann mal rauf auf den Stuhl mit dir. In Seitenlage bitte.« Meine Nerven sind zum Zerreißen gespannt, als ich mich folgsam auf dem Stuhl ausstrecke, mit der rechten Seite zu ihm, wobei ich meine Brust sittsam mit dem Zellstofftuch bedecke. Hemi dreht sich um und verharrt einen Augenblick, um mich zu betrachten, ehe er vor mir Platz nimmt. Seine Stirn ist gerunzelt, und ich frage mich, ob ich selbst oder die Situation der Grund dafür ist. Kämpft er gegen seine Gefühle für mich an? Oder steht er nicht mehr auf mich? Hatte er überhaupt je wirklich Interesse an mir?

Ich schließe die Augen, strecke den Arm über dem Kopf aus

und verdränge all meine Zweifel, während Hemi meine Haut vorbereitet. So oder so, jetzt hat die Stunde der Wahrheit geschlagen.

»Also …«, beginnt er, und mein Herz klopft unwillkürlich schneller. *Jetzt geht's los …* »Erzähl mir noch etwas über deine Brüder. Der in der Bar … Steven hieß er, glaube ich, oder? Du hattest gesagt, er ist der Älteste, richtig? Kann ich mir gut vorstellen, dass sein Beschützerinstinkt sehr ausgeprägt ist.«

Meine Hoffnungen lösen sich schlagartig in Luft auf, Enttäuschung macht sich in mir breit. Damit habe ich nun wirklich nicht gerechnet. »Äh, ja. Am liebsten würde er mich vor allem und jedem beschützen. Das wollen sie alle.«

»Er scheint der Einzige zu sein, der keinen ungewöhnlichen Namen hat. Hat er keinen Spitznamen oder so etwas?«

»Nein. Dafür ist er viel zu nüchtern. Ich glaube, nicht einmal sein Partner hat einen Spitznamen für ihn.«

»Wie heißt denn sein Partner?«

»Duncan.«

»Hm, das ist ja auch kein bisschen ungewöhnlich. Interessant.«

Er verstummt und greift nach der Tätowiermaschine. Ich habe keine Ahnung, wie ich auf seine offensichtliche Gleichgültigkeit reagieren soll. Sein Verhalten ist ernüchternd und mehr als demütigend. Ich fühle mich hereingelegt. Zuerst flirtet er mit mir, bis er mich an der Angel hat, und dann … tritt er den emotionalen Rückzug an. Und da sitze ich nun, von Sehnsucht und Verlangen erfüllt.

Ich sage kein Wort. Mir ist jetzt wirklich nicht nach belanglosem Small Talk. Ich will das hier bloß möglichst rasch hinter mich bringen, damit ich nach Hause fahren, mich ins Bett legen und meinen Kopf im Kissen vergraben kann.

»Bestimmt kennst du jede Menge von ihren Freunden und Kollegen«, meint Hemi, als er endlich wieder den Mund aufmacht.

»Ja«, antworte ich lustlos. Ich hätte schreien können vor Frust.

»Heißt einer von denen zufällig ›Tumblin‹? Mir ist, als hätte ich den Namen irgendwann mal gehört.«

»Ich habe keine Ahnung. Das Einzige, was mir zu ›Tumblin‹ einfällt, ist der Name der Straße, in der mein Bruder mal gewohnt hat. Ich kann mich nicht erinnern, dass ich je von einem Polizisten gehört hätte, der so genannt wird.«

»Ach, Scheiße! Ein Straßenname«, ruft Hemi unerklärlicherweise aus. »Ja, das ergibt wohl eher Sinn.«

Ich gebe keine Antwort. Ich habe nicht die geringste Ahnung, wovon er redet, und es ist mir auch egal. Auf der einen Seite bin ich total deprimiert, weil er mir die kalte Schulter zeigt, auf der anderen ärgere ich mich, weil er mich an der Nase herumgeführt hat. Sein Geplauder interessiert mich kein bisschen.

»Au!«, quieke ich, als er einen besonders empfindlichen Punkt erwischt. »Du meine Güte, das hat ganz schön wehgetan!«

Hemi stellt sofort die Maschine ab. »Tut mir leid«, sagt er aufrichtig zerknirscht. »Geht's wieder?« Er ist aufgestanden und beugt sich über mich, um mir ins Gesicht zu sehen, das noch immer halb von meinem Arm verdeckt ist.

»Ja, schon okay, ich ... da hast du wohl eine besonders empfindliche Stelle erwischt. Vielleicht sollte das der letzte Schmetterling sein. Ich fürchte, wenn wir noch weitergehen, halte ich es irgendwann nicht mehr aus.«

*Ein wahres Wort!*

Hemi reibt mir mit der flachen Hand über den Arm. »Hey, geht es wieder?«

Der Blick seiner dunklen Augen, so blau wie eine Lagune,

ruht auf mir. Dass er mich erst jetzt zum ersten Mal an diesem Abend so richtig ansieht, macht die Sache auch nicht besser.

»Es geht mir gut.«

»Kann ich den letzten Schmetterling noch ausmalen? Ich werde versuchen, so sanft wie möglich zu sein. Es wird dir bestimmt viel besser gefallen, wenn du es mich zu Ende bringen lässt.«

Selbst nach allem, was passiert ist, bin ich immer noch Wachs in seinen Händen. »Gut, dieser eine noch.«

Er neigt den Kopf und küsst mich auf den Unterarm. »Ich werde ganz sanft sein. Es wird nicht wehtun, versprochen.«

»Versprich mir nichts, was du nicht halten kannst.«

Hemi lächelt auf mich herunter. »Tu ich nicht.«

*Doch, das tust du. Das tut jeder. Jeder außer mir.*

Er lässt sich wieder auf seinem Hocker nieder und macht weiter. Ich bin auf das Schlimmste gefasst, aber es tut nicht mehr weh. Vielleicht macht Hemi doch keine leeren Versprechungen.

Oder vielleicht macht er überhaupt nicht allzu viele Versprechungen.

# *Kapitel 18*

# HEMI

Ungeduldig lausche ich dem gedämpften Klingelton am anderen Ende der Leitung. »Verdammt, Reese, nun nimm schon endlich ab!«

Als ich das Klicken höre, mit dem sich der Anrufbeantworter einschaltet, lege ich auf und wähle erneut. Ich werde ihn so lange nerven, bis er ans Telefon geht.

»Hallo?«, begrüßt mich eine sinnliche weibliche Stimme nach dem zweiten Klingeln.

»Äh, ist Reese da?«, erkundige ich mich. Vielleicht habe ich mich ja verwählt. Nein, unmöglich, ich habe die Nummer gewählt, die unter »Reese« in meiner Kontaktliste gespeichert ist.

»Er duscht gerade. Soll ich ihm etwas ausrichten?«

»Sag ihm einfach …«

Ich breche ab, weil ich die zornige Stimme meines Bruders im Hintergrund höre. »Hey, was soll das, verdammt noch mal?«

»Das Gebimmel hat mich genervt«, rechtfertigt sich die Frau.

»Hol deine Klamotten und verschwinde«, befiehlt Reese ihr kalt.

*Autsch.*

Mein Bruder hat ein unstillbares Verlangen nach Frauen, genau wie ich (genau genommen wie *alle* Spencer-Männer), aber er lässt keine von ihnen an sich heran und toleriert es auch nicht, wenn eine versucht, sich in sein Leben oder seine Geschäfte einzumischen. Wenn man mir nachsagt, ich würde mir die Frauen auf Armeslänge vom Leib halten, dann ist es bei ihm eher die Länge eines Fußballfeldes. Er ist ein gefühlloser Mistkerl, aber immer noch mein Bruder, und ich weiß, warum er so ist, wie er ist.

Eine oder zwei Minuten lang ist noch ihr entschuldigendes Bitten und Betteln zu hören, gefolgt von gedämpftem Schluchzen (Reese hält die Hand über den Hörer). Als er sich zurückmeldet, vernehme ich nur noch seine Stimme, ansonsten herrscht Stille.

»Was ist los?«

»Ich bin's«, sage ich knapp. »Er ist es. Ich habe ihn gefunden. Ich bin sicher, dass er es ist.«

»Echt? Woher weißt du das?«

»Ich konnte das fehlende Puzzleteil aufstöbern. Ich habe dir doch erzählt, dass ich seine kleine Schwester Sloane kennengelernt habe, und sie hat mir erzählt, dass er früher in der Tumblin Street gewohnt hat. Das ist des Rätsels Lösung. Er ist es, Reese. Wir haben ihn endlich gefunden.«

»Nicht zu fassen«, flüstert er. »Okay, ich geb's weiter. Versuch, mehr über ihn rauszufinden. Bald ist es so weit.«

»Gib mir Bescheid.« Ich spüre einen Seufzer der Erleichterung in mir aufsteigen.

»Mach ich«, verspricht Reese. »Gute Arbeit, Hemi.«

»Ich habe dir doch gesagt, ich finde ihn.«

»Ja, das hast du. Danke, Mann.«

»Ich hab's nicht für dich getan.«

»Das weiß ich. Er würde dir danken, wenn er noch bei uns wäre.«

»Ich weiß.« Ich schließe einen Moment lang die Augen. »Ich weiß.«

# *Kapitel 19*

# SLOANE

»Das heißt also, du gehst nicht mehr hin?«, will Sarah wissen.

Ich seufze und starre aus dem Autofenster, vor dem die Landschaft in verschwommenen Farben an mir vorbeifliegt. »Eigentlich habe ich keine große Lust.«

»Dann lass es bleiben. Soll er sich doch verp…!«

»Naja, ich sollte aber weiter hingehen. Ich meine, das ist Teil meines Studiums, seit er diese verdammten Formulare ausgefüllt hat.« Ich könnte mich dafür ohrfeigen. »Außerdem will ich nicht, dass er glaubt, er könne mich so leicht loswerden.«

»Du glaubst, er will dich loswerden?«

»Nein, ich glaube nicht, dass er das *wollte*. Er hat einfach das Interesse verloren, nachdem seine Hure zurückgekommen ist.«

»Hure? Autsch! Da hat wohl jemand seine Krallen ausgefahren.«

Ich grinse sie an. »Was, zum Teufel, willst du damit sagen? Das war noch total harmlos.«

»Ich liebe diese neue Sloane! So eifersüchtig habe ich dich ja noch nie erlebt.«

»Vermutlich, weil sich noch nie ein Mann wie Hemi in meine Nähe gewagt hat. Die Locke-Männer machen es einem Kerl nicht gerade einfach, mit mir auszugehen, wie du weißt.«

»Und ausgerechnet der eine, der keine Angst vor ihnen hat …«

Ich seufze erneut. »Ich weiß. Es ist zum Aus-der-Haut-Fahren.«

»Das glaub ich gern, aber ein Aus-der-Haut-Fahren wird dir auch nicht viel nützen. Stattdessen solltest du deine Haut lieber für gewisse Zwecke *ein*setzen«, sagt Sarah und kichert los.

Ich werfe ihr einen vernichtenden Blick zu. »Sei so gut und erspar mir deine schmutzigen Flachwitze in Zukunft, ja?«

Sie zwinkert mir übertrieben zu. »Hey, du solltest dir lieber Notizen machen, statt mich zu kritisieren, wenn ich dir Ratschläge in Sachen Sex erteile.«

»Das ist nicht nötig, denn in nächster Zeit werde ich wohl kaum Gebrauch davon machen können, wie es aussieht.«

»Mädel, du musst dringend öfter unter Leute gehen, um mal deinen Marktwert zu testen. Warum meldest du dich nicht für dieses Kunstprojekt an, von dem du mir erzählt hast?«

Ich runzle verwirrt die Stirn. »Welches Kunstprojekt denn?«

»Na, dieses Modellsitzen im Evaskostüm. Du hast doch erzählt, dass ihr dieses Jahr einen Kurs in Aktmalerei belegen müsst, als Teil eurer Anatomiestudien oder so.«

»Stimmt, aber ich melde mich doch nicht freiwillig zum Modellsitzen! Spinnst du?«

»Keineswegs. Ganz im Ernst, das wäre genau das Richtige für dich. Du redest doch immer davon, dass du endlich deine Flügel ausbreiten und etwas erleben willst. Also tu es! Das ist etwas, das du noch *nie* gemacht hast, und die neue Sloane …«

»Die neue Sloane ist nicht total durchgeknallt, Sarah.«

»Das ist nicht durchgeknallt, sondern mutig. Du musst dafür über deinen Schatten springen, und schon allein das ist ein guter Grund, es zu tun. Vielleicht beeinflusst es ja deine Einstellung zu dir selbst, wenn du merkst, dass andere deinen Körper schön finden.«

»Ich *brauche* keine neue Einstellung.«

»Doch, das tust du. Dieses Flittchen hat dir dein Selbstvertrauen genommen. Bevor diese Sasha aufgetaucht ist, sah es schon richtig vielversprechend aus. Alles, was du jetzt brauchst, ist ein kleiner Schubs in die richtige Richtung, damit du wieder auf den rechten Weg kommst.«

»Es gibt noch genügend andere Möglichkeiten, mein Ego aufzupolieren. Dazu muss ich mich nicht vor Publikum ausziehen.«

»Ich finde es wirklich äußerst schade, dass du dieser Ansicht bist, Sloane.«

»Wieso?« Keine Antwort. Als ich zu Sarah hinüberblicke, rutscht sie nervös auf dem Sitz herum. »Sarah? Warum ist das so schade?«

»Weil ich Triva gebeten habe, dich dafür anzumelden.«

Mir klappt die Kinnlade nach unten. »Du hast *was* getan?«

»Ich habe dich als Aktmodell angemeldet. Tut mir leid. Ich dachte echt, du würdest etwas aufgeschlossener reagieren.«

»Wenn du das wirklich gedacht hättest, dann hättest du Triva nicht gebeten, mich ohne mein Wissen anzumelden.«

»Vielleicht besänftigt es dich ja ein wenig, wenn ich dir sage, dass du fünf Punkte dafür bekommst. Das habe ich damals noch gar nicht gewusst. Toll, nicht?«

»Sarah … ich … warum, in aller Welt …?«

Ich bin sprachlos. Total vor den Kopf gestoßen.

»Ich habe dir damit einen Gefallen getan, Sloane, glaub mir.«

»Ich werde dir nie wieder etwas glauben. Nie wieder.«

»Sag das nicht. Ich habe das doch nur getan, weil ich dich mag und weil ich dir *helfen* will.«

»Dann hör um Gottes willen bitte auf, mir zu helfen.«

»Ist gut. Ich werde es künftig tunlichst unterlassen, dir zu helfen, versprochen.«

»Und versprich mir nichts, das du nicht halten kannst«, brumme ich.

Sie schweigt, und auch ich sage nichts mehr. Sie wird sich gerade mal eine Woche an ihr Versprechen halten. Maximal. Dann geht es wieder los. Sie kann nicht anders, das wissen wir beide.

* * *

Ich bin mir nicht ganz sicher, ob ich einen bittersüßen Sieg errungen oder eine Niederlage eingesteckt habe. Ich habe mit meiner Dozentin über meine Anmeldung als Aktmodell gesprochen. Sie war nicht sonderlich entgegenkommend, und ich wollte nicht zugeben, dass jemand anderes mich angemeldet hatte, weshalb meine Erklärungen allesamt wie lahme Ausflüchte geklungen haben. Sie hat nicht eine einzige davon angenommen. Wie es aussieht, bleibt es also dabei, dass ich am Freitagabend vor fünfzig Augenpaaren nackt Modell sitzen werde.

Wenigstens bleibt mir dank dieser mehr oder weniger unerfreulichen Angelegenheit ein Abend im Studio erspart. Irgendwie war ich ohnehin auf der Suche nach einer Ausrede, und jetzt habe ich eine. Eine peinliche zwar, aber immerhin.

Meinen »Arbeitskollegen« gegenüber erwähne ich es erst am Donnerstagabend, kurz bevor ich nach Hause gehe. Ich schultere meine Tasche und bin bereits an der Tür zum Empfangsraum, als ich mich noch einmal umdrehe und verkünde: »Ach, übrigens, morgen Abend bin ich nicht da. Ich muss etwas für die Uni machen.«

Hemi, der gerade in der gegenüberliegenden Ecke des Raums aufräumt, legt die Stirn in Falten. »Für die Uni? Am Freitagabend?«

»Ja, es ist freiwillig, und ich bekomme dafür extra Punkte.«

Da meldet sich Paul zu Wort, und die Dinge nehmen eine

unangenehme Wendung. »Meinst du etwa das Aktzeichnen für den Anatomiekurs?«

»Äh, ja, genau.«

»Dafür habe ich mich auch angemeldet«, sagt er erfreut. »Ich belege Abendkurse an der UGA, und von den zehn Plätzen, die wir zugeteilt bekamen, habe ich mir gleich einen unter den Nagel gerissen.« Er sieht grinsend zu Hemi hinüber. »Ich meine, *natürlich* habe ich mich gemeldet. Schließlich werden wir eine nackte Frau zeichnen. Wer verbringt nicht gern den Freitagabend auf diese Weise?«

Ich stoße ein nervöses Lachen aus und spüre, wie mir das Blut in die Wangen steigt.

»Soll ich dich mitnehmen?«, bietet er mir an.

»Äh, nein danke, ich, ähm … ich muss schon früher dort sein.«

»Echt? Wieso?«

Ich bleibe ihm die Antwort schuldig. Mein Gesicht ist inzwischen knallrot angelaufen. Nicht genug damit, dass mich ein Mitarbeiter des Studios nackt sehen wird, jetzt erfährt auch noch Hemi davon.

*Erde tu dich auf und verschling mich!*

»Ach, du Scheiße«, flüstert Paul. »Sag bloß, du … bist du etwa … das Aktmodell?«

Hemi kommt auf uns zu und mustert mich erwartungsvoll, sichtlich gespannt auf meine Antwort. Sein Gesichtsausdruck mobilisiert die unverschämte Seite in mir, die erst ein paarmal durchgebrochen ist.

»Ja, zufällig bin ich das. Ist das ein Problem?«, frage ich Paul.

»Aber nein, keineswegs! Ganz im Gegenteil.«

Seine Bemerkung und sein anerkennender Blick lassen mich zwar schon wieder rot anlaufen, aber ich fühle mich auch geschmeichelt. Sein indirektes Kompliment kommt mir sehr gelegen. Vielleicht hatte Sarah recht – möglicherweise brauche ich *tatsächlich* einen Ego-Boost.

Jetzt schaltet sich Hemi ein. »Das ist doch nicht dein Ernst, oder?« Sowohl sein Tonfall als auch seine Worte ärgern mich.

»Und ob das mein Ernst ist. Warum auch nicht?«

»Du ziehst dich einfach so … nackt aus? Vor vollkommen fremden Leuten? Und posierst, während sie dich zeichnen?«

»Du hast es erfasst«, erwidere ich forsch. »Vielleicht kann ich damit auch dein Geschäft ankurbeln. Ich meine, immerhin habe ich neue Körperkunst zu zeigen.«

Hemi sieht wütend aus. Keine Ahnung, warum. Aber im Moment ist mir das auch egal. Es fühlt sich einfach gut an. Richtig gut.

»Da werde ich ganz besonders genau hinsehen«, meint Paul mit einem spitzbübischen Grinsen.

»Das glaube ich gern«, gibt Hemi bissig zurück. »Wäre echt schade, wenn du morgen Abend hier aushelfen müsstest, nicht wahr?«

Pauls Lächeln erstirbt. »Was? Meinst du das ernst?«

»Nein, das meint er nicht ernst«, sage ich, ehe Hemi etwas darauf entgegnen kann. »Er hat doch genügend Leute, jetzt wo Sasha da ist. Sie ist ein Profi und kann sicher für dich einspringen, nicht wahr, Hemi?«

Hemi schweigt. Ich halte seinem Blick stand und fühle mich mutiger denn je. Sasha kocht schließlich auch nur mit Wasser. Zum ersten Mal, seit sie aufgetaucht ist, fühle ich mich ihr nicht unterlegen.

Paul blickt zwischen Hemi und mir hin und her. Ich frage mich, ob er die Spannungen zwischen uns spürt.

»Ich komme dann am Samstagabend wieder«, sage ich zu

Hemi und fahre dann, an Paul gewandt, fort: »Und *wir* sehen uns ja morgen Abend.«

Damit drehe ich mich um und stolziere davon. »Gute Nacht, Leute«, rufe ich den beiden noch über die Schulter hinweg zu.

Und dann gehe ich grinsend zu meinem Auto.

* * *

Meine Courage verlässt mich am Freitagabend in dem Moment, als ich mit nichts weiter als einem Morgenmantel bekleidet auf einem Stuhl in einem kleinen Raum sitze, wo ich von einer Studentin der hiesigen Kosmetikschule unter der strengen Aufsicht meiner Dozentin geschminkt und frisiert werde. Als Anita Shuler, meine Dozentin, dem Mädchen beschrieben hat, wie ich aussehen soll, konnte ich das Resultat bereits deutlich vor mir sehen, und nun kommt es meiner Vorstellung auch tatsächlich sehr nah. Miss Shuler scheint auch zufrieden zu sein.

Meine glänzenden schwarzen Locken sind locker am Oberkopf hochgesteckt, dazwischen blitzen zahlreiche kleine, weiße Blüten auf. Ein paar Strähnen sind kunstvoll über meine Schulter drapiert. Die Visagistin hat mir Smokey Eyes verpasst, sich aber ansonsten zurückgehalten, sodass dank meines blassen Teints die rubinroten Lippen noch besser zur Geltung kommen. Die Idee dahinter ist, dass ich sowohl Unschuld als auch Sexappeal in mir vereine, symbolisiert durch die verspielten Locken und die weißen Blüten einerseits und die roten Lippen und die dunkel umrahmten Augen andererseits. Diesen Gegensatz sollen die Kunststudenten – jeder auf seine Weise – in ihren Zeichnungen herausstreichen. Ich werde splitterfasernackt daliegen, auf einen Ellbogen aufgestützt, ein Knie angewinkelt, den Kopf leicht nach hinten geneigt, und mir einen knackigen, grünen Apfel vor die Kehle halten.

Irgendwie freue ich mich sogar darauf. Außerdem bin ich gespannt auf die Zeichnungen. Es hat mich schon immer fasziniert, wie unterschiedlich ein und dieselbe Szene interpretiert werden kann und wie die Künstler ihrem Werk Leben einhauchen. Ich wäre zu gern selbst eines der hoffnungsvollen Nachwuchstalente, die sich gleich ans Werk machen werden. Doch heute werde ich nicht hinter der Staffelei stehen, sondern auf dem Tisch in der Mitte posieren. Ich kann nur hoffen, dass ich beim nächsten Mal so vernünftig bin, mich rechtzeitig für einen Platz auf der anderen Seite anzumelden. Vielleicht bin ich ja bis dahin nicht mehr so damit beschäftigt, Hemi nachzulaufen, und muss keine verrückten Uniprojekte mehr vorschieben, um mich vor einem Abend in seinem Studio zu drücken …

Ich seufze. Diese Tage sind vorbei. Ich habe nicht vor, Hemi noch weiter nachzulaufen. Es hat sich einiges geändert, das erkenne ich jetzt klar und deutlich. Aber zumindest habe ich es dank Sarah geschafft, mir einen letzten Rest meiner Würde zu erhalten. Das werde ich ihr gegenüber natürlich nie zugeben, sonst reibt sie es mir den Rest meines Lebens unter die Nase und erwartet von mir, dass ich jede noch so ausgeflippte Idee, die sie mir unterbreitet, gutheiße, nur weil sie *ein Mal* recht hatte.

Bei dem Gedanken an Sarah muss ich wider Willen lächeln. Sie wäre stolz auf mich, wenn sie mich jetzt sehen könnte. Trotzdem bin ich froh, dass sie nicht hier ist. Es ist schon schlimm genug, dass ich Paul wieder im Studio in die Augen blicken muss.

Miss Shuler steckt den Kopf zur Tür herein. »Es ist so weit.«

Ich atme einmal tief durch und nehme all meinen Mut zusammen, dann gehe ich hocherhobenen Hauptes zur Tür und hinaus in den Korridor. In zwei Stunden wird alles vorbei sein. Nur zwei Stunden. Zwei Stunden lang kann man so ziemlich alles aushalten.

Oder?

Jawohl.

Meine Dozentin bleibt vor der Tür zu dem Raum stehen, in dem ich mich in ein, zwei Minuten einer ganzen Reihe wildfremder Menschen im Evaskostüm präsentieren werde. »Warte hier.«

Das Glasfenster der Holztür ist von innen mit einem Stück Filz verklebt worden, vermutlich damit mich niemand, der zufällig vorbeikommt, nackt sieht. Ein Glück!

Ich höre, wie Miss Shuler die Studentinnen und Studenten drinnen an den Zweck der heutigen Übung erinnert und alle bittet, sich angemessen zu verhalten. Ich bin froh, dass sie das noch einmal betont und mir dadurch etwaige entwürdigende kindische Reaktionen erspart.

Als sie fertig ist, warte ich, weil ich mir nicht sicher bin, ob ich bereits reingehen soll oder …

Doch da geht die Tür erneut auf und Miss Shuler erscheint. Sie schließt kurz die Tür hinter sich, um mir ein letztes Mal Mut zu machen.

»Geh hocherhobenen Hauptes da rein. Sieh dich nicht um. Tu so, als wärst du die Einzige im Raum. Wenn es sein muss, dann sing im Stillen dein Lieblingslied vor dich hin, so lange, bis alles vorbei ist.«

»Danke, Miss Shuler. Ist es denn so offensichtlich, dass ich nervös bin?«

»Nein, aber ich habe das auch mal gemacht, als ich noch studiert habe, und ich weiß noch, wie es sich angefühlt hat. Glaub mir, hinterher wirst du froh sein, dass du es gemacht hast«, ermuntert sie mich mit einem gütigen Lächeln.

»Und bis dahin?«

Sie zwinkert mir zu. »Wie gesagt, denk einfach an dein Lieblingslied.«

Nervös erwidere ich ihr Lächeln. Sobald die Tür aufgeht, wird meine Miene ernst. Ich folge Miss Shuler, den Blick auf einen Punkt zwischen ihren Schulterblättern geheftet. Sie führt mich direkt zu dem Tisch in der Mitte und postiert sich vor mir, bis ich den Morgenmantel geöffnet habe. Mit angehaltenem Atem lasse ich ihn von den Schultern zu Boden gleiten, wo er liegen bleibt.

Dann setze ich mich, so anmutig es geht, auf den Tisch und spüre, wie ich eine Gänsehaut auf den Armen bekomme, als meine Haut die kalte Oberfläche berührt. Ich versuche nicht daran zu denken, wie hart meine Brustwarzen sein müssen. Das Letzte, was ich brauche, ist, die ganze Zeit über mit hochrotem Kopf dazuliegen.

Ich rutsche etwas hin und her, bis ich einigermaßen bequem daliege, dann nehme ich den Apfel, lasse den Kopf in den Nacken sinken, wie man es mir aufgetragen hat, und atme aus.

Ich spüre Miss Shulers kalte Hände, als sie meine Gliedmaßen zurechtrückt. Sie nimmt mein gebeugtes Bein und zieht es eine Spur nach vorn. Dann drückt sie die Hand, die den Apfel hält, etwas nach unten, bis er sich knapp über der Brust befindet. Zum Schluss hebt sie meinen Kopf ein Stückchen an, was auf Dauer zweifellos bequemer sein wird. Wenn ich jetzt die Augen öffne, was ich allerdings nicht allzu oft tun soll, dann erblicke ich lediglich die Tür mit dem schwarzen Filz vor der Glasscheibe. Wenn es mir gelingt, mich ausschließlich darauf zu konzentrieren …

Ich spüre, wie sich Miss Shuler von mir wegbewegt, und vernehme hinter meiner linken Schulter ihre Stimme. »Ihr könnt anfangen.«

Mit diesen drei Worten überkommt mich eine unendliche Erleichterung. Der schwierigste Teil liegt hinter mir. Ich hab's geschafft. Ich habe meine Kleider abgelegt und bin auf einen Tisch gestiegen, um nackt in einem Raum voller Künstler zu posieren. Jetzt muss ich nur noch warten.

Die Minuten schleichen dahin, ziehen sich wie Stunden. Unwillkürlich stelle ich mir vor, wie ich wohl aussehe, und bei dem Gedanken daran werde ich wieder nervös. Dann fällt mir ein, was mir Miss Shuler geraten hat.

Mein Lieblingslied.

Obwohl mir auf einen Schlag mindestens ein Dutzend Songs einfallen, die ich mag und die heutzutage in aller Munde sind, setzt sich doch gleich ein ganz bestimmter durch, nämlich *Still Remains*, der Song von den Stone Temple Pilots, den ich am zweiten Abend im Studio gehört habe. Der Song, der mich wahrscheinlich bis in alle Ewigkeit an Hemi erinnern wird. An den wunderschönen, erotischen, rätselhaften und ach so unverbindlichen Hemi.

Ich habe keine Ahnung, wie viel Zeit vergangen ist. Ich weiß auch nicht, wie oft ich den Song im Kopf durchgegangen bin. Keine Ahnung, wie lange ich an Hemi gedacht habe, wie lange ich in Ozeanen von Träumen und Fantasien versunken bin, Fantasien, in denen es immer darum ging, was ich mir von ihm gewünscht hatte und was aus uns hätte werden können. Es fühlt sich wie eine Ewigkeit an.

Ich muss zugeben, dass ich mir mehr als Sex erhofft hatte. Ich hatte gehofft, dass ich zumindest einmal im Leben wahre Liebe erfahren würde. Aber je mehr Tage vergehen, desto häufiger zweifle ich daran, dass es möglich ist. Die Zeit verfliegt so unerwartet schnell. Meine Mutter hat angenommen, sie hätte ewig Zeit. Doch sie hat sich getäuscht.

Meine Augenlider öffnen sich leicht, und ich merke, dass mein Kopf zu weit auf meine Schulter gesunken ist, weiter, als mich

Miss Shuler positioniert hat. Ich hebe den Kopf an, und meine Augen suchen nach dem abgehängten Glasfenster, das mein Orientierungspunkt ist. Doch anstelle der Holztür mit dem schwarzen Filz erblicke ich unvermittelt Hemi, der an der Tür steht und mich betrachtet.

Mein Herz macht einen Satz, und mein Magen vollführt einen Salto. Mein Puls beschleunigt sich, und ich versuche ganz bewusst, wieder ruhiger zu atmen, denn ich möchte auf keinen Fall eine sichtbare Reaktion zeigen, obwohl mich eine Mischung aus Verlegenheit, Neugier und Aufregung erfasst hat. Ich wende den Blick nicht ab, schließe auch nicht die Augen. Ich halte den Kopf stabil und erwidere Hemis bohrenden Blick.

Seine Miene ist ausdruckslos, weder erfreut noch aufgebracht, doch seine Augenfarbe verrät mir, dass ihm nicht nach Scherzen zumute ist. Wenn er mich neckt, sind seine Augen strahlend blau. Doch nicht heute Abend. Jetzt haben sie die Farbe tiefen Wassers, das an der Oberfläche ruhig ist, doch weiter unten brodelt es.

Er lässt den Blick über meine nackten Rundungen gleiten, als wolle er mich herausfordern, ihn davon abzuhalten. Mir wird warm, als er sich an meinem Hals entlang einen Weg nach unten bahnt, am Apfel vorbei zu meinen Brüsten. Dort verweilt er. Ich müsste seine Augen gar nicht sehen, um zu wissen, worauf sie gerichtet sind. Wenn ich seinen Atem auf meinen Brustwarzen spüren würde, könnte das nicht realer sein als das, was ich jetzt fühle. Sein Blick ist wie eine Berührung, keine körperliche, aber dennoch eine Berührung.

Schließlich, als meine Brustwarzen von einem unstillbaren brennenden Verlangen erfüllt sind, wandert Hemis Blick weiter, gleitet über meine Rippen, umschmeichelt meinen Bauch und verweilt spielerisch auf meinen Oberschenkeln. Dann ruht er auf der Stelle, die von meinem gebeugten Bein verdeckt ist, und es fühlt sich auch dort so an, als würde er mich berühren.

Wärme durchflutet mich. Ich werde rot und ringe trotz meiner guten Vorsätze nach Atem. Ich schließe die Augen vor dem, was Hemi da mit mir von der anderen Seite des Raums aus anstellt, vor einer Gruppe von Zuschauern, und ich versuche, meine innere Ruhe wiederzuerlangen, aber es gelingt mir nicht. In meiner Verzweiflung denke ich wieder an den Song, was jedoch den Effekt, den Hemis eingehende Betrachtung auf mich hat, nur verschlimmert.

Als ich wider besseres Wissen erneut die Augen öffne, ist Hemi verschwunden. Der Platz vor der Tür ist leer.

Ein paar Sekunden lang frage ich mich, ob ich mir nur eingebildet habe, dass er da ist, doch dann nehme ich eine Bewegung zu meiner Linken wahr. Ich drehe kurz den Kopf zur Seite und sehe, wie Hemi den Raum durchquert, um – wie ich annehme – mit meiner Lehrerin zu sprechen. Ich schätze mal, sie hat ihn hereingelassen. Schließlich ist das hier keine öffentliche Veranstaltung.

Ehe es jemandem auffällt und vor allem, ehe Hemi bemerkt, dass ich ihn beobachte, nehme ich rasch wieder meine Position ein. Was auch immer jetzt noch passiert, mit meiner Seelenruhe ist es endgültig vorbei.

Ich bin aufgewühlter denn je.

Hemi hat mich nackt gesehen.

Und ich habe jede Sekunde genossen.

# *Kapitel 20*

# HEMI

*Verdammt! Verdammt, verdammt!*

Selbst jetzt, drei Stunden nachdem ich diesen Raum betreten habe und Sloane dort nackt auf dem Tisch liegen sah, bin ich immer noch außer mir vor Wut. Ich hätte nicht hingehen sollen. Ich hätte mich, verdammt noch mal, von ihr fernhalten sollen. Die Informationen, die ich brauche, hatte ich doch bereits. Es gab keinerlei Grund, mein Täuschungsmanöver weiter aufrechtzuerhalten, und noch weniger Veranlassung, die Angelegenheit wieder persönlich werden zu lassen. Aber genau das habe ich getan.

Nachdem Sloane am Donnerstag nach Hause gefahren war, konnte ich an nichts anderes mehr denken als daran, was sie heute Abend vorhat. Und heute hat mich den ganzen Tag über die Vorstellung verfolgt, wie sie für einen Haufen geifernder Uniarschlöcher als Aktmodell posieren wird. Aber ich hätte es mir nicht auch noch mit eigenen Augen ansehen müssen. Warum, zur Hölle, habe ich mir das bloß angetan?

Und jetzt … jetzt kann ich ihren Anblick nicht mehr vergessen. Dabei fand ich ihre süße, unschuldige und zugleich erotische Ausstrahlung schon vorher so unglaublich verlockend.

Ich schließe unsanft eine Schublade an meinem Rollwagen und werfe erneut einen Blick auf die Uhr. Sloane sollte schon längst hier sein.

»Was ist eigentlich los mit dir?«, will Sasha wissen, die in der Nische gegenüber sitzt und gerade den fleischigen Arm eines Kunden tätowiert.

»Kümmere dich um deinen eigenen Kram«, blaffe ich. Ihre gekränkte Miene ist mir total egal. Ich bin niemandem eine Antwort schuldig, und ich denke nicht daran, ihr zu gestehen, dass ich auf Sloane warte oder dass ich ihrer Dozentin aufgetragen habe, Sloane heute noch im Studio vorbeizuschicken, weil ich etwas mit ihr zu besprechen habe. Für die Uni. Nein, das würde ich niemals zugeben. Und auch nicht, dass ich allmählich mit den Nerven am Ende bin, weil sie noch nicht aufgetaucht ist.

Nein, das würde ich niemandem eingestehen. Nicht einmal mir selbst.

*Kapitel 21*

# SLOANE

Erst wollte ich mich weigern, Hemis Wunsch nachzukommen. *Du fährst* nicht *zu ihm ins Studio,* habe ich mir gesagt. *Auf gar keinen Fall. So weit kommt es noch, dass du dich von ihm herumkommandieren lässt.* Außerdem war mir schon die Vorstellung, ihm nach allem, was vorgefallen ist, unter die Augen zu treten, peinlich. Doch dann wurde mir klar, dass es noch viel peinlicher wäre, wenn ich *nicht* hinfahre. Tja, und hier bin ich nun und warte darauf, dass alle anderen Feierabend machen, damit niemand Zeuge der blamablen Unterhaltung wird, die mir bevorsteht.

Sasha geht natürlich als Letzte. Ich sehe, wie sich die Tür öffnet und Sasha erscheint – allein. Von Hemi keine Spur, was mich aus unerfindlichen Gründen beruhigt. Es verschafft mir eine gewisse Genugtuung, dass er sie nicht zur Tür gebracht hat. Das bedeutet ja dann wohl, dass er sie nicht auf Händen trägt. Zumindest rede ich mir das ein.

Ich beobachte, wie sie in ihr knallrotes Cabrio steigt und losfährt, und unterdrücke einen Würgereiz. *Püh!* Sogar das *Auto* dieser Frau ist mir unsympathisch!

Ich warte, bis die Rücklichter hinter dem nächsten Hügel verschwunden sind. Erst dann steige ich aus dem Auto, zupfe meinen Rock zurecht und hole tief Luft, während ich über die

Straße gehe. Als ich mich dem Randstein nähere, sehe ich, wie Hemi zur Tür kommt – wahrscheinlich, um den Laden für die Nacht dichtzumachen.

Ich bleibe stehen, als er den Kopf hebt und unsere Blicke sich durch die Rauchglasscheibe treffen. Auch er erstarrt mitten in der Bewegung, die Hand über dem Schloss. Einige Sekunden lang rührt er sich nicht vom Fleck. Was nun? Überlegt er, ob er mit mir reden oder mich einfach ignorieren soll? Als er die Hand sinken lässt, weiß ich, wie er sich entschieden hat. Er lehnt sich ein Stück nach vorn und hält mir die Tür auf, bis ich eingetreten bin. Keiner von uns sagt ein Wort, während er die Tür zuzieht und abschließt.

Ich weiß nicht, welche Art von Konfrontation mich erwartet, also bleibe ich erst mal stehen, mit hocherhobenem Kopf und herausgestreckter Brust, und warte darauf, dass er sagt, was auch immer er zu sagen hat. Doch er umrundet schweigend den Tresen und geht nach nebenan.

Ich warte einen Augenblick, bevor ich ihm in die Nische folge, in der er seine Kunden tätowiert. Der Stuhl ist zur Liege umfunktioniert, vermutlich sollte er gerade geputzt werden.

Hemi steht vornübergebeugt da, die geballten Fäuste auf die gepolsterte Vinyloberfläche gestützt. Obwohl ich sein Gesicht nicht sehen kann, weil er den Kopf hängen lässt, kann ich an seiner Körperhaltung deutlich erkennen, dass er wegen irgendetwas sauer ist.

Ich gehe langsam auf ihn zu. Die Absätze meiner Sandalen klappern leise auf dem Fliesenboden. Die Luft fühlt sich auf meinen nackten Unterarmen und Beinen kühl an und lässt mich schaudern. Etwa einen Meter von ihm entfernt bleibe ich stehen. »Worüber wolltest du mit mir reden, Hemi?«

Noch immer sagt er kein Wort, steht einfach nur regungslos

da. Ich sehe die Adern an seinen Unterarmen hervorstehen, sehe seinen angespannten Trizeps. Hm. Ich hätte wohl auf mein Bauchgefühl hören und besser doch nicht herkommen sollen, zumal ich ohnehin nicht die geringste Lust darauf verspürt habe.

»Also, wenn du nicht mit mir redest, dann fahre ich jetzt nach Hause.« Ich bin schon im Begriff zu gehen, da hebt er den Kopf und mustert mich zornig. »Wag es ja nicht«, knurrt er, richtet sich auf und ist in zwei Schritten bei mir. Er steht direkt vor mir, so nah, dass seine Brust nur einige Zentimeter von der meinen entfernt ist. »Willst du mir vielleicht verraten, was, zum Teufel, du dir bei dieser Aktion gedacht hast?«

»Was meinst du?«, frage ich verdattert.

»Du hast dich nackt vor einem Haufen geifernder Idioten auf einem Tisch geräkelt!«

»Das war keine *Aktion*. Das war für die Uni. Ich habe dafür …«

»Den Teufel hast du! Das hast du doch nur getan, um dich an mir zu rächen.«

Er beißt die Zähne zusammen, so fest, dass ich sie förmlich knirschen höre.

»Um mich an dir zu rächen? Wofür denn? Das ist doch total lächerlich.«

»Du wolltest mir doch eine Lektion erteilen, mir zeigen, was ich nicht haben kann. Das ist dir gelungen.«

»Hemi, das ergibt überhaupt keinen Sinn. Wovon redest du da?«

»Ich habe alles in meiner Macht Stehende getan, um mich von dir fernzuhalten und sicherzustellen, dass unser Verhältnis rein professioneller Natur bleibt, und dann gehst du hin und machst so was!«

Jetzt sehe ich rot. »Du egoistisches Arschloch! Das hatte nicht das Geringste mit dir zu tun. Es ging hier nur um *mich*. Ich habe mich nicht ausgezogen und meinen Körper einem Raum voller Menschen präsentiert, um *dir* eine Lektion zu erteilen. Ich habe es getan, um mir zu beweisen, dass ich es *kann*.«

»Und, hat es dir gefallen? Zu wissen, dass alle Augen auf dich gerichtet sind? Dass jeder einzelne Student in diesem Lehrsaal, Männlein wie Weiblein, vermutlich über Leichen gegangen wäre, nur um dich einmal kurz kosten zu dürfen?«

»Das ist doch Unsinn! Niemand im Raum hat mich so angesehen.«

»Da täuschst du dich aber«, faucht er wütend. »Du hast doch keine Ahnung, wie du da oben ausgesehen hast, mit den hochgesteckten Haaren und diesen losen Strähnen …« Hemi streckt die Hand aus und berührt die paar Locken, die mir auch jetzt noch über der Schulter hängen. »Mit diesen einladenden, roten Lippen, die wie gemacht sind zum Küssen.« Er betrachtet meinen Mund, und unter seinem Blick verspüre ich plötzlich den Drang, mir über die Lippen zu lecken. »Und mit diesen Brüsten, so rund und fest. O Gott!«, stöhnt er. »In meinem Leben habe ich noch nie so stark das Bedürfnis verspürt, jemanden zu berühren. Noch nie. Bei niemandem. Meine Zunge fing schon an zu kribbeln, als ich mir bloß vorgestellt habe, ich würde eine dieser rosaroten Brustwarzen in den Mund nehmen, um daran zu saugen. Als du zu mir rübergesehen hast, konnte ich an deinem Blick erkennen, dass du dasselbe wolltest. Du hast dich danach gesehnt, von mir berührt zu werden.« Mir ist, als würde mir seine tiefe, samtige, hypnotisierende Stimme wie dickflüssiger Sirup über die Haut laufen. »Sag mir, dass du dich danach gesehnt hast, von mir berührt zu werden.«

Seine Worte umgarnen mich wie kräftige Seidenfäden. Er webt ein Netz des Verlangens um mich, und ich bin darin gefangen, bis er mich entweder wieder gehen lässt – oder bis er mich nimmt.

Ehe ich weiß, wie mir geschieht, antworte ich offen und ehrlich. »Ja, das habe ich. Deine Blicke haben mir den Atem geraubt«, hauche ich.

»Ich weiß, dass ich mich morgen dafür hassen werde, aber ich muss dich kosten, Sloane. Ich kann mich nicht eine Minute länger beherrschen. Ich werde dir zeigen, woran ich gedacht habe, als ich dich dort auf dem Tisch liegen sah. Ich werde dir zeigen, wie es sich anfühlt, wenn ein Mann kapituliert …« Seine Worte verklingen. Er beugt den Kopf, sein Gesicht nähert sich dem meinen, sein warmer, feuchter Atem streift meine Lippen. »Ich werde dir zeigen, wie es ist, wenn sich deine Sehnsucht erfüllt.«

Und dann berühren seine Lippen die meinen, und ich habe von der ersten Sekunde an das Gefühl, dass er mich am liebsten verschlingen würde. Seine Lippen sind fest und beharrlich. Er lässt die Zunge fordernd über meinen Mund wandern und schiebt sie entschlossen zwischen meine Lippen. Und ich gewähre ihm Einlass, heiße ihn willkommen.

Während seine Zunge die meine umspielt, staune ich über seinen Geschmack. Er schmeckt sogar noch besser, als ich es mir ausgemalt habe.

Er nimmt meine Unterlippe in den Mund und saugt sanft daran. Seine Finger haben sich unter die Träger meines Sommerkleids gestohlen und wandern an den Armen entlang nach unten, wobei sie mir die Träger über die Schultern streifen. Ich spüre einen kalten Lufthauch am Bauch, als mein Kleid zu Boden gleitet.

Hemi lässt die Hände über meinen Rücken wandern, ohne den Kuss zu unterbrechen. Als er bei den Hüften angelangt ist, hebt er stöhnend den Kopf.

»Was ist los?«, stoße ich hervor und sehe zu ihm hoch.

»Du hast ja gar nichts weiter an.«

Ich zucke die Achseln. »Wozu auch?«

Die Tatsache, dass ich unter dem Kleid nackt bin, scheint Hemis Leidenschaft nur noch mehr anzufachen. Er stößt ein Knurren hervor und presst mir die Lippen auf den Mund, dann hebt er mich hoch und setzt mich auf das Fußende des Tätowierstuhls.

Er küsst mich weiter, während der Stuhl leise summend etwas nach oben fährt, gerade so weit, dass ich mich auf der Höhe von Hemis Hüften befinde und er sich bequem zwischen meine Beine stellen kann. Es ist die perfekte Höhe, die perfekte Position.

Seine Finger huschen über meine Arme, meine Taille. »Jede Sekunde, die ich damit beschäftigt war, deine wunderschöne Haut zu tätowieren, hatte ich den Drang, die Lippen darauf zu pressen.«

Hemi küsst meine Wangen, meinen Hals. Als er bei meiner Schulter angelangt ist, drückt er mich etwas nach hinten, sodass ich mich mit den Armen aufstützen muss.

»Mit jedem Schmetterling, den ich erschaffen habe, bin ich diesem Busen näher gekommen.« Seine Hände schmiegen sich sanft um meine Brüste. »Und jedes Mal dachte ich, dass ich das garantiert nicht noch einmal schaffe, ohne gleich zu explodieren.« Ich spüre ein schmerzhaftes Kribbeln, als er mit den Handflächen über die Knospen streicht. Meine Brüste sind schwer vor Verlangen. »Ich weiß nicht, wie oft ich davon geträumt habe, sie in den Mund zu nehmen«, flüstert Hemi und beugt sich über mich. »Wie oft ich davon geträumt habe, zu spüren, wie du schauderst, wenn ich es tue.«

Ich schnappe nach Luft, als sich sein heißer Mund um eine

Brustwarze schließt. Es fühlt sich so überwältigend gut an, dass tatsächlich ein Zittern durch meinen Körper geht, gerade so, als hätte Hemi auf Knopfdruck seine Fantasie wahrgemacht. Ich registriere nur noch Hitze – die Hitze seines Mundes, seiner Hände und seines Körpers, der sich zwischen meinen Beinen befindet. Sogar das kühle Vinyl unter mir fühlt sich warm an.

»Mmmm«, stöhnt er, und seine Lippen vibrieren an meiner Brustwarze. »Genau so.«

Hemi leckt und saugt an der einen Knospe und spielt zugleich mit der anderen. Er drückt und kneift sie, rollt sie zwischen den Fingerspitzen.

»Aber auf heute Abend war ich nicht vorbereitet«, flüstert er und schiebt meinen Oberkörper sanft noch weiter nach hinten, bis ich auf die Ellbogen aufgestützt daliege. »Ich hätte nicht gedacht, dass ich dich noch mehr begehren könnte. Doch als ich dich vorhin dort liegen sah, da wusste ich: Sosehr ich auch dagegen ankämpfe, ich werde keine ruhige Minute mehr haben, ehe ich dich mit den Fingern zum Kommen gebracht habe. Ehe ich sie aus dir herausgezogen und deinen Saft abgeleckt habe.«

Er lässt die Hände an meinen Seiten entlang nach unten wandern und schiebt sie unter meinen Po, um mich näher an die Kante zu ziehen, damit er den Unterleib noch fester zwischen meine Oberschenkel pressen kann. Die Reibung seines Körpers, seiner Kleider weckt in mir den Wunsch nach mehr. Danach, dass er die Leere in mir füllt, das schmerzhafte Verlangen stillt.

Dann küsst er mich erneut, und seine Hände tasten sich nach unten, dorthin, wo ich mich am meisten nach ihm sehne. Ich spüre, wie er mich dort mit der Fingerspitze streift und dann behutsam meine Liebeslippen entlangstreicht. Wieder stöhne ich unter dem Einfluss der unzähligen, ungewohnten Empfindungen, die er damit bei mir auslöst.

»Gefällt dir das?«, flüstert er. »Willst du mehr?«

Ich bringe kein Wort heraus, gebe nur ein kurzes, atemloses Stöhnen von mir.

»Gut so, Baby. Das will ich hören.«

Seine Zunge kitzelt meine Lippen, während er mit den Fingern mein pulsierendes Fleisch massiert.

»Wow, bist du feucht«, stöhnt er. »Ich wäre jetzt unheimlich gern in dir.«

Er schiebt die Zunge in meinen Mund und dringt zugleich mit dem Finger in mich ein. Bedächtig, sorgfältig erkundet er meine Mundhöhle, als wollte er mich verkosten, während etwas tiefer sein Finger meinen Körper erkundet. Mein Bauch krampft sich zusammen, und das Pulsieren zwischen meinen Beinen wird stärker, als ich spüre, wie Hemi den Finger anwinkelt und ihn langsam aus mir herauszieht. Ich würde am liebsten betteln, ihn anflehen, dass er mich nimmt, aber aus meinem Mund kommen keine Worte. Nur Laute.

»Ich werde dafür sorgen, dass du kommst, Sloane, und ich will es hören, wenn du so weit bist.«

Nun führt er zwei Finger in mich ein und berührt mit dem Daumen der anderen Hand das empfindliche Gewebe rund um die Klitoris. Es fühlt sich an, als könnte ich jeden Moment explodieren, als er sie zwischen die Fingerspitzen nimmt und daran zupft.

»So ist es gut, Baby«, haucht er, als ich das Becken an seine Hände presse. »Sieh nach unten, Sloane. Sieh zu, was ich mit dir anstelle.«

Hemi lehnt sich etwas nach hinten, damit ich seine Hand zwischen meinen Beinen sehen kann, und die beiden Finger, die zwischen den Falten meines Geschlechts verschwinden. Der Daumen der anderen Hand massiert mit kleinen, kreisförmigen

Bewegungen meine Klitoris, während er mich mit den anderen Fingern hält.

»Das nächste Mal, wenn du mir zusiehst, wird mein Schwanz in dich eindringen und nass und glitschig wieder aus dir herauskommen«, sagt er und schiebt einen weiteren Finger in mich hinein. »Du wirst sehen, wie ich ihn aus dir herausziehe und wie ich komme. Genau hier.«

Seine Stimme klingt immer leiser, als käme sie von weit her, und mir ist, als würde meine Welt in sich zusammenschrumpfen, bis sie nur noch aus Hemis Händen besteht. Ich registriere nur noch, was sie mit mir machen.

Dann schnürt mir plötzlich etwas die Luft ab, hält meinen Atem in der Brust gefangen. Ich kneife die Augen zu und stöhne laut auf, während hinter meinen Lidern ein Lichterfeuerwerk explodiert. Flammen durchzucken mich, und eine glühend heiße Flüssigkeit strömt in meine Körpermitte und aus mir heraus auf seine Hand.

»So ist's gut, Sloane! O Gott, ja! Komm für mich!«

Hemis Finger sind die reinsten Wunderwaffen, seine Worte wie ein Zaubertrank, der mir geradewegs zu Kopf steigt. Nach ein paar Sekunden, in denen es nichts gibt außer purer Lust, werden mir die Glieder schwer. Taubheit macht sich in ihnen breit, meine Arme wollen mich nicht länger tragen. Ich sinke nach hinten, auf die gepolsterte Oberfläche des Tätowierstuhls. Allmählich kann ich wieder atmen, ringe keuchend nach Luft.

Als ich schließlich die Augen öffne, betrachtet mich Hemi mit einem hungrigen Blick. Dann hebt er langsam die Hand zum Mund und fährt mit der Zunge über einen Finger. »Heilige Sch…«, stöhnt er erstickt, beißt die Zähne zusammen und lehnt sich mit geschlossenen Augen nach vorn. Er lässt den Kopf hängen, die Arme rechts und links von meiner Hüfte aufgestützt, und boxt mit den Fäusten ein paarmal gegen die Polsterung des Stuhls, wobei er etwas in sich hineinknurrt, das ich nur mit Mühe verstehe. »Für heute Abend ist Schluss, Sloane. Es soll deine Entscheidung sein.«

»Meine Entscheidung?«, wiederhole ich verwirrt.

»Ja.« Er schneidet eine Grimasse, als hätte er Schmerzen. »Du sollst diese Entscheidung ohne Druck treffen können und nicht, wenn ich steinhart vor Lust bin und es kaum noch erwarten kann, in dich einzudringen.«

Bei diesen Worten schwindet die Schwere zwischen meinen Beinen, und ich spüre, wie mein Körper mit einem Prickeln zu neuem Leben erwacht.

»Du setzt mich nicht unter Druck.«

»Ich hatte schon viele Frauen. Ganz unterschiedliche Frauen. Aber keine von ihnen war wie du. Ich versuche hier nur, das Richtige zu tun.«

Das war zweifellos gut gemeint, aber es beruhigt mich kein bisschen. Im Gegenteil. Ich drehe den Kopf zur Seite, um seinem Blick auszuweichen. »Es ist nicht so, als hätte ich es *darauf angelegt*«, erkläre ich, darum bemüht, es nicht so klingen zu lassen, als wollte ich meine Jungfräulichkeit verteidigen.

»Es ist ja auch nichts Schlechtes. Das wollte ich damit nicht sagen. Ganz und gar nicht. Ich weiß nicht genau, wie es dir gelungen ist, aber eigentlich bin ich sogar froh, dass du noch Jungfrau bist.«

»Naja, ich hatte eben nicht allzu viele Freiheiten. Wenn meine Verehrer erfahren haben, dass mein Vater und meine Brüder bei der Polizei sind, haben es die meisten von ihnen mit der Angst zu tun bekommen. Sie hatten wohl keine große Lust, ihr Leben aufs Spiel zu setzen.«

»Pech für sie, Glück für mich«, flüstert er mir ins Ohr, während er seine Wange an der meinen reibt. Dann zieht er mich hoch. »Eines solltest du wissen, Sloane: Beim nächsten Mal gibt es kein Zurück mehr. Du solltest dir ganz sicher sein, dass du es wirklich willst. Und dass ich der Mann bin, mit dem du es willst.«

Ich lehne mich etwas nach hinten, um Hemi in die Augen zu sehen, in deren blauer Sturmtiefe ich mich schon wieder zu verlieren drohe. »Ich will es«, sage ich schlicht.

»Ich kann dir zwar kein Frühstück bieten und auch sonst nicht viel versprechen, aber dafür kann ich dir Lust bereiten, wie du sie dir nicht einmal in deinen kühnsten Träumen vorstellen kannst. Das muss dir genügen.«

»Ich will keine Versprechen. Meistens sind es ohnehin nur Lügen. Schöne Worte, die man sagt, damit sich andere besser fühlen. Aber letztendlich sind es doch nur Lügen. Enttäuschende Lügen«, sage ich rundheraus. »Ich brauche keine leeren Versprechungen. Mir ist die Wahrheit lieber.«

Ein Anflug von Bekümmerung huscht über sein Gesicht, doch er bemüht sich sogleich um eine neutrale Miene. Ich weiß nicht recht, was das zu bedeuten hat, aber ich beschließe, es einfach zu ignorieren – ich will mir diesen besonderen Augenblick durch *nichts* verderben lassen. Was auch immer er mir verschweigt, ist sein Geheimnis, und das soll es auch bleiben. Wir alle haben unsere Gründe, gewisse Dinge vor anderen zu verschweigen. Auch ich, und ich bin die Letzte, die anderen Menschen ihr Recht darauf absprechen würde.

»Gut, dann bekommst du die Wahrheit zu hören, und zwar gleich jetzt.« Hemi nimmt mein Gesicht in seine Hände. »Ich will dich, Sloane. Ich will alles Mögliche mit dir anstellen. Ich will dir zeigen, wie es sich anfühlt, wenn jemand deinen Körper anbetet. Ich werde dir zeigen, welche Freuden ein Mann einer

Frau bescheren sollte, damit du dich nie wieder mit weniger zufriedengibst. Aber eines möchte ich von vornherein klarstellen: Solange wir zusammen sind, gehörst du mir. Mir allein. Haben wir uns verstanden?«

Ich nicke.

»Versteh mich nicht falsch, Sloane. Es war wundervoll, deinen wunderschönen Körper in dieser erotischen Pose zu sehen, deine samtige, cremig weiße Haut, diese Mischung aus Unschuld und Sünde zugleich. Aber …«, fügt er mit einem Stirnrunzeln hinzu, »es ging mir entschieden gegen den Strich, dass dich auch andere Leute so sehen durften.«

»Naja, es ist ja nicht so, als wäre zwischen ihnen und mir irgendetwas passiert. Ich meine, ich kannte diese Leute ja überhaupt nicht, mal abgesehen von Paul.«

Meine Wangen beginnen zu glühen, wenn ich nur daran denke, Paul wiederzusehen.

»Ich weiß. Aber es ging mir trotzdem gegen den Strich.«

Jetzt zu lächeln wäre unhöflich und taktlos, aber ich würde es furchtbar gern tun. Innerlich lächle ich.

»Du wirst das nicht noch einmal machen, oder?«, erkundigt er sich.

»Auf gar keinen Fall.«

Ich spüre seinen Atem an meiner Wange, als er erleichtert aufseufzt. »Gut. Sonst müsste ich nämlich hinfahren, eine Decke über dich breiten und dich da rausholen, fürchte ich.«

Diesmal lächle ich doch. »Und du meinst, das würde ich mir gefallen lassen?«

»Ja, weil mir eine gewisse Sloane nämlich gerade versprochen hat, dass *sie nur mir gehört*, solange wir zusammen sind. Und das bedeutet, dass nur ich sie nackt zu sehen bekomme. Es wäre mir schrecklich unangenehm, wenn ich einige vertrottelte Kunststudenten verprügeln müsste, weil sie zur falschen Zeit am falschen Ort waren.«

»Das würdest du tun?« Ich kann nicht leugnen, dass mir das schmeichelt.

»Darauf kannst du Gift nehmen!«

»Nun, es liegt mir fern, das Leben anderer Leute aufs Spiel zu setzen. Da behalte ich doch lieber meine Kleider an.«

»Außer, wenn du bei mir bist. Da gilt folgende Regelung: Statt einer Politik der offenen Tür vertrete ich eine Politik der ›optionalen Bekleidung‹.«

»Gilt das für alle deine Angestellten?«

»Nein, nur für heiße Studentinnen, die wie Engel aussehen und wie Honig schmecken.«

Ich nicke und stelle fest, dass ich ihm ewig in die Augen blicken könnte, ohne je Langeweile zu empfinden. Ich könnte ihm ewig zuhören, ohne andere Klänge zu vermissen. Eine Weile – wer weiß, wie lange – werde ich mich Hemi hingeben. Und ganz egal, wie viel Zeit mir danach noch bleibt, ich werde es niemals bereuen.

Ich muss an die Worte denken, die ich im Hotelzimmer vor einer gefühlten Ewigkeit auf Hemis Haut gemalt habe, und wieder frage ich mich, wer sie wohl ausgesprochen haben mag. Dabei fällt mir Sasha ein. »Und was ist mit dir? Wirst du auch einzig und allein mir gehören?«

»Wenn du es so willst.«

»Und was ist mit Sasha?«

Hemi legt die Stirn in Falten. »Was soll mit ihr sein?«

»Seid ihr zwei nicht …? Ich meine, wart ihr nicht mal … zusammen?«

»Ja, das waren wir. Aber das ist vorbei. Sie ist für mich nur noch eine alte Freundin, der ich einen Gefallen erweise, mehr nicht.«

»Weiß sie das auch?«

»Das sollte sie. Und wenn nicht, wird sie es bald herausfinden.«

»Ist sie diejenige, die ohne Reue lebt?«

Da ist sie wieder, die bekümmerte Miene von vorhin, nur für den Bruchteil einer Sekunde. Diesmal kommt es mir so vor, als wäre sein Kummer mit Trauer gepaart. »Nein, das war nicht Sasha.«

Ich warte schweigend ab, in der Hoffnung, dass er noch etwas dazu sagen wird, obwohl ich im Grunde weiß, dass er das nicht tun wird.

»Wie dem auch sei«, sage ich dann. »Das Motto gefällt mir. Vielleicht sollte ich es mir auch tätowieren lassen.«

»Wir können es uns ja gegenseitig machen«, schlägt er mit einem spitzbübischen Grinsen vor.

»Die Vorstellung gefällt mir irgendwie.«

»Dachte ich mir schon. Vielleicht sollte ich dich abwechselnd ›Engel‹ und ›Teufel‹ nennen.«

»Nein, Teufel passt eindeutig besser zu *dir.*«

Wieder flackert etwas kurz in Hemis dunklen Augen auf, doch es ist genauso schnell vorbei, wie es gekommen ist. Geistesabwesend und mit wachsendem Unbehagen frage ich mich, wie lange ich es wohl ignorieren kann.

## *Kapitel 22*

# HEMI

Ich bin noch wach, als Reese anruft.

»Wie sich herausgestellt hat, interessieren sich jede Menge Leute für diesen Mistkerl. Keine Ahnung, wie es ihm gelungen ist, so lange unbehelligt zu bleiben, aber damit ist jetzt Schluss. Ich habe einen Freund von mir mobilisiert, der im Büro des Generalstaatsanwalts von Georgia arbeitet. Es wird nicht lange dauern, bis er mit den Leuten von der lokalen Dienstaufsichtsbehörde Kontakt aufgenommen hat. Ich hoffe für Locke, dass er sich nicht allzu viele Feinde gemacht hat. Wenn noch jemand so viel Dreck am Stecken hat wie er, und das kommt raus, dann wird garantiert irgendwer kurzen Prozess mit ihm machen.«

In meinen Schläfen hat es zu pochen begonnen, und je länger Reese redet, desto schlimmer wird es. Es ist unser Ziel. Unsere Pflicht. Es ist eine Frage der Ehre und des Respekts. Und es ist mir wichtig. Es ist uns allen wichtig.

Aber …

Es wird Sloane umbringen. Natürlich ist es nicht meine Schuld, dass ihr Bruder so ein Drecksack ist.

Aber trotzdem …

Und wenn sie herausfindet, dass ich etwas damit zu tun habe, dann ist es aus, bevor es richtig begonnen hat. Und sie wird mich hassen.

Eigentlich sollte mir das scheißegal sein. Ich meine, ich kenne sie ja noch gar nicht richtig. Pech für sie, dass dieser Locke, dieser miese Scheißkerl, dieser menschliche Abschaum, ausgerechnet ihr Bruder ist.

Aber trotzdem …

»Halte mich einfach auf dem Laufenden. Ich möchte wissen, was passiert. Ich will vorbereitet sein.«

»Vorbereitet? Worauf?«, will Reese wissen.

»Woher soll ich das wissen? Schließlich bin ich derjenige, der sich in der Schusslinie befindet. Wer weiß, was die ganze Sache noch nach sich zieht. Es könnte gefährlich für mich werden, vor allem, wenn sie herausfinden, wer ich bin. Sie werden sicher ihre Rückschlüsse ziehen.«

»Bis dahin ist die Angelegenheit geregelt, so oder so.«

Ich beiße die Zähne zusammen. »Trotzdem will ich Bescheid wissen.«

»Okay, okay. Wie du willst. Ich werde alles in die Wege leiten. Und du sei vorsichtig. Schlaf mit offenen Augen, tu, was immer du sonst noch für nötig hältst. Aber wenn du mich fragst, musst du dir keine Sorgen machen.«

»Du kennst diese Leute nicht. Sie halten zusammen.«

»Auch wenn einer von ihnen Dreck am Stecken hat?«

»Sie sind wie eine große Familie. Manche von ihnen sind tatsächlich miteinander verwandt. Es wäre garantiert ein Fehler, sie zu unterschätzen.«

»Ist gut. Ich melde mich«, erwidert er kurz angebunden.

»Danke.«

»Bis dann.«

»Bis dann.«

Er legt auf, und ich bleibe in der Stille des Hauses nachdenklich zurück.

## *Kapitel 23*

# SLOANE

»Warum bist du um diese Uhrzeit schon so gut gelaunt?«, will Steven wissen, als er schlaftrunken in die Küche kommt.

»Dir auch einen guten Morgen«, antworte ich fröhlich.

Ich schlürfe meinen Kaffee, während er sich ein Sandwich macht. Steven hatte bereits als Kind seltsame Essgewohnheiten. Bei ihm war das Frühstück seit jeher so umfangreich wie bei anderen Menschen das Mittagessen. Oft macht er sich ein Erdnussbutterbrot oder ein Roast-Beef-Sandwich, manchmal sogar eins mit Thunfisch, was geruchstechnisch um sechs Uhr morgens wirklich schwer zu ertragen ist.

»Was ist eigentlich los? Du kommst jeden Abend spät nach Hause. Du gibst wohl gerade ziemlich Gas, was?«, sagt er barsch.

»Tu ich gar nicht.«

»Sieht aber verdammt danach aus. Du bist bis spätnachts unterwegs, trinkst Alkohol und freundest dich mit zwielichtigen Typen an.«

Augenblicklich gehe ich in die Defensive. »Was denn für ›zwielichtige Typen‹?«

»Du hast doch nicht etwa gedacht, ich würde ihn vergessen, oder? Diesen Typen im Cuff's. Das war doch garantiert nicht das erste Mal, dass ihr euch getroffen habt. Und mir kam er auch irgendwie bekannt vor. Vermutlich ein Kleinkrimineller. Genau die Art von Umgang, die man sich suchen sollte, wenn man erst anfängt auszugehen«, bemerkt er höhnisch.

»Er ist kein Kleinkrimineller. Er ist absolut unbescholten.«

»Woher willst du das wissen?«

»Ich weiß es einfach. Ich kenne ihn.«

»Du kannst dir erst dann sicher sein, wenn wir den Kerl überprüft haben.«

Mir bleibt der Mund offen stehen. »Das ist nicht dein Ernst, oder?«

Steven mustert mich ungläubig. »Und ob.«

»Das kannst du doch nicht machen, Steven!«

»Warum, verdammt noch mal, sollte ich das nicht können?«

»Weil ... weil ... weil ... das einfach nicht *geht.*«

»Deine klare Logik hat mich noch nie davon abgehalten.«

Ich bin noch erstaunter, was eigentlich gar nicht möglich ist.

»Du hast Leute überprüft, die ich kenne?«, hake ich nach. In seiner Selbstgerechtigkeit merkt Steven gar nicht, dass ich gefährlich leise geworden bin.

»Ja. Und?«

»Wen zum Beispiel?« Ich versuche, mich zu beherrschen. Zumindest bis ich eine Vorstellung vom Ausmaß seines Verrats habe.

»Mehr oder weniger jeden, mit dem du in den letzten fünf oder sechs Jahren Kontakt hattest.«

Ich bin außer mir vor Zorn und ... zutiefst geschockt. Nicht im Traum wäre mir eingefallen, dass meine durchgeknallte Familie so weit gehen würde. Nie im Leben.

Ich bin so wütend, dass meine Hände zittern. Als er fortfährt, überlege ich ernsthaft, ob ich ihn in die Magengrube boxen soll, so fest ich kann. Dieser Wunsch wird noch verstärkt durch seinen beiläufigen Tonfall, gerade so, als hätte er sich nichts zuschulden kommen lassen.

»Ich hätte es auch bei diesem Kerl schon getan, aber es ist nicht so leicht, etwas über ihn rauszukriegen, was Anlass zur Sorge gibt.«

»Dann lass es verdammt noch mal bleiben! Ich will nicht, dass du Nachforschungen über ihn anstellst und etwas über ihn rauskriegst. Ich will nicht einmal, dass du ihn *ansiehst*. Ich möchte, dass du dich aus meinem Leben *heraushältst!*«

Steven starrt mich an, als wäre ich ein zweijähriges Kind, das gerade einen Wutanfall hat. »Pech gehabt. Wir sind deine Familie. Wir passen auf dich auf. Das ist unsere Pflicht.«

In Anbetracht der Tatsache, dass er so gar nicht nachvollziehen kann, was er falsch gemacht hat, lässt meine Verärgerung etwas nach. »Steven, das ist weder normal noch gesund. Ihr könnt mich nicht mein Leben lang wie ein Baby behandeln. Ihr *müsst* mich erwachsen werden lassen. Ihr *müsst* lernen, mir und meinem Urteilsvermögen zu vertrauen. Ihr *müsst* mich meine eigenen Fehler machen lassen.«

»Nein, das müssen wir nicht.«

Ich presse mir die Hände rechts und links an den Kopf in der Hoffnung, dadurch den Schmerz, der in meinen Schläfen pocht, zu mildern. Dann schließe ich die Augen und breite ergeben die Arme aus. »Okay, ich gebe auf. Tut, was ihr wollt, aber erwartet nicht, dass ich euer verrücktes Verhalten einfach hinnehme, denn das tue ich nicht und das werde ich auch niemals tun. Und ich sollte es auch nicht tun müssen. Es ist inakzeptabel und total daneben.«

»Sloane, bei deiner Vorgeschichte …«

»Hör sofort auf. Du musst mir meine Freiheiten lassen, Steven. Ich werde meine Flügel ausbreiten, ob es dir nun passt oder nicht. Mach es uns allen nicht schwerer als nötig.«

Ich bemerke einen untypischen Anflug von Traurigkeit in

den rabenschwarzen Augen meines Bruders. »Tu, was du tun musst. Wir werden tun, was wir tun müssen.«

Ohne ein weiteres Wort nimmt er sein Sandwich und geht hinaus.

❊ ❊ ❊

Am Samstagabend mache ich mich sehr sorgfältig für die »Arbeit« zurecht. Natürlich vermute (und hoffe) ich, dass mich Hemi heute Nacht zur Frau machen wird. Es ist mir schon so lange peinlich, noch Jungfrau zu sein. Ich komme mir deswegen vor wie ein Freak. Aber jetzt bin ich froh, dass bislang noch kein anderer Kerl den Mut hatte, mich zu deflorieren. Es ist mir bedeutend lieber, meine Jungfräulichkeit durch die Hände (und den Mund und den Körper) eines Mannes wie Hemi zu verlieren als durch die eines übereifrigen Teenagers.

Lächelnd betrachte ich mein Spiegelbild in der schwarzen Rauchscheibe der Eingangstür zum Studio. Die Haare trage ich locker hochgesteckt, weil ich den Eindruck hatte, dass Hemi das gefällt. Meine Lippen sind tiefrot geschminkt, mit einem Hauch Gloss, und mein Outfit ist die perfekte Kombination (so hoffe ich) aus sexy und sittsam. Ich habe mich so zurechtgemacht, weil ich mich auch so fühle – wie ein Mädchen, das bald eine Frau sein wird.

Ich bin von den Knöcheln bis zu den Achseln rasiert, die nackte Haut meiner Arme und Beine ist glatt, leicht gebräunt und glänzt seidig. Hoffentlich war es kein Fehler, dass ich mich *überall* rasiert habe … Ich beiße mir auf die Unterlippe. Naja, jetzt kann ich es ohnehin nicht mehr ändern. Ich öffne die Tür und trete ein.

Im Empfangsraum sitzen etliche Kunden, die auf ihren Termin warten. Ich gehe ins Hinterzimmer, an den drei Tätowierern vorbei, die heute Abend im Dienst sind. Zum Glück ist Paul nicht dabei. Noch besser wäre es, wenn auch Sasha nicht hier wäre, aber sie ist da. Sie sieht von der Arbeit auf und mustert mich mit schmalen Augen.

*Das ist neu*, denke ich und frage mich, ob sie schon weiß, dass zwischen Hemi und mir etwas läuft. Ich schenke ihr ein breites Lächeln und gehe an ihr vorbei in die Nische, in der Hemi immer tätowiert.

Doch als ich um die Ecke biege, ist sein Arbeitsplatz leer. Ich bücke mich, um wie üblich meine Tasche zu verstauen. Kaum bin ich wieder aufgestanden, spüre ich einen harten, heißen Körper, der sich von hinten an mich presst. Hemi lehnt sich an mich, und seine großen Hände umfassen meine Taille und meinen Bauch. Ich spüre jeden Zentimeter von ihm, vor allem die größer werdende Beule, die er an meinem Po reibt, als er das Becken bewegt.

»Das wird ein verflucht langer Abend«, flüstert er mir ins Ohr und presst seine Fingerspitzen auf meinen Bauch. Unwillkürlich schnappe ich nach Luft. »Du kannst dich nicht einfach so bücken und mir den Hintern entgegenstrecken, kapiert? Sonst muss ich dich leider in den Waschraum zerren, und dann wird sich dein erstes Mal ganz anders gestalten, als ich es eigentlich vorgehabt habe.«

Seine tiefe Stimme ist heiser und so voller sinnlicher Versprechungen, dass ich weiche Knie bekomme. Vorsichtig drehe ich mich in seinen Armen um und schmiege den Busen an seine Brust. »Und was wäre so schlimm daran?«

»Ich möchte nicht, dass du dein erstes Mal so erlebst.«

»Warum? Mir ist egal, wo es passiert, solange es mit dir ist.«

Er beißt die Zähne zusammen und atmet pfeifend aus. »Sag nicht so etwas, wenn du es gar nicht so meinst. Ich denke schon den ganzen Tag daran, wie ich meine Zunge in dir vergrabe und deinen süßen Saft verkoste. Ich hätte gute Lust, gleich mal mit dir von hier abzuhauen.«

»Worauf wartest du dann noch?«

Er stößt einen Laut hervor, der halb Grunzen, halb Knurren ist. »Weil ich heute Abend noch Kundschaft habe, und weil ich morgen Abend mit dir ausgehen will. So lange muss ich mich noch zurückhalten.«

Ich muss unwillkürlich lächeln. »Also meinetwegen müssen wir nicht mehr warten.« Mir ist bewusst, dass sein Blick auf meinem Mund ruht, als ich mir auf die Unterlippe beiße.

»Vielleicht hatte ich doch recht«, sagt er leise.

»Womit?«

»Mit meiner Vermutung, dass du mehr Teufel als Engel bist.«

»Ich schätze, du wirst es bald herausfinden.«

Mit diesen Worten dränge ich mich zwischen ihm und dem Rollcontainer hindurch und gehe in den Empfangsraum, um einen Blick auf den Arbeitsplan zu werfen. An der Schwelle spähe ich über die Schulter zu Hemi zurück und stelle fest, dass er mich nicht aus den Augen gelassen hat. Mir wird am gesamten Körper heiß.

Flirten macht echt richtig Spaß.

* * *

Es ist erregend, Seite an Seite mit Hemi zu arbeiten, weil immer wieder diese unglaubliche erotische Spannung zwischen uns aufflackert. Es steigert meine Vorfreude, und zugleich ist es frustrierend. Wenn ich seine Hände auf den Gliedmaßen seiner Kunden beobachte, kann ich an nichts anderes denken als daran, wie es sich anfühlt, von Hemi berührt zu werden. Ich kann es kaum erwarten, sie wieder zu spüren. Schon deshalb bin ich froh, als der letzte Termin für heute abgesagt wird.

»Tja, dann haben wir jetzt noch etwas Zeit, ehe ich schließe«, sagt Hemi mit leuchtenden Augen. Prompt geht meine Fantasie mit mir durch. Mein Herz pocht heftig, mein Puls rast. »Möchtest du die Tätowiermaschine ausprobieren?«, fragt er.

»Wirklich? An wem denn?«

»Ja, wirklich«, antwortet er grinsend. »An mir.«

Ich grinse von einem Ohr zum anderen. Nicht genug damit, dass ich mich endlich an einem lebendigen Menschen betätigen werde, ich darf dabei auch noch Hemi berühren. Ein Traum wird wahr!

»Das klingt … verlockend.«

Ein vielsagendes Lächeln umspielt Hemis Lippen, während er den Tätowierstuhl per Knopfdruck zur Liege umfunktioniert und sich darauf niederlässt. »Dann mal ran an den Feind. Du wirst ein paar Schattierungen machen. Und beeil dich, Baby. Die Zeit läuft.«

Aus unerfindlichen Gründen finde ich es inzwischen nicht mehr beleidigend, wenn Hemi mich »Baby« nennt. Es ist eher eine Art Kosename geworden, sexy und provokant. Als wäre ich ein naives, unschuldiges Ding, dem er allerlei schmutzige Dinge beibringen möchte. Was ja auch den Tatsachen entspricht. Vielleicht macht es mir deswegen nichts aus.

Meine Hände zittern leicht, während ich alles so vorbereite, wie Hemi es mir beigebracht hat, angefangen vom Alkohol und dem Rasierer über die sterilen Nadeln und die Pigmentfarbe bis hin zu dem elektromagnetischen Gerät, das Hemi bevorzugt für Schattierungen verwendet. Es kann an der Erregung liegen, an meiner Nervosität oder daran, dass ich spüre, wie Hemis sengender Blick bei jedem meiner Handgriffe auf mir ruht, jedenfalls bin ich angespannt.

Nachdem ich alles bereitgelegt habe, drehe ich mich zu Hemi

um, der inzwischen das T-Shirt ausgezogen hat und mich abwartend mustert.

»Ich habe dir ja schon gesagt, dass ich die Tätowierungen auf dieser Seite noch stärker schattiert haben möchte, um sie etwas aufzupeppen«, sagt er und zeigt auf seinen Rippenbogen. »Hier kannst du schon mal ein bisschen üben, damit du ein Gefühl für die Maschine bekommst, bevor du anfängst, frei zu arbeiten.« Ich nicke und betrachte seine schlanke Taille und den flachen Bauch. »Auf diese Weise lernst du unter meiner Anleitung, wie man es macht und wie es sich anfühlt.« Die Doppeldeutigkeit seiner Aussage ist klar. Wir sehen uns in die Augen. Sein Blick ist intensiv, seine Stimme rau.

»Ich kann's kaum erwarten.«

Hemi legt sich auf die Seite, ohne mich aus den Augen zu lassen, während ich seine Haut desinfiziere. Seine Worte verfolgen mich bei jeder meiner Bewegungen. Als ich fertig bin, richtet er sich auf. »Okay. Schnapp dir den Schattierer und komm her.«

Ich schiebe den Rollwagen näher heran und nehme das Werkzeug zur Hand, dann hebe ich den Kopf. »Gut, und was jetzt?«

Hemi schlingt den Arm um meine Taille und zieht mich zwischen seine Beine, dann greift er nach meiner Hand, sodass unsere Finger ineinander verschlungen sind, und legt sie weit oben auf seinem Oberschenkel ab, dort, wo sich der Stoff seiner Jeans über den darunterliegenden Muskeln spannt.

»Schattierungen sind für Anfänger am besten geeignet. Wir üben erst mal. Beweg einfach die Finger hin und her, möglichst ruhig und natürlich, und benutze den Schattierer wie einen Bleistift oder einen Kohlestift. Versuch, ein Gespür für das Gewicht in deiner Hand zu entwickeln.«

Er beginnt, meine Hand in kleinen Kreisen über seinen Oberschenkel zu bewegen. Ich reiße mich zusammen, aber obwohl ich mir große Mühe gebe, mich auf die Maschine und auf Hemis Worte zu konzentrieren, muss ich daran denken, wie Hemi mit seinen Fingern kleine Kreise auf meinem Körper beschrieben hat und wie es sich für mich angefühlt hat. Wohin es geführt hat und wohin es wieder führen könnte.

»Fühlt sich gut an, nicht?«, fragt Hemi. Ich hebe den Kopf und sehe ihn an. In seinen Augen flammt das Begehren auf. Er redet jetzt nicht mehr vom Tätowieren, genauso wenig wie ich noch daran denke. Auch er denkt an etwas, das viel intimer und viel befriedigender ist.

»Sehr gut, ja.«

»Ich wusste, dass es dir gefallen würde«, erwidert er heiser. »Bist du bereit?«

»Ja«, entgegne ich, und wieder meine ich damit weit mehr als nur das, was ich in den nächsten fünf Minuten tun werde. »Ich bin mehr als bereit.«

»Das solltest du auch sein«, antwortet er vielsagend. »Ich bin nämlich ein egoistischer Scheißkerl, und ich bekomme immer, was ich will. Auch wenn ich es mir nehmen muss.« Ich frage mich, ob er immer noch mit dem Gedanken spielt, mich in den Waschraum zu zerren. Falls ja, dann soll er wissen, dass ich nicht das Geringste dagegen habe. Ich würde mit ihm gehen, wohin er gehen will.

»Ist es noch egoistisch, wenn jemand *will*, dass du es dir nimmst?«

»Das weiß ich nicht, und es ist mir auch vollkommen egal.«

»Dann greif zu. Nimm dir, was du willst.«

»Pass auf, was du dir wünschst, Baby.«

»Ich will nicht aufpassen.«

Hemi betrachtet mich eine ganze Weile, dann lässt er meine Hand los. »Nun, dann zeig mal, was du draufhast.«

Er schiebt mich von sich, legt sich wieder hin und dreht sich mit dem Gesicht zu mir auf die Seite. Ich setze mich auf den Hocker und fahre die Liege ein Stück nach unten, bis meine »Leinwand« genau auf der richtigen Höhe ist. Hemi rutscht etwas näher zu mir rüber, als wüsste er instinktiv, was ich brauche (was er zweifellos auch tut, und zwar in *jeder* nur erdenklichen Hinsicht).

Nun bin zur Abwechslung ich es, die fragt: »Bereit?«

»O ja. Und wie.«

Ich tunke die Spitze der Maschine in schwarze Tinte und stelle den Fuß neben dem Pedal auf dem Boden ab. Nachdem ich eine bequeme Position für meine Arme gefunden habe, lehne ich mich über Hemi und lasse die Hand mit der Maschine sinken, bis sie ein paar Millimeter über seiner Haut schwebt. Dann hole ich tief Luft, drücke langsam auf das Pedal und führe die Spitze vorsichtig über Hemis glatte Haut.

Er zuckt weder zusammen, noch gibt er einen Ton von sich, doch ich spüre, wie sich nach dem ersten Nadelstich seine Muskeln unter meinen Armen und Händen zusammenziehen. Ich halte inne und mache erst weiter, als er sich wieder etwas entspannt hat.

Es dauert nicht lange, bis ich ein Gespür für die Maschine bekommen habe und dafür, wie ich sie über die Haut unter meinen Händen bewegen muss. Schon bald habe ich den Rhythmus heraus, in dem ich abwechselnd tätowieren und die Haut abwischen muss. Und Hemi ist die perfekte Leinwand – seine Haut ist geschmeidig und fest, sein Körper hat die perfekte Form. Nach einigen Minuten gehe ich ganz in meiner Tätigkeit auf. Fasziniert verfolge ich, wie die Schattierung seiner Tätowierung auf wundersame Weise neues Leben einhaucht.

Ich weiß nicht, wie lange ich so über Hemi gebeugt dagesessen habe. Als ich schließlich zu ihm hochsehe, ruht sein Blick auf mir, und es liegt etwas darin, das mir das Gefühl vermittelt, dass wir verwandte Seelen sind. Ich kann es spüren, und ich glaube, Hemi spürt es auch. Zumindest *hoffe* ich, dass er es auch spürt. Ich liebe Kunst, genau wie er. Wir sind beide regelrecht davon besessen – und wir können uns deshalb glücklich schätzen. Die Kunst ist für uns ein sicherer Hafen, eine Zuflucht, in der wir uns vor der Realität verstecken können. Und vor unseren Geheimnissen.

Ich muss daran denken, was mein Bruder gesagt hat – dass Hemi ein zwielichtiger Bursche ist, – und wieder frage ich mich, was Hemi vor mir verbirgt.

# *Kapitel 24*

# HEMI

Es erstaunt mich nicht im Geringsten, dass Sloane beim Tätowieren so in ihrem Element ist wie ein Fisch im Wasser. Mir war von Anfang an klar, dass sie ein Naturtalent ist. Was mich allerdings überrascht, ist die Tatsache, dass es mit meiner Konzentration auf einen Schlag vorbei ist, sobald ich ihre Hände auf meiner Haut spüre. Und das ist total indiskutabel. Ich bin nur aus einem einzigen Grund hier, und Sloane stellt genau die Art von Ablenkung dar, die ich jetzt ganz und gar nicht brauchen kann. Und obwohl mir das sonnenklar war, habe ich mich trotzdem mit ihr eingelassen.

Der Pragmatiker in mir ist der Meinung, ich sollte meinem Trieb freie Hand lassen und mit ihr schlafen, damit ich mich nachher wieder auf das Wesentliche konzentrieren kann. Und das ist definitiv keine Frau, und erst recht nicht *diese* Frau. Innerhalb weniger Sekunden steht meine Entscheidung fest. Allzu viel Überzeugungskraft war dafür nicht notwendig, nachdem mein altes Ich Blut geleckt hat. Ich habe bereits gespürt, wie es sich meiner wieder bemächtigt und sein hässliches, egozentrisches Haupt erhebt. Aber diesmal ist es mir zur Abwechslung sogar ganz willkommen.

Schon melden sich die ersten Gewissensbisse, doch ich verdränge sie. *Lebe ohne Reue*, rufe ich mir in Erinnerung.

»Ruf bei dir zu Hause an und sag Bescheid, dass du heute Nacht etwas länger arbeiten musst. Denk dir einfach irgendeine Erklärung dafür aus«, trage ich Sloane auf.

Sie hebt den Kopf und sieht mir in die Augen, stellt aber keine Fragen. »Okay. Wie spät wird es denn werden?«

»Das hängt von dir ab. Aber du wirst sicher vor Sonnenaufgang daheim sein.«

Ich sehe ihrem Gesicht an, dass diese Antwort sie nicht sonderlich begeistert, aber ich hatte sie bereits vorgewarnt, dass ich nicht der Frühstückstyp bin. Das muss sie begreifen, ehe wir heute von hier verschwinden.

»Okay«, antwortet sie erneut.

»Fang doch schon mal mit dem Aufräumen an. Ich frage Gil, ob er heute für mich den Laden dichtmachen kann.«

»Ich dachte, du willst nicht, dass jemand statt dir abschließt.«

»Heute Nacht mache ich eine Ausnahme.«

Jetzt, wo ich beschlossen habe, mein inneres Monster von der Kette zu lassen, will ich möglichst rasch hier raus. Mit Sloane. Sie will ihre Flügel ausbreiten und der Welt zeigen, dass sie erwachsen ist. Dabei kann ich ihr behilflich sein. Ich werde ihr helfen, erwachsen zu werden – auf die richtige Art, und ohne weitere Verzögerungen.

*Kapitel 25*

# SLOANE

Ich gehe kurz raus, um meinen Vater anzurufen. Echt peinlich, dass ich mit einundzwanzig Jahren noch zu Hause anrufen muss, um Bescheid zu geben, wo ich bin. Aber so ist es nun mal, und ich kann es nicht ändern – zumindest nicht heute Nacht.

»Locke«, meldet sich Dad in seiner kurz angebundenen Art, und ich verdrehe die Augen. Ich weiß, dass auf dem Display mein Name erscheint, aber er meldet sich trotzdem immer mit seinem Nachnamen, ganz egal, wer anruft. Er ist eben durch und durch Polizist.

»Hey, Dad. Ich rufe nur an, um dir zu sagen, dass es heute etwas später wird. Sarah wollte noch mit mir …«

»Vergiss Sarah. Du wirst heute Nacht schnurstracks nach Hause kommen.«

»Was? Warum? Wir werden schon nicht …«

»Das ist mir egal«, unterbricht er mich erneut. »Die Lage ist ernst. Ich will, dass du nach Feierabend auf direktem Weg nach Hause fährst. Sig hat heute Nacht frei. Er wird zusehen, dass du sicher daheim landest.«

»Was? Du schickst mir für den Nachhauseweg eine Polizei-Eskorte in der Gestalt *meines Bruders*?«

»Nein, dein Bruder, der rein zufällig Polizist ist, wird dafür sorgen, dass du sicher nach Hause kommst, das ist alles.«

»Komm mir nicht mit deinen Wortklaubereien, Dad. Das ist doch einfach lächerlich! Wann werdet ihr endlich einsehen, dass ich erwachsen bin und tun und lassen kann …«

»Es hat nichts mit deinem Alter oder damit zu tun, wie erwachsen du bist, Sloane. Steven hat eine Drohung erhalten. Wir gehen lediglich auf Nummer sicher.«

»Ihr seid Polizisten. Ihr bekommt doch ständig Drohungen.« Das ist tatsächlich der Fall. Sie haben sich neunzig Prozent aller Kriminellen im Großraum Atlanta zum Feind gemacht.

»Diesmal ist es … anders.«

Ein leichter Schauder läuft mir den Rücken hinunter. »Inwiefern?«

»Einfach anders, Sloane. Wie gesagt, es ist mir ernst. Widerstand ist zwecklos. Sig wird dich um zwei abholen. Sieh zu, dass du bis dahin fertig bist.«

»Dad …« Ich seufze. Auf der einen Seite nervt es mich tierisch, immer noch wie ein kleines Mädchen behandelt zu werden, auf der anderen Seite mache ich mir Sorgen. Während Dad und meine Brüder in Bezug auf *meine* Person meist total überreagieren, sind sie richtig kaltschnäuzig, was ihre eigene Sicherheit angeht. Es muss wohl doch eine ziemlich große Sache sein, wenn Dad dermaßen krass reagiert.

»Keine Diskussionen. Ich hab dich lieb, Kleines.« Dann höre ich ein Klicken. Ende der Unterhaltung.

Ich stampfe ein paarmal mit dem Fuß auf, um meinem Ärger Luft zu machen. Keine sonderlich erwachsene Reaktion, ich weiß. Als ich mich etwas beruhigt habe, gehe ich wieder rein. Wie es aussieht, werde ich mich erneut gedulden müssen, bis ich endlich die sehnlichst erhofften wilden sexuellen Abenteuer erleben darf.

Hemi desinfiziert gerade den Tätowierstuhl, als ich hereinkomme. Er sieht mich mit verschleiertem Blick an. Ich lächle ihm zu, aber wie es scheint, sieht man mir meine Enttäuschung schon von Weitem an. Er richtet sich auf und runzelt die Stirn.

»Was ist los?«

»Ach, einer meiner Brüder hat offenbar Ärger wegen der Arbeit, und Dad hat Angst, dass ich da irgendwie mit reingezogen werden könnte. Deshalb hat er Sig aufgetragen, herzukommen und mich nach Hause zu begleiten.«

Einen Augenblick lang frage ich mich, wie schlampenhaft es wohl rüberkäme, wenn ich Hemi dazu verführen würde, mich im Waschraum zu vögeln. Er mag zwar große Pläne für meine Entjungferung haben, aber ich will nicht bis morgen Abend warten. Mir ist völlig egal, wo es passiert, solange es Hemi ist, der mich entjungfert, und solange die Angelegenheit mit überwältigender Leidenschaft einhergeht. Details interessieren mich nicht.

Hemi legt den Lappen weg und kommt mit alarmierter Miene auf mich zu. »Was bedeutet das?«, fragt er, ohne mich aus den Augen zu lassen. »Ist etwas passiert? Um welchen Bruder geht es?«

»Wow!« Ich schüttle den Kopf, halb lachend, halb verwundert. »Ähm, mit dieser Reaktion habe ich nicht gerechnet«, sage ich glucksend. »Ehrlich gesagt weiß ich nicht genau, worum es geht. Steven hat eine Drohung erhalten, und zwar eine, die Dad offenbar ausnahmsweise mal nicht auf die leichte Schulter nimmt. Sonst tun sie immer alle so, als wären sie unverwundbar.«

»Warum sollte jemand deinen Bruder bedrohen? Und warum solltest du da mit reingezogen werden?«

»Mein Bruder ist Polizist, da stehen Drohungen quasi an der Tagesordnung. Ich bezweifle, dass es mich betrifft. Das ist wieder nur ein hervorragendes Beispiel dafür, dass die Locke-Männer total überreagieren, wenn es um mich geht.«

»Glaubt dein Vater denn, dass du in Gefahr bist?«

Hemi scheint sich wirklich Sorgen zu machen, was mich eigentlich freut. Ich würde am liebsten lächeln, aber ich weiß, dass eine solche Reaktion unangemessen wäre. »Dad glaubt, dass sogar der *Wind* eine Gefahr für mich darstellt.«

Hemi tritt noch näher und packt mich an den Oberarmen. »Sloane, mir ist nicht nach Scherzen zumute. Glaubt er, dass du in Gefahr bist?« Er redet mit mir wie mit einem Kind, das nicht aufmerksam zuhört.

Diesmal runzle ich die Stirn. Das hat mir gerade noch gefehlt – ein weiterer Mann, der mich wie ein Kind behandelt, weil er meint, mich beschützen zu müssen! »Ich habe keine Ahnung. Aber sollte er das tatsächlich glauben, dann wird er sicherstellen, dass ich noch vor morgen Früh in eine Festung aus Stahl gesteckt werde.«

»Es könnte wirklich ernst sein, Sloane. Hör auf, die Sache herunterzuspielen«, bellt mich Hemi an.

»Hör *du* auf, mich wie ein Kind zu behandeln! Es gibt in meinem Leben schon genügend andere Männer, die das tun. Ich brauche diesen Mist nicht auch noch von dir«, gebe ich bissig zurück.

Seine Züge werden weich, und er lockert seinen Griff und streicht mir mit den Fingern zärtlich über die Arme. »Tut mir leid. So habe ich das nicht gemeint. Ich bin einfach … ich bin einfach um dich besorgt.«

»Das freut mich, aber mir wird schon nichts passieren. Dafür wird meine Familie sorgen. Es ist zwar nicht auszuschließen, dass sie mich mit ihrer Fürsorglichkeit ersticken, aber sie werden sicherstellen, dass mir nichts zustößt.«

»Hm. Ein Haus voller Polizisten sollte ja eigentlich der sicherste Ort auf der Welt sein, nicht?«

Eigenartig, er erweckt fast den Anschein, als hätte er diesbezüglich so seine Zweifel. Als wäre er darauf angewiesen, dass *ich* ihn beruhige. »Ein Haus voller Locke-Polizisten? Hundertprozentig, ja.«

»Gut. Dann kann ich ja unbesorgt sein«, erwidert er. Seltsamerweise verrät sein Gesichtsausdruck eher das Gegenteil. Er wirkt besorgter denn je.

*Kapitel 26*

# HEMI

»Ich bringe dich noch zum Auto«, schlage ich Sloane vor, als sie um fünf Minuten vor zwei zur Tür geht.

»Das musst du nicht«, wehrt sie ab und hebt die Hand, damit ich stehen bleibe.

»Ich weiß, dass ich das nicht tun muss.« Aber das hält mich nicht davon ab, sie trotzdem zu begleiten. Scheiße, am liebsten würde ich sie von nun an nicht mehr aus den Augen lassen. Und das ist bei Weitem nicht nur auf meine Schuldgefühle zurückzuführen.

Ehe sie die Tür öffnet, bleibt sie noch einmal stehen. »Im Ernst, Sig ist schon da. Ich kann seinen Wagen von hier aus sehen«, erklärt sie mit einem Blick durch die Rauchglasscheibe. Trotzdem gebe ich mich nicht geschlagen.

»Super, dann kann ich mich gleich mal vorstellen.«

Ich schiebe sie durch die Tür und halte nach dem Auto ihres Bruders Ausschau. Der große Geländewagen mit dem Hünen hinter dem Lenkrad, der vom Widerschein der Armaturenbeleuchtung angeleuchtet wird, ist nicht zu übersehen. Zum Glück hat Sloane eine ordentliche Portion weiblicher Gene abbekommen.

Ich steuere auf den Geländewagen zu. Sloane wird schneller. Ich weiß nicht, warum, aber es kommt mir so vor, als würde sie nicht wollen, dass ich jemanden aus ihrer Familie kennenlerne. Tja, Pech für sie. Ich werde auf Nummer sicher gehen, dass das dieser Sig ist und dass er sich an ihre hintere Stoßstange hängt, sobald sie losgefahren ist, und damit basta.

Das Fenster ist heruntergekurbelt, aus dem Inneren des Wagens dringt gedämpfter Südstaatenrock. Als wir neben der Fahrertür stehen bleiben, setzt sich Sloanes Bruder aufrecht hin. Ich frage mich, ob er geschlafen hat.

»Sig, das … ähm … das ist Hemi. Hemi, das ist Sig, der jüngste von meinen drei Brüdern.« Ich nehme an, sie hat beim Vorstellen ein bisschen rumgestottert, weil sie meinen Nachnamen nicht kennt. Ich habe ihn ihr nie verraten, denn ich sage niemandem, wie ich mit Nachnamen heiße. Das ist das Gute bei einem Job wie meinem. Die Leute sind nicht besonders neugierig oder bestehen nicht darauf, allzu viel über mich zu erfahren. Die Mehrheit denkt vermutlich, dass ich eine Art Krimineller bin, was in Ordnung ist. Mir ist egal, was sie denken.

»Freut mich, dich kennenzulernen, Sig«, melde ich mich gleich mal zu Wort und reiche ihm durchs Fenster die Hand. »Ich wollte nur sichergehen, dass du schon da bist, um Sloane nach Hause zu folgen.«

»Jep, alles unter Kontrolle, Mann«, antwortet er und schüttelt meine Hand mit festem Griff. Der Handschlag ist nicht übertrieben fest, das heißt, er fühlt sich nicht von mir bedroht und verspürt auch nicht den Drang, mir gegenüber das Alphatier heraushängen zu lassen, wie mir das sonst oft passiert. Offensichtlich schüchtere ich viele Leute ein. Das tun die meisten Mitglieder meiner Familie. Wir sind von Geburt an einen gewissen Respekt gewohnt. Außerdem bekommen wir in der Regel, was wir wollen, und wirken schon deshalb auf andere ziemlich selbstsicher und dominant. So war das schon immer.

»Also, weißt du mehr darüber, was da gerade abgeht? Sloane konnte mir nicht allzu viel sagen. Muss ich mir Sorgen um sie machen, wenn sie abends kommt oder geht? Ich kann auch gern dafür sorgen, dass sie sicher nach Hause kommt.«

Ich will nicht zu neugierig erscheinen, aber es ist zumindest einen Versuch wert, etwas herauszufinden, bevor ich Reese anrufe.

»Nein, lass mal. Wir sorgen schon dafür, dass sie an den Abenden, an denen sie hier arbeitet, wieder sicher nach Hause kommt.«

*Verdammt.*

Ich nicke kurz und klopfe an die Autotür. »Klingt gut, Mann. Lass es mich wissen, wenn ich irgendwie helfen kann.«

»Mach ich, Kumpel«, entgegnet Sig mit einem Nicken. Er scheint entspannt und aufrichtig zu sein. Ich mag ihn auf Anhieb. Im Gegensatz zu Sloanes älterem Bruder Steven. Den konnte ich schon aus nachvollziehbaren Gründen nicht ausstehen, und ich würde ihn auch sonst für ein Arschloch halten.

Ich begleite Sloane zu ihrem Auto, helfe ihr beim Einsteigen und schließe dann vorsichtig die Tür. Erst als sie den Motor gestartet und die Scheinwerfer eingeschaltet hat, überquere ich die Straße, um den Laden dichtzumachen und Reese anzurufen.

Als ich die Vordertür abschließe und die Außenbeleuchtung abschalte, klingelt mein Telefon. Ich schalte auch die Lichter im Empfangsraum aus und krame das Handy aus der Hosentasche. Auf dem Display leuchtet der Name Leif auf.

Ich gehe ran. »Hey.«

»Was geht ab, Alter?«, erkundigt sich mein jüngerer Bruder.

»Nicht viel, *Kleiner*«, entgegne ich mit Betonung auf dem letzten Wort. Leif, der einige Zentimeter größer und einige Kilo schwerer ist als ich, war als Kind immer klein, und er hasst es bis heute, daran erinnert zu werden. Wenn er mich wegen meines Alters aufzieht, zahle ich es ihm immer mit gleicher Münze heim. Das bremst ihn für gewöhnlich sofort ein.

Ich grinse, als ich sein missbilligendes Knurren vernehme.

»Mistkerl«, brummt er, bevor er fortfährt. »Wollte nur mal hören, wie es so läuft. Was macht die Jagd?«

»Ich bin gerade einen riesigen Schritt weitergekommen.« Wer hätte gedacht, dass diese Worte einen derart bitteren Beigeschmack haben würden? Ich muss sofort an die Drohung denken, die Sloanes Bruder erhalten hat, und ich frage mich, ob ich – direkt oder indirekt – dafür verantwortlich bin, dass sie damit auch Sloane quasi frei Haus geliefert wurde. Hoffentlich nicht im wörtlichen Sinn.

»Echt? Gute Arbeit, Mann! Vielleicht findet die Sache ja doch noch ein gerechtes Ende.«

»Ja, vielleicht«, gebe ich abwesend zurück.

Auch wenn die Puzzleteile zueinander zu passen scheinen, habe ich das dumpfe Gefühl, dass an der Sache etwas faul ist. Ich sage mir, dass das nichts mit Sloane zu tun hat, aber tief in meinem Inneren hege ich Zweifel daran – zumindest ein paar. Sie darf mein Urteilsvermögen nicht beeinträchtigen. Ich stecke schon viel zu tief drin. Es ist zu wichtig.

Auf der anderen Seite kann ich die Zweifel auch nicht einfach in den Wind schlagen.

»Du scheinst darüber ja nicht besonders glücklich zu sein, Bruder«, bemerkt Leif in seiner typischen, entspannt-lässigen Art. Er ist der Unbeschwerte in der Familie.

»Doch, das bin ich. Ich … ich will nur ganz sicher sein.«

»Dann sieh zu, dass du es sein kannst.«

»Das werde ich, Kumpel. Ich brauche nur etwas mehr Zeit.«

»Davon hast du mehr als genug.«

»Nicht unbedingt«, antworte ich vage.

»Redest du von Reese?«

Ich seufze. »Ja. Du weißt, wie entschlossen er ist. Als ich ihm erzählt habe, dass ich glaube, den Kerl gefunden zu haben, konnte er es gar nicht erwarten, die Bluthunde auf ihn zu hetzen.«

»Dann musst du die Hunde eben überlisten.«

Ich lächle. Leif nervt mich zwar mit seiner lockeren, lebenslustigen Art in letzter Zeit oft, aber eigentlich mag ich seine Sichtweise. Er gehört nicht zu den Menschen, die alles komplizierter machen, als es ohnehin ist. Er ist direkt und locker und nimmt das Leben, wie es kommt. Für ihn ist alles schwarz oder weiß. Und ich, der ich mit tausend Grauschattierungen lebe, beneide ihn darum.

»Mir wird wohl nichts anderes übrig bleiben.«

»Wuff, wuff, Kumpel«, sagt er. Scherzkeks.

»Wuff, wuff.«

Ich höre ein Klicken. Kopfschüttelnd wähle ich die Nummer meines älteren Bruders. Als die Ansage seines Anrufbeantworters anläuft, stelle ich fest, dass Leif nicht ganz unrecht hatte – es klingt tatsächlich so, als würde Reese bellen. Der Wechsel von Leif zu Reese gleicht aus emotionaler Sicht einem Sprung aus einer heißen Badewanne in einen eiskalten Pool. Ich hinterlasse Reese eine Nachricht, dass er mich so bald wie möglich zurückrufen soll.

*Zumindest bekomme ich heute Nacht keine Frostbeulen*, denke ich mir. Reese wird sich garantiert furchtbar aufregen, wenn ich ihm sage, dass er seine Bluthunde zurückpfeifen muss, bis ich weitere Nachforschungen angestellt habe. Irgendetwas ist einfach faul an der Sache.

*Kapitel 27*

# SLOANE

Hemi steht vor der Tür des Studios und verfolgt, wie ich ins Auto einsteige, wie immer in letzter Zeit. Auf der gegenüberliegenden Straßenseite blenden – ebenfalls wie immer in letzter Zeit – die Scheinwerfer eines Wagens auf.

Ich seufze, lege den Gang ein und winke Hemi beim Losfahren zu. Der Wagen auf der gegenüberliegenden Straßenseite folgt mir – wie immer in letzter Zeit. Es ist entweder einer meiner Brüder oder mein Vater. Immer. Jede Nacht begleitet mich einer von ihnen nach Hause. So läuft das bei uns neuerdings, und es nervt mich tierisch. Aber sie werden erst damit aufhören, wenn das, was da zurzeit vor sich geht, vorbei ist, was auch immer es sein mag. Das Schlimmste daran ist, dass ich noch nicht einmal weiß, worum es geht. Man hat mir nur gesagt, dass es eine Drohung gegeben hat, die wir nicht auf die leichte Schulter nehmen dürfen.

Ich würde am liebsten »Ihr spinnt doch!« schreien, aber ich weiß, dass das nicht angebracht ist. Es muss etwas Ernstes sein, wenn sie sich so verhalten. Natürlich hat sich die misstrauische, bockige, behütete Sloane in mir bereits gefragt, ob das womöglich ein Trick ist, mit dem sie meine Bemühungen, mich aus ihrem Sicherheitsnetz freizustrampeln, durchkreuzen wollen. Aber das wäre derart gemein, dass ich es mir einfach nicht vorstellen kann.

Meine Familie ist schonungslos offen. Da weiß man immer, woran man ist. Wenn sie mich oder Hemi oder sonst irgendjemanden überwachen wollten, würden sie mir das vermutlich ganz offen sagen. Aber sie halten alle an derselben Geschichte fest, einschließlich Dad, was bedeutet, dass sie einfach stimmen *muss*.

Zum Glück haben ihre albernen Sicherheitsmaßnahmen der wachsenden Anziehung zwischen Hemi und mir nicht geschadet. Ich hatte schon befürchtet, er könnte das Interesse an mir verlieren, als ihm klar wurde, dass wir die Nacht der Nächte auf unbestimmte Zeit aufschieben müssen. Doch weit gefehlt – es hat unser Bewusstsein geschärft und unsere Vorfreude gesteigert. Es ist zwar auch frustrierend, aber auf eine erregende Art.

Zuerst war ich nur ein, zwei Abende pro Woche im Studio. Inzwischen bin ich jeden Abend zumindest ein paar Stunden dort, und jedes Mal ergreift Hemi irgendwann die Gelegenheit, mir etwas atemberaubend Neues zu zeigen.

Hin und wieder trägt er mir auf, an ihm zu arbeiten. Mal soll ich das alte Tattoo schattieren, mal darf ich an dem Schriftzug auf der anderen Seite, den ich inzwischen in Angriff genommen habe, weitermachen, dann wieder tätowiere ich Buchstaben auf seine Handkante. Mir ist egal, woran ich arbeite, ich mache alles gleich gern. Es ist einfach ein Genuss, ihn zu berühren, seine Körperwärme zu spüren, seine glatte Haut zu streicheln und das Spiel der Muskeln unter der Oberfläche zu beobachten.

Er lässt mich nicht aus den Augen, selbst dann nicht, wenn ich ihn ansehe. Nicht mehr. Früher oder später befiehlt er mir immer, eine Pause einzulegen. Dann nimmt er mir die Maschine aus der Hand und legt sie neben sich ab, gleitet vom Stuhl und zieht mich hoch, um mich an den Wandschrank ganz hinten in seiner Nische zu drücken, wo uns niemand sehen kann. Dort küsst er mich mit genau derselben brennenden, verzweifelten

Leidenschaft, die auch ich empfinde. Ich kann nur hoffen, dass er wirklich auch so empfindet. Allein der Gedanke, dass sich in seinen Küssen bloß meine eigenen Gefühle spiegeln, ist schier unerträglich.

Ein paarmal hat er mir auch schon geholfen, mich selbst zu tätowieren, nachdem ich ihm erzählt hatte, dass ich gern die Initialen meiner Mutter auf dem Fuß hätte, und dazu einige Weinreben, die sich um meinen Knöchel ranken.

»Was hältst du davon, wenn wir heute mal wieder an *dir* arbeiten?«, wollte er eines Abends wissen, als außer uns nur noch Paul und ein Kunde im Studio waren.

»An mir? Echt?«

»Ja, echt.« Sein Grinsen erinnerte mich an zahlreiche andere Gespräche mit ihm, die ähnlich verlaufen sind. Manchmal habe ich das Gefühl, als würde ich ihn schon ewig kennen. Als wäre es meine *Bestimmung*, ihn schon ewig zu kennen.

»Als könnte ich da Nein sagen.«

»Dachte ich mir. Bereite schon mal alles vor. Ich bin gleich wieder da.«

Ich tat, was er gesagt hatte, und saß bereits auf dem Stuhl, als er mit einem zusammengefalteten Paravent zurückkam.

»Was hast du denn damit vor?«, erkundigte ich mich, während ich ihm dabei zusah, wie er ihn auseinanderfaltete und ein paar Zentimeter vom Stuhlende entfernt aufstellte, sodass wir von außen praktisch nicht mehr zu sehen waren.

»Den wollte ich schon die ganze Zeit hier platzieren, und jetzt schien mir der passende Zeitpunkt gekommen«, meinte er mit einem Achselzucken.

Seinem nonchalanten Tonfall zum Trotz hatte ich Schmetterlinge im Bauch beim Gedanken an die zusätzliche Privatsphäre, die uns der Paravent verschaffte. Echt erbärmlich, ich weiß.

»Bist du bereit?«

»Ja«, sagte ich, beugte das Bein und zog den Fuß an, damit ich daran arbeiten konnte.

»Lass uns heute mal etwas Neues ausprobieren«, schlug Hemi vor, während er den Stuhl per Knopfdruck zur Liege umfunktionierte. Als das erledigt war, setzte er sich hinter mich, sodass ich zwischen seinen gespreizten Beinen saß und mich an ihn lehnen konnte, den Rücken an seinen muskulösen Rumpf geschmiegt. Ich inhalierte Hemis Duft, bis ich nichts anderes mehr riechen konnte – weder den Alkohol zum Desinfizieren noch die Plastikverpackung der Einwegnadeln, noch sonst irgendwelche Gerüche. Ich nahm nur noch Hemi wahr, und es war einfach himmlisch.

»Wir werden es zusammen angehen«, flüsterte er, so nah an meinem Ohr, dass er dabei die Ohrmuschel streifte.

Er schlang den Arm um mich und nahm meine Hand in seine, und dann ergriffen wir gemeinsam die Tätowiermaschine und setzten die Nadeln an meine Haut, um dort den ersten Buchstaben zu hinterlassen. Unsere Hände bewegten sich im selben Rhythmus, gerade so, als hätten wir nicht nur die gleiche Vision, sondern auch die gleiche Art, sie künstlerisch darzustellen. Es war wunderschön, schon von der ersten Linie an.

Heute ist einer der ersten Abende, an dem mir Hemi nichts Neues beigebracht hat. Als ich vorhin kam, habe ich erwähnt, dass ich keinen guten Tag an der Uni hatte, und einen Müsliriegel aus meiner Tasche genommen, weil ich keine Lust auf Abendessen gehabt hatte. Hemi sagte kein Wort, während ich meinen Snack hinunterschlang, aber eine knappe Stunde später wurde eine Pizza geliefert.

»Für wen ist die?«, fragte ich, als der Pizzamann sie mir brachte.

»Der Typ am Empfang meinte, ich soll sie bei der heißen Brünetten abgeben.« Von da an hatten sowohl Hemi als auch der Pizzajunge bei mir einen Stein im Brett. Ich schenkte dem Lieferanten mein strahlendstes Lächeln und nahm glücklich die Pizzaschachtel entgegen.

Auf dem Weg hinaus kam er an Hemi vorbei, der gerade mit einer Kundin nach hinten unterwegs war. Ich sah, wie Hemi zu seinem Kollegen JonJon ging, statt die Kundin zu seinem Arbeitsplatz zu bringen, und ihm erklärte, was sie wollte. Anschließend reichte er ihm eine Vorlage mit der Bitte, schon mal anzufangen. Hemi selbst werde die Tätowierung dann später fertigstellen. JonJon nickte und bat die Kundin, auf dem Stuhl Platz zu nehmen.

Ich fand das alles etwas eigenartig, denn normalerweise gibt Hemi *niemals* Arbeit ab. Er macht alles allein, Schritt für Schritt, vom Anfang bis zum Ende. Gespannt sah ich ihm zu, wie er den Raum durchquerte und entschlossen auf mich zukam. Ohne ein Wort zu sagen, stellte er wieder den Paravent auf, hob mich auf den Stuhl, nahm ein Stück Pizza aus der Box und drückte es mir in die Hand.

»Iss«, bellte er. Erst war ich angesichts seines barschen Kommandos etwas verdattert, doch als er nach ein paar Minuten ein »Ich möchte dir zusehen« hinterherschob, hätte ich beinahe die Pizza fallen lassen und mich am liebsten auf der Stelle auf ihn gestürzt. Aber das war natürlich ausgeschlossen, in erster Linie deshalb, weil spontaner Sex für eine Jungfrau ein Ding der Unmöglichkeit ist. Außerdem waren noch jede Menge Leute im Studio. Lauter Umstände, die eher gegen ein ungestümes, leidenschaftliches Tête-à-Tête sprechen.

*Verdammt!*

Also musste ich Hemi heute Abend zum x-ten Mal verlassen,

ohne dass etwas Nennenswertes passiert wäre, und wir waren beide reichlich … unbefriedigt.

Ich drehe den Lautstärkenregler meiner Autostereoanlage hoch und höre nichts mehr, abgesehen von den Bässen, weshalb ich einigermaßen überrascht bin, als Scout mich plötzlich von links überholt.

»Was, zum Geier, soll das, Scout?«, murmle ich in mich hinein.

In dem Augenblick sehe ich, wie in unserem Haus, das gerade vor mir aufgetaucht ist, alle Lichter angehen – und damit meine ich wirklich alle, einschließlich der Terrassenbeleuchtung, der Lampen im Hinterhof und sämtlicher Lichter im Hausinneren. Schaudernd verfolge ich, wie Scouts SUV mit doppelter Lichtgeschwindigkeit am Haus vorbeirast.

Ich drossle das Tempo, halte am Straßenrand an und bemerke mit Schrecken Dutzende von Einschusslöchern in der weißen Wandverkleidung rund um die Tür.

Mein Herz pocht laut vor Angst, und in meinen Ohren rauscht das Blut. Ich taste in meiner Handtasche auf dem Beifahrersitz nach dem Handy, doch die kleine Seitentasche, in der ich es normalerweise verstaue, ist leer.

»Ach, Scheibenkleister!«

Was soll ich jetzt bloß tun? Ich weiß, dass es nicht sonderlich klug wäre, gleich auszusteigen. Dad würde mir bei lebendigem Leib die Haut abziehen, wenn ich etwas derart Dummes täte.

Also sehe ich mich atemlos um und hoffe und bete, dass keine der Kugeln meinen Vater getroffen hat, der heute, soweit ich weiß, allein zu Hause war – Scout und ich waren weg, und Steven und Sig sind bei der Arbeit.

Nach ein paar Minuten schwingt die Eingangstür auf und Dad erscheint. Ich atme erleichtert auf und grinse sogar, denn es hat den Anschein, als würde er gerade jemanden telefonisch so richtig zur Schnecke machen. Er wedelt mit dem freien Arm, und selbst aus der Entfernung kann ich die dicke Ader sehen, die mitten auf seiner Stirn prangt.

Ich stelle den Motor ab, steige aus und haste den von leeren Patronenhülsen übersäten Bürgersteig entlang zum Haus. Kurz bevor ich bei Dad angekommen bin, beendet er seine telefonische Schimpftirade.

»Was ist passiert?«, frage ich.

Dad schäumt vor Wut. »Irgend so ein Huren …« Er fährt sich mit der Hand durch das braune Haar, verzweifelt darum bemüht, vor seiner Tochter, der *Lady*, seine Ausdrucksweise zu mäßigen.

»Du kannst es ruhig sagen, Dad. Heute hast du einen Freibrief.«

»Irgend so ein … nichtsnutziges, scheiß-dämliches Arschloch mit nichts als Scheiße im Kopf hat gerade den Scheißzorn des gesamten Locke-Clans auf sich gezogen!«, knurrt er erbost, weshalb ich mir den Applaus für seine Kreativität in Sachen Umgehung des F-Wortes durch die Verwendung von »Scheiße« vorsichtshalber lieber spare. Was für ein Mann!

»Hat das etwas mit den Drohungen zu tun?«

»Scheiße, ja, da bin ich mir zu hundert Prozent sicher.« Dieses Mal muss ich doch grinsen, weil er sich so gar nicht mehr bremsen kann. Als Dad das sieht, wendet sich sein Zorn plötzlich gegen mich. »Nun hör mir mal gut zu, junge Dame, das ist nicht zum Lachen. Es hätte heute Abend einen Toten geben können. Angenommen, du wärst hier gewesen und hättest im Wohnzimmer ferngesehen …« Dads sonnengebräuntes Gesicht wird blass. »O Gott, was hätte ich nur getan, wenn du erschossen worden wärst, Sloane?«

Ich kann förmlich zusehen, wie sich die Wut meines Vaters verflüchtigt und der stets präsenten Sorge um mein Wohlergehen weicht. Er nimmt mich in die Arme.

»Aber es ist nichts passiert, Dad. Es geht mir gut. Wir sind alle gesund und munter.«

Wortlos streichelt er mir über den Kopf. Um uns herrscht eine unnatürliche Stille, bis ein Motorengeräusch diese Stille durchbricht.

Ich drehe mich um, doch statt wie erwartet Scout in der Auffahrt zu erblicken, sehe ich, dass Hemi seinen Wagen hinter dem meinen parkt.

»Wer, zum Teufel, ist das?«, will mein Vater wissen, und ich spüre, wie er sämtliche Muskeln seines Körpers anspannt.

»Das ist der Besitzer des Tattoo-Studios, in dem ich aushelfe, Dad. Ich habe ihn dir vorgestellt, an dem Abend, an dem du mir nach Hause nachgefahren bist, weißt du noch?«

»Ja, richtig. Hat er nicht irgendeinen total albernen Namen? Homey oder so ähnlich?«, knurrt er höhnisch.

»Er heißt Hemi, Dad. Sei kein Blödmann.«

»Sloane!«, fährt er mich an.

»Bitte blamier mich nicht, Dad«, zische ich ihm zu, und er verstummt, während wir uns voneinander lösen und darauf warten, dass Hemi zu uns stößt. Ich wäre ihm ja lieber entgegengegangen, statt hier wie angewurzelt herumzustehen, aber Dad wäre mir garantiert gleich nachgedackelt gekommen, so wie er im Moment drauf ist.

Hemi steigt aus dem Wagen und kommt auf das Haus zu, wobei sein Blick über den Bürgersteig wandert. Zweifelsohne ist ihm nicht entgangen, dass dort überall Patronenhülsen liegen. Mit gerunzelter Stirn bleibt er vor uns stehen.

»Geht es dir gut?«, erkundigt er sich ohne Umschweife bei mir.

»Alles okay. Ich habe die ganze Aufregung verpasst. Scout und ich waren schon fast angekommen, als es losging. Scout ist gleich weitergerast. Wahrscheinlich hat er gehofft, den Mistkerl noch zu erwischen.«

»Was ist passiert?« Diesmal ist seine Frage an meinen Vater gerichtet. »Hemi, Sir.« Er streckt ihm die Hand entgegen. »Wir haben uns vor Kurzem kennengelernt, als Sie Sloane abgeholt haben.«

Dad ergreift sie und schüttelt sie. »Ja, ich erinnere mich«, erwidert er auf seine barsche Art. »Und was diese Sauerei hier angeht … Nun, da hat wohl irgendein Arschloch mit Todeswunsch beschlossen, sein Glück auf die Probe zu stellen.«

Und schon ist seine Wut wieder aufgeflammt. Er beginnt, fluchend auf und ab zu tigern. »Wo, zum Teufel, steckt bloß dein Bruder? Er müsste schon längst wieder hier sein.«

»Was machst du eigentlich hier?«, frage ich Hemi, während Dad weitere Flüche vom Stapel lässt.

»Du hast dein Handy im Studio vergessen, und ich dachte, du wirst es bestimmt brauchen.«

Er reicht mir das Telefon, und seine Finger berühren eine Spur länger als nötig die meinen, ehe er das Gerät loslässt. »Ist auch wirklich alles in Ordnung?«

Ich lächle. »Ja, es geht mir gut. Im Grunde tun mir die Typen leid, die das verbrochen haben. Sie haben wirklich nicht die geringste Ahnung, was für eine Lawine sie damit losgetreten haben.«

»Sloane, das ist nicht witzig, sondern eine sehr ernste Angelegenheit. Was, wenn du hier gewesen wärst? Was, wenn du fünf Minuten früher nach Hause gekommen wärst?«

In Hemis Augen spiegelt sich eine Mischung aus Sorge und Verärgerung.

»War ich aber nicht.«

»Aber so hätte es sein können«, wirft er ein.

»Da siehst du's, Sloane«, mault Dad hinter mir. »Sogar Homey hat mehr Grips als du.«

Prompt steht mein Gesicht in Flammen, und ich kneife vor Verlegenheit die Augen zu. Doch Hemi lacht nur. »Danke, Sir«, sagt er leichthin, und dann, wieder an mich gewandt: »Vielleicht solltest du heute bei mir übernachten.«

Ich bin gleichermaßen erstaunt wie beeindruckt, dass Hemi mir im Beisein meines Vaters einen derartigen Vorschlag unterbreitet. Dad kommt sogleich angestampft und baut sich so dicht vor Hemi auf, dass sie sich beinahe an der Brust berühren. Mein Magen vollführt vor Freude und Stolz einen kleinen Salto, denn Hemi weicht keinen Schritt zurück. Nicht einen Zentimeter rückt er von der Stelle.

»Was, zum Teufel, führst du im Schilde, junger Mann?«

Hemi bleibt trotz der Wut meines Vaters absolut ruhig und gelassen. »Ich biete ihr an, die Nacht in meinem Gästezimmer zu verbringen, wo sie in Sicherheit ist, Sir. Ich bezweifle nämlich, dass sie hier heute Nacht gut aufgehoben ist.«

»Das ist mir scheißegal, Freundchen. Sie ist meine Tochter, und ich werde mich um ihre Sicherheit kümmern, wie ich es die letzten zwanzig Jahre auch getan habe.«

»Einundzwanzig«, korrigiere ich ihn automatisch.

Dad knurrt, und ich sehe, wie Hemis Mundwinkel zucken, weil er sich ein Grinsen verkneift.

»Ich wollte damit nicht andeuten, dass Sie nicht für Sloanes Sicherheit sorgen können. Meiner Meinung nach ist eine solche Situation für *jeden* schwer zu kontrollieren. Sloane war zwar nicht das Ziel des Anschlags, aber sie ist offensichtlich in Gefahr. Und selbst wenn man es doch auf sie abgesehen hätte, käme wohl niemand auf die Idee, sie bei mir suchen. Es handelt sich lediglich um eine Vorsichtsmaßnahme. Ich will nur das Beste für Sloane, sonst nichts.«

»So, so, und seit wann liegt dem Inhaber eines Tattoo-Studios das Wohlergehen meiner Tochter am Herzen?«

»Wäre es Ihnen lieber, wenn es mir egal wäre?«, kontert Hemi cool.

»Natürlich nicht. Aber ich werde sie sicher keinem dahergelaufenen Burschen übergeben, damit er die Situation ausnutzen …«

»Bei allem Respekt, Sir, aber Sloane ist alt genug, um derartige Entscheidungen selbst zu treffen. Vielleicht sollten Sie sie fragen, was *ihr* am liebsten wäre.«

»Das interessiert mich nicht die Bohne, Bürschchen. Es ist mir egal, was du für richtig hältst. Ich tue wie immer das, was für meine Tochter am besten ist.«

»Sir, das stelle ich auch nicht infrage. Ich möchte nur anregen …«

»Von wegen anregen! Du befindest dich auf *meinem* Grund und Boden und wagst es, mir zu sagen, was ich unternehmen soll, um *meine* Tochter zu beschützen.«

»Ich habe das gleiche Anliegen wie Sie, nämlich Sloanes Sicherheit, und ich finde …«

»Es ist mir scheißegal, was du findest!«

»Okay, aber es sollte Ihnen nicht scheißegal sein, was Sloane findet!«, entgegnet Hemi.

»Nun hör mir mal gut zu, du kleiner Scheißer, *meine* Tochter wird das tun, was *ich* ihr sage, denn ich habe sie die letzten zwanzig Jahre beschützt!«

»Einundzwanzig«, brumme ich erneut.

»Du hältst gefälligst den Mund, Sloane!«, brüllt mein Vater.

Sein Befehl bringt das Fass endgültig zum Überlaufen.

Genau davon habe ich die Nase voll. Ich will nicht mehr wie ein Kind behandelt werden, das kein Hirn und kein Mitspracherecht hat. Es reicht, und das ist die ideale Gelegenheit, es meinem Vater endgültig begreiflich zu machen. Natürlich ist der Zeitpunkt denkbar schlecht. Trotzdem – jetzt habe ich die Chance, meinen Vater ein für alle Mal in die Schranken zu weisen, und ich werde sie nutzen.

»Dad, Hemi hat recht. In jeder Hinsicht«, erwidere ich, und damit habe ich plötzlich die volle Aufmerksamkeit der beiden Männer, die sich eben noch ein Blickduell geliefert haben.

»Sloane, ich …«

»Ich weiß, Dad. Ich kenne jedes Argument, jeden Grund und jede Erklärung. Ich weiß, dass du mich liebst. Ich weiß, dass du nur das Beste für mich im Sinn hast. Und ich weiß, dass du mich nicht gehen lassen willst. Das weiß ich alles nur zu gut. Das kannst du mir glauben.« Ich ergreife seine Hand, ohne mich von seinem bohrenden Blick einschüchtern zu lassen. »Aber du musst mich ziehen lassen, Dad. Du musst es einfach tun.«

Ich starre ihn unverwandt an, und er mich ebenfalls. Er soll endlich erkennen, dass ich erwachsen geworden bin. Er soll sehen, wie sehr ich ihn liebe und respektiere und dass ich das jetzt trotzdem tun muss. Ich muss leben. Ich muss mich von ihm lösen, muss eigene Entscheidungen treffen und eigene Fehler machen.

Ich habe keine Ahnung, wie viele spannungsgeladene Minuten vergehen, während wir hier zu dritt vor dem Haus stehen. Auf jeden Fall zu viele. Doch dann atmet Dad schließlich tief durch, und mir wird klar, dass er die Lanze streckt. Zum ersten Mal überhaupt gibt er nach.

»Es fällt mir so schwer, weil ich dich von ganzem Herzen liebe. Das ist dir bewusst, oder?«

Ich betrachte lächelnd das attraktive, von Sorgenfalten zerfurchte Gesicht meines Vaters.

»Natürlich. Warum sonst hätte ich mich wohl all die Jahre damit abgefunden?«

»Versprich mir, immer vorsichtig zu sein, Sloane.« Er späht über meine Schulter hinweg zu Hemi. »Und kluge Entscheidungen zu treffen. Du musst das Leben und die Zeit, die dir gegeben wurde, schätzen.«

»Genau das habe ich vor, Dad – ich will das Leben genießen, mehr nicht. Aber das kann ich nicht, wenn ihr mich in einem Elfenbeinturm gefangen haltet.«

»Ich weiß, ich weiß. Es ist nur so schwer, loszulassen. Ich hoffe und bete zu Gott, dass du auch eines Tages Kinder haben wirst, damit du weißt, wie sich das anfühlt.«

Ich nicke. »Genau das hoffe ich auch«, sage ich mit einem Anflug von Schwermut.

Dad drückt meine Hand und sieht dann erneut zu Hemi. »Ich vertraue dir einen meiner wertvollsten Schätze an. Pass gut auf Sloane auf, damit ich dir nicht auf die Pelle rücken muss.«

Hemi nickt. »Geht klar, Sir.«

Ich stelle mich auf die Zehenspitzen, um meinem Vater spontan einen Kuss zu geben, bevor ich ins Haus laufe und schnell ein paar Sachen für die Nacht und die Bücher für morgen zusammensuche. Ich bin total durcheinander. Das Adrenalin, das durch meinen Körper gepumpt wird, lässt mich wie ein aufgescheuchtes Huhn hin und her rennen, was beim zielgerichteten Zusammenpacken ziemlich hinderlich ist. All meine Gedanken kreisen nur noch um ein Thema, nämlich Hemi und die Tatsache, dass ich die Nacht bei ihm verbringen werde.

# Kapitel 28

# HEMI

*»Was, zum Teufel, hast du dir nur dabei gedacht?«*, frage ich mich in der Stille, die mich im Auto umgibt. Zum hundertsten Mal werfe ich einen Blick in den Rückspiegel, um mich zu versichern, dass Sloane immer noch hinter mir fährt.

Ehrlich gesagt habe ich keinen blassen Schimmer, *was* ich mir dabei gedacht habe oder ob ich überhaupt denke. Ich weiß, ich sollte mich nicht mit Sloane einlassen, vor allem nicht gerade jetzt – und wenn es schon unbedingt sein muss, dann nur auf etwas rein Sexuelles. Aber als ich sie vorhin dort in der Dunkelheit vor dem Haus stehen sah, ging mir das ziemlich unter die Haut. All die Einschusslöcher und das Meer von Patronenhülsen auf dem Gehsteig … heilige Scheiße, ich war schockiert. Und aus irgendeinem Grund hatte ich Angst – um Sloane. Angst, ich könnte sie verlieren. Außerdem haben mich natürlich Schuldgefühle geplagt. Mehr noch, sie haben mich beinahe übermannt. Was, wenn ich – ohne es zu wollen – mit dem, was ich getan habe, diesen Anschlag verursacht habe? Wenn ich Sloane in Gefahr gebracht habe? Wie könnte ich jemals damit leben?

Der Drang, sie da herauszuholen, war stark. Übermächtig. Normalerweise bin ich ja ein durch und durch gelassener Mensch, und ich bin dankbar dafür. Diese Eigenschaft hat es mir ermöglicht, vor ihrem Vater selbstbewusst und nonchalant aufzutreten und mir nicht anmerken zu lassen, was ich eigentlich empfand. Das ist gut. Und trotzdem habe ich beschlossen, sie mit zu mir nach Hause zu nehmen – ausgerechnet die Frau, mit der ich mich auf gar keinen Fall einlassen sollte, weil sie zu einer Familie gehört, mit der ich auf Kriegsfuß stehe. Wovon sie allerdings nicht die geringste Ahnung hat. Und ich habe ihr einfach vorgeschlagen, bei mir zu übernachten! Das ist wirklich *verdammt* dämlich.

Aber jetzt gibt es kein Zurück mehr. Inzwischen sind wir fast da. Ich folge der Straße bis zu der Einfahrt des Hauses, in dem ich seit zwei Jahren wohne. Sloane ist direkt hinter mir.

Ich stelle den Motor ab, hole tief Luft und steige aus. Dann marschiere ich zu Sloanes Wagen und öffne die hintere Tür, um die Tasche herauszuholen, die sie vorhin dort deponiert hat.

»Verdammt, das Ding ist ja tonnenschwer. Was hast du denn da drin, eine Leiche?«

Sloane gleitet hinter dem Lenkrad hervor und grinst mich an. »Das würdest du wohl gern wissen, was?«

Während wir die gepflasterte Einfahrt zur Eingangtür hinaufgehen, senkt sich eine angespannte Stille auf uns herab.

Sloane lässt den Blick über den zweistöckigen Eingangsbereich im mediterranen Stil gleiten. »Hübsch.«

»Danke.«

»Deines?«

»Natürlich. Was hast du erwartet? Dass ich einfach in irgendein Haus einbreche, das mir gefällt, und es mir dort gemütlich mache?«

Sloane verdreht die Augen. »Nein, du Klugscheißer. Ich wollte wissen, ob es dir gehört.«

»Nein, es ist gemietet. Du bist ja ganz schön neugierig.«

»Hey, du musst dich echt nicht wundern, wenn ich dir Löcher in den Bauch frage. Du gibst dich immer sehr geheimnisvoll. Ich weiß fast nichts über dich. Ich weiß ja noch nicht mal, wie du mit Nachnamen heißt, Herrgott noch mal.«

Ich bleibe vor dem leise sprudelnden Brunnen stehen, der sich links neben der Eingangstür befindet. »Stört dich das?«

Sie zuckt mit den Achseln, weicht dabei aber meinem Blick aus. »Nein.«

»Lügnerin.«

Sie sieht mich flüchtig an. »Es stört mich wirklich nicht. Jeder hat ein Recht auf Geheimnisse.«

»Aber?«

»Kein Aber«, antwortet sie und senkt erneut den Blick zu Boden, als ich einen Schritt auf sie zumache.

»Und, was hast du für Geheimnisse, Sloane?« Ich lege einen Finger unter ihr Kinn und hebe es an, sodass sie mich ansehen muss.

»Wenn ich sie dir erzählen würde, wären es ja keine Geheimnisse mehr, oder?«

Ich betrachte ihr Gesicht. Sie ist schön, unschuldig und irgendwie mysteriös. Sie verschweigt mir eine Menge, so viel ist sicher. Ich glaube, sie hat schon viel erlebt. Das sehe ich ihr an. Vielleicht war eine Menge Kummer dabei, zu viel für jemanden wie sie. Aus irgendeinem Grund würde ich sie gern von diesem Kummer befreien. Und es macht mir echt zu schaffen, weil nicht auszuschließen ist, dass ausgerechnet ich ihr noch mehr Seelenqualen zufügen werde.

»Da hast du wohl recht«, erwidere ich sanft. »Aber eigentlich ist das nicht weiter wichtig, oder? Du kennst *mich*, ob du nun meinen Nachnamen oder meine Lebensgeschichte kennst oder nicht. Und ich kenne *dich*. Ich weiß, dass du stark bist und deinen eigenen Kopf hast und dass du wie Honig schmeckst, wenn ich es dir mit den Fingern besorge, bis du kommst.«

Ich sehe, wie sich ihr Blick verändert. Er wird verhangen, ein Zeichen dafür, dass ihre Lust erwacht ist. Ich sollte so etwas nicht zu ihr sagen, sollte lieber für mich behalten, was mir durch den Kopf geht, vor allem, weil ich die Nacht mit ihr verbringen werde.

»Hemi, ich ...«

Ich unterbreche sie, ehe sie den Satz beenden kann. »Bist du dir auch wirklich sicher, dass du überhaupt hier sein willst?«, frage ich, darum bemüht, sie schleunigst wieder auf andere Gedanken zu bringen. »Ich meine, dein Vater wäre heute Abend fast erschossen worden. Es war nicht meine Absicht, dich von deiner Familie zu trennen. Solltest du also das Gefühl haben, dass du doch besser nach Hause gehörst ...«

Wieder bemerke ich eine Veränderung. Diesmal wirkt Sloane alarmiert, schuldbewusst und voller Reue. Ich bin ein egoistischer Mistkerl, der nur sein Gewissen beruhigen will und Schuldgefühle bei ihr weckt, um sie vor noch mehr Kummer zu bewahren. Dieses Verhalten ist unfair und ungerechtfertigt. Tja, wie es aussieht, bin ich ein ziemlicher Scheißkerl.

»Ich ... so habe ich es noch gar nicht betrachtet. Ich meine, mir war schon klar, dass es ihnen in erster Linie um meine Sicherheit geht, aber ... mein Gott, was ist, wenn heute Nacht noch einmal etwas passiert?« Ich sehe, wie sich ihre Angst in Panik verwandelt. »Was, wenn Scout verletzt oder getötet wird? Oder wenn diese Leute zurückkommen, um das zu Ende zu bringen, was sie angefangen haben? O Gott!«

Sie starrt mich mit weit aufgerissenen Augen an, in denen Tränen schwimmen. Sie will von mir getröstet und beruhigt werden, dabei war ich es doch, der diese Sorgen in ihr geweckt hat. Und jetzt fühle ich mich verpflichtet, sie zu beschwichtigen und ihr die Angst zu nehmen, die sich so deutlich in ihrem wunderschönen Gesicht widerspiegelt.

»Nur Feiglinge sind zu so einer Aktion fähig, und Feiglinge kommen nicht sofort wieder zurück, wenn sie wissen, dass ihr Opfer vorgewarnt und vorbereitet ist. Du hast recht, für deinen Vater und deine Brüder hat deine Sicherheit absolut oberste Priorität. Wenn sie sich um dich keine Sorgen machen müssen, können sie sich auf die anstehende Aufgabe konzentrieren und die Aufmerksamkeit dorthin lenken, wo sie am dringendsten benötigt wird.«

Sloane nickt bedächtig und schließt die Augen, wohl um die schrecklichen Bilder loszuwerden, die ich in ihr heraufbeschworen habe – Bilder von ihren Familienmitgliedern, die mit Schusswunden zu Hause auf der Couch oder im Bett liegen und verbluten.

Ja, ich bin definitiv ein Scheißkerl.

»Komm mit rein. Am besten rufst du sie gleich an, dann weißt du, ob es ihnen gut geht. Und du bist heute Nacht – oder solange es notwendig ist – in Sicherheit. Hier, bei mir.«

Ich betrete das Haus und gehe zur Treppe, dicht gefolgt von Sloane. »Hemi, was ist mit Sasha?«, fragt sie, so leise, dass ich es beinahe nicht gehört hätte.

Ich bleibe stirnrunzelnd stehen und drehe mich zu ihr um. »Was soll denn mit ihr sein?«

Sloane zuckt mit den Achseln. »Naja, du hast gesagt, dass ihr *früher* mal etwas miteinander hattet, dass *im Moment* aber nichts zwischen euch läuft, und ich frage mich einfach, ob *sie* das weiß. Ich meine, warum ist sie eigentlich zurückgekommen?«

Ich trete zu Sloane und streiche ihr das Haar aus dem Gesicht. »Sie steckt in finanziellen Schwierigkeiten und arbeitet eine Weile im Studio, bis sie wieder auf die Füße kommt. Das ist alles. Sonst ist da nichts zwischen uns. Und *ja*, das weiß sie auch. Sasha ist … nicht weiter wichtig.«

Ich sehe, wie sie erleichtert aufatmet, und frage mich, wie lange sie sich über diese Angelegenheit wohl schon den Kopf zerbricht. Vermutlich schon eine ganze Weile, wenn es ihr ausgerechnet *jetzt* einfällt, nach allem, was heute Nacht passiert ist …

Als sie lächelt und nickt, weiß ich, dass sie beruhigt ist, also drehe ich mich wieder um und gehe hinauf ins Obergeschoss.

Ich bringe Sloane im größten der vier Gästezimmer unter. Das Haus ist nicht gerade ein Palast, jedenfalls verglichen mit den Domizilen, die ich sonst gewohnt bin, aber es ist um einiges größer als ihres. Kein Wunder, dass sie beeindruckt ist.

»Wow! Das Zimmer ist locker dreimal so groß wie meines daheim.«

Ich stelle ihre Tasche auf der Chaiselounge am Fußende des Doppelbetts ab. »Dann hoffe ich, du fühlst dich hier wohl. Du kannst alles benutzen – die Küche, den Fitnessraum, den Pool, den Whirlpool und die Sauna. Fühl dich wie zu Hause.«

»Danke, dass du mich mitgenommen hast, Hemi. Ich weiß es wirklich sehr zu schätzen. Aber wolltest du nicht … ähm …«

»Was? Deine Sachen auf mein Zimmer bringen?« Ich sehe, wie sich ihre Wangen rot färben, und weiß, dass ich den Nagel auf den Kopf getroffen habe. »Sloane, du machst gerade ziemlich viel durch. Ich würde niemals automatisch davon ausgehen, dass du die Nacht mit mir verbringen willst.« Sie schluckt verlegen, und um sie aufzuheitern, füge ich hinzu: »Natürlich könnte ich jederzeit meine Verführungskünste an dir ausprobieren und dafür sorgen, dass du dir nichts sehnlicher *wünschst*, als die Nacht mit mir zu verbringen.« Ich grinse sie an, und sie grinst zurück. »Aber das wäre total unangebracht, und deshalb werde ich dich heute schön in Ruhe lassen.« Ich hebe die Hände, um meinen Worten Nachdruck zu verleihen.

Sloane geht zum Bett und streicht mit den Fingern über die luxuriöse weiße Decke. »Bedeutet das, dass ich dich eventuell dazu überreden könnte, mir hier ein bisschen Gesellschaft zu leisten?«, fragt sie leise. »Ich möchte … ich möchte bloß noch nicht allein sein.«

»Geht klar.« Ich trete zu ihr und streichle ihr mit der Hand über den Rücken, bis sie sich zu mir umdreht und zu mir hochsieht. »Ich bleibe hier, bis du eingeschlafen bist. Wie klingt das?«

Ihr zögerndes Lächeln verrät mir, dass sie sich zwar mehr erhofft hatte, aber mit dem zufriedengibt, was sie bekommt. Ich hatte sie gewarnt …

»Das klingt gut. Vorausgesetzt, es ist nicht zu viel verlangt.«

»Dass ich eine heiße Braut in den Armen halte? Ähm, nein, das ist nicht zu viel verlangt.« Ich beuge mich zu ihr runter und hauche ihr einen flüchtigen Kuss auf die Lippen. »Es ist schon spät. Mach dich doch schon mal bettfertig. Ich bin gleich wieder da.«

Sie nickt erneut und zieht den Reißverschluss ihrer Tasche auf. Es wundert mich nicht weiter, dass ich sie mit jemandem telefonieren höre, sobald ich das Zimmer verlassen habe. Zweifelsohne erkundigt sie sich bei ihrem Vater, ob alles in Ordnung ist. Ihre Familie steht ihr eben doch sehr nah, auch wenn sich Sloane etwas mehr Freiheit wünscht und es kaum erwarten kann, endlich ihre Flügel auszubreiten. Es würde ihr das Herz brechen, wenn ihrem Vater oder einem ihrer Brüder etwas zustoßen würde. Selbst wenn sie wüsste, dass einer von ihnen ein korrupter Polizist ist.

Tja, und was nun?

Um Sloane etwas Privatsphäre zu lassen, drehe ich eine Runde durch das Haus und kontrolliere, ob alle Türen verschlossen sind, dann kippe ich noch schnell ein Bier. So, inzwischen sollte sie eigentlich im Bett liegen. Während ich wieder nach oben gehe, ist mir sehr deutlich bewusst, dass ich einen beinahe schmerzhaften Ständer habe, der gegen den Reißverschluss meiner Hose drückt. Ob angebracht oder nicht, wenn sie mir heute Nacht zu nah kommt, dann werde ich mir ohne Reue nehmen, was ich will.

Zu meiner großen Enttäuschung hat sich Sloane auf einer Seite des Betts unter der Decke zusammengerollt und schläft bereits tief und fest, als ich ihr Zimmer betrete.

Ich schalte die Lichter aus und will mich gerade vom Acker machen, als ich hinter mir einen Laut vernehme. Es ist lediglich ein undeutliches Geräusch, kein Wort oder Name. Ich gehe zurück zum Bett und betrachte Sloane. Zwischen ihr und der Bettkante ist noch reichlich Platz. Ich werde wohl nie herausfinden, was genau mich dazu bewogen hat, aber ich ziehe die Schuhe aus, krieche unter die Bettdecke und strecke mich neben ihr aus.

## *Kapitel 29*

# SLOANE

Zum Glück bin ich diese Woche mit dem Fahrdienst dran. Sarah wäre wohl ziemlich überrascht gewesen, wenn sie bei mir zu Hause vorgefahren wäre und dort die Spuren der Verwüstung gesehen hätte.

»O Gott, das darf doch nicht wahr sein!«, stößt sie hervor, als ich ihr erzähle, was geschehen ist.

»Wer denkt sich denn bitte schön so was aus?«

»Keine Ahnung. Die Mafia. Der Teufel.«

Ich blicke zu ihr hinüber und schüttle den Kopf, als ich bemerke, dass sie grinst. »Nein, es stimmt wirklich. Es war … total irre.«

»Und, wie sind die Locke-Brüder heute drauf? Haben sie schon einen Verteidigungswall in eurem Vorgarten aufgeschüttet?«

»Gewissermaßen, ja. Scout ist von dem Auto, das er verfolgt hat, leider abgehängt worden. Er war sich zwar recht sicher, dass es sich um den oder die Täter handelte, aber wir sind einfach einen Tick zu spät dran gewesen. Steven war gestern mit einem Fall beschäftigt und musste die ganze Nacht arbeiten. War garantiert kein Spaß, in seiner Nähe zu sein. Und Sig … naja, du kennst ihn ja. Wahrscheinlich verbringt er die heutige Nacht auf der Veranda, mit einem Bier und der Knarre auf dem Schoß.«

»Und grinst vor sich hin.«

»Jep. Ich wette, er findet das alles total witzig.«

»Der Junge hat schon einen ganz schön abgedrehten Humor.«

»Er ist total gaga. Aber wenn jemand verletzt worden wäre, dann wäre mit ihm nicht gut Kirschen essen. Er kann echt austicken, wenn man ihn reizt. Sogar noch schlimmer als Steven.«

»Zumindest ist dir das ganze Theater hinterher erspart geblieben.«

»Ja, letzte Nacht war bestimmt der Teufel los. Ich hätte zu gern gelauscht, als Dad ihnen erzählt hat, dass ich auswärts übernachte. Ich wette, da sind so einige Kraftausdrücke gefallen. Und ich wette auch, dass nicht ein einziges Mal das Wort Scheibenkleister zu hören war.«

»Da wir schon von letzter Nacht sprechen: Wie lange willst du eigentlich noch so tun, als wäre es keine große Sache, dass du bei Hemi dem Frauenschwarm genächtigt hast?«

»Tja, traurigerweise ist es *tatsächlich* keine große Sache. Zumindest ist nicht das passiert, was du denkst.«

»Was?«, hakt sie entrüstet nach. »Was, zum Teufel, ist denn mit dem Kerl los? Das war doch die perfekte Gelegenheit, um dir an die Wäsche zu gehen. Wie kann es sein, dass er eine solche Chance ungenutzt verstreichen lässt?«

Genau diese Frage habe ich mir gestern auch gestellt, und sie hat mir echt Kopfzerbrechen bereitet.

»Er wollte die Situation eben nicht ausnützen. Außerdem bin ich eingeschlafen.«

»Du bist eingeschlafen? Herrgott noch mal, Sloane, was braucht es denn noch alles, um deinen Motor anzuheizen? Starterkabel und Vaseline?«

»Ich hatte an dem Tag so einiges durchgemacht, Sarah.«

»Das weiß ich, aber sieh dir den Typen doch verdammt noch mal an!«

Ich seufze, während ich zum hundertsten Mal Hemis perfektes Gesicht und seinen perfekten Körper vor mir sehe.

»Du hast ja recht. Und weißt du, was das Schlimmste daran war?«

»Es wird noch schlimmer?«

Ich nicke. »Als ich heute früh aufgewacht bin, lag er neben mir im Bett. Er lag auf der Seite, mit dem Gesicht zu mir, als wäre er eingeschlafen, während er über meinen Schlaf gewacht hat.«

Sarah starrt mich mit offenem Mund an.

»Na, hör mal, das ist doch keineswegs schlimm. Das ist sogar ziemlich romantisch! Vielleicht empfindet Hemi ja doch etwas für dich! Vielleicht ist sein Interesse an dir nicht bloß sexueller Natur!«

»Ich wünschte, es wäre so. Aber was, wenn es nicht so ist? Was, wenn er das Interesse an mir verloren hat?«

Ich wäre am Boden zerstört, wenn sich herausstellen würde, dass er nicht mehr mit mir ins Bett will. Und erst recht, wenn ich herausfinden würde, dass er *gar nichts* für mich empfindet. Dass er meine Gefühle nicht erwidert.

Es würde mir das Herz brechen.

»Sloane, Männer tun so etwas nicht, wenn sie kein Interesse mehr an einer Frau haben. Sie lächeln höflich, halten ihr vielleicht noch die Tür auf, und dann heißt es für sie nichts wie weg. Sie holen sie sicher nicht zu Hause ab, nehmen sie über Nacht mit zu sich und schlafen neben ihr ein. Für mich klingt das, als wäre es ihm verdammt ernst.«

Am liebsten würde ich die Augen schließen und noch eine Weile dem Nachhall ihrer Worte lauschen. Ich kann nur hoffen und beten, dass sie recht hat.

»Ich hoffe, dass es so ist. Wahrscheinlich habe ich nur Angst, zu viel hineinzuinterpretieren.«

»Warum denn? Du redest doch immer davon, deine Flügel ausbreiten, über deinen Schatten springen und neue Erfahrungen machen zu wollen. Das kannst du nicht tun, *ohne* ein bisschen Herzschmerz zu riskieren.«

»Wenn es aber weit mehr als nur ein *bisschen* Herzschmerz wird? Wenn die Folgen total verheerend für mich sind?«

»Dann musst du aus jeder Minute das Beste herausholen, damit es dich nicht umbringt, wenn du hinterher daran zurückdenkst.«

»Dir ist schon klar, dass das überhaupt keinen Sinn ergibt, oder?«

»Ja, ich weiß, aber es klingt gut.« Wir fahren einige Kilometer schweigend dahin, und erst als ich in den Parkplatz einbiege, ergreift Sarah erneut das Wort. »Und was jetzt? Fährst du heute Nacht wieder zu ihm?«

»Keine Ahnung.«

»Hat er denn heute Früh nichts gesagt?«

»Nein. Wir haben nicht miteinander geredet.«

»Ich dachte, du hast die Nacht in seinen Armen verbracht?«

»Das habe ich auch, aber er … er hat irgendwann erwähnt, dass er nicht der ›Frühstückstyp‹ ist. Ich war mir nicht sicher, ob er mich morgens sehen will, also habe ich nach dem Aufstehen nur schnell geduscht und bin dann gegangen.«

»Du bist gegangen? Einfach so?«

»Ich habe ihm eine Nachricht hinterlassen.«

»Die wäre?«

»Danke, dass ich hier übernachten durfte.«

»Puh, das nenne ich mal eine eiskalte Schulter.«

»Wieso? Ich wollte ihn doch nicht in Verlegenheit bringen. Und ich wollte mich nicht aufdrängen. Das wirkt so erbärmlich.«

»Guter Punkt. Vielleicht ist es am besten, ihn im Ungewissen zu lassen und ein bisschen auf mysteriös zu machen.«

Ich schnaube. »Ja, genau, weil ich nämlich *soooo* mysteriös bin.«

Sofort muss ich an Sasha denken. Sie ist tatsächlich mysteriös, und sie gehört zu der Art von Frauen, die Hemi mag. Die Art von Frauen, mit der er umzugehen weiß und zu der er sich hingezogen fühlt. Die Art von Frauen, mit denen er gefrühstückt hat.

»Sloane, du hast offensichtlich etwas an dir, das er attraktiv findet. Wen kümmert es schon, was genau es ist? Bleib einfach dran. Nutze die Mittel, die dir zur Verfügung stehen, und spiele sie richtig aus. Wenn du das nicht tust, wirst du es bereuen, das kann ich dir versprechen.«

»Mach keine Versprechungen«, murmle ich instinktiv.

Sarah seufzt. »Wieso habe ich bereits gewusst, dass du das sagen würdest?«

»Weil ich recht habe, wie wir beide wissen.«

Ich ziehe den Schlüssel aus dem Zündschloss, und wir steigen aus und machen uns auf den Weg zum Campus. An einer Weggabelung angekommen, müssen wir uns trennen.

»Bis später«, verabschiedet sich Sarah auf ihre muntere Art.

Ich nicke und lächle, obwohl mir plötzlich jegliche Begeisterung für den vor mir liegenden Tag abhandengekommen ist.

*Kapitel 30*

# HEMI

Ich kann mich nicht entscheiden, was dümmer ist – zu Sloanes Dad zu fahren oder mir ständig den Kopf darüber zu zerbrechen, wie ich ihn dazu überreden kann, Sloane eine Weile bei mir wohnen zu lassen. Natürlich kann sie das selbst entscheiden, aber ich will sie nicht fragen, ob sie bleiben möchte. Keine Ahnung, wieso, aber es ist nun mal so. Vielleicht, weil ich damit zu viel preisgeben würde, sowohl Sloane als auch mir selbst gegenüber. Ich *darf* mich nicht mit ihr einlassen. Das wäre nicht richtig. Aber wenn ich ihr aus der Klemme helfen und ihr und ihrer Familie einen Gefallen tun würde …

Es kommt mir in den Sinn, dass ich wohl nichts tun kann, um dieses nagende Schuldgefühl loszuwerden. Aber ich werde es verdammt noch mal zumindest versuchen. Ich hoffe inständig, dass hinter diesem flauen Gefühl in der Magengegend, das mich plagt, tatsächlich nur Gewissensbisse stecken und nicht doch etwas Tieferes. Etwas Zärtlicheres. Denn dann würden wir beide knietief in der Scheiße stecken.

Ich bin auf gut Glück losgefahren und stelle zu meiner Erleichterung fest, dass Sloanes Dad tatsächlich zu Hause ist. Er steht auf der Veranda und telefoniert, als ich am Straßenrand halte. Da und dort sind noch Absperrbandreste im Vorgarten zu sehen. Ich vermute, hier ist die ganze Nacht lang eine Horde von Leuten herumgestiefelt, bis sämtliches Beweismaterial gesammelt und dokumentiert war. Schließlich leben hier gleich vier Polizisten, und man kümmert sich zweifellos um seinesgleichen, was mir bis zu einem gewissen Grad Sorgen bereitet. Sloanes Vater beendet gerade sein Telefonat, als ich näher komme.

»Okay, halt mich einfach auf dem Laufenden«, sagt er noch, bevor er auflegt. »Was willst du denn hier?«, fragt er mich rundheraus. Ich finde es gut, wenn jemand nicht lange um den heißen Brei herumredet, sondern direkt zur Sache kommt und sagt, was ihm durch den Kopf geht. Die meisten Mitglieder meiner Familie sind ebenfalls brutal ehrlich. Und ich mag das, auch wenn ich selbst mich nicht immer so verhalte.

»Ich wollte nur mal vorbeischauen und mich erkundigen, ob Sie schon Näheres wissen. Und um Ihnen zu sagen, dass Sloane sicher an der Uni angekommen ist.« Ich weiß das nur, weil ich ihr eine SMS geschickt habe, nachdem ich aufgestanden war. Sie hat zurückgeschrieben, dass es ihr gut geht und dass sie gerade ihre zweite Vorlesung hinter sich hat.

»Gut. Danke, dass du dich um sie gekümmert hast.«

»Kein Problem. War mir ein Vergnügen. Ich mag Sloane.«

Mr. Locke mustert mich mit schmalen Augen. »Ist mir schon aufgefallen.« Ich sage nichts. Soll er doch glauben, was er will, was mein Interesse an Sloane angeht. Ich bin sicher, er wird die richtigen Schlüsse ziehen, denn er ist ein kluger Mann.

»Haben Sie schon herausgefunden, wer hinter alldem steckt?«

»Noch nicht. Aber das werden wir. Du weißt ja von der Drohung, die Steven erhalten hat. Ich bin sicher, dass da ein Zusammenhang besteht.«

»Aber Steven hatte doch gestern Nacht Dienst, oder?«

»Ja.«

»Warum sollte dann jemand hier herumballern, wenn derjenige, auf den er es abgesehen hat, gar nicht da ist?«

»Naja, um ihm eine Botschaft zu hinterlassen beispielsweise. Oder um an das zu kommen, was er will – etwas, von dem der Täter offenbar glaubt, dass Steven es hat.«

»Und das wäre?«

Wieder mustert Sloanes Vater mich mit zusammengekniffenen Augen. »Nichts, das ich unbedingt mit dir besprechen müsste.«

Ich nicke. »Das respektiere ich. Ich wollte Ihnen jedoch einen Vorschlag unterbreiten: Ich glaube, es wäre das Beste, wenn ich Sloane bei mir aufnehme, bis die Angelegenheit geklärt ist. Ich wohne in einer bewachten Siedlung. Ich glaube zwar nicht, dass jemand hinter Sloane her ist, sollte es aber doch der Fall sein, dann würde man sie wohl kaum bei mir suchen.«

»Du interessierst dich ja mächtig für meine Familie.«

»Ich interessiere mich für Sloane. Ich will sichergehen, dass sie nicht ins Kreuzfeuer gerät.«

»Und was hast du davon?« Sein Blick ist misstrauisch. Missbilligend.

Eine Welle von Schuldgefühlen erfasst mich. »Ich möchte nur, dass sie in Sicherheit ist.« Es stimmt, aber ich habe noch weitere Gründe. »Zumindest bis Sie mit den Ermittlungen zu alldem hier ...« – ich deute mit dem Kopf auf die zahlreichen Einschusslöcher in der Haustür und der Vorderfront rechts und links davon – »ein Stück weitergekommen sind. Ich versuche, mich respektvoll zu verhalten, Sir.«

Locke bläht die Nüstern. Das Ganze gefällt ihm nicht, aber ihm fallen keine Gegenargumente ein.

»Sloane ist alt genug, um solche Entscheidungen selbst zu treffen, wie sie mir immer wieder unter die Nase reibt.«

»Da haben Sie recht. Ich wollte die Angelegenheit nur kurz mit Ihnen besprechen und Sie bitten, ein paar Sachen für sie zusammenzupacken. Klamotten zum Beispiel, weil sie morgen ja keine Vorlesungen hat.«

Mit einem Schnauben dreht er sich um, geht zur Eingangstür und gibt mir mit einer Kopfbewegung zu verstehen, dass ich ihm folgen soll. Ich trete hinter ihm ein und schließe die durchlöcherte Holztür hinter mir. So weit war ich schon einmal, damals, als ich Sloane für den Strandausflug abgeholt habe. Alles hier ist ganz normal. Keine mondäne Einrichtung; alles passt zu diesem Haus, in dem ein Rudel Polizisten wohnt. Außerdem habe ich gesehen, was für ein Auto Steven fährt. Auch das ist nicht sonderlich extravagant. Seltsam. Er *muss* doch saumäßig Kohle gemacht haben. Wo ist das ganze Geld abgeblieben? Entweder spart er es, oder ich habe mich geirrt.

Zum ersten Mal seit zwei Jahren hoffe ich, dass ich auf dem Holzweg bin. Ich hoffe, dass ich noch weitersuchen muss und dass der Schuldige nichts mit Sloane zu tun hat.

* * *

Nach dem Mittagessen habe ich Sloane gesimst, dass sie gerne solange bei mir wohnen kann, bis ihre Familie die Sache in den Griff bekommen hat, und es ärgert mich, dass sie noch immer nicht hier ist. Als Antwort kam lediglich ein Dankeschön, und ich hatte angenommen, dass sie nach der Uni gleich ins Studio kommen würde. Ich meine, wohin sollte sie denn sonst fahren? Aber jetzt ist es schon kurz vor sieben, die Zeit also, um die sie normalerweise eintrudelt, und ich habe noch nichts von ihr gehört.

Als ich die Glocke über der Eingangstür vernehme, sitze ich gerade in meinem kleinen Büro. Ich rolle auf meinem Schreibtischstuhl ein Stück nach rechts, um in den Empfangsraum hinauszuspähen, und sehe, wie Sloane hereinkommt und direkt nach hinten geht.

Ich runzle die Stirn und spüre, wie meine Verärgerung wächst, während ich aufstehe und ihr nachgehe. »Wo warst du?«, frage ich ohne Umschweife.

Sie fährt überrascht herum. »Was meinst du? Hätte ich früher kommen sollen?«

»Ich habe dir eine SMS geschickt, dass du weiterhin bei mir wohnen kannst.«

»Ich weiß«, erwidert sie mit dem Anflug eines Lächelns. »Sie ist angekommen. Hast du meine Antwort nicht gekriegt?«

»Doch, aber ich dachte, du kommst gleich nach der Uni hierher.«

»Ich wollte dich nicht bei der Arbeit stören. Außerdem musste ich noch zu Hause vorbei, um mir etwas zum Anziehen zu holen.«

»Hat dir dein Dad nicht erzählt, dass ich schon dort war?«

»Nein, er war nicht da. Es war niemand daheim.«

»Was? Und du bist trotzdem ins Haus gegangen? Was hast du dir bloß dabei gedacht, Sloane?«

»Natürlich bin ich reingegangen«, entgegnet sie und runzelt ebenfalls die Stirn. »Warum auch nicht?«

»Weil es dumm war, deswegen.«

»Was ist denn mit dir los? Du benimmst dich ja genau wie meine Brüder.«

»Ich kann nicht fassen, dass du derart unbedacht und verantwortungslos gehandelt hast«, erkläre ich ihr. Schon bei der Vorstellung, dass jemand sie hätte angreifen können, während sie allein im Haus war, beginnt mein Herz heftig zu schlagen, was ich jedoch geflissentlich ignoriere.

Sie schiebt das Kinn vor, woran ich merke, dass ich das Falsche gesagt habe.

»Glücklicherweise richte ich mich nicht bei jeder Entscheidung nach deiner Definition von vorsichtig und verantwortungsvoll.«

»Sloane, so habe ich es nicht gemeint. Ich meine …«

»Ich weiß genau, wie du es gemeint hast, Hemi, und ich brauche nicht noch einen Bruder oder noch einen Vater. Ich habe genug Menschen um mich herum, die jeden meiner Schritte voraussagen und versuchen, mich vor jedem erdenklichen Übel zu bewahren. Aber ich sage dir, so wie ich es ihnen gesagt habe, dass ich mich weigere, mein Leben in Angst zu verbringen. Hörst du, Hemi? Ich weigere mich! Das Leben ist zu kurz, um alles zu überdenken, weil ich verletzt werden könnte oder weil es für mich schlimm enden könnte. Wenn ich das tue, dann werde ich nicht einen einzigen glücklichen Moment erleben. Ich dachte, du würdest das verstehen. Ich dachte, dass du der gleichen Ansicht bist. Was ist aus ›Lebe ohne Reue‹ geworden?«

»Spaß zu haben und frei zu sein bedeutet nicht, dass man dumme Dinge tut, bei denen man verletzt werden könnte, Sloane.«

»Das heißt es also nicht? Geht es denn nicht genau darum, wenn man etwas riskiert? Etwas zu tun, obwohl man dadurch Schaden nehmen könnte?«

»In kleinerem Ausmaß, ja. Aber hier geht es um dein *Leben*. Hier geht es nicht nur darum, deinen Brüdern unter die Nase zu reiben, dass du erwachsen bist, indem du Alkohol trinkst oder dich tätowieren lässt.«

»Du glaubst also, dass ich bloß rebelliere, um meiner Familie etwas zu beweisen?«

Ihre Empörung steht in keinem Verhältnis zu dem, was ich

ihr vermitteln will, aber ich weiß nicht, wie ich es ihr anders beibringen soll.

Seufzend reibe ich ihr über die Oberarme. Ich liebe das Gefühl ihrer samtenen Haut unter meinen Handflächen. »Hör zu, so hatte ich mir diese Unterhaltung nicht vorgestellt. Du hast gesagt, du willst die Wahrheit hören, und das ist sie. Ich versuche nicht, dich zu kontrollieren oder dich zu bevormunden. Ich habe mir lediglich Sorgen gemacht. Das ist alles, was ich damit sagen wollte, aber ich habe mich verdammt ungeschickt ausgedrückt.«

Ihre Miene wird weicher. »Ich finde es schön, dass du dir Sorgen um mich machst.« Sie kommt einen Schritt näher. »Sehr schön sogar.« Ihre Wangen sind leicht gerötet, und ein Lächeln umspielt ihre Lippen, doch ihr Blick ist ernst, als sie weiterspricht. »Aber du musst darauf vertrauen, dass ich weiß, was ich tue. Ich bin alt und klug genug. Außerdem war Sarah dabei. Sig hatte das Haus nur ein paar Minuten vorher verlassen, und außerdem sind den ganzen Tag lang Polizisten ein und aus gegangen. Unter Berücksichtigung all dieser Faktoren war es wohl kaum gefährlich, am helllichten Tag schnell nach oben zu laufen und ein paar Dinge zusammenzusuchen. Danach war ich noch eine Weile bei Sarah. Und ich habe keine Notwendigkeit gesehen, mich dafür vor irgendjemandem zu rechtfertigen.«

Jetzt komme ich mir dämlich vor. »Tut mir leid, dass ich dich so angefahren habe. Ich sollte dir wirklich mehr vertrauen. Ich war … ich war einfach besorgt.«

Sie nickt und tritt noch näher. »Du *willst* also, dass ich bei dir bleibe?«

»Natürlich möchte ich, dass du bleibst, sonst hätte ich es dir doch nicht angeboten.«

»Bist du dir sicher? Ich meine, es könnte ja auch sein, dass du es mir nur angeboten hast, um nett zu mir zu sein.«

Ich hebe eine Augenbraue. »Sloane, ich habe dir schon mehrfach gesagt, dass ich egoistisch bin. Und das hier ist ein reiner Akt des Egoismus. Ich versuche nicht mehr, mich von dir fernzuhalten.«

Das ist mir genauso neu wie ihr. Ich habe den Kampf aufgegeben und werde mich nicht mehr verstellen. Von nun an wird mit offenen Karten gespielt. Ich weiß nicht, wann ich beschlossen habe, meine Schuldgefühle einfach zu ignorieren. Vermutlich, als mir klar geworden ist, dass ich Sloane, wenn ich es richtig angehe, in meinem Haus und in meinem Bett haben kann, ganz für mich allein. Eine weitere Gelegenheit, die ich nicht ungenutzt verstreichen lassen kann. Und ich weigere mich, darüber nachzudenken.

»Tatsächlich?«

»Tatsächlich.«

»Tja, dann nur zu, sei ruhig egoistisch«, antwortet sie grinsend.

»Du solltest nicht so erfreut darüber sein, schließlich steht deine Tugend auf dem Spiel.«

»Noch besser.«

Mein Schwanz steht schon stramm bei dem Gedanken an die Richtung, die diese Unterhaltung gerade nimmt, und daran, wie sie vermutlich enden wird, aber ich schenke ihm keine Beachtung. »Wo wir gerade von egoistisch reden, warum hast du mich nicht geweckt, als du heute Früh gegangen bist?«

Sloane schlägt die Augen nieder und weicht meinem Blick aus, und ich spüre, wie sie die Schultern strafft.

»Warum hätte ich dich wecken sollen? Du hast mich so großzügig bei dir aufgenommen und die ganze Nacht ein Auge auf mich gehabt, da wollte ich nicht … ich meine …« Sie bricht ab und befeuchtet sich mit der Zungenspitze die Lippen, was bei ihr ein Ausdruck von Nervosität ist. »Hör zu, Hemi, ich kann mich sehr gut an unser Gespräch zum Thema Frühstück erinnern. Ich weiß, wie du darüber denkst. Und über Frauen, die … zu lange bleiben. Ich wollte … dir einfach nicht das Gefühl geben, dass ich etwas von dir erwarte. Das ist alles.«

Es stimmt, dass ich Frauen mag, die wissen, wann sie gehen sollten. Das kam mir immer sehr entgegen – keine Gefühle, keine Verpflichtungen. Nur zwei Erwachsene, die dasselbe wollen, und hinterher geht man getrennte Wege, bis zum nächsten Mal, sofern es überhaupt ein nächstes Mal gibt. Aber warum war ich dann so aufgebracht, als ich heute Früh nur eine Nachricht von Sloane in der Küche fand? Warum war ich so verärgert, dass sie sich ohne ein Wort aus dem Staub gemacht hat?

»Mach dir deswegen mal keine Gedanken. Das hier ist anders. Es ist … einfach anders«, wiederhole ich, weil ich es nicht näher erklären kann.

Sloane nickt und murmelt: »Okay.«

Es entsteht eine spannungsgeladene Pause. Um sie zu beenden, frage ich: »Hast du schon gegessen?«

»Ja, Sarah und ich haben unterwegs etwas mitgenommen.«

Ich nicke und streiche diese Möglichkeit von der Liste. Keine Ahnung warum, aber ich verspüre plötzlich das Bedürfnis, Sloane zu verwöhnen. Ich möchte ihr zeigen, dass sie nicht einfach nur eine Frau von vielen ist, die ich flachlegen und deren Spuren ich unter der Dusche wegspülen möchte, noch ehe sie gegangen ist. Ich will mit ihr zusammen sein. Ich möchte ihr dabei zusehen, wenn sie neue Dinge kostet und fühlt. Ich möchte zusehen, wie sie morgens die Augen aufschlägt. Und ich gebe zu, ich möchte auch sehen, wie sie die Augen schließt, wenn ich in sie eindringe. Jetzt ist die beste Gelegenheit, all das zu tun und mich so richtig mit ihr auszutoben, ehe sie zu viel herausfindet und mich hasst.

»Ich habe eine Idee. Was hältst du davon, wenn wir die Arbeit heute mal Arbeit sein lassen und in irgendeinen Club gehen, damit du mal so richtig Dampf ablassen kannst? Ich finde, du hast dir … ein bisschen Entspannung echt verdient.«

Sie lächelt breit, und ihre Augen beginnen zu leuchten. »Das klingt super. Aber geht das denn? Ich meine, du führst zwar den Laden, aber wird der Studiobesitzer nichts dagegen haben?«

»Es ist ja nur dieses eine Mal, und heute Abend sind genügend Leute da. Ich hatte zwar vorgehabt, mit dir noch ein wenig an unseren Tattoos weiterzuarbeiten, aber das können wir auch ein anders Mal tun.«

Sloane schaut an sich herab. »Ich habe aber keine Ausgehklamotten dabei.«

»Du kannst ohne Weiteres so gehen«, versichere ich ihr und betrachte die knappe schwarze Shorts und das weiße Top, das ihr auf einer Seite über die Schulter gerutscht ist. »Glaub mir, du könntest einen Kartoffelsack anhaben und wärst in den meisten dieser Clubs trotzdem immer noch eines der heißesten Mädels.«

Ich liebe es, wie sie rot anläuft, wenn ich so etwas zu ihr sage. Es stimmt natürlich, aber wahrscheinlich würde ich ihr nicht so oft solche Komplimente machen, wenn sie nicht so süß reagieren würde.

Oder vielleicht doch.

»Na gut, wenn du meinst …«

»Vertrau mir. Ich kenne den Besitzer des Clubs, in den wir gehen. Du wirst perfekt reinpassen.«

* * *

Eine knappe Stunde später – es ist kurz nach Mitternacht – betrete ich mit Sloane einen Club in der Stadtmitte, der bezeichnenderweise den Namen »Aphrodisiac« trägt. So ziemlich alles in diesem Partytempel ist darauf ausgerichtet, die Besucher in eine erotisch aufgeladene Stimmung zu versetzen. Ich würde einen Batzen Geld darauf verwetten, dass Sloane noch nie den Fuß in einen Ort wie diesen gesetzt hat, und ich bin mir noch nicht einmal sicher, ob sie das überhaupt *gewollt* hätte. Aber jetzt ist sie hier, und in den kommenden Stunden geht es nur darum, dass sie sich rundum wohlfühlt und ein bisschen locker wird, damit sie ihren Stress vergisst und die Anspannung von ihr abfällt.

Kaum haben wir den Laden betreten, umgibt uns ein basslastiger Sound, der genau wie das in Dunkelrot und Schwarz gehaltene Interieur und die gedämpfte, pulsierende Beleuchtung darauf abzielt, eine Atmosphäre der Sinnlichkeit zu erzeugen. All das suggeriert Freiheit und Lüsternheit. Sogar die Luft ist schwer und feucht, als befände sich der Nachtclub mitten im Dschungel, und die schwüle Hitze bringt bei sämtlichen Besuchern animalische Züge zum Vorschein. Und es wird noch heißer werden.

Ich führe Sloane an zwei etwas erhöht stehenden Käfigen vorbei, in denen halb nackte Frauen tanzen. An der Bar bestelle ich uns beiden einen Tequila.

»Hast du schon mal harten Alkohol getrunken?«

»Einmal.«

»Ich habe nicht vor, dich abzufüllen, ich will bloß, dass du dich erwachsen und frei fühlst. Deshalb werden wir uns jetzt einen Tequila genehmigen, und dann gehen wir tanzen. Bist du dabei?«

Sloane grinst mich an, und ich kann förmlich sehen, wie sie die Flügel ausbreitet. »Na klar!«

Ich lächle. Am liebsten würde ich mir genüsslich die Lippen lecken, denn irgendwie habe ich das Gefühl, dass heute Nacht noch eine ganz besondere Köstlichkeit für mich auf der Karte steht.

Der Barkeeper schiebt uns einen Salzstreuer und zwei Gläser mit Tequila hin, jedes bedeckt mit einer Zitronenspalte. Ich nicke und zahle. »Wir fangen mit Tequila an, weil das Trinken Spaß macht«, erkläre ich. »Und weil ich heute Nacht jeden Vorwand nutzen werde, um dich zu berühren.«

Auf Sloanes Gesicht macht sich ein weiteres Lächeln breit. »Das klingt ja sehr verheißungsvoll. Also, was muss ich tun?«

»Zuerst zeige ich dir, wie du deinen trinkst. Dann trinke ich meinen.« Ich drücke Sloane ein Tequilaglas in die Hand, dann ergreife ich ihre freie Hand, lecke ihr über den Handrücken und streue etwas Salz auf ihre feuchte Haut. »So, jetzt leck das Salz ab und trink den Tequila, und dann gebe ich dir die Zitrone, okay?«

Sloane nickt. »Jetzt gleich?«

»Jep.«

Sloanes dunkle Augen funkeln unternehmungslustig. Sie ist sichtlich gewillt, diese Nacht mit allem Drum und Dran zu genießen, und ich werde dafür sorgen, dass sie all ihre Sorgen vergisst. Zumindest heute Nacht.

Ohne mich aus den Augen zu lassen, führt Sloane die Hand zum Mund und leckt das Salz ab. Ich weiß nicht, ob sie es absichtlich so bedächtig macht oder ob sie einfach nur den Geschmack genießt. Wie auch immer, beim Anblick ihrer rosa Zunge, die über ihre Haut gleitet, beginnt mein Schwanz zu zucken. Nachdem sie das Salz abgeleckt hat, nimmt sie das Tequilaglas und leert es in einem Zug. Sie ist ein richtiges Naturtalent. Ohne den Blick von mir abzuwenden, stellt sie das Glas auf der Bar ab und wartet. Ich halte ihr die Zitronenspalte hin und benetze ihre Lippen damit. »Und jetzt saugen.«

Sie öffnet ihren wunderschönen Mund und senkt die kleinen, weißen Zähne in das saftige Fruchtfleisch der Zitrone. Ich kann spüren, wie sie sich etwas nach vorn lehnt und daran saugt.

»Mmmm«, murmelt sie hinterher. »Köstlich. Jetzt bist du dran.«

Sie nimmt den Salzstreuer und greift nach meiner Hand, doch ich wehre ab. »Nein, ich werde es etwas anders machen.« Sloane hat sich die Haare heute wieder hochgesteckt, wodurch ihr graziöser Hals und ihre sanft gerundeten Schultern wunderbar zur Geltung kommen. Ihr Top ist tief ausgeschnitten und rutscht ihr immer wieder über die Schulter. Die Stelle, an der ich sie ablecken will, ist frei zugänglich, gerade so, als hätte sie bei der Kleiderauswahl an mich gedacht.

Ich beuge mich etwas nach vorn, drücke Lippen und Zunge in die Kuhle zwischen Hals und Schulter und genieße den Geschmack ihrer zarten Haut. Sie neigt den Kopf etwas zur Seite, damit ich besser rankomme, und ich streue etwas Salz auf die feuchte Stelle, drehe die Zitronenspalte um und halte sie ihr vor den Mund. »Aufmachen.«

Sloane öffnet folgsam die Lippen und nimmt die Zitronenspalte dazwischen. Während ich ihr einen Arm um die Taille lege und sie an mich ziehe, greife ich nach meinem Tequila. Als ich den Kopf senke, um jedes einzelne Salzkorn von ihrer Haut zu lecken, schmiegt sie sich eng an mich und fährt mir mit den Fingern durchs Haar. Ich drehe den Kopf zur Seite und kippe die scharfe Flüssigkeit hinunter, dann beiße ich in die Zitronenspalte, die Sloane mit den Zähnen festhält. Nachdem ich sie ausgesaugt habe, nehme ich ihr die Spalte aus dem Mund und schiebe ihr stattdessen die Zunge zwischen die Lippen, um ihr einen leidenschaftlichen Kuss zu geben, der mein Blut zum Kochen bringt.

Sloanes Mundhöhle ist kühl und schmeckt immer noch nach Salz und Zitrone. Ich stelle mir vor, wie meine Zunge in andere Öffnungen ihres Körpers eindringt und unsere Körperflüssigkeiten sich vermischen, während ich diesen göttlichen Cocktail aus würzigem Tequila, salziger Zitrone und dem süßen Geschmack ihres Körpers verkoste.

Schließlich lehne ich mich zurück und mustere sie. »Ich nehme mal nicht an, dass du die Pille nimmst, oder?«, frage ich aufs Geratewohl. Vermutlich hätte ich die Frage etwas feinfühliger formulieren sollen, aber zu Feinfühligkeit bin ich jetzt nicht in der Lage. Dafür bin ich im Moment viel zu gierig.

Sie lächelt mich an. »Doch, ich nehme sie, um meine Periode zu kontrollieren.«

Ich bin angenehm überrascht. Bei den erfahrenen Frauen, mit denen ich sonst verkehre, gehe ich automatisch davon aus, dass sie verhüten und sich regelmäßig ärztlich untersuchen lassen. Bei einer Jungfrau wie Sloane erübrigen sich derartige Maßnahmen natürlich, aber das Thema Verhütung hätte durchaus ein Problem darstellen können. Doch das ist nicht der Fall und regt meinen Appetit auf sie nur noch mehr an.

»Ich liebe es, wenn das Schicksal gnädig mit mir ist.«

Meine Worte entlocken Sloane ein heiseres Lachen, das mir durch und durch geht. Ich spüre es bis hinunter in die Eier. Mein gesamter Körper brennt darauf, dieses Mädchen zu nehmen.

»Bisher fand ich es nicht sonderlich prickelnd, aber jetzt bin ich froh darüber.«

Widerstrebend mache ich mich von ihr los, nehme ihre Hand und deute mit dem Kopf auf die überfüllte Tanzfläche. »Lass uns tanzen, ehe ich dich über die Schulter werfe und hinaustrage.«

»Ich würde mich darüber ganz sicher nicht beschweren«, höre ich sie hinter mir murmeln.

Ich glaube kaum, dass ihr bewusst ist, worauf sie sich da einlässt. Aber sie wird es bald erfahren.

*Kapitel 31*

# SLOANE

Noch nie habe ich mich derart lebendig gefühlt. Endlich am Leben teilzuhaben, statt es nur an mir vorbeiziehen zu lassen. Um uns herum pulsieren Lichter, und obwohl ich mich inmitten schwitzender, tanzender Menschen auf der Tanzfläche bewege, spüre ich nur Hemis Körperwärme, die mich wie ein Schleier umgibt, und seinen harten Körper, der sich im Takt zu den Klängen der sexy Musik an mir reibt.

Seine Hände wandern über mich und drehen mich schließlich herum, sodass ich ihm den Rücken zukehre. Als er mich an sich zieht und das Becken an meinen Hintern presst, durchströmt mich eine feurige Hitze, die dafür sorgt, dass mir schwindelt und meine Glieder schwer werden.

»Wie fühlst du dich?«, fragt er. Seine Lippen kitzeln an meinem Ohr.

»Ich fühle mich großartig. Wie wär's mit dem nächsten Tequila?«

»Nur noch einen«, antwortet er. »Ich will nicht, dass du betrunken bist. Du sollst dich entspannt fühlen, aber trotzdem noch klar denken – und vor allem noch … andere Dinge spüren können.«

Ich schaudere wohlig. »Okay, dann nur noch einen. Ich will auf gar keinen Fall die … anderen Dinge verpassen.«

Ich liebe dieses Gefühl, all diese Gefühle. Am meisten liebe ich es, mit Hemi zusammen zu sein, ihn zu berühren und von ihm berührt zu werden. Ich liebe die Vorfreude, die in uns beiden wächst. Ich liebe es, dass er sich um mich kümmert und dafür sorgt, dass ich zur Abwechslung auch mal Spaß habe, gerade in Zeiten wie diesen, wenn es eigentlich nichts zu lachen gibt. Ich liebe es, dass er sich von mir fernhalten wollte, dass ihm das aber nicht gelungen ist und dass er es inzwischen aufgegeben hat – und vor allem, dass er das auch offen zugibt. Ich liebe einfach alles an ihm und an dieser Nacht.

»Warte hier. Ich bin gleich wieder da.«

Ich wende den Kopf und sehe ihm über die Schulter hinweg in die Augen, die im flackernden Licht des Clubs dunkel und geheimnisvoll wirken. Sie verraten mir aber auch so einiges, nämlich, dass er mich will. Er versucht nicht einmal, das vor mir zu verbergen, und ich will auch nicht, dass er es tut.

»Ich warte hier«, versichere ich ihm und sehe ihm nach, bis er von der Menge verschluckt wird.

Dann werfe ich den Kopf in den Nacken und gebe mich ganz der lauten, von dröhnenden Bässen dominierten Musik hin. Sie übertönt alles andere und hilft mir, alles andere auszublenden – alles außer Hemi. Er ist das Einzige, das ich heute Nacht nicht ausblenden will. Er und alle Erfahrungen und Gefühle, die ich dank ihm erlebe.

Ich hebe die Arme über den Kopf und genieße es, mich im Gleichtakt mit den Menschen um mich herum zur Musik zu bewegen, mich in ihrem Rhythmus zu verlieren. Ich gehe ganz darin auf, in meinem Tanz mit den anderen Clubbesuchern, mit Hemi. Ich gebe mich allem einfach hin.

Noch nie habe ich mich so frei gefühlt.

*Kapitel 32*

# HEMI

Mit den Tequilagläsern und dem Salzstreuer in der Hand bahne ich mir einen Weg durch das Gedrängel zurück zu Sloane. Zusätzlich habe ich eine Wasserflasche erstanden, die ich mir in den Hosenbund geschoben habe. Die wird sie sicher brauchen.

Als Sloane inmitten der Menschenmenge in mein Blickfeld kommt, bleibe ich stehen, um sie zu beobachten. Sie hat die Augen geschlossen und bewegt sich wie in Trance zum Rhythmus der Musik. Ich bin fasziniert von den sanften Bewegungen ihrer Schultern, hingerissen von ihrem erotischen Hüftschwung. Sie ist so verdammt sexy! Ich glaube nicht, dass ihr bewusst ist, wie viel angeborene Sinnlichkeit sie ausstrahlt und wie viel Sexappeal sie hat, ohne es darauf anzulegen. Ich kenne eine ganze Menge Frauen, und viele von ihnen waren sehr geübt darin, Männer zu verführen, um zu bekommen, was sie wollten. Aber keine von ihnen habe ich so heftig begehrt wie Sloane.

Ich will sie. Ich will das, was sie noch keinem anderen gegeben hat. Ich möchte der erste Mann sein, der ihr alles zeigt; der, den sie niemals vergessen wird. Sie ist die weiße Leinwand, nach der ich mich in meiner Kunst stets sehne. Ich möchte mich auf ihr verewigen – eine Vorstellung, die den Urzeitmenschen, das Tier und den Eroberer in mir unheimlich reizt.

Ich mache einen Schritt auf sie zu, und sie öffnet die Augen, als hätte sie gespürt, dass hier ein Raubtier auf der Pirsch ist. Sie hat mich gleich entdeckt, und ihre Mundwinkel wandern ein paar Millimeter nach oben. Sie schenkt mir ein so provokantes, halbes Lächeln, dass ich sie am liebsten auf der Stelle auf ein Bett werfen und sie auf den Bauch drehen würde, um von hinten meinen Schwanz in sie zu rammen.

Ich beiße die Zähne zusammen. Heute wird meine Geduld auf eine zähe Zerreißprobe gestellt.

Als ich bei Sloane angelangt bin, nimmt sie mir das Salz und eines der Tequilagläser ab. »Ich will wieder zuerst«, erklärt sie mit einem gefährlichen Funkeln in den Augen. Ehe ich Einwände erheben kann, hat sie mir auch schon über den Hals geleckt und einen Schritt nach hinten gemacht, um ein wenig Salz darauf zu streuen. Ich bezweifle, dass viel davon dort hängen geblieben ist, wo sie meine Haut angefeuchtet hat, denn ich spüre, wie es mir über den Arm und die Brust rieselt, aber das ist mir egal.

Mit Lippen und Zunge leckt sie das restliche Salz von meiner Haut, spült mit Tequila nach und saugt dann an der Zitronenspalte, wobei sie mich mit einem aufreizenden Blick mustert, unter dem meine Geduld dahinschmilzt wie das Salz auf ihrer Zunge.

»Weißt du was?« Ich ziehe sie an mich, damit sie hört, was ich sage, und damit ich sie *spüre*.

»Was?«

»Ich habe noch Tequila zu Hause. Und Zitronen und Salz und Musik ebenfalls.«

Ich lehne mich etwas nach hinten, um sie besser betrachten zu können. Ihre dunkelbraunen Augen erwidern meinen Blick. Sie weiß genau, worauf ich hinauswill, was ich sie eigentlich frage.

»Dann lass uns gehen.«

Ich spendiere einem Typen, der hinter mir steht, meinen Tequila, dann nehme ich Sloane bei der Hand und bringe sie zur Tür. Ich kann es kaum erwarten, nach Hause zu kommen.

# *Kapitel 33*

## SLOANE

Als ich die Augen geöffnet und gesehen habe, wie Hemi mich beobachtet, da wusste ich, dass wir heute Nacht den nächsten Schritt tun würden. Und was auch immer das bedeutet, ich will es mehr als alles andere.

Ich will *ihn* heute Nacht, ich will ihn auf der Stelle. Ich will Impulsivität, Spontaneität und Leidenschaft. Und ich bin auf dem besten Weg, das alles zu bekommen.

Die Musik im Wagen ist gerade so laut, dass wir auf dem Weg zurück zu Hemis Domizil in dem vornehmen Vorort von Atlanta einträchtig schweigen. Hemi stellt den Motor ab, steigt aus und kommt auf die Beifahrerseite, um mir aus dem Auto zu helfen und mich schweigend zur Eingangstür zu führen. Sobald wir im Haus sind, nimmt er mir die Handtasche ab und wirft sie aufs Sofa. Dann dreht er sich zu mir um und nimmt mein Gesicht in beide Hände. »Wie geht's deinem Kopf?«

»Gut. Perfekt«, gebe ich mit einem Lächeln zur Antwort.

»Fühlst du dich nicht betrunken?«

»Nein, nur ein wenig … beschwipst.«

»Wie wär's dann mit einem Saunagang? Die Wärme wird das Gefühl verstärken, aber ich werde Wasser mit reinnehmen, damit es nicht zu heftig wird.«

»Sauna klingt gut.«

»Ich hatte gehofft, dass du das sagen würdest«, gibt er grinsend zu. »Bin gleich wieder da.«

Ein paar Minuten später kommt Hemi mit einem Eimer Eiswürfel und einer Reihe anderer Utensilien zurück. Er nimmt mich bei der Hand und führt mich den Korridor entlang zu einer Tür, hinter der der Holzboden in elegante Travertinfliesen übergeht. An den Wänden stehen große Töpfe mit üppigen tropischen Pflanzen, und der Geruch von Chlor liegt in der Luft, woraus ich schließe, dass der Pool nicht weit sein kann.

Vor einer massiven Holztür, die im oberen Teil mit einem kleinen Fenster versehen ist, bleibt Hemi stehen und stellt den Eimer ab, um auf einem Display an der Wand herumzutippen.

»Warst du schon mal in einer Sauna?«

Ich schüttle den Kopf. »Nein, aber ich weiß, was das ist.«

»Dann weißt du auch, dass es hier heiß und feucht zugeht und dass wir schwitzen werden.«

»Das weiß ich.«

»Deshalb ist es besser, wir gehen ohne Kleider rein.«

Ich weiß nicht, ob ich grinsen oder stöhnen soll. Hemis Gesicht, seine Stimme, diese Nacht … Ich bin regelrecht high, berauscht von all diesen Gefühlen und der Vorfreude, die mich erfasst hat.

»Naja, nackt hast du mich ja schon gesehen.«

Das kühle Blau seiner Augen wird noch dunkler, blauschwarz wie der Himmel zu Mitternacht. »Wie könnte ich das je vergessen?« Er greift nach dem Saum meines Shirts. »Lass mich dir helfen.« Damit hebt er den Stoff an, zieht mir das Shirt über den Kopf und lässt es auf den Boden fallen. Wegen des Schnitts des Shirts trage ich darunter einen trägerlosen BH. Hemis Augen gleiten so gierig über mich, als hätte ich nichts an. Er dreht mich an den Schultern herum, sodass ich mit dem Gesicht zur Tür stehe, und drückt mich dagegen, dann hebt er meine Arme über den Kopf. Meine Handflächen berühren das Holz.

Seine Finger wandern erst an meinen Seiten entlang nach unten, machen einen Abstecher zur Rückenmitte, um den Verschluss meines BHs zu öffnen, und gleiten dann nach vorn und über meinen Bauch nach oben. Ich stöhne und drücke den Rücken durch, als sie sich unter den BH stehlen und um meine Brüste schmiegen, die immer noch an die Tür gepresst sind. Schließlich lässt Hemi die Hände sinken, wobei der BH nach unten rutscht, und lehnt sich an mich, sodass meine nackte Haut mit dem kühlen Holz der Tür in Berührung kommt. Ich seufze. »Na, spürst du, wie deine Nippel hart werden, durch das kühle Holz an deiner heißen Haut?«

Er wartet meine Antwort nicht ab. Ich bin ohnehin nicht in der Lage, etwas zu sagen, bin zu sehr auf seine Hände fixiert, die nun seitlich entlang meines Körpers zum Bund meiner Shorts wandern.

Als ich spüre, wie Hemis Zunge über meinen Rücken huscht, presse ich mich Halt suchend noch fester an die Tür. Er leckt sich an meiner Wirbelsäule entlang nach unten, kniet sich hinter mir auf den Boden und schiebt die Finger in den Bund meiner Shorts, um sie mir auszuziehen. Jetzt stehe ich nur noch mit Slip und High Heels bekleidet vor ihm.

»Du hast einen sehr appetitlichen Hintern«, ächzt er, während er mit der Zunge meine Pobacke kitzelt und dann leicht zubeißt. Ich atme tief aus. Jetzt ist mir doch schwindlig. Er schiebt mir das Seidenhöschen über die Hüften und lässt es zu Boden gleiten, dann wandern seine Finger an den Innenseiten meiner Beine wieder nach oben. Kurz vor der empfindlichen Stelle, an der ich bereits ein schon fast schmerzhaftes Pochen verspüre, hält er inne. »Und die schönsten Beine, die ich je bewundert habe. Jedes Mal, wenn ich dich von hinten sehe, möchte ich am liebsten auf deinem Hintern abspritzen und zusehen, wie du erschauderst, wenn alles zwischen deine Pobacken läuft. Hier rein«, sagt er, schiebt meine Beine etwas auseinander und arbeitet sich von meinem Steißbein nach vorn, bis er schon fast an der besagten Stelle angelangt ist … aber nur fast …

Ich kann nur mit Mühe ein Wimmern unterdrücken.

»Aber das hat noch etwas Zeit«, meint er und lässt bedächtig die Hände sinken, sodass ich mich leer und unbefriedigt fühle.

Sanft zieht er mich von der Tür weg und öffnet sie. Eine süß duftende Dampfwolke entweicht dem Raum. »Setz dich doch schon rein. Ich bin gleich bei dir.«

Rasch streife ich die Schuhe ab und betrete die Sauna, wo ich mich etwas steif auf der Kante der obersten Bank niederlasse. Durch das Fenster in der Tür kann ich sehen, wie sich Hemi seiner Kleider entledigt und ein paar Frotteetücher unter den Arm klemmt. Dann greift er nach dem Eiskübel, betritt die Sauna und schließt flink die Tür. Als er sich zu mir umdreht, erkenne ich, was für ein Ausbund an maskuliner Perfektion er ist.

Ich habe ihn zwar schon fast nackt gesehen, am Strand und im Hotel, aber sein unbekleideter Körper mit den Ornamenten, die ich teils eigenhändig mit Tinte darauf hinterlassen habe, raubt mir schlicht den Atem, genau wie der hungrige Blick, mit dem er mich betrachtet.

Meine Augen huschen von seinem markanten Gesicht über die breiten Schultern und die muskulösen Arme und weiter über seinen flachen Waschbrettbauch und die schmalen Hüften, ehe mein Blick an der erigierten Männlichkeit zwischen seinen Beinen hängen bleibt.

Es ist zwar nicht das erste Mal, dass ich einen nackten Mann sehe, aber einer wie Hemi ist mir noch nie begegnet. Einer, der so gut gebaut ist und so … groß. Mein Herz beginnt heftig zu pochen, als mir bewusst wird, dass er meinetwegen derart erregt ist. Sein langer, praller Schaft reicht vom Unterbauch bis zu seinem Nabel, und bei der Vorstellung, dass dieses Riesending in mir Platz haben soll, wird mein Mund ganz trocken. Trotzdem verzehrt sich mein Körper förmlich danach, es zu versuchen, und zwar bald.

Ich reiße mich vom Anblick seiner kräftigen Oberschenkel los und sehe Hemi in die Augen. »Keine Sorge, Baby«, sagt er mit heiserer Stimme. »Heute Nacht werde ich dir zeigen, wie man ihn verwendet.«

Ich nicke und spüre, wie eine Hitzewelle durch meinen pulsierenden Unterleib geht.

Gespannt verfolge ich, wie Hemi den Eimer auf der untersten Bank abstellt und sich dann hinkniet, um drei dicke Handtücher auf der Holzbank neben mir auszubreiten. »Leg dich da drauf. So hast du es weicher«, sagt er und schiebt sich ein Handtuch unter die Knie. Während ich der Aufforderung nachkomme, nimmt er eine Wasserflasche aus dem Eimer, schraubt sie auf, nimmt einen Schluck und spritzt etwas Wasser auf die heißen Kohlen, sodass eine Dampfwolke den Raum erfüllt. Dann dreht er sich wieder zu mir um und hält mir die Flasche an den Mund. »Hier. Wir wollen doch nicht, dass du dich dehydriert fühlst.«

Ich richte mich auf, stütze mich auf die Ellbogen und nehme die Flaschenöffnung zwischen die Lippen. Hemi hält die Flasche gerade so hoch, dass ein kleiner Schluck meine Zunge benetzt, dann senkt er sie wieder. Das Wasser schmeckt unglaublich, kühl und erfrischend – vor allem dank der Hitze, die mich umgibt.

»Mehr?«, fragt er. Ich nicke, und er kippt die Flasche diesmal etwas weiter, damit ich einen größeren Schluck nehmen kann.

Als etwas Wasser aus meinen Mundwinkeln und über meine Kehle bis hinunter zur Brust läuft, japse ich vor Schreck nach Luft.

»Kalt?«, erkundigt er sich, und ich nicke wieder.

Hemi senkt den Kopf und presst die Zunge auf meinen Bauch, an der Stelle, wo der letzte Tropfen noch zu sehen ist, um sich dann an der kühle Spur entlang nach oben zu lecken bis zu meinem Hals.

»Noch mehr?«, will er wissen.

Ich bejahe.

Diesmal hält er die Flasche ein, zwei Zentimeter über meinen Mund, sodass sie meine Lippen nicht berührt, gießt erst etwas Wasser auf meine wartende Zunge und dann auf mein Schlüsselbein. Ich schnappe nach Luft, als der Flaschenhals nach unten schwebt und das kühle Nass auf eine meiner aufgerichteten Brustwarzen spritzt. Es läuft über meinen Bauch hinunter bis zum Ansatz des Oberschenkels.

Hemi presst mir die Lippen auf die Brust, arbeitet sich mit der Zunge bis zum Nippel vor und nimmt ihn in den Mund. »Mmmm, fühlt sich gar nicht kalt an«, murmelt er, ohne die harte Knospe loszulassen. Prompt bekomme ich eine Gänsehaut auf den Armen. Er saugt einmal kräftig an meiner Brustwarze, dann lässt er sie aus dem Mund ploppen und senkt den Kopf tiefer, zu meinem Bauch. »Mal sehen, wie das hier unten ist.«

Sein Mund wandert über meinen Unterleib bis zum Übergang zwischen Hüfte und Bein. Von dort schlängelt sich seine heiße Zunge tiefer, bis zur Innenseite des Oberschenkels. Ich spreize die Beine, sehne mich nach mehr – nach Hemi.

»Deine Haut ist alles andere als kalt«, flüstert er. »Aber wenn dir heiß ist, und du eine Abkühlung brauchst …«

Er greift in den Eimer, steckt sich einen Eiswürfel in den

Mund und saugt kurz daran, ehe mir eine Bewegung seines Adamsapfels verrät, dass er ihn geschluckt hat. Dann schiebt er meine Beine noch etwas weiter auseinander, spreizt mit den Fingern die Falten meines Geschlechts und beugt den Kopf.

Wellen der Erregung durchfluten mich, als er mich dort mit seiner kühlen Zunge berührt, erst meine Klitoris umkreist und dann in mich eindringt. Es fühlt sich an, als hätte er den schmelzenden Eiswürfel in mich hineingeschoben. »Gott, ich liebe deinen Geschmack. Süß wie Honig.«

Hemi greift nach der Wasserflasche, die neben ihm steht, und gießt mir etwas kaltes Wasser zwischen die Beine. Er verfolgt, wie es an mir hinunterläuft, ehe er es mit der Zunge auffängt. Der Wechsel von Hitze und Kälte, das Kitzeln der Wassertropfen und der Druck seiner Zunge rauben mir fast den Verstand, und als ich dann auch spüre, wie Hemis Finger, kühl vom Eis, ein Stück in mich hineingleiten, ist es beinahe um mich geschehen.

»Du bist so eng«, stöhnt er und zieht die Finger wieder aus mir heraus. »Und um meinen Schwanz wirst du dich noch enger anfühlen«, fährt er fort und macht sich dann so genüsslich mit Lippen und Zunge über mich her, als sei ich für ihn ein richtiges Festmahl. »Am Anfang werde ich noch nicht so tief in dich eindringen, weil ich dir nicht wehtun will, aber später gibt es kein Erbarmen mehr. Und du wirst mich dafür lieben«, sagt er und schiebt erneut die Finger in mich.

Seine Worte törnen mich mehr an als alles, was vorhin in dem Club passiert ist. Sie nehmen von mir Besitz und heizen mir ein, sodass ich mich unter seinem erfahrenen Mund winde.

Mein ganzer Körper wird überschwemmt von Empfindungen: Mal ist es Hemis kühle Zunge, die in mich eindringt und sich wieder zurückzieht, mal sind es seine Finger, die tief in mich stoßen. Schließlich schiebt er mir die Hände unter den Po und hebt mein Becken an, um mich mit dem Mund zu verwöhnen. Seine Lippen saugen an meinem Fleisch, seine Zähne knabbern vorsichtig an mir …

Um mich herum wird es still, als befände ich mich in einem Tunnel. Ich kneife die Augen zu vor Lust und ringe nach Atem, als würde ein Vakuum in meiner Brust die Luft aufsaugen, und dann fliege ich dank Hemis süßer Folter durch die Decke in die Nacht hinaus, explodiere und riesle schließlich, in eine Million kleine Splitter zerborsten, auf die Erde.

Ich merke gar nicht, dass ich die Finger in seinen Haaren vergraben habe und seinen Kopf an mich ziehe, dass ich den Unterleib an seinen Mund presse und ein ums andere Mal seinen Namen herausschreie. Ich kann nur noch fühlen. Und ich fühle Hemi.

Als er schließlich von mir ablässt, blicke ich zu ihm hinunter. Hemi rollt mich auf die Seite, winkelt mein oberes Bein an, so weit es geht, und kniet sich über mein anderes Bein. Fasziniert verfolge ich, wie er sein Geschlecht zwischen meine Oberschenkel dirigiert, bis ich die pralle Eichel spüre. Mein Körper verzehrt sich förmlich nach ihr, während Hemi damit kleine Kreise beschreibt und sie ein paarmal zwischen meine Falten taucht. Ich wünschte, er würde endlich richtig in mich eindringen, aber ich bin dazu verdammt zu warten. Jeder Muskel meines Körpers ist zum Zerreißen gespannt vor Erregung.

Ich spüre, wie er sich sanft vor und zurück bewegt, ganz vorsichtig in mich eindringt, immer nur ein, zwei Zentimeter tief. Ich fühle, wie glitschig er jetzt ist, feucht von meiner Lust. Er gleitet heraus, streicht über meine Falten, und die nasse Eichel reibt meine Klitoris. Ich kann kaum noch atmen, spüre eine Enge in der Brust, die sich jeden Augenblick in einem Wimmern, einem Stöhnen oder einem Flehen entladen kann.

»Mmm, das gefällt dir, nicht wahr? Spürst du, wie nass du bist? Spürst du, wie nass mein Schwanz ist?« Ich gebe einen erstickten Laut von mir. Zu mehr bin ich im Moment nicht fähig. »Das bist alles du, Baby. Wenn du diesmal kommst, möchte ich, dass meine Eier triefend nass sind von dir. Ich will spüren, wie du überläufst vor Lust.«

»Hemi, bitte«, presse ich hervor. Ich weiß gar nicht, worum ich ihn eigentlich bitte, weiß nur, dass ich etwas brauche, und zwar jetzt sofort.

Als sein bestes Stück wieder etwas tiefer gleitet, in Richtung meiner Öffnung, krampft sich mir das Herz in der Brust zusammen.

»Ich möchte dir keine Schmerzen zufügen, aber es wird vermutlich trotzdem wehtun. Allerdings nur ganz kurz.«

»Tu es. Jetzt. Bitte.«

Mit einer kräftigen Vorwärtsbewegung dringt Hemi in mich ein und erstarrt. Ich spüre einen stechenden Schmerz im Unterleib, der bis zu den Oberschenkeln ausstrahlt und ein paar Sekunden andauert. Hemi bewegt sich nicht, und ich auch nicht. Schließlich löst sich der Schmerz, und zurück bleibt das herrliche Gefühl, von ihm ausgefüllt zu sein.

Mir war nicht bewusst, dass ich die Augen geschlossen habe, bis ich sie wieder öffne, um Hemi anzublicken, der immer noch vollkommen stillhält. An seinem Hals sind die Adern hervorgetreten, ein sichtbares Zeichen der Anstrengung, die es ihn kostet, sich keinen Millimeter zu bewegen. Als ich nach unten blicke, dorthin, wo unsere Körper miteinander vereint sind, sehe ich, dass er noch nicht einmal zur Hälfte in mir ist, aber der Anblick dieser intimen Verbindung stachelt meine Erregung aufs Neue an.

Ich spüre, wie meine inneren Muskeln um ihn herum zucken.

Dann fühle ich ein Pochen des Teils von ihm, der bereits in mir ist. »Verd…«, presst Hemi zwischen zusammengebissenen Zähnen hervor und wirft den Kopf in den Nacken. »Tu das nicht«, stöhnt er.

»Was denn?«, frage ich.

»Beweg dich lieber noch nicht. Ich möchte dir nicht wehtun.«

»Du tust mir nicht weh. Ich will, dass du dich bewegst.« Ich verspüre den Drang, das Becken an ihm zu reiben, und ich kämpfe nicht dagegen an, sondern lasse es einfach geschehen.

»Herrgott noch mal, Sloane«, knurrt Hemi, und seine Finger bohren sich in meinen Oberschenkel.

Ich spüre ihn in mir, heiß und prall, und ich will mehr.

»Hemi, bitte mach weiter. Ich will dich ganz in mir.«

Er starrt mich einen Augenblick so finster an, als würde er mich hassen, doch dann schiebt er die Hüfte etwas weiter nach vorn. In seiner Miene spiegeln sich Lust und Qual zugleich.

»Wie fühlt sich das an?«, fragt er.

»Es fühlt sich unglaublich an«, keuche ich und hebe das Becken an, um noch mehr von ihm in mir aufzunehmen.

»O Gott!«, knurrt er und zieht sich ein wenig aus mir zurück, um dann noch tiefer in mich einzudringen. »Du bist so eng. O Gott.«

Die Laute, die er hervorstößt, klingen wie die eines Raubtiers, doch das macht mir keine Angst. Ich will seine Wildheit spüren, seine Krallen und seine Zähne.

»Hemi, schieb deinen Schwanz ganz in mich hinein«, fordere ich ihn auf.

»O Gott … verdammt … sag nicht so was!«

Ich höre, wie er zögert, einmal tief durchatmet, und dann, endlich, gibt er nach. Und gibt mir, was ich will.

Er bewegt das Becken ein paar Zentimeter nach hinten, nur

um dann mit ganzer Kraft zuzustoßen. Sein Körper prallt gegen den meinen, so heftig, dass mir die Luft wegbleibt. Jetzt spüre ich ihn bis in mein tiefstes Inneres. Er dehnt mich aus, bis es schmerzt, und zugleich empfinde ich pure Lust. Es ist ein Gefühl, auf das ich nie wieder verzichten möchte.

»Ja, Hemi! Fester!« Er rotiert die Hüften, und ich spüre, wie die Erregung in mir ins Unermessliche wächst. »Ja, genau so. Genau so will ich es!«

»Du willst meinen Schwanz?«, fragt er mit zusammengebissenen Zähnen. »Kannst du haben. Ich werde es dir so hart besorgen, dass du es noch die ganze Woche spürst. Jedes Mal, wenn du die Augen schließt, wirst du spüren, wie tief ich in dir war«, ächzt er und dringt dabei wieder und wieder in mich ein, noch härter, noch tiefer, bis ich spüre, dass die nächste Explosion unmittelbar bevorsteht. Als er mit der freien Hand meine Klitoris zu reiben beginnt, ziehen sich sämtliche Muskeln meines Körpers zusammen, und ich komme, keuchend und fast besinnungslos vor Lust.

Hemi dreht mich auf den Rücken und zieht mich ein Stück nach vorn, zur Kante der Bank, dann legt er die Hände auf die Innennseiten meiner Oberschenkel, spreizt meine Beine und dringt erneut in mich ein.

Mit jedem Stoß erfasst mich eine neue Welle der Lust und verlängert meinen Orgasmus, bis ich es fast nicht mehr aushalte. »Kann ich noch tiefer in dich eindringen, Baby?«

Ich nicke – sprechen kann ich nicht, meine Kehle ist wie ausgetrocknet.

Hemis Hände wandern an der Rückseite meiner Beine entlang bis zu den Kniekehlen, heben sie an und schieben sie zusammen, sodass meine Oberschenkel dicht beieinander auf meiner Brust liegen, während er sich gegen mich lehnt.

»Gut, weil ich meinen Schwanz tief in dir vergraben will. So tief.« Als er aus mir herausgleitet und erneut in mich stößt, frage ich mich kurz, ob es möglich ist, vor Lust zu sterben. Jedes Mal, wenn ich glaube, dass es nicht mehr besser werden kann, dass mir sein Körper keine neuen Erfahrungen mehr bescheren kann, setzt er noch eins drauf, katapultiert meine Erregung auf die nächste Ebene. »Und dann wirst du mir dabei zusehen, wie ich komme. Auf dir.«

Hemi rammt seinen Schwanz noch zweimal tief in mich, dann erfüllt sein lautes Stöhnen den kleinen, schalldichten Raum, als er sich aus mir zurückzieht, meine Beine spreizt und die nasse, geschwollene Eichel an meine Klitoris drückt. Wie gebannt verfolge ich, wie er mit den Fingern seinen Schaft umfasst und mit zuckenden Hüften den Rücken durchdrückt, bis sich sein heißes Sperma auf mich ergießt.

Ich sehe ihm keuchend zu. Es ist so schamlos, so intim. Er spritzt so lange, bis nichts mehr übrig ist. Ich betrachte sein Gesicht. Sein Blick ist leidenschaftlich und voller Wärme. Dann spüre ich seine Hand, sehe zu, wie er sein Sperma auf mir verreibt. »Das«, sagt er und hebt drei feuchtglänzende Fingerspitzen, »ist meins.« Beim letzten Wort schiebt er die drei Finger in mich hinein. »Alles meins. Und beim nächsten Mal werde ich in dir kommen und dich damit ausfüllen.«

Obwohl ich absolut befriedigt bin, kann ich es kaum erwarten. Ich kann es kaum erwarten, bis er mich das nächste Mal berührt, mich küsst und seine Finger, seine Zunge oder … was immer er will in mich hineinschiebt.

# *Kapitel 34*

# HEMI

Behutsam lasse ich Sloanes Beine los, liebkose ihre zarte Haut mit den Fingerspitzen und spüre, wie erneut das Blut in meinen Schwanz schießt. Ich könnte schon wieder, aber ich werde mich hüten. Sie wird auch so schon wund genug sein.

»Geht es dir gut?«, frage ich, als sie leise aufstöhnt.

»Es ging mir noch nie besser«, erwidert sie mit träger Stimme.

Ich lächle. »Bis jetzt.« Sie erwidert mein Lächeln. »Aber den Beweis dafür werde ich nicht mehr heute Nacht antreten. Jetzt machen wir uns erst mal sauber, bestellen eine Pizza und sehen uns dann einen Film im Bett an. Wie klingt das?«

»Das klingt himmlisch«, antwortet sie.

Ich küsse sie flüchtig auf die Lippen, richte mich auf und gieße etwas Wasser aus der offenen Flasche auf den Zipfel eines Handtuchs, um damit vorsichtig die Innenseite ihrer Beine abzuwischen. Sie zuckt zusammen.

»Das musst du nicht tun«, wehrt sie ab und presst die Oberschenkel zusammen.

»Es macht mir nichts aus.«

»Trotzdem. Das ist nicht nötig. Ehrlich.«

Ihre Wangen glühen. Ich lehne mich vor, küsse sie auf die Nase, die Stirn und schließlich auf die Lippen. »Das muss dir nicht peinlich sein. Wie kann es sein, dass es dich stört, nachdem ich gerade jeden Zentimeter deines Körpers geküsst, geleckt und berührt habe?«

»Keine Ahnung.« Sie zuckt mit den Schultern und entspannt die Beine ein wenig. »Ich schätze, es ist mir einfach … peinlich.«

»Aber warum?«

Sie weicht meinem Blick aus. »Ich wette, bei all den anderen Frauen, mit denen du geschlafen hast, musstest du das nicht tun.«

Ich halte inne. »Sloane«, sage ich nachdrücklich, »mal ganz abgesehen davon, dass wir gerade unglaublich geilen Sex hatten, hast du mir etwas gegeben, das du noch *niemandem* zuvor gegeben hast. Und mir ist bewusst, dass das etwas Besonderes ist. Das war es auch für mich, glaub mir. Ich habe noch nie eine Frau entjungfert. Das wollte ich auch nie. Aber bei dir habe ich es mir gewünscht. Ich wollte dir deine Jungfräulichkeit nehmen. Ich wollte dein erster Mann sein. Ich wollte, dass du ganz mir gehörst, nur mir allein. Ich habe dir schon gesagt, dass ich egoistisch bin, und wie es aussieht, bin ich bei dir noch schlimmer.«

Sloane lässt die Beine locker, neigt den Kopf zur Seite und sieht mir zu, während ich etwas Blut von der Innenseite ihrer Schenkel wische.

Als ich fertig bin, falte ich das Handtuch zusammen und wische mich damit ab.

»Danke«, sagt sie leise.

»Wofür?«

»Dafür, dass du mir diese wunderbare Nacht geschenkt hast.«

»Das Vergnügen war zu hundert Prozent meinerseits«, entgegne ich ehrlich. Sie lächelt breit, doch dann wird ihr Gesichtsausdruck ernst. Sie wirkt beinahe … traurig. Es ist nicht das erste Mal, dass ich dieses Mienenspiel an ihr beobachte, und ich frage mich wieder, was wohl dahinterstecken mag. Nachhaken will ich nicht – es widerstrebt mir, mich so sehr auf sie einzulassen, und doch bin ich diesmal knapp davor. Ganz knapp.

Doch das, was ich getan habe, und die Gewissheit, wie Sloane reagieren würde, wenn sie es herausfände, hält mich davon ab.

»Komm mit«, sage ich, nehme ihre Hand und ziehe sie hoch. »Lass uns duschen gehen, bevor wir uns ins Bett legen.«

Sie nickt, sagt aber nichts. Wir gehen schweigend nach oben, wobei ich einen kurzen Abstecher mache, um die Handtücher in die Waschmaschine zu stopfen. Cicely wird sie waschen, wenn sie am Montag vorbeikommt.

Sloane steuert auf das Zimmer zu, in dem sie gestern Nacht geschlafen hat und in dem sich ihre Sachen befinden. Ich folge ihr, allerdings nur, um mir ihre beiden Taschen zu schnappen.

»Das ist nicht mehr dein Zimmer«, erkläre ich schlicht, ergreife erneut ihre Hand und führe sie zu meinem Schlafzimmer zwei Türen weiter. »Ab jetzt wirst du hier nächtigen.«

Ich gebe ihr keine Gelegenheit, Einspruch zu erheben, sondern deponiere ihre Sachen auf der Kommode und schiebe sie dann ins Bad, wo ich den Hahn in der Dusche aufdrehe und sie mit mir unter den warmen Wasserstrahl ziehe.

Wenigstens ein paar Tage lang, nämlich während sie hier ist, können wir so tun, als ginge es hier nur um uns und als wäre alles andere bedeutungslos.

*Kapitel 35*

# SLOANE

Als ich am nächsten Morgen die Augen öffne, ist mein erster Gedanke, dass ich in Hemis Bett liege, wo ich die Nacht verbracht habe – die *ganze* Nacht, und zwar in seinen Armen. Ich habe mich mehrmals umgedreht, und jedes Mal hat er sich ebenfalls umgedreht und sich erneut an mich geschmiegt. Es war die schönste und geruhsamste Nacht meines Lebens. Ich habe mich so sicher und so geborgen gefühlt wie noch nie.

Dafür bin ich jetzt so beunruhigt wie noch nie.

Ich liebe Hemi. Es wäre völlig zwecklos, das noch leugnen zu wollen. Würde es irgendetwas ändern? Nein. Ich wünschte, es wäre so, aber ich bezweifle es. Bereue ich es? Wieder nein. Ich würde die letzte Nacht nicht gegen tausend gute, aber weniger unvergessliche Erfahrungen eintauschen wollen. Ganz egal, wie viel Kummer mich erwarten mag, es war die Sache wert. Alles war es wert. Ganz egal, wie lange ich lebe, diese Zeit kann mir niemand mehr nehmen. Und ich habe vor, jede weitere Sekunde zu genießen, genau wie Sarah es mir geraten hat.

Vorsichtig drehe ich den Kopf zur Seite, um Hemis Gesicht zu betrachten, das entspannt und im Schlaf etwas jungenhafter wirkt. Jetzt habe ich die Gelegenheit, es unbemerkt zu studieren, und ich nutze sie. Normalerweise geht mir alles an ihm unter die Haut – sein ernster, bohrender Blick, sein markantes Kinn, der entschlossene Zug um seinen Mund. Doch wie er jetzt so neben mir liegt, sieht er einfach nur sehr attraktiv und eine Spur zerbrechlich aus. Im Wachzustand wirkt er imposant und unbesiegbar, doch wenn er schläft, ist er ein gewöhnlicher, verletzlicher Sterblicher.

Ich lasse den Blick über seine nackte Brust und seine Rippen wandern und frage mich zum wiederholten Mal, wer oder was ihm wohl Kummer bereitet hat, welche traumatischen Ereignisse seinen Charakter geprägt haben mögen. Er kaschiert seine Schwermut und Verbitterung gekonnt, aber sie ist da. Ich weiß es, weil auch ich diese Seite habe. Tja, wie gesagt: Jeder Mensch hat ein Recht auf Geheimnisse, auch Hemi.

Als vom Bettende her das Klingeln meines Mobiltelefons an mein Ohr dringt, krieche ich so behutsam es geht unter Hemis Arm hervor und haste zu meiner Handtasche, um das Gespräch anzunehmen, ehe Hemi aufwacht.

Es ist Dad.

Auf Zehenspitzen schleiche ich hinaus und gehe in das Zimmer, in dem ich die erste Nacht verbracht habe. »Hey, Dad«, sage ich, sobald ich die Tür hinter mir geschlossen habe.

»Warum steht dein Auto immer noch vor diesem Loch?«

»Dad, das ist kein Loch, sondern ein sehr schönes Tattoostudio.«

»Stell meine Geduld nicht auf die Probe, junge Dame!«

»Ich meine ja bloß. Also, wenn du's unbedingt wissen willst: Ich bin gestern Nacht mit Hemi nach Hause gefahren. Schließlich wohne ich vorübergehend bei ihm.«

Dad grunzt missbilligend. Dagegen kann er nichts sagen. Er kann es nicht ausstehen, wenn er nicht die Kontrolle über jedes noch so kleine Detail hat.

Ich lächle.

*Willkommen in meinem Erwachsenenleben, Dad!*

»Was gibt es Neues? Habt ihr schon irgendetwas herausgefunden?«

Im Geist drücke ich mir selbst die Daumen (die Zehen und weiß der Geier was sonst noch alles) in der Hoffnung, dass es noch zehn Jahre dauert, bis die Ermittlungen etwas Brauchbares ergeben haben. Natürlich ist das egoistisch von mir, aber ich will eben möglichst lange bei Hemi bleiben. Vorausgesetzt, er will mich weiterhin hierhaben.

Beim Stichwort egoistisch muss ich an die Ereignisse von gestern Nacht denken. Prompt erfasst mich eine Welle der Hitze und Erregung, so heftig, dass ich das Telefonat mit meinem Vater am liebsten sofort beenden würde.

»Wir kommen gut voran. Du musst dir keine Sorgen machen.«

»Seid bloß vorsichtig.«

»Das sind wir immer. *Ich* sollte vielmehr *dir* einschärfen, dass du vorsichtig bist.«

»Mein Leben ist nicht in Gefahr, Dad.«

»Da wäre ich mir nicht so sicher«, brummelt er.

Ich gehe nicht auf seine kleine Anspielung ein. »Halt mich auf dem Laufenden, ja?«

»Was machst du heute?«

Als Erstes wohl frühstücken … Ich beiße mir auf die Unterlippe. Noch nie habe ich mich angesichts einer schlichten Mahlzeit derart unter Druck gesetzt gefühlt. Noch nie hatte eine Mahlzeit eine dermaßen große Bedeutung für mich. »Weiß ich noch nicht. Vielleicht fahre ich später noch zu Sarah. Abends werde ich jedenfalls wieder im Studio sein.«

»Du investierst ganz schön viel Zeit in dieses Praktikum. Ich hoffe, es macht sich einigermaßen bezahlt.«

»Das wird es, Dad.«

Und selbst wenn ich den Rest meines Lebens nur für den Mindestlohn schufte, ist es mir das trotzdem wert, solange ich nur Zeit mit Hemi verbringen kann.

»Lass dich bloß nicht über den Tisch ziehen. Und ruf mich abends noch mal an, ja?«

»Mach ich. Ich hab dich lieb.«

»Ich dich auch.«

Als ich gleich darauf in Hemis Zimmer zurückkehre, ist das Bett leer, und das Bad ebenfalls, woraus ich schließe, dass Hemi bereits nach unten gegangen ist.

Ich krame ein T-Shirt und Shorts aus meiner Tasche und überlege. Was nun? Soll ich duschen, mich anziehen und dann superbeiläufig erwähnen, dass ich mit Sarah verabredet bin und gleich losmuss? Auf diese Weise bliebe uns die unangenehme Frühstücksdiskussion erspart. Ich meine, ich weiß ja, wie er zum Thema Frühstück steht. Ich erinnere mich noch deutlich an das Gespräch. Er hat zwar gesagt, das mit mir sei etwas anderes, aber trotzdem …

Wie ich so nackt hier stehe und gedankenverloren das Bett betrachte, schlingt Hemi plötzlich die Arme von hinten um mich. Ich zucke mit einem Schreckensschrei zusammen, gerade so, als wäre ich angeschossen worden.

»Nur damit du es weißt, in diesem Haus gilt Nacktheit als offene Einladung. Du hast jetzt zwei Möglichkeiten: Entweder du ziehst dir etwas an – vorzugsweise etwas extrem knapp Sitzendes oder fast Durchsichtiges – und kommst mit runter, oder du hüpfst wieder ins Bett und stellst dich darauf ein, deiner Ehre ein weiteres Mal beraubt zu werden.« Grinsend setze ich zu einer Antwort an, doch er fällt mir ins Wort. »Ich sollte dich vielleicht warnen – ganz egal, wie du dich entscheidest, vor dem Mittagessen werde ich dich auf jeden Fall ins Bett zerren und über dich herfallen. Und zwar mindestens einmal. Solltest du also erst eine Stärkung brauchen, dann können wir das gern auf später verschieben.«

Ich freue mich tierisch darüber, dass er so gut gelaunt ist und nicht nur von Frühstück redet, sondern auch davon, den Tag mit mir zu verbringen, zumindest bis zum Mittagessen. »Wie kannst du bloß ans Essen denken, nachdem wir gestern Nacht noch diese riesige Pizza verdrückt haben?«

»Ich habe vor, jedes einzelne Stück abzuarbeiten, und zwar mit dir. Ich betrachte das als Investition in mein Stehvermögen.« Mit seinem verschmitzten Grinsen wirkt er umwerfender denn je.

»Tja, dann sollte ich wohl dringend eine Kleinigkeit essen, damit ich mit dir Schritt halten kann. Ich meine, es kann doch nicht angehen, dass mir ein alter Knacker wie du konditionsmäßig überlegen ist.«

Er hebt eine Augenbraue und legt mir erneut die Arme um die Taille, um mich an sich zu ziehen. »Ich bin gern bereit, dir zu beweisen, wie agil ich noch bin«, erklärt er, legt mir die Hände aufs Kreuz und presst sich an mich.

»Oh, ich glaube nicht, dass ich je vergessen werde, wie … agil du bist«, säusele ich atemlos, von einer weiteren Hitzewelle erfasst, und spüre, wie ich wieder feucht werde.

Seine Augen glühen voller Leidenschaft, doch da liegt noch etwas anderes in seinem Blick. Etwas, das mir Schmetterlinge in den Bauch zaubert und mein Herz schneller schlagen lässt.

»Dann habe ich meine Mission erfüllt. Weil ich nämlich nicht *will*, dass du es jemals vergisst.«

Ich weiß nicht, was ich sagen soll. In meinem Kopf herrscht Chaos. Ich möchte nicht zu viel von meinen Gefühlen preisgeben, aus Angst, ich könnte ihn damit zu einem Rückzieher veranlassen. Also lächle ich nur und behalte all meine Hoffnungen für mich.

Dann ist der Augenblick vorbei, und Hemi verpasst mir einen Klaps auf den Hintern, löst sich von mir und geht zur Tür. »Du hast fünf Minuten, dann komme ich wieder zu dir rauf.«

Ich salutiere, und er zwinkert mir von der Schwelle aus zu, ehe er um die Ecke verschwindet. In meiner Brust zappelt das Herz herum wie ein Fisch auf dem Trockenen, während ich mich mit zitternden Fingern anziehe.

In der Küche erwartet mich der amüsanteste Anblick, der mir je untergekommen ist. Hemi steht mit dem Rücken zu mir an der riesigen Kücheninsel und stapelt alle nur erdenklichen Köstlichkeiten auf zwei Teller.

»Für wie viele Leute machst du hier eigentlich Frühstück?«, erkundige ich mich.

»Ich wusste ja nicht, was du magst, also habe ich beschlossen, dir einfach alles aufzutischen, was ich dahabe.«

»Du hast nie erwähnt, dass du kochen kannst«, bemerke ich, während ich die Kücheninsel umrunde.

»Kann ich auch nicht, aber ich bin ein unangefochtener Meister der Mikrowelle«, entgegnet er mit einem Grinsen.

Jetzt, da ich direkt vor ihm stehe, fällt mir auf, dass er eine hellrote Kochschürze mit dem Aufdruck »Hier steht der Meister« trägt. Ich muss lachen.

»Was hast du denn alles vorbereitet?«

»Speck, Schinkensandwiches, Bratkartoffeln und Miniquiches. Und ich habe Toast gemacht. Der Toaster ist das zweite Küchengerät, auf dessen Bedienung ich mich meisterhaft verstehe.«

»Wow, du ziehst ja echt sämtliche Register«, feixe ich.

»Naja, aber auch nur deshalb, weil kalte Bagels total ungenießbar sind und Waffeln in der Mikrowelle matschig werden.«

»Igitt, matschige Waffeln.«

»Du sagst es. Also habe ich sie getoastet.« Hemi wischt sich die Hände ab und wirft eine Verpackung zu den zahlreichen anderen im Mülleimer, ehe er mit den Tellern zu mir herüberkommt und einen davon vor mir abstellt. Dann nimmt er neben mir Platz. »Außerdem bist du mir jede Mühe wert. Für dich würde ich meinen gesamten Eisschrank plündern, Baby«, scherzt er grinsend.

Ich klimpere übertrieben mit den Wimpern. »Was für süße Sachen du sagst!«

»Ich habe noch weit mehr auf Lager. Eine ganze Latte, musst du wissen.«

Er wackelt vielsagend mit den Augenbrauen. Ich pruste los und beiße in eine knusprige Speckscheibe.

Hemi sieht mir ein, zwei Sekunden lang beim Kauen zu, und seine belustigte Miene weicht einem etwas ernsthafteren Gesichtsausdruck. »Schmeckt's?«

»Ja, sehr lecker. Danke, dass du mir Frühstück gemacht hast.« Ich streiche mir nervös eine Haarsträhne hinters Ohr. »Ich weiß ja ... ich meine, ich hatte nicht erwartet, dass du ...«

Hemi seufzt. »Sloane, können wir bitte einfach so tun, als hätte es diese Unterhaltung nie gegeben? Das hier ist anders. Ich hatte nicht von dir gesprochen, sondern ... egal. Das mit uns ist etwas anderes. *Du* bist anders.«

Ich gebe mir große Mühe, meine Mimik im Zaum zu halten, damit mein seliges Grinsen angesichts seiner Worte nicht allzu einfältig wirkt. »Wirklich?«

»Ja. Du bist nicht irgendeine Frau, die ich geb ..., ähm, mit der ich geschlafen habe und die ich wieder loswerden will.«

»Ach nein?«

»Nein, und ich glaube, das weißt du auch.«

Er sieht mich an, ohne auch nur ein einziges Mal zu blinzeln oder den Blick abzuwenden, und dennoch fürchte ich, ich könnte mir zu viele Hoffnungen machen. Aber ich habe keine Angst davor, zu bleiben und abzuwarten, ob sie sich erfüllen.

*Lebe ohne Reue.*

Wir sind uns so ähnlich, in mehr als einer Hinsicht. Vielleicht genügt es ja, wenn wir einander haben …

»Du solltest ordentlich zugreifen«, sage ich und beiße in einen warmen Zimtbagel.

Hemi hebt eine seiner dunklen Augenbrauen, und das silberne Piercing glänzt im Sonnenlicht, das durch das Fenster hereinfällt. »Wieso das?«

Ich zupfe an der Schürze, die er noch immer trägt. »Hier steht er dem Meister?«

Hemi blickt kurz an sich hinunter, dann hebt er den Kopf und schenkt mir ein freches Grinsen. »Ich hätte da ein richtiges Prachtexemplar für dich auf Lager.«

Damit streckt er blitzschnell die Arme nach mir aus und zieht mich auf seinen Schoß, um mich zu küssen. Im Nu atmen wir beide schwer, und die Luft um uns herum knistert förmlich vor Erregung. Er hebt den Kopf. »Für eine Jungfrau bist du aber ziemlich gut in diesen Dingen.«

»Ich lerne schnell. Außerdem habe ich einen hervorragenden Lehrer«, erwidere ich und drücke die Lippen auf seinen Mund, um ihn erneut zu küssen. Als seine Zunge in mich hineingleitet, schmecke ich einen Anflug von Ahornsirup. Ich registriere kaum, dass Hemi aufsteht und mich auf die Kücheninsel setzt. Erst als mein Busen seine glatte Brust berührt, wird mir bewusst, dass ich halb nackt bin. In seiner Küche. Und ich genieße es in vollen Zügen.

## *Kapitel 36*

# HEMI

»Forsch einfach noch mal genauer nach, Reese«, sage ich und werfe einen Blick über die Schulter, um sicherzugehen, dass Sloane nicht in der Nähe ist. Nach unserem vormittäglichen Sex-Marathon bin ich vor ihr duschen gegangen, um anschließend noch aufräumen zu können. Wir wollen nachher gemeinsam ins Studio. Ich habe vor, schon etwas früher als sonst da zu sein, damit wir möglichst bald wieder gehen können, denn ich habe noch Pläne für heute Abend. Pläne *für sie*.

Reese seufzt. »Ich verstehe nicht, wieso dich auf einmal Zweifel plagen. Du warst doch derjenige, der von Anfang an Druck gemacht hat.«

»Verdammt, Reese! Was hätte ich denn sonst tun sollen? Schließlich war er mein Bruder. Und *deiner* übrigens auch. Du hättest dich genauso entschlossen wie ich auf die Suche nach diesem Scheißkerl machen müssen, damit er zur Rechenschaft gezogen wird.«

»Das habe ich doch. Wenn du glaubst, ich hätte die ganze Zeit bloß Däumchen gedreht, dann täuschst du dich. Und nur, weil Ollie dir nähergestanden hat als mir, bedeutet das noch lange nicht, dass es mich weniger hart getroffen hat.«

Diesmal bin ich es, der seufzt. »Ich weiß. Ich bin bloß … vermutlich bin ich einfach frustriert. Ich darf mir in dieser Angelegenheit auf gar keinen Fall einen Fehler erlauben, und ich habe allmählich den Verdacht, dass ich falschliege. Ich meine, Tumblin ist die Straße, wo der Kerl gewohnt hat. Das ist eine recht dürftige Beweislage. Was, wenn es doch nicht Locke war?«

»Dann werden die Zuständigen schon dahinterkommen. Wir haben sie nur auf die richtige Fährte gebracht. Wir haben den Kerl nicht schuldig gesprochen, Hemi.«

»Jemand hat sein Zuhause unter Beschuss genommen, Herrgott noch mal! Wenn wir irgendetwas damit zu tun haben, dann kommt das doch einer Verurteilung gleich.«

»Das war nie unsere Absicht, und das weißt du auch.«

»Aber dir war klar, dass es nicht ausgeschlossen ist.«

»Dir doch auch«, erinnert er mich.

Er hat recht. Damals ist mir das scheißegal gewesen. Ich wollte nur Rache. Aber jetzt, wo es indirekt auch Sloane betrifft …

Plötzlich ist mir, als hätte ich hinter den Glastüren, die den Poolbereich vom Rest des Hauses trennen, eine Bewegung wahrgenommen, doch als sich meine Augen an das grelle Licht gewöhnt haben, kann ich nichts entdecken. Ich sehe nur mein Spiegelbild, meinen Verfolgungswahn und meine Schuldgefühle.

»Hör zu, ich will lediglich sichergehen, dass alles seine Richtigkeit hat, mehr nicht. Kümmere dich darum, okay, Reese?«

»Du bist ein Mistkerl, der andere stets herumkommandieren muss, aber ich weiß, dass du das Herz am rechten Fleck hast«, antwortet er barsch. »Hör auf, dir Sorgen zu machen. Es wird sich alles zum Guten wenden. Hab Vertrauen ins System.«

»Das System, das den Mörder unseres Bruders nicht gefasst hat? Das System, das korrupte Polizisten wie Sand am Meer hervorbringt?«

Reese stößt ein Lachen aus, das genauso verbittert klingt, wie ich mich fühle. »Ja, genau das.«

»Ich arbeite daran«, gebe ich in beißendem Tonfall zurück.

»Tu das. Und in der Zwischenzeit lass den Dingen einfach ihren Lauf.«

»Das werde ich versuchen. Aber wenn Sloane dadurch in Gefahr ist, muss ich einschreiten.«

»Viel Glück.«

»Hey, ich habe mich die ganze Zeit im Hintergrund gehalten. Diese Arschlöcher wollen gar nicht wissen, wie es ist, wenn ich aus meinem Versteck herauskomme.«

»Damit hast du wahrscheinlich recht. Sie haben dich noch nie wütend erlebt.«

»Und sie haben keine Ahnung, welche Ressourcen ich habe. Wir sollten nicht vergessen, wer wir sind, Reese.«

»Du bist der Einzige, der das versucht hat.«

»Ich habe nicht versucht, zu vergessen, wer ich bin. Ich habe mich lediglich zurückgehalten, um keine Aufmerksamkeit zu erregen.«

»Verlier dich bloß nicht in dieser Scharade, die du da spielst.«

»Das ist keine Scharade. Das *bin* ich.«

»Nicht ganz. Dein wahres Ich liegt irgendwo dazwischen. Und früher oder später wird es an die Oberfläche kommen. Behalte das im Hinterkopf, wenn du an deinen diversen … Beziehungen bastelst, die dir plötzlich so wichtig sind.«

»Ich habe nichts vergessen, Reese. Und wer ich bin, hat keine Auswirkungen auf meine Beziehungen.«

»Wie du meinst.« Sein Tonfall lässt keinen Zweifel daran aufkommen, dass er skeptisch ist.

Und er bringt mich damit ganz schön auf die Palme. Im Grunde bringt mich diese ganze Unterhaltung auf die Palme.

Ich muss mich doch vor meinem Bruder nicht rechtfertigen. Ich muss mich vor *niemandem* rechtfertigen.

»Halt mich gefälligst auf dem Laufenden«, erwidere ich scharf. »Ich muss jetzt auflegen.«

»Hat dich dein hübscher kleiner Lockvogel zum Vögeln gerufen?«

»Sei kein Arsch, Reese. Sie ist kein Lockvogel.«

»Du schläfst also nicht mit ihr? Du gehst nicht mit dem Feind ins Bett?«

»Sie ist nicht der Feind.«

»Aber so gut wie, schließlich ist sie die Schwester des Feindes.«

»Wir wissen noch nicht hundertprozentig, dass es ihr Bruder war.«

»Nein, *du* weißt es noch nicht hundertprozentig. Aber als du mir gesagt hast, du hättest ihn gefunden, warst du dir verdammt sicher, oder etwa nicht?«

»Jeder macht mal Fehler.«

»Vor allem du, stimmt's, Hemi?«

»Fick dich doch ins …«

Das Klicken des Telefons signalisiert mir, dass ich mir das, was ich ihm noch gern gesagt hätte, jetzt sparen kann.

## *Kapitel 37*

# SLOANE

Während ich mir die Wimpern tusche, schwirren mir tausend Fragen durch den Kopf, und dazu tausend Erklärungsversuche und Rechtfertigungsgründe, und alle zielen nur darauf ab, nicht die offensichtlichste aller Schlussfolgerungen ziehen zu müssen.

Seit einer Viertelstunde sage ich mir immer wieder, dass ich ja nur einen Teil der Unterhaltung mitgehört habe. Hemi hätte alles und jeden meinen können. Es *muss* nicht unbedingt so schlimm sein, wie es klang.

Doch es hat sich ziemlich übel angehört.

Mein Magen krampft sich schmerzhaft zusammen vor Sorge. Ich bin nach wie vor der Meinung, dass jeder ein Recht auf Geheimnisse hat, aber das hier kann ich nicht einfach unter den Tisch fallen lassen. Ich werde ihm einige Fragen stellen müssen. Ich muss wissen, ob ich *tatsächlich* gehört habe, was ich gehört habe. Ich muss wissen – und zwar ohne den geringsten Anflug eines Zweifels –, ob Hemi etwas mit dem Angriff auf meinen Bruder, auf mein Zuhause, auf meine *Familie* zu tun hat.

Die Angst schnürt mir die Kehle zu. Ich weigere mich zu glauben, dass es so ist, aber der misstrauische Teil von mir denkt an all die eigenartigen Umstände, all die Ungereimtheiten und fragt sich …

Mit *solchen* Zweifeln kann ich nicht leben. Sie würden so lange an mir nagen, mich innerlich zerfressen, bis nichts mehr von mir übrig ist. Nein, Hemi wird mir einige Fragen beantworten müssen, und wenn er es nicht tut, sehe ich mich gezwungen, Maßnahmen zu ergreifen.

Ich schließe die Augen, denn ich will erst gar nicht daran denken, was für »Maßnahmen« das sein könnten.

* * *

Ich versuche, mich möglichst ungezwungen zu verhalten, als wir auf dem Weg ins Studio sind. Ich habe keine Ahnung, ob ich eine überzeugende Schauspielerin bin oder nicht, und Hemis Gesichtsausdruck verrät mir nichts.

»Danke noch mal, dass ich bei dir wohnen kann«, sage ich so beiläufig wie möglich.

Hemi mustert mich grinsend. »Oh, glaub mir, das Vergnügen ist ganz auf meiner Seite.«

Mir wird heiß. Wie es scheint, ist es meinem Körper total egal, ob Hemi in irgendwelche üblen Machenschaften verwickelt ist.

Ich lache nervös.

»Dein Haus ist echt der Hammer. Du musst mit dem Tätowieren ja ziemlich gut verdienen.«

Er zuckt unverbindlich mit den Schultern.

Okay, so komme ich nicht weiter. Ich muss es anders anpacken.

»Hast du eigentlich Familie hier?«

»Nein, hier in der Gegend nicht. Meine Leute sind über das ganze Land verstreut.«

»Ah ja? Wo leben sie denn so?«

Hemi wirft mir einen seltsamen Blick zu. Ich bin mir nicht

sicher, ob er Verdacht geschöpft hat oder ob ich es mir nur einbilde.

»Überall.«

»Stammst du aus der Gegend?«

»Nein.«

»Wo bist du denn aufgewachsen?«

»In Chicago.«

»Oh, das ist ja interessant. Erzähl mir alles darüber. Erzähl mir von deiner Familie.«

Jetzt ist sein Blick tatsächlich misstrauisch. »Worauf willst du hinaus, Sloane?«

»Auf gar nichts. Ich stelle dir nur ein paar harmlose Fragen über deine Familie und dein Leben, Hemi. Ich möchte dich eben besser kennenlernen. Ist das verboten?«

Wieder einmal nutzt er seinen allgegenwärtigen Charme und sein sexuelles Charisma, um abzulenken. »Ich glaube, du kennst mich schon sehr gut.«

Ich setze mich etwas anders hin. Plötzlich bin ich richtig frustriert. »Warum tust du immer so geheimnisvoll? Das sind doch nur einfache, harmlose Fragen.«

»Ach ja?«, schießt er zurück.

»Ja«, behaupte ich, kann seinem Blick jedoch nicht standhalten. Ich bin unfähig, ihm eine kleine Notlüge aufzutischen, wenn er mich so anstarrt. »Warum sollten sie das nicht sein?«

»Und das soll ich dir abnehmen, Sloane?«

»Ich weiß echt nicht, was du meinst.«

»Doch, das tust du. Du bist eine wirklich schlechte Lügnerin.«

Damit hat er natürlich recht. Mir bleibt also nur eine Wahl. Ich muss ihn direkt darauf ansprechen.

»Ich habe gehört, wie du telefoniert hast, Hemi.«

Augenblicklich herrscht Totenstille im Wagen. Nach einer gefühlten Ewigkeit stößt Hemi einen verhaltenen Fluch hervor. Mein Herz krampft sich zusammen. Es hat den Anschein, als wäre das Gespräch definitiv nicht für meine Ohren bestimmt gewesen.

Das bedeutet, dass er etwas zu verbergen hat. Dass er mir etwas verschweigt.

Mein Puls beschleunigt sich, als mir klar wird, dass Hemi tatsächlich der Feind sein könnte. Der Gedanke versetzt mir einen schmerzhaften Stich in die Brust.

»Bitte, sag mir, dass ich etwas falsch verstanden habe. Bitte«, flehe ich. Die Angst schnürt mir fast die Kehle zu.

»Sloane, ich wollte dich mit dem, was ich getan habe, niemals verletzen, das musst du mir glauben.«

*O Scheiße. Scheiße, Scheiße, Scheiße.*

Ich sinke vornüber, presse die Brust auf die Oberschenkel und die Stirn an die Knie. Irgendwo in den hintersten Gehirnwindungen, in dem Teil, der all dem Schmerz zum Trotz noch zum Denken fähig ist, sage ich mir, dass dies das Ende ist – und zwar das übelste, das ich mir vorstellen kann.

»Was hast du getan, Hemi?«, frage ich. Ich kneife die Augen zu und schaukle mit dem Oberkörper vor und zurück. »Was hast du getan?«

Ich registriere kaum, dass das Auto langsamer wird und der Kies unter den Reifen knirscht, als Hemi auf dem Seitenstreifen hält, oder dass mir Tränen über die Wangen und die Lippen laufen.

»Ich habe drei Brüder. Harrison ist dreißig. Wir nennen ihn Reese. Ich bin der zweitälteste. Haliefax, auch Leif genannt, ist fünfundzwanzig. Dann kommt Hollander. Ollie. Er wäre jetzt vierundzwanzig, wenn er noch am Leben wäre.« Hemi hält inne. »Aber das ist er nicht. Er ist gestorben, vor etwas mehr als zwei Jahren.«

Ich würde gerne Mitleid empfinden, tue es zu einem gewissen Grad sogar, aber im Moment bin ich dermaßen verzweifelt in Anbetracht all dessen, was mich vermutlich noch erwartet, dass ich kein Mitgefühl für Hemi aufbringen kann. Also lasse ich ihn einfach weiterreden.

»Ich heiße mit Nachnamen Spencer. Hemsworth Spencer. Henslow Spencer ist mein Vater.«

Sofort macht es klick in meinem Kopf, und ich richte mich auf. »Henslow Spencer? Der Ölmagnat?«

Hemis Lachen klingt weder erfreut noch stolz, sondern verbittert. »Ja, genau der.«

Zuerst bin ich einfach nur fassungslos. Hemi ist der Sohn von Henslow Spencer? Wie konnte er das derart geschickt geheim halten?

Doch diese Frage wird sogleich von meinem nächsten Gedanken verdrängt. Es zerreißt mir das Herz, wenn ich an meinen Bruder und an meine Familie denke. Was auch immer hier vor sich geht, was immer noch geschehen mag, eine Familie aus der Arbeiterklasse hat nicht die geringste Chance. Leute wie Henslow Spencer haben das Recht ausnahmslos auf ihrer Seite.

Ich schweige weiterhin, wüsste auch gar nicht, was ich sagen sollte.

»Die ersten fünfundzwanzig Jahre meines Lebens war ich ein verwöhntes, egoistisches Kind reicher Eltern, das mit seiner Zeit nichts Besseres anzufangen wusste, als um den Erdball zu reisen und das Geld seiner Familie zu verschleudern«, fährt Hemi fort. »Ich habe alles ausprobiert, was mir einen Kick verschaffen konnte, alles, bei dem ich einfach *überhaupt* irgendetwas empfunden habe. Frauen, Drogen, Alkohol, Glücksspiel, Rennsport – alles, was du dir vorstellen kannst. So viel und oft ich wollte, wann immer ich es wollte. Niemand hat mich je in die Schranken gewiesen. Niemand hat mir je gesagt, dass ich etwas aus meinem Leben machen soll, oder mich ein erbärmliches Arschloch genannt. Die Welt gehörte mir und meinen Brüdern. Und Ollie hat sich ein Beispiel an mir genommen. Reese ist ehrgeizig. Das war er immer schon. Ollie hätte die Welt erobern können, wenn Reese ihm etwas nähergestanden hätte. Oder Leif, der Extremsportjunkie. In diesem Fall wäre Ollie vielleicht zumindest auf eine schönere Art und Weise umgekommen. Aber ich war der Bruder, der ihm am nächsten stand. Vielleicht, weil wir uns ähnlicher waren als die anderen. Keine Ahnung. Wie dem auch sei, ich war sein Idol. Er hat mir alles nachgemacht, und das hat ihn das Leben gekostet.«

Obwohl ich am Boden zerstört bin und zutiefst enttäuscht, fesselt mich Hemis Geschichte, seine Vergangenheit, sein Schmerz. Ich richte mich auf, wische mir die Tränen von den Wangen und betrachte Hemi aus den Augenwinkeln. Er sitzt steif hinter dem Lenkrad und umklammert es derart fest, dass die Haut an den Fingerknöcheln weiß hervortritt, gerade so, als wollte er das Lenkrad strangulieren als Strafe für all das, was er durchgemacht hat.

»Ich war gerade im Ausland, als Ollie eines Tages beschlossen hat, sich Kokain zu besorgen. Er war hier in Atlanta, einer seiner Freunde kannte über drei Ecken jemanden, der behauptete, er könne ihnen Stoff besorgen, den die Polizei bei einer Razzia konfisziert habe. Ollie hat keine Fragen gestellt. Er wusste nur zwei Dinge: dass er ein Spencer war und dass Geld die Welt regiert. Auch das hat er von mir gelernt. Und es konnte ihn nicht vor dem tödlichen Zeug bewahren, mit dem das Kokain gestreckt war. Es hat ihn innerhalb von Sekunden umgebracht.«

Das Mosaik in meinem Kopf, das bislang aus zahlreichen grellbunt gefärbten Einzelteilen bestand, zwischen denen es auf den ersten Blick keinen Zusammenhang gab, verändert sich und nimmt allmählich Formen an. Und das Bild, das dabei entsteht, ist womöglich noch viel grauenhafter als die verwirrenden Einzelteile.

»Und du glaubst, mein Bruder hatte irgendwie die Finger im Spiel?«, flüstere ich ungläubig.

Zum ersten Mal, seit ich wieder aufrecht dasitze, wendet Hemi den Kopf zur Seite und sieht mich an. Es kommt mir so vor, als wäre seine Miene Ausdruck genau der gleichen entsetzlichen Seelenqualen, die auch ich empfinde. Reine Agonie.

»Gott, Sloane, ich wusste nicht, was ich sonst glauben sollte! Es hat alles zusammengepasst. Wir haben über ein Jahr lang nachgeforscht, haben alle möglichen Leute bezahlt, und die einzige Information, die wir über den Lieferanten herausbekommen haben, war, dass er in Verbindung mit Polizisten aus dem Großraum Atlanta stand und dass er unter zwei Namen bekannt war, nämlich Locke und Tumblin. Erst war ich überzeugt, ich hätte den Scheißkerl aufgespürt. Aber jetzt, wo ich dich kenne, kann ich mir nicht vorstellen, dass er es war. Ich meine, ich habe gesehen, wie er dich beschützt und wie besorgt er um dich ist. Wie könnte *so jemand* dich einer solchen Gefahr aussetzen? Und warum? Warum sollte er ein solches Risiko eingehen?«

»Das würde er nicht tun!«, sage ich nachdrücklich. »Steven würde so etwas niemals tun!«

Ich muss Hemi klarmachen, dass er sich geirrt hat. Er muss einfach einsehen, dass Steven nicht der Mann ist, den er sucht. Ich muss dafür sorgen, dass er stoppt, was immer er in Gang gesetzt hat, bevor mein Bruder getötet wird.

»Inzwischen ist mir bewusst, dass ich mich getäuscht haben

könnte. Deshalb habe ich meinen Bruder gebeten, noch mehr herauszufinden, und zwar so viel wie möglich, bevor die Sache außer Kontrolle gerät.«

»Hemi, du musst dafür sorgen, dass das aufhört. Mein Gott!«, stoße ich hervor, von Panik erfasst. »Ich darf meinen Bruder nicht verlieren. Bitte, Hemi, du musst das wieder in Ordnung bringen. Ich kenne Steven. Er könnte so etwas nie tun. Niemals.« Ich kann nicht mehr vernünftig denken. Ich atme zu schnell, und mir wird schwindelig. Als Hemi die Finger um meine Oberarme legt, zittere ich bereits.

»Ich versuch's ja, Sloane. Glaub mir, ich tue alles in meiner Macht Stehende, um …«

»Und was?«, schreie ich und winde mich aus seinem Griff. »Zum Beispiel heimlich mit deinem Bruder telefonieren, der nicht gewillt ist, auch nur einen Finger für *meinen* Bruder zu rühren? Meinst du das etwa?« Hemi streckt erneut die Arme nach mir aus, doch ich weiche zurück und drücke mich an die Beifahrertür. »Fass mich bloß nicht an! Ich wünschte, ich hätte *nie* zugelassen, dass du mich berührst! Du hast über alles Bescheid gewusst. Du hast gewusst, was du mir und meiner Familie antust, und ich habe zugelassen, dass du … dass du …« Ich bringe den Satz nicht zu Ende. »Du hast behauptet, dass du mir die Wahrheit sagst, aber alles, was du mir aufgetischt hast, waren Lügen, du Mistkerl!«

Ich drehe mich um, schnappe mir meine Tasche vom Rücksitz und springe aus dem Auto. Ich will nur noch so schnell und so weit wie möglich weg von Hemi, von meiner Hoffnungslosigkeit, meiner Hilflosigkeit. Blind vor Tränen – Tränen, die ich nicht nur wegen meines gebrochenen Herzens vergieße, sondern auch aus Scham und aus Enttäuschung über den Verrat – stolpere ich los, über Staub und Kies in Richtung Stadt. Wie von weit her höre ich Hemis Stimme hinter mir. Sie kommt näher. Ich haste weiter, immer schneller, laufe vor ihr davon.

»Sloane, warte! Bitte lass mich ausreden!« Wieder spüre ich Hemis Hände. Sie zerren an mir, bis ich stehen bleibe. »Ich wollte dir nicht wehtun. Ich schwöre zu Gott, dass das nie meine Absicht war.«

Ich wirble zu ihm herum, und mir ist, als müssten Funken aus meinen Augen sprühen, als ich fauche: »Wie kannst du es wagen zu behaupten, du hättest nicht gewusst, dass du sein Leben in Gefahr gebracht hast? Mit einer solchen Anschuldigung? Du willst mir doch nicht ernsthaft weismachen, du wärst nicht auf die Idee gekommen, dass er in Gefahr schweben könnte, wenn auch nur ein einziger wirklich korrupter Polizist so etwas bei den richtigen Leuten durchsickern lässt!«

»Sloane, ich hatte keine Ahnung … Ich meine, ich wusste, dass die *Möglichkeit* bestand, ihn dadurch zu gefährden, aber ich hatte nicht ernsthaft angenommen, dass ihn tatsächlich jemand angreifen würde. Außerdem ist das schon eine ganze Weile her. Und als ich dich dann näher kennengelernt habe …«

Erst nachdem der Wind die letzte Silbe davongetragen hat, geht mir allmählich auf, warum Hemi überhaupt bei mir ist: weil er Informationen braucht. Er hat sich nur an mich rangemacht, um Erkundigungen über meinen Bruder einzuziehen und um möglichst nah an ihn heranzukommen, ohne Verdacht zu erregen. Die ganze Zeit über hat er mich benutzt, und ich habe ihn auch noch unterstützt. Und jetzt schwebt meine Familie in Gefahr.

Als würde jemand mein Leben zurückspulen, sehe ich vor meinem inneren Auge Hemis Hände auf meinem Körper, seine Lippen auf meiner Haut. Ich sehe, wie er mit mir lacht, mich umsorgt, mir etwas vormacht. Ich sehe, wie er mich an seinem

Kummer teilhaben lässt, sehe all die kostbaren Momente, in denen ich dachte, er wäre kurz davor, sich mir zu öffnen.

Was habe ich diese Momente geliebt!

Was habe ich *ihn* geliebt.

Und er hat mich die ganze Zeit belogen.

Plötzlich brennt die Tätowierung auf meiner Hüfte, ein Symbol des Betrugs. Mit tausend Nadelstichen dauerhaft in meinen Körper, unter meine Haut gespritzt. Die Schmetterlinge, die meine Freiheit verkörpern sollten, stehen nun für missbrauchtes Vertrauen und zerstörte Hoffnungen. Sie sind zu hoch geflogen, haben sich zu nah an die Sonne gewagt, und jetzt sind sie verbrannt. In Flammen aufgegangen. Sie sterben den einzigen Tod, den ein Schmetterling sterben kann – einen viel zu frühen.

»Wie konntest du nur?«, brülle ich. Meine Worte verschmelzen zu einem Schmerzensschrei, einem Wehklagen aus tiefster Seele, als hätte man mir gerade das Herz aus der Brust gerissen.

Es war alles eine Lüge.

»O Gott, Sloane, bitte. Es tut mir so leid. Ich schwöre … ich verspreche dir, dass ich … ich nie …«

»Hör auf! Sei still! Ich will nichts mehr hören. Deine Versprechungen, deine Wahrheit … das ist doch alles totale Scheiße. Ich glaube dir gar nichts mehr. Lass mich und meine Familie einfach in Ruhe.« Ich reiße mich zum zweiten Mal von ihm los. »Hau ab, Hemi. Geh einfach.«

Ich hasse mich dafür, dass meine Stimme bricht und der Kummer über mein gebrochenes Herz zum Vorschein kommt, doch ich lasse Hemi stehen und marschiere hocherhobenen Hauptes davon.

Erst als ich sicher bin, dass er mir nicht mehr folgt, bleibe ich stehen und riskiere einen Blick über die Schulter. Ich hatte erwartet, dass er bereits weg ist, dass er aus meinem Leben verschwunden ist, wie ich es ihm befohlen hatte.

*Feigling! Mistkerl!*

Doch als ich zu ihm zurückblicke, steht Hemi noch immer an genau der Stelle, an der ich ihn verlassen habe – am sonnenbeschienenen Straßenrand. Unsere Blicke begegnen sich über die Entfernung hinweg. In seinen Augen spiegeln sich Schuldgefühle, Reue und Traurigkeit. In meinen dagegen nur Hass und Wut über seinen Verrat, denn alle anderen Gefühle habe ich verdrängt.

Ich halte seinem Blick stand, während ich das Handy aus der Tasche krame. Dann drehe ich mich langsam und entschlossen um und rufe Steven an. Meinen Bruder, den ich so gut kenne, dem ich glaube und vertraue. Den Bruder, der nie irgendetwas tun würde, um mich zu verletzen. Mir kommt in den Sinn, dass ich ihn möglicherweise aufwecke, aber er muss einfach rangehen. Er muss mir hier, vor Hemi, beweisen, dass ich recht habe, wenngleich Hemi nicht die geringste Ahnung hat, wen ich anrufe.

Als Steven abhebt, atme ich einmal tief durch und gehe weiter.

»Steven, ich brauche dich. Könntest du mich bitte abholen kommen?«

»Wo ist dein Auto?«

»Vor dem Studio.«

Er seufzt, erhebt aber keine Einwände. Weil er mich liebt. Und Menschen, die sich lieben, sind füreinander da und tun einander nicht weh. »Okay. Wo bist du denn?«

Ich sage ihm, wo in etwa ich mich befinde, und nenne den Namen der Tankstelle, die ein, zwei Kilometer von hier entfernt ist.

»Gib mir zwanzig Minuten«, sagt Steven.

»Ich werde warten«, erwidere ich und versuche, mir nichts anmerken zu lassen.

Mit einem brunnentiefen Seufzer legt er auf. Und ich gehe weiter, bis ich Hemi nicht mehr sehe.

# *Kapitel 38*

## HEMI

Ich bleibe wie angewurzelt stehen und starre Sloane nach, bis sie verschwunden ist. Zehn Minuten später stehe ich immer noch am selben Fleck und warte.

Ich will ihr nicht nachfahren und sie unter Druck setzen. Sie braucht jetzt etwas Abstand, und ich kann es ihr nicht verdenken. Wenn ich herausfände, dass jemand, mit dem ich geschlafen habe, meine Familie in Gefahr gebracht hat, würde ich schäumen vor Wut.

Sloane hat jedes Recht darauf, stinksauer zu sein.

Ich fühle mich wie ein Stück Scheiße, weil ich ihren Bruder zur Zielscheibe gemacht habe. Meinetwegen hat sein Zuhause jetzt mehr Löcher als ein Schweizer Käse. Was mich allerdings am meisten trifft und womit ich am wenigsten gerechnet habe, ist, dass es mich dermaßen fertig machen würde, den Hass in ihren Augen zu sehen. Zu sehen, wie verraten sie sich gefühlt hat, als sie herausfand, was ich getan habe. Ich würde alles tun, um die Zeit zurückzudrehen und diesen Moment auszulöschen.

Zwei Jahre lang hatte die Suche nach dem korrupten Polizisten, der meinem Bruder das gestreckte Kokain verkauft und ihn damit umgebracht hat, für mich oberste Priorität. Aber jetzt gibt es zum ersten Mal seit Ollies Tod etwas Wichtigeres in meinem Leben: Sloane.

Wann ist eigentlich dieser Wandel vonstattengegangen? Wann habe ich meine Zielstrebigkeit, mein Ziel aus den Augen verloren? Seit wann bedeutet sie mir so viel?

Die Antwort spielt jetzt keine Rolle mehr. Es ist vorbei. Sie hasst mich, und dazu hat sie jeden Grund.

Die Frage ist nur: Kann ich damit leben? Kann ich mit ihrem Hass leben? Kann ich *ohne* sie leben?

Schließlich drehe ich mich um und wende mich von der Stelle ab, an der ich Sloane zuletzt gesehen habe. Ich ziehe mein Handy aus der Hosentasche und wähle die Nummer meines Bruders. Es schaltet sich gleich die Mailbox ein.

»Reese, ruf mich zurück, wenn du diese Nachricht abhörst. Dein Kumpel muss etwas für mich in Erfahrung bringen.«

Sollte Sloanes Bruder tatsächlich unschuldig sein, dann werde ich es zu meiner einzigen Aufgabe machen, das zu beweisen. Bis dahin bleibt mir nichts anderes übrig, als in mein altes Leben zurückzukehren, obwohl ich mir geschworen hatte, dass mich nichts und niemand zu diesem Schritt bewegen kann.

Aber das war vor Sloane.

Mit eiserner Entschlossenheit tippe ich eine Nummer ein, die ich wohl nie vergessen werde. Ekel steigt in mir hoch, als am anderen Ende die vertraute Stimme ertönt. »Sebastian, hier ist Hemi. Du musst mir einen Gefallen tun.«

*Kapitel 39*

# SLOANE

Es fällt mir schwer, Steven in die Augen zu sehen, als ich einsteige und mich auf dem Beifahrersitz niederlasse.

»Was ist denn passiert, verdammt noch mal? Wie bist du hier draußen gelandet?«

In meinen Augen brennen Tränen. Tränen des Kummers, der Scham und der Erniedrigung.

»Steven …«, sage ich zögernd und wende den Kopf zur Seite, um den Tränen freien Lauf zu lassen, während er mich zum Studio fährt, damit ich mein Auto holen kann. »Weißt du irgendetwas über eine Ladung gestrecktes Koks, die vor etwa ein, zwei Jahren beschlagnahmt wurde?«

»Abgesehen von Duncans Dad kenne ich niemanden, der bei der Drogenfahndung arbeitet. Was ist denn das für eine Frage?«

Ich bin erleichtert, dass er wie aus der Pistole geschossen geantwortet hat, und zwar genauso griesgrämig wie immer. Sein Verhalten wirkt nicht im Geringsten defensiv oder verdächtig. Im Stillen verfluche ich Hemi dafür, dass er mich auch nur eine Millisekunde lang an Steven hat zweifeln lassen.

»Ist es möglich, dass dich irgendjemand mit einer Razzia in Verbindung bringt, die damals stattgefunden hat? Könnte in diesem Zusammenhang irgendwie dein Name gefallen sein? Oder der von Duncans Dad?«

»Nicht, dass ich wüsste. Worauf willst du hinaus, Sloane? Du erzählst mir jetzt auf der Stelle, warum ich dich an dieser Tankstelle abholen musste, warum du mutterseelenallein unterwegs warst und warum du mich mit seltsamen Fragen bombardierst!«

»Irgendjemand da draußen ist der Überzeugung, dass du irgendwie die Finger im Spiel hattest, als vor ungefähr zwei Jahren unreines Kokain an den Spross einer reichen Familie verkauft wurde. Er ist daran gestorben, und der Schuldige ist nie gefasst worden. Seine Familie ist jedoch überzeugt, du hättest etwas damit zu tun. Ich glaube, das war auch der Grund für die Drohung, die du erhalten hast.«

»Ich habe nicht die geringste Ahnung, woher du deine Informationen beziehst, Sloane, aber die Drohung war für einen anderen bestimmt. Sie war von jemandem, der … der …«

Er verstummt so abrupt, als wäre ihm plötzlich ein Licht aufgegangen »Was ist, Steven? Hast du einen Verdacht?«

»Einer der Anrufe kam von einem Wegwerfhandy. Die Nachricht lautete lediglich: ›Wir wollen unser Geld‹. Ich habe nicht die geringste Ahnung, wer dran war oder um welches Geld es ging, deshalb habe ich der Sache anfangs nicht viel Bedeutung beigemessen. Erst als unser Leben bedroht wurde, habe ich gemerkt, dass es diesen Leuten ernst ist.«

»Steven, mit wem könnten sie dich verwechselt haben? Und wie kann das überhaupt sein? Bist du mit irgendwelchen undurchsichtigen Typen befreundet, oder kennst du irgendwelche Informanten? Jemanden, der dich ohne dein Wissen in etwas hineingezogen haben könnte?«

»Nicht, dass ich wüsste. Andererseits bin ich nun mal ein Cop, Sloane. Ein Kriminalbeamter. Da *muss* man sich verdammt noch mal gelegentlich mit dem Abschaum der Gesellschaft abgeben, um an Informationen zu gelangen.«

Ich gehe alle Details noch einmal in Gedanken durch, in der Hoffnung, auf irgendetwas zu stoßen, das von Bedeutung sein könnte. In diesem Augenblick fällt mir die eigenartige Frage ein, die mir Hemi vor ein paar Wochen gestellt hat.

»Hattest du in der Zeit, als du mit Duncan in der Tumblin Street gewohnt hast, mit Leuten zu tun, die in Drogengeschichten verwickelt waren? Hast du dir Feinde gemacht, die irgendein haarsträubendes Detail gegen dich verwenden würden, um dich anzuschwärzen?«

Steven schüttelt den Kopf. »Nein. Damals war es die meiste Zeit ziemlich ruhig bei uns. Nach den ersten paar Wochen haben wir nicht einmal mehr Partys gefeiert.«

»Was ist mit Duncan? Hatte er irgendwelche zwielichtigen Freunde?«

Steven schüttelt erneut den Kopf. »Nein. Er hat sich auch recht unauffällig verhalten. Ich dachte, er hätte eine Freundin, weil er nachts manchmal mit dem Auto weggefahren ist und weil er immer so gut drauf war. Ich habe mir gedacht, dass er eben jede Menge Sex hat.«

Ich lege die Stirn in Falten. Irgendwie habe ich den dumpfen Verdacht, dass Duncan in die Angelegenheit verwickelt ist. Keine Ahnung, wie ich darauf komme. Es ist nur so ein Gefühl, nach allem, was Steven eben erzählt hat. Das Problem ist: Duncan ist Stevens Partner. Das ist unter Cops so etwas wie eine heilige Verbindung. Misstrauen zwischen Partnern ist ein absolutes No-Go. Der Partner wird niemals verdächtigt oder infrage gestellt. Seinem Partner gegenüber legt man hundertprozentige Loyalität an den Tag. Man vertraut ihm blind, jeden Tag, an dem man da draußen mit ihm sein Leben riskiert. So etwas schweißt zusammen.

Ich kann mir lebhaft Stevens empörte Reaktion vorstellen, wenn ich Duncan verdächtigen würde.

»Naja, vielleicht finden wir ja noch etwas heraus. Wir müssen eben Augen und Ohren offen halten«, sage ich und nehme mir vor, die Sache später mit Dad zu besprechen.

Steven lacht. »Ach, wirklich? Dann verrate mir doch bitte, welche Verbindungen du zur Unterwelt hast, die dir in dieser Angelegenheit Hinweise liefern könnten?«

Sogleich muss ich an Hemi denken, doch ich habe nicht vor, je wieder mit ihm zu reden. Weder Steven noch ich wussten, dass ich mich mit jemandem eingelassen habe, der offenbar jede Menge Verbindungen zu verschiedensten Leuten hat, von denen nicht alle harmlos sind.

Dann fällt mir wieder ein, wie Steven auf Hemi reagiert hat, und ich denke noch mal nach. Wer weiß, vielleicht hat Steven ja tatsächlich etwas geahnt. Vielleicht hätte ich ihm gleich mehr vertrauen sollen.

Kann es sein, dass es mir doch am nötigen Urteilsvermögen mangelt? Wäre ich besser beraten gewesen, mein Leben auch weiterhin in einem Käfig zu verbringen, statt blindlings loszuziehen in dem Bestreben, endlich meine Flügel auszubreiten?

* * *

Mein Handy liegt neben mir, ich höre es summen. Den Klingelton stelle ich schon gar nicht mehr an. Es ist deprimierend, wenn das Telefon klingelt, und es ist deprimierend, wenn es nicht klingelt.

Auf dem Display leuchten Hemis Namen und seine Nummer auf. Schon wieder. Seit ich letztens aus seinem Auto gestiegen bin, ruft er mich jeden Tag mindestens sechsmal an. Ich ignoriere seine Anrufe. Die ersten paar Male hat er noch kurze Nachrichten hinterlassen. Phrasen wie »Es tut mir leid, Sloane« und »Bitte verzeih mir, Sloane.« Nichts, das einen Unterschied machen würde. Es sind nur leere Worte.

Jetzt sagt er nichts mehr. Er wartet nur ab, bis sich die Mailbox anschaltet, und dann schweigt er.

Ich schiebe das Handy von mir, weit weg, sodass ich es weder hören noch spüren kann, und schließe die Augen, weil ich den Wecker auf dem Nachttisch nicht sehen will, der bereits elf Uhr anzeigt. Ich liege immer noch im Bett.

Ich bin heute nicht zur Uni gefahren. Ich konnte einfach nicht. Inzwischen ist fast eine Woche vergangen, und ich kann nach wie vor nicht aufstehen oder denken. Ich habe nicht mehr die Kraft, der Welt zu begegnen. Also liege ich hier und warte. Worauf, weiß ich selbst nicht.

Ich döse noch eine weitere Stunde im Halbschlaf vor mich hin, als es an der Haustür klingelt. Verschlafen öffne ich die Augen und blicke zum Wecker, dann drehe ich mich um und kuschle mich wieder unter die Decke.

Es klingelt erneut.

Murrend schlage ich die Bettdecke zurück, stampfe nach unten und reiße die Tür auf, wobei mir kurz durch den Kopf geht, dass Dad mich wohl umbringen würde, wenn er wüsste, dass ich vergessen habe, durch den Türspion zu sehen. Tja, im Gegensatz zu ihm und meinen Brüdern bin ich es eben nicht gewohnt, dass mein Leben in Gefahr ist und dass ich prinzipiell jedem Menschen, der mir über den Weg läuft, mit Misstrauen begegnen sollte.

Aber in diesem Fall habe ich nichts zu befürchten. Es ist eine Frau in einem blauen Poloshirt, auf dem an der linken Brust »Flowers by Wanda« steht.

»Ich habe eine Lieferung für Sloane Locke«, erklärt sie mit tiefer Raucherstimme.

»Das bin ich«, antworte ich und betrachte den riesigen Strauß Lilien samt Vase, den sie mir hinhält. Er duftet himmlisch.

Die Frau reicht mir ein Klemmbrett hinterher. »Schöner Strauß«, merkt sie an, während ich mir die Vase in die Armbeuge klemme und die Empfangsbestätigung unterschreibe.

»Danke«, sage ich und will eben die Tür schließen, als sie mir über die Schulter »Einen schönen Tag noch!« zuruft und sich dann auf den Weg zu ihrem Wagen macht.

»Der Tag wird garantiert zum Kotzen«, brumme ich und schiebe den Türriegel vor. »Genau wie der gestrige.«

Ich stelle die Blumenvase auf den Tisch im Esszimmer, das wir nie benutzen, nehme die Karte aus dem Umschlag und überfliege den Text. »Ich hoffe, du findest einen Weg, mir zu verzeihen. H.«

Ich pfeffere sie neben die Vase und wünsche mir, der Tag wäre schon vorüber, während ich wieder nach oben gehe.

Die darauffolgenden drei Tage vergehen auf ähnliche Weise. Ich verbringe sie allesamt im Bett. Jeden Tag klingelt es am späten Vormittag an der Tür. Es ist immer dieselbe Frau, und jedes Mal überreicht sie mir einen duftenden Blumenstrauß in den wundervollsten Farben.

Jeden Tag bemerkt sie, die Blumen seien wunderschön, und jeden Tag quittiere ich den Empfang, bedanke mich bei ihr und deponiere die Vase und die dazugehörige Karte auf dem Esstisch, neben all den anderen.

Heute ist Freitag, und aus unerfindlichen Gründen ist mein Vater zu Hause. Das weiß ich deshalb, weil er um halb acht an meine Tür klopft. »Ich schlafe heute aus«, murmle ich in mein Kissen. Schweigen, dann höre ich, wie er sich umdreht und weggeht.

Stunden später wache ich auf. Mein erster Gedanke ist, dass wir schon fast ein Uhr haben und es noch nicht an der Tür geklingelt hat. Bei dem Gedanken tut mein Herz gleich noch mehr weh, falls das überhaupt möglich ist. Heute ist der Tag, an dem Hemi aufgegeben hat. Gestern war ich ihm noch unheimlich wichtig, und es hat ihm alles *furchtbar* leidgetan. Aber heute nicht mehr. Der heutige Tag markiert das Ende. Heute ist der Tag, an dem er aufgegeben hat.

Ich schluchze immer noch in mein Kissen, als es schließlich doch an der Tür klingelt, und mein Herz schlägt unwillkürlich schneller, als ich von unten die gedämpfte Stimme meines Vaters vernehme – und die einer Frau. Ich warte ein paar Minuten, ehe ich runtergehe. Mein Vater ist in die Betrachtung der herrlichen Bouquets auf dem Esstisch versunken, die aus Blumen in allen nur erdenklichen Formen und Farben bestehen. Der neueste Strauß steht direkt vor ihm – mindestens zwei Dutzend weißer Rosen, und in der Mitte eine einzige rote. Ich weiß nicht, was das bedeutet. Es könnte alles Mögliche heißen. Aber aus irgendeinem Grund erscheint mir diese einzelne rote Blüte aussagekräftiger als alle anderen zusammengenommen. Es kommt mir so vor, als wäre Hemi bewusst, dass all seine Anrufe und die bisherigen Blumengrüße nur eine Art weißes Rauschen vor dem Hintergrund meines Kummers und meiner Desillusionierung waren. Mir ist, als würde aus dem Nebel seine Stimme an mein Ohr dringen und mir etwas zurufen, und ich bin nicht sicher, ob ich daran glaube.

»Was, zur Hölle, ist hier los, Sloane? Willst du einen Blumenladen eröffnen?«, fragt Dad, während ich nach der kleinen Karte greife, die mit einer Art Dreizack an dem Strauß befestigt ist.

»Sag bloß, die hast du erst jetzt bemerkt.« Ich mustere Dad erstaunt, während ich das kleine Kuvert aufreiße.

»Ich gehe so gut wie nie hier rein«, verteidigt er sich.

»Wow, aus dir wird noch mal ein *richtig guter* Ermittler«, ziehe ich ihn auf.

»Pass auf, was du sagst, Frechdachs.« Er nimmt mir die Karte aus der Hand und hält sie so hoch über den Kopf, dass ich ein paar Luftsprünge mache, um sie zu erwischen – vergeblich.

»War doch nur Spaß, Dad, okay? Es tut mir leid. Jetzt gib mir die Karte.«

»Nein. Ich will verdammt noch mal wissen, was mit dir los ist. Du benimmst dich wie ein Vampir! Du liegst den ganzen Tag im Bett, du isst nichts, du willst mit niemandem reden, und du bekommst haufenweise Blumen.«

»Mir geht es gut, Dad. Ich werde schon damit fertig.« Ich wehre mich immer noch dagegen, das behütete kleine Mädchen zu sein, auch wenn ich manchmal alles dafür geben würde, wenn er mich in die Arme nehmen, mich trösten und mir sagen würde, dass alles wieder gut wird.

»Ich bin nicht blöd, Sloane. Ich weiß, dass zwischen euch beiden mehr als nur Freundschaft war. Ich weiß auch, dass Verrat schwer zu verwinden ist, wenn man überhaupt je darüber hinwegkommen kann. Aber du solltest versuchen, dich in seine Lage zu versetzen. Überleg doch mal, wie weit du gehen würdest, um deine Brüder zu beschützen. Gott bewahre, wenn einem von ihnen etwas zustieße. Du benimmst dich zwar nicht immer wie eine Locke, zum Beispiel, wenn du partout nicht akzeptieren willst, dass wir nun mal besorgt um dich sind, aber auf der anderen Seite wirst du zur Furie, wenn jemand einem von uns auch nur ein Haar krümmt.« Ich höre ihm schweigend zu. Dad weiß lediglich, dass Hemi auf der Suche nach einem korrupten Polizisten ist. Darüber hinaus habe ich ihm kaum etwas erzählt, außer, dass es den Anschein hat, als wäre Steven in die Angelegenheit verwickelt. »Also«, fährt Dad fort, als ich nichts sage, »ich bin mir dessen bewusst, dass ich immer streng mit dir war, aber ich hoffe, dir ist klar, dass du jederzeit mit mir reden kannst. Schließlich bin ich dein Vater, und ich liebe dich über alles.«

»Das weiß ich, Dad. Und ich liebe dich auch«, versichere ich ihm. »Es geht mir gut. Wirklich.«

»Slo-ane …« Sein Tonfall wird warnend.

»Da-ad …«

»Machst du dir immer noch Sorgen wegen Steven?«, fragt er, was mir einen Seufzer entlockt.

»Naja, ein bisschen.«

»Du hast getan, was du tun musstest und von dem du dachtest, es wäre das Beste – du bist zu mir gekommen. Das wird er eines Tages auch einsehen. Vor allem, wenn ich ihm erzähle, was ich heute herausgefunden habe.«

Ich spitze die Ohren. »Was? Was hast du rausgefunden?«

Während ich gespannt darauf warte, dass er mit der Neuigkeit rausrückt, bemerke ich, dass er die Stirn gerunzelt hat und seine Mundwinkel nach unten gewandert sind, was nichts Gutes verheißt.

»Die Kollegen von der Mordkommission haben bei einer ihrer Ermittlungen tatsächlich mal ein paar Kilo verunreinigtes Kokain konfisziert. Es ging um einen Mord im Drogenmilieu vor ungefähr zwei Jahren. Ich habe mir die beschlagnahmten Drogen angesehen und festgestellt, dass zwei Kilo fehlen – von ganz hinten im Regal, wo es nur jemandem auffällt, der genau hinsieht. Ich habe das Protokoll durchgelesen, um herauszufinden, wer im Lauf der sechs Monate nach Beschlagnahmung der Beweismittel den Raum betreten hat.« Er bricht ab und reibt sich die Stirn. »Steven hat sich mit seinem Dienstausweis Zugang verschafft. Und zwar gleich sechsmal.«

Ich schnappe nach Luft. »Was?« Mein Herz schlägt so heftig, als würde es jeden Moment in meiner Brust zerspringen.

»Immer mit der Ruhe. Wir reden hier von deinem Bruder. Ich habe auch die Liste überprüft. Jemand hat in Stevens Namen vorgegeben, sich die Akte zu einem alten Fall holen zu wollen, an dem Steven ein Jahr zuvor gearbeitet hat, doch der Krakel neben dem Eintrag ist definitiv nicht Stevens Unterschrift. Ich habe versucht, nicht allzu viel Wind um die Sache zu machen, und so soll es auch bleiben. Aber ich habe eine Kopie der Aufzeichnungen angefertigt, und die werde ich einem der Handschriftenexperten zeigen, die bei Gerichtsverhandlungen im Auftrag der Stadt herangezogen werden. Ich leite die Angelegenheit erst an die Dienstaufsichtsbehörde weiter, wenn zweifelsfrei feststeht, dass die Unterschrift gefälscht wurde, und ich werde dranbleiben, bis ich den Mistkerl gefunden habe, der versucht, meinem Sohn ein Verbrechen anzuhängen.«

Dad ist stinksauer.

»Wer könnte Steven so etwas antun, Dad? Und warum?«

»Ich habe da so einen Verdacht«, brummt er mit einem vielsagenden Blick, und mir wird klar, dass diese Neuigkeiten für Steven womöglich gar nicht so erfreulich sind, wie es auf den ersten Blick aussieht.

Das Timing passt genau. Vor zwei Jahren hat Steven mit Duncan in der Tumblin Street gewohnt. Lag er wirklich richtig mit der Vermutung, dass sich Duncan mit einer Frau traf, wenn er das Haus spätnachts verlassen hat? Tatsache ist, dass jemand aus Stevens Umfeld sich seinen Ausweis unter den Nagel gerissen und sich damit Zugang zur Asservatenkammer und den sichergestellten Drogen verschafft hat. Und dieser Jemand war zweifelsfrei ein Cop.

Alles deutet auf eine Person hin – auf einen Mann, der nicht nur der beste Freund meines Bruders ist, sondern obendrein sein Verbündeter. Sein Partner. Der Mann, dem er am meisten vertraut.

»Scheibenkleister«, hauche ich. »Duncan.«

Mein Vater nickt knapp. Er wirkt zutiefst bekümmert. Bestimmt fühlt auch er sich von ihm hintergangen. Er hat mit Duncans Vater, der in der Drogenfahndung tätig ist, jahrelang zusammengearbeitet und Duncan wie einen Sohn geliebt.

»Aber erst muss ich *Beweise* haben. Und dazu brauche ich die Hilfe deines Bruders. Dir ist klar, dass ihm das nicht gefallen wird.«

»Nein, es wird ihm nicht gefallen, aber er wird es tun, weil es richtig ist und weil es sich für einen Locke gehört«, antworte ich lächelnd. Damit bekommt mein Vater das zu hören, was er mir ein Leben lang eingetrichtert hat.

»Ja, so sind die Lockes. Wir beschützen einander, koste es, was es wolle.«

Bei seinen Worten muss ich aus unerfindlichen Gründen zum millionsten Mal an Hemi denken.

*Kapitel 40*

# HEMI

Sloane geht immer noch nicht ans Telefon. Ich habe keine Ahnung, wie ich sie sonst erreichen kann und wie ich sie dazu bringen soll, mit mir zu reden und mich nur noch ein einziges Mal anzuhören.

Es gibt Dinge, die mir erst jetzt klar geworden sind und die ich ihr unbedingt sagen muss. Dinge, die ich ihr nicht auf den Anrufbeantworter sprechen, auf eine Karte schreiben oder durch die Blume sagen kann.

Wichtige Dinge.

Die Wahrheit.

Wie ich es ihr versprochen hatte.

Noch einmal wähle ich Sloanes Nummer. Es klingelt und klingelt und klingelt. Schließlich höre ich, wie jedes Mal, ein Klicken und dann die vertraute Ansage. Mir wird richtig schlecht, während ich sie anhöre, weil ich ernsthaft befürchte, dass Sloane mir womöglich nie verzeihen wird. Dass ich womöglich nie die Gelegenheit bekommen werde, alles wieder ins Lot zu bringen und ihr das zu sagen, was ich ihr sagen muss.

»Sloane, ich bin's. Ich muss dir unbedingt etwas sagen. Es ist wichtig. Bitte gib mir nur fünf Minuten. Bitte.«

Seufzend lege ich auf. Wieder einmal. Nun bleibt mir nichts anderes übrig als zu warten. Wieder einmal.

*Kapitel 41*

# SLOANE

Ich hatte angenommen, ein Abend mit Sarah würde mir guttun, aber ich fühle mich kein bisschen besser. Im Gegenteil, auf dem Nachhauseweg überkommt mich ein flaues Gefühl. Eigentlich überrascht mich das nicht sonderlich. Schließlich habe ich, seit das alles passiert ist, fast nichts gegessen und kaum richtig geschlafen. Ich sage mir, dass ich wahrscheinlich einfach nur erschöpft bin.

Als ich nach Hause komme, sitzt Dad am Esstisch im Wohnzimmer und liest die Karten, die immer noch dort liegen. Die meisten Blumen sind bereits verwelkt und im Mülleimer gelandet, aber irgendwie habe ich es nicht übers Herz gebracht, auch die Karten wegzuwerfen. Noch nicht.

»Was machst du da, Dad?«, frage ich und postiere mich neben seinem Stuhl.

Bevor er antwortet, schiebt Dad alle Karten fein säuberlich zusammen und reicht sie mir. »Hast du alle gelesen?«

»Ja.«

Er nickt bedächtig und faltet meine Finger um den Stapel. »Und du willst trotzdem nicht mit ihm reden?«

Ich weiß nicht recht, was ich darauf antworten soll. Zugegeben, ich bin nicht mehr ganz so sauer wie am Anfang. Aber ich weiß noch nicht genau, ob ich im Begriff bin, Hemi zu verzeihen, oder ob es stimmt, dass die Zeit Wunden heilen kann.

Schließlich zucke ich mit den Schultern.

»Er war übrigens vorhin hier. Er wollte zu dir.« Mein Vater beobachtet mich prüfend, um meine Reaktion abzuschätzen. Da er nicht weiterspricht, fühle ich mich gezwungen, etwas zu sagen.

»Warum?«

»Er wollte mit dir reden.«

*Ganz was Neues.*

»Hat er gesagt, wieso?«

»Nicht direkt. Aber ich glaube, du solltest ihn zumindest anhören, Sloane.«

»Du hast leicht reden, Dad. Du kennst nur die halbe Geschichte.«

»Ich habe nicht *leicht* reden. Mir geht die Vorstellung, dass dir jemand wehtut – aus welchem Grund auch immer –, ganz entschieden gegen den Strich. Ich werde in jedem Fall auf deiner Seite stehen. Am liebsten würde ich diesem Burschen den Hals umdrehen, weil du in den letzten Wochen solche Höllenqualen durchstehen musstest. Es fällt mir schwer zu akzeptieren, dass meine Kleine erwachsen ist und sich womöglich unsterblich verliebt hat, Sloane. Für mich ist die Vorstellung, dass ich meine Tochter so einem eingebildeten Mistkerl überlassen soll und hoffen muss, dass er auf sie aufpasst, der reinste Horror. Aber mir ist klar, dass mir früher oder später nichts anderes übrig bleibt. Und irgendwie habe ich das Gefühl, dass dir dieser Hemi sehr viel bedeutet – mehr, als ich ursprünglich angenommen hatte. Ich wusste, dass da was zwischen euch läuft, aber mir war nicht klar, wie viel es dir bedeutet hat. Wie viel *er* dir bedeutet hat.«

Dad schiebt den Stuhl nach hinten, steht auf und beugt ein

wenig den Kopf, damit er mir ins Gesicht sehen kann. »Das Leben ist kurz, Sloane. Und als ich versucht habe zu vergessen, *wie* kurz es ist, hast du mich wieder daran erinnert, und das über mehrere Jahre hinweg. Und weißt du was? Du hattest recht. Das Leben ist tatsächlich kurz, und du musst es in vollen Zügen genießen, solange du kannst. Wenn ich die Zeit zurückdrehen könnte, um noch einmal ein paar Jahre oder auch nur Tage oder sogar Stunden mit deiner Mutter zu verbringen, dann würde ich es auf der Stelle tun. Und ich möchte dich auf keinen Fall um derart wertvolle Momente oder Erfahrungen bringen. Also, denk gut darüber nach, was hier drinsteht, Sloane«, sagt er und legt die Hand auf meine Finger, die den Kartenstapel umklammern. »Wenn du eine Möglichkeit siehst, ihm zu vergeben, wenn du glaubst, dass er es wert ist, dann rede mit ihm. Gib ihm eine Chance, damit du es nicht dein Leben lang bereust. Wenn man auf allzu vieles mit Reue zurückblickt, dann kann ein kurzes Leben der Ewigkeit in der Hölle gleichkommen.«

Er verpasst mir einen väterlichen Klaps auf den Arm und geht an mir vorbei. Bevor er das Zimmer verlässt, blickt er noch einmal zu mir zurück. »Alles in Ordnung? Du bist ganz rot im Gesicht.«

Ich berühre meine Wangen. Sie sind warm, und ich fühle mich noch immer nicht ganz auf der Höhe, aber ich lächle Dad zuversichtlich an. »Es geht mir gut, Dad.«

Er erwidert das Lächeln und geht hinaus. Als ich ihn in der Küche pfeifen höre, wird mein Lächeln breiter. Früher, als Mom noch gelebt hat, hat er ständig vor sich hin gepfiffen. Solche Augenblicke sind selten geworden. In Anbetracht der schweren Zeiten, die unsere Familie gerade durchmacht, ist sein Pfeifen noch außergewöhnlicher. Ich weiß, dass es Gedanken an Mom sind – schöne, glückliche Gedanken –, die Musik in sein Herz zaubern. Schon die Erinnerung an eine Liebe wie diese kann alles verändern. Sie kann einem das Leben eine Zeit lang auch ganz schön schwer machen, aber letztendlich ist sie das alles wert. Ich muss nur entscheiden, ob das mit Hemi die Sache wert ist.

⁕ ⁕ ⁕

Am nächsten Abend werde ich durch ein lautes Klopfen aus dem Schlaf gerissen. Es fällt mir schwer, mich aus dem Land der Träume zu lösen, wo ich gerade so glücklich war. Aber die Realität ist hartnäckiger, besonders wenn sie sich in Gestalt meines Bruders einstellt.

»Sloane, mach gefälligst die Tür auf«, schimpft Steven vor meiner verschlossenen Zimmertür.

»Ich schlafe, Steven. Was auch immer du auf dem Herzen hast, es kann sicher warten.«

»Es ist noch nicht mal acht Uhr abends. Wieso liegst du im Bett?«

Das ist eine ausgezeichnete Frage, auf die ich keine Antwort habe. Gegen halb vier habe ich beschlossen, dass mir ein sonntagnachmittägliches Nickerchen bestimmt guttun würde. Aber bei knappen fünf Stunden kann man wohl nicht mehr von einem Nickerchen reden. Tja, ich bin wohl immer noch total erschöpft.

»Ich komme ja schon. Gib mir eine Minute.«

Nachdem ich mich ein wenig gereckt und gestreckt habe, stehe ich auf, öffne die Tür und trete vorsorglich einen Schritt zurück. Wie erwartet, stürmt mein Bruder sogleich herein und setzt sein Gezeter fort.

»Hast du davon gewusst?«

»Wovon?«

»Dass dieses Arschloch Hemi Nachforschungen über mich anstellt? Dass er unsere Familie zur Zielscheibe gemacht hat?«

»Nicht von Anfang an. Was glaubst du wohl, warum ich ihn abserviert habe?«

Ich lasse mich aufs Bettende plumpsen und verfolge, wie Steven in meinem Zimmer auf und ab tigert. Er ist sichtlich aufgebracht, doch dahinter versteckt sich unverkennbar auch Kummer und das Gefühl, verraten worden zu sein. Hemi ist nicht die Ursache für seine Wut, aber er gibt einen guten Sündenbock ab.

»Ich wusste doch, dass ich diesen Scheißkerl nicht ausstehen kann. Ich *wusste* es!«

»Steven, ob du ihn nun magst oder nicht, Hemi hat nur das getan, was er für seine Familie tun musste. Vielleicht hat er dir sogar das Leben gerettet.«

»Wie, zum Teufel, kommst du darauf, dass das, was er getan hat, auch nur *ansatzweise* positiv für mich war?«

»Es geht um Duncan, stimmt's?«

Steven antwortet nicht, aber er hat vor Wut sämtliche Kiefermuskeln angespannt.

»Es war nicht Duncan, der mir meinen Ausweis …«

»Doch, er war es, Steven. Duncan hat sich in vielerlei Hinsicht falsch verhalten. Ich weiß, dass er dein bester Freund und Partner war, und ich kann verstehen, dass du dich verraten fühlst, aber du darfst ihn nicht in Schutz nehmen. Er hat deinen Dienstausweis gestohlen, während du geschlafen hast, Steven! Ein wahrer Freund tut so etwas nicht. Ist dir eigentlich klar, in welche Schwierigkeiten er dich damit bringt?«

»Zumindest ist er nicht schuld, dass auf unser Haus geschossen wird«, faucht Steven.

»Doch, das ist er, wenn auch nur indirekt. Es war *einzig und allein* Duncans Schuld. Aufgrund *seiner* Kontakte und *seiner* illegalen Aktivitäten haben diese Leute angenommen, dass du es warst. Was meinst du wohl, warum er *deinen* Ausweis verwendet hat? Und Hemi … Hemi ist bloß zufällig darüber gestolpert.«

Steven bleibt stehen und mustert mich mit einem bitterbösen Blick. »Hemi hat dich benutzt, um Nachforschungen über unsere Familie anzustellen.«

Seine Worte schmerzen, weil sie der Wahrheit entsprechen und weil ich noch immer damit zu kämpfen habe.

»Das weiß ich, Steven, aber versetz dich doch mal in seine Lage. Wenn ich auf diese Art ums Leben gekommen wäre, noch dazu aufgrund der Machenschaften eines korrupten Polizisten, dann würdest du doch auch nichts unversucht lassen, damit mein Mörder die Strafe bekommt, die er verdient, oder? Du würdest alles tun, damit die Verantwortlichen dafür zur Rechenschaft gezogen werden, stimmt's?« Ich stehe auf und gehe zu Steven, der wie eine Art Hulk in der Tür steht, riesig und bedrohlich. »Du hättest das Gleiche getan, Steven. Vielleicht sogar noch Schlimmeres. Für die Menschen, die wir lieben, würden wir nahezu alles tun.«

»Ich werde ihm niemals verzeihen. Das ist dir doch klar, oder?«

»Es ist nicht Hemi, dem du verzeihen musst, Steven. Das Einzige, was man ihm vorwerfen könnte, ist, dass er eingewilligt hat, mir das Tätowieren beizubringen. Er mag damit seine eigenen Ziele verfolgt haben, aber er hat nichts Falsches getan. Er hat das bisschen Information, das er hatte, an einen Gesetzeshüter seines Vertrauens weitergeleitet, und er hat sich sogar dafür entschuldigt. Er hat deine Wut nicht verdient. Lenk sie lieber dorthin, wo sie hingehört. Duncan hat dich auf die schlimmstmögliche Weise hintergangen, und das hat einen unschuldigen Mann das Leben gekostet. Vergiss nicht, wer hier der eigentliche Bösewicht ist.«

»Dir fällt wirklich nichts Besseres ein, als Hemi zu verteidigen, nach allem, was er getan hat?«

»Er hat nichts getan, was wir nicht auch getan hätten, Steven«, erinnere ich ihn sanft. Ich sehe, wie erbittert mein Bruder gegen die Wahrheit ankämpft. Er *möchte* auf Hemi wütend sein, weiß aber, dass das nicht gerechtfertigt ist. Seine Vorwürfe sollen, nein, *müssen* sich gegen Duncan richten, und damit basta. Hemi hätte unsere Familie nie dieser Bedrohung ausgesetzt, wenn er tatsächlich gewusst hätte, welchen Verlauf die Angelegenheit nehmen würde. So ein Mensch ist er nicht.

Steven dreht sich kopfschüttelnd um und geht hinaus. Ehe er die Tür schließt, hält er kurz inne. »Wenn Hemi nichts Falsches getan hat und er meine Wut nicht verdient hat, warum triffst du dich dann nicht mehr mit ihm?«, fragt er und schließt mit einem selbstgefälligen Grinsen die Tür. Er scheint zu denken, jetzt hätte er gewonnen, aber eigentlich hat er mir damit nur gezeigt, dass ich auf dem Holzweg bin. Es hat mir die Augen geöffnet, dass ich Hemi vor Steven verteidigt habe, dabei wusste ich insgeheim schon die ganze Zeit, was Sache ist.

Ja, Hemi hat es versäumt, mir zu erzählen, was er im Schilde führt. Und ja, er hat sich unter Vorspiegelung falscher Tatsachen mit mir eingelassen. Aber ganz tief in meinem Inneren weiß ich, dass das, was zwischen uns geschehen ist, echt war. Ganz egal, wie es begonnen haben mag, es hat sich zu etwas Echtem entwickelt. Ihm war deutlich anzusehen, wie sehr er sich für das geschämt hat, was er mir und meiner Familie angetan hat.

Was ich Steven gesagt habe, war die Wahrheit. Hemi hat nichts getan, was die Mitglieder meiner Familie nicht auch getan hätten. Er hat meine Wut und meinen Hass nicht verdient. Ich muss ihm sagen, dass ich ihn verstehe und bereit bin, ihm zu verzeihen. Beides habe ich ihm bisher verweigert.

Bisher. Aber noch ist nicht aller Tage Abend.

## *Kapitel 42*

# HEMI

Ich nehme einen Schluck Tequila, lehne den Kopf an den Rand des Whirlpools und konzentriere mich auf das Gefühl der Wasserstrahlen, die meine schmerzenden Muskeln massieren. In letzter Zeit war ich furchtbar angespannt. Kein Wunder – ich habe mich unter anderem mit meinem alten Koksdealer Sebastian herumgeschlagen, um herauszufinden, wer es auf Sloanes Bruder abgesehen haben könnte, und dafür gesorgt, dass die Angelegenheit geklärt wird, was mich eine ordentliche Stange Geld gekostet hat. Es war, als hätte ich dabei die höllischen Zeiten, die dem Tod meines Bruders vorangegangen sind, in voller Länge noch einmal durchlebt. Heute Abend habe ich mir freigenommen, um mich zu Hause einzuigeln und mich im Whirlpool zu betrinken.

Als das Telefon klingelt, will ich erst gar nicht rangehen, doch dann fällt mir wieder ein, dass ich viele wichtige Informationen brauche und viele wichtige Anrufe erwarte. Ich kann es mir nicht leisten, auch nur einen davon zu ignorieren, nur weil ich schlecht drauf bin.

»Ja?«

»Mr. Spencer, hier ist Winston, der Pförtner. Sie haben Besuch, eine Miss Locke. Soll ich das Tor öffnen?«

Mein Magen krampft sich zusammen. »Ja, bitten Sie sie herein.«

Ich lasse mich wieder in das warme Wasser sinken und überlege ein paar Sekunden. Warum taucht sie hier überhaupt auf, nachdem sie meine Anrufe so lange nicht angenommen hat? Na ja, im Grunde kann es mir völlig egal sein. Ich bin nur froh, dass sie auf dem Weg zu mir ist, dass ich sie wiedersehen werde und mit ihr reden kann. Und sollte es nur noch dieses eine Mal sein.

Das bedeutet, dass ich genau einen Versuch habe. Einen einzigen Versuch.

Ich steige aus dem Pool, wickle mir ein Handtuch um die Hüfte und mache mich auf den Weg zu der bestens ausgestatteten Bar, die sich in einer Ecke des Esszimmers befindet, wo ich mein Glas fülle und es in einem Zug leere. Dann schenke ich mir noch einmal ein und nehme einen kleinen Schluck.

Ich höre das leise Surren des Motors, als Sloane draußen den Wagen parkt, und gehe zur Tür, um sie hereinzulassen.

Als sie um die Ecke biegt und mich erblickt, bleibt sie abrupt stehen und betrachtet meine nackte Brust, meinen Bauch und das Frotteetuch, das ich mir umgebunden habe. Ich tue mein Möglichstes, um unter ihrem Blick nicht hart zu werden, aber es ist verdammt schwer.

Mit zusammengebissenen Zähnen trete ich einen Schritt nach hinten, damit sie an mir vorbeigehen kann. Als sie an mir vorbeikommt, steigt mir der frische Duft ihres Shampoos in die Nase, vermischt mit ihrem unverwechselbaren Körpergeruch, bei dem mir sogleich das Wasser im Mund zusammenläuft. Wieder kostet es mich all meine Kraft, meiner Libido Einhalt zu gebieten.

»Was machst du hier?«, frage ich sie, während ich die Tür schließe.

Sloane wartet ab, bis ich mich zu ihr umgedreht habe und wir uns Auge in Auge gegenüberstehen, bevor sie antwortet.

»Du hast gesagt, ich soll dir fünf Minuten geben. Also, hier bin ich. Das hat jetzt ein Ende, so oder so.«

Bei diesen Worten zieht sich mir das Herz in der Brust zusammen, aber ich kann nicht behaupten, dass mich ihre Worte aus heiterem Himmel treffen. Ich könnte es durchaus verstehen, wenn sie mich ein für alle Mal abserviert. Was ich ihr angetan habe, war ziemlich übel. Unverzeihlich sogar. Wahrscheinlich habe ich gehofft, dass sie mir eventuell trotzdem verzeiht. Dass sie zudem beschließt, mir doch noch eine Chance zu geben. Ich würde es tun, im umgekehrten Fall. Ich würde ihr noch tausend Chancen geben, wenn das bedeutete, dass sie bei mir bleibt und mich nie mehr verlässt.

»Also dann«, sage ich, leere mein Glas und gehe zur Bar, um mir erneut nachzuschenken. Als ich mich umdrehe, steht Sloane neben mir und sieht mich mit misstrauischer Miene an. »Ich wollte dir sagen, dass ich die Leute ausfindig gemacht habe, die deinen Bruder bedroht haben«, erkläre ich. »Sie werden dir und deiner Familie keine Schwierigkeiten mehr machen.«

Sie wirkt nicht überrascht, sondern nickt lediglich. »Danke.«

Ich warte ab, aber sie sagt nichts mehr. »Außerdem habe ich einen mit meinem Bruder befreundeten Rechtsanwalt gebeten, alle Spuren zu verfolgen, die irgendwie mit den verunreinigten Drogen in Zusammenhang stehen. Ich werde herausfinden, wer der Schuldige ist, und die Angelegenheit mit deinem Bruder in Ordnung bringen. Das verspreche ich dir.«

»Keine leeren Versprechungen«, erwidert sie sanft und erinnert mich damit an eine Unterhaltung, die wir vor einer halben Ewigkeit geführt haben.

»Das tue ich nicht. Ich mache nur Versprechungen, die ich halte – oder zumindest zu halten *versuche*.«

Sie sagt nichts, sondern schaut mich bloß an. Endlich, nach

einer langen Pause, fragt sie: »War das alles, was du mir sagen wolltest?«

Ich hole tief Luft. Jetzt oder nie. »Nein, nicht ganz.«

Sloane wirft einen Blick auf die Uhr. »Tja, dann solltest du allmählich zum nächsten Teil übergehen.«

Ich lasse ein paar Sekunden verstreichen, um sie zu betrachten. Sie trägt ein schwarzes Shirt mit einem tiefen V-Ausschnitt, einen kurzen, silbergrauen Rock und silberne Sandalen. Ihre Zehennägel sind leuchtend rot lackiert, ebenso ihre Fingernägel, wie mir auffällt, als sie sich nervös den Rock glatt streicht. Als ich das sehe, wird mir klar, dass ihr das alles gerade genauso schwerfällt wie mir, wenn nicht sogar noch schwerer. Es ist an der Zeit, dass ich aufs Ganze gehe.

Entschlossen mache ich einen Schritt auf sie zu. Ich bin nicht sicher, ob sie etwas dagegen hat, aber ich warte nicht erst ab, ob sie protestiert, sondern stürze mich sogleich kopfüber in meine Mission.

»Schon als ich dich das erste Mal gesehen habe, hatte ich das Gefühl, dass da etwas zwischen uns ist. Ich habe es auf alles Mögliche zurückgeführt – auf die Tatsache, dass ich eine Weile Single war und dich körperlich anziehend finde, und so weiter und so fort. Und als ich dann erkannt habe, wie unschuldig du warst ... und das, obwohl du einen so unglaublichen Sexappeal hast ... Gott, ich wusste nicht, wie ich dir auf Dauer widerstehen sollte. Mir war klar, dass ich eine Ablenkung wie dich auf gar keinen Fall gebrauchen konnte. Deshalb habe ich anfangs auch abgelehnt, als du mich gefragt hast, ob ich dir das Tätowieren beibringe. Und dann habe ich erfahren, dass der Polizist in dieser Bar dein Bruder ist, und ich wusste, eine solche Gelegenheit kommt nie wieder. Es war für mich die ideale Möglichkeit, an Informationen über jemanden zu kommen, den ich für einen

Verdächtigen hielt. Also habe ich die Gelegenheit beim Schopf gepackt. Ich hatte fest vor, dich lediglich zu unterrichten – und dich dabei über deine Familie auszuquetschen – und ansonsten die Finger von dir zu lassen. Und sobald ich das, worauf ich aus war, bekommen hatte – nachdem du mir bestätigt hast, dass es eine Verbindung zwischen deinem Bruder und dem Stichwort Tumblin gab –, habe ich den Stein ins Rollen gebracht, wenn auch mit schlechtem Gewissen. Schließlich hatte ich zwei Jahre lang an nichts anderes denken können als daran, den Mörder meines Bruders ausfindig zu machen. Aber das war, bevor ich dich kennengelernt habe. Tja, ich dachte eben, ich hätte den Schuldigen gefunden. Natürlich kam ich mir total schlecht vor, weil ich wusste, dass ich dir und deiner Familie damit Schaden zufügen würde. Aber ich habe es trotzdem getan, und ich habe mich jeden Tag noch mieser gefühlt. Es war die Sache nicht wert – es hat meinen Bruder nicht wieder lebendig gemacht. Es hat mir nur das Herz zerrissen. Und inzwischen weiß ich auch, *warum* es so schlimm für mich war, dich zu verletzen: Schon damals war ich in dich verliebt. Ich habe dir widerstanden, solange ich konnte, habe mir gesagt, dass ich mich nur sexuell zu dir hingezogen fühle und dass das sicher vergehen würde, sobald ich mit dir geschlafen hätte. Aber das war nicht der Fall. Im Gegenteil, danach waren meine Gefühle für dich nur noch stärker.«

Sloane sagt kein Wort, aber wenigstens hört sie mir zu. Und je länger ich darüber spreche, wie alles kam und was ich für sie empfinde, desto stärker wird der Reiz, der von ihr ausgeht. Also trete ich noch einen Schritt näher. Jetzt sind wir uns so nah, dass ich sie berühren könnte.

»Es machte mich süchtig, mit jemandem zusammen zu sein, der so unberührt war wie du. Ich wollte mehr. Es hat mir nicht gereicht, mit dir zu schlafen, ich wollte dich *haben*. Dich besitzen. Ich wollte dich zur Meinen machen, dir quasi meinen Stempel aufdrücken, damit du nie mehr einem anderen gehören kannst. Ich will dich, Sloane«, gestehe ich ihr und strecke die Hand nach ihrer samtweichen Wange aus, um sie mit der Rückseite des Zeigefingers zu streicheln. »Ich wollte dich von Anfang an. Und zwar ganz. Es genügt mir nicht, ein- oder zweimal mit dir ins Bett zu gehen oder bloß eine Weile mit dir zusammen zu sein. Ich möchte, dass du für immer bei mir bleibst, weil meine Liebe zu dir noch stärker ist als mein Verlangen. Ich will dich nie wieder gehen lassen. Nie.«

Ich habe ihr die ganze Zeit über in die Augen gesehen, und ich bemerke, dass sich etwas in ihrem Blick verändert. Plötzlich ist mir, als könnte ich durch einen Riss in ihrem emotionalen Schutzwall erkennen, dass auch sie noch etwas *anderes* für mich empfindet als nur Hass. »Bitte sag, dass du mir verzeihen kannst, Sloane. Bitte. Sag mir, dass es noch nicht zu spät ist.« Als sie die Lippen einen Spaltbreit öffnet und zitternd ausatmet, habe ich mich endgültig nicht mehr im Griff. »Sag mir, dass ich dich küssen soll, Baby«, flehe ich. »Bitte. Bitte sag mir, ich soll dich küssen. Ich brauche dich, Sloane. Ich muss dich spüren.«

Mir ist klar, dass ich sie bedränge, aber ich kann nicht anders. Ich verzehre mich danach, sie zu küssen. Dem Tequila zum Trotz, den ich getrunken habe, habe ich ihren Geschmack auf der Zunge, und der Drang, sie zu berühren, sie in die Arme zu nehmen und zu küssen, ist so stark, dass es beinahe körperlich schmerzt. Er ist stärker als alles, was ich je empfunden habe, stärker als der Wunsch nach Rache oder Gerechtigkeit.

Ich nehme ihr Gesicht in beide Hände und flüstere erneut: »Bitte, Sloane. Bitte!«

Sie starrt mir so lange in die Augen, dass die Sehnsucht mir körperliche Schmerzen bereitet: im Kopf, in der Brust, im Bauch, zwischen den Beinen. Ich begehre sie mit allem, was ich bin. Und ich will sie mit Haut und Haaren – ihren Körper, ihr Herz und ihre Seele.

Dann, endlich, murmelt sie: »Küss mich«, und mir fällt bei ihren Worten ein gigantischer Stein vom Herzen.

Ich drücke die Lippen auf ihren weichen Mund und gebe ihr einen Kuss, der genauso süß ist wie die Liebe, die ich für sie empfinde. Gemächlich lasse ich die Zunge über ihre Lippen gleiten und nehme ihre Unterlippe in den Mund, um sanft daran zu saugen. Ich höre Sloane stöhnen, und ihr warmer, nach Minze riechender Atem streicht über mein Gesicht.

Sobald ich die Zunge in ihren Mund gleiten lasse, ist auch die ihre da, umkreist die meine und weckt erregende Erinnerungen. Ich lege Sloane eine Hand auf den Rücken und ziehe sie fest an mich. Sie fährt mir dafür mit den Fingern durchs Haar und presst sich an mich, was mein Begehren nur noch anheizt.

Doch ich zügle meine Leidenschaft rasch. Jetzt ist nicht der richtige Zeitpunkt, um die Kontrolle zu verlieren. Sie muss *spüren*, was ich ihr zu sagen versucht habe. Sie muss *spüren*, wie viel sie mir bedeutet. Sie muss wissen, dass es hier nicht nur um Sex geht, sondern um *Liebe*.

Plötzlich löst sich Sloane abrupt von mir und sieht zu mir hoch. Sie hat Tränen in den Augen, und ihre Stimme zittert.

»Liebe mich, Hemi«, befiehlt sie leise. »Liebe mich und versprich mir, dass alles wieder gut wird.«

»Ich dachte, du bist gegen Versprechungen.«

»Schon, aber noch nie wollte ich einer Versprechung mehr Glauben schenken als dieser. Also, versprich es mir. Versprich mir, dass alles okay sein wird. Erzähl mir lauter schöne Lügen.«

Eine Träne löst sich von ihren Wimpern, und ich hauche ihr

einen federleichten Kuss auf die Wange, um sie wegzuzaubern. »Alles wird wieder gut, Sloane. Das verspreche ich dir. Ich werde alles in meiner Macht Stehende dafür tun, versprochen. Ich werde alles tun, um dich glücklich zu machen. Sag mir nur, dass du bleibst. Sag, dass du bei mir bleibst. Ich will nie wieder ohne dich sein, will mich nie wieder so elend fühlen.«

In ihren Augen sammeln sich noch mehr Tränen. »Ich werde so lange bleiben, wie es mir vergönnt ist.«

Das reicht mir völlig.

Und als sie die Lippen auf die meinen drückt, lasse ich alles los, woran ich so lange festgehalten habe: meine Vorbehalte, meine Wut, meine Angst. Und alles, was bleibt, ist Sloane.

*Kapitel 43*

# SLOANE

Meine Hände können es gar nicht erwarten, Hemi zu berühren. Meine Lippen sehnen sich verzweifelt danach, ihn zu küssen. Und mein Herz ist sich seiner Liebe zu Hemi so sicher, dass es beinahe explodiert. Ich liebe ihn, und er mich auch. Der heutige Tag könnte nicht perfekter sein. Nach all dem Kummer stellt sich endlich, endlich unbeschreibliche Freude ein. Ich bereue nichts. Es war die Sache wert. Es war es wert, ihn sagen zu hören, dass er mich liebt.

Hemis Haut hat sich unter meinen Händen noch nie weicher angefühlt, sein Mund hat noch nie so süß geschmeckt. Es ist, als würde ich ihn ganz neu entdecken, als würde ich mich von Neuem in ihn verlieben. Mit dem Unterschied, dass diesmal ein Sicherheitsnetz unter mir aufgespannt ist, das mich auffängt. *Er* ist mein Sicherheitsnetz, weil er mich ebenfalls liebt. Dafür gehe ich jedes Risiko ein. Das ist es mir wert.

Meine Hände bahnen sich einen Weg zu dem Handtuch hinunter, das er sich um die Taille geschlungen hat. Ich lockere es und lasse es zu Boden fallen, dann wandert meine Hand auch schon über seinen Bauch, bis meine Finger seinen harten Schaft umschließen. Hemi stöhnt in meinen Mund, und ich inhaliere seinen Atem. Ich atme *ihn* ein.

»Sloane«, flüstert er. Seine Hände wandern über meinen

Körper, forsch und fordernd, zugleich aber auch sanft und zärtlich. Sehr behutsam zieht er mir erst das Top, dann den Rock und den Slip aus. Er bückt sich sogar, um mir die Sandalen von den Füßen zu streifen, dann richtet er sich wieder auf und lässt die Augen über meine nackte Gestalt wandern. »Du bist wunderschön. Und du gehörst mir. Für immer. Mir allein.«

Er überhäuft mich mit Küssen – küsst mich von meinem Hals bis zu meinem Nabel. Die Küsse fühlen sich auf meiner Haut an wie flatternde Schmetterlingsflügel, süß und hauchzart und kaum spürbar. »Deine Haut ist so heiß«, wispert er. »Du glühst ja förmlich.«

Seine Stimme klingt, als wäre sie Millionen von Kilometern entfernt. Mir ist, als würde Hemi vom Rand des Paradieses zu mir sprechen, während ich durch warmes Wassers wate, um zu ihm zu gelangen. Ich registriere seinen alarmierten Tonfall, verstehe jedoch nicht ganz, was los ist.

»Sloane, sieh mich an.« Ich versuche es, aber meine Augenlider gehorchen mir nicht. Dann kippt die Erde unter mir weg, und ich falle. Doch Hemis Arme sind da, um mich aufzufangen, genau wie ich es gehofft hatte. Er wird dafür sorgen, dass mir nichts passiert. Solange ich lebe, wird er sich um mich kümmern.

## *Kapitel 44*

# HEMI

»Sloane!«, stoße ich hervor. Meine Stimme wird immer lauter, je länger sie schweigt. Ihr Körper ist ohne Vorwarnung erschlafft, und dann ist sie in meinen Armen zusammengesunken. Ihre Wangen sind leicht gerötet, und auf ihrer Stirn haben sich Schweißperlen gebildet. Ihre Haut glüht, wie bei hohem Fieber. »Sloane, antworte mir!«

Als ich sie sanft auf den Boden lege, stöhnt sie auf, und es ist definitiv eine beunruhigende Art von Stöhnen. Irgendetwas ist nicht in Ordnung, das erkenne ich schon daran, wie sie das Gesicht verzieht. Das verheißt nichts Gutes. Vielleicht hat sie Schmerzen.

Ich suche hastig mein Handy und wähle den Notruf. Mehr fällt mir im Augenblick nicht ein. Ich habe keine Ahnung, was passiert ist. Eben war noch alles bestens, und dann ist sie von einer Minute auf die andere weggetreten.

Nachdem ich der Notrufzentrale geschildert habe, was geschehen ist, und meine Adresse genannt habe, informiere ich den Pförtner, dass ein Notarzt auf dem Weg zu mir ist. Dann hebe ich Sloane hoch und trage sie zur Couch, laufe zurück, um ihre Kleider zu holen und sie so schnell und sanft wie möglich wieder anzuziehen. Sie rührt sich nicht – auch nicht, als ich ihre Arme und Beine bewege und ihren Ober- und Unterkörper anhebe, um sie anzuziehen. Sie dreht lediglich den Kopf von einer Seite zur anderen und atmet flach und abgehackt, die Stirn in Falten gelegt.

Ich renne nach oben, um Jeans und ein T-Shirt zu holen. Beides nehme ich mit nach unten, wo ich mich neben Sloane ankleide. Ich will sie nicht länger als unbedingt nötig aus den Augen lassen. Als ich in den Flur eile, um in die Schuhe zu schlüpfen, höre ich den Dieselmotor des Rettungswagens röhren, der offenbar gerade in die Einfahrt eingebogen ist. Ich öffne die Tür und warte ungeduldig an der Schwelle, wobei ich immer wieder zu Sloane hinüberblicke. Dann eilen schließlich zwei Sanitäter herein.

Die beiden sind Mitte vierzig, schätze ich, und haben eine Trage und eine Tasche mit allen möglichen Hilfsmitteln dabei. Es beruhigt mich, dass sie so ernst und kompetent wirken.

»Können Sie mir sagen, was passiert ist?«

»Leider nicht. Sie ist in meinen Armen kollabiert und reagiert auf gar nichts mehr. Ihre Haut ist glühend heiß, als hätte sie Fieber. Mehr weiß ich auch nicht.«

Eine unheilvolle Angst nagt an meinen Eingeweiden. Ich darf sie nicht verlieren. Nicht jetzt. Nicht so. Nicht, wenn ich ihr noch so viel sagen möchte, wenn ich ihr noch so viel zeigen und beweisen möchte.

Mein Herz klopft wie wild in meiner Brust, als die beiden mit ihrer Untersuchung beginnen, aber ebenfalls keine Reaktion von Sloane erhalten.

»Wie heißt sie?«

»Sloane.«

»Sloane!«, ruft einer der beiden Sanitäter laut. »Sloane, können Sie die Augen öffnen und mich ansehen?«

Nichts. Sie sagt nichts, rührt sich nicht, lässt alles bewegungslos über sich ergehen. Ihre Augenlider flattern nicht einmal.

Einer der Sanitäter presst das Stethoskop an ihre Brust, während der andere ihre Hand ergreift und einen Fingernagel in ihre Nagelhaut bohrt. Sie zuckt nicht wie erhofft zusammen. Die beiden unterhalten sich kurz mit gedämpfter Stimme, dann stellen sie mir ein paar Fragen, nachdem sie Sloane auf die mitgebrachte Trage gelegt haben.

»Hat sie getrunken?«

»Nein, nicht dass ich wüsste.«

»Nimmt sie irgendwelche Medikamente?«

»Nur die Pille, soweit ich weiß.«

»Ist sie gegen irgendetwas allergisch?«

Ich zucke die Achseln und schüttle den Kopf. Ich komme mir so hilflos vor. »Nicht, dass ich wüsste, aber …«

Er nickt und notiert sich alles auf einem Formular auf seinem Klemmbrett. »Wir bringen sie jetzt in die Notaufnahme. Sie ist zwar nicht bei Bewusstsein, aber ihr Zustand ist im Moment stabil. Wenn Sie wollen, können Sie mitkommen.«

»Ja, das würde ich gerne.«

»Sind Sie ein Familienmitglied? Oder gibt es jemanden, den wir informieren sollten, damit er ins Krankenhaus kommt?«

»Ich … nein, ich gehöre nicht zur Familie, aber ich könnte Sloanes Telefon benutzen, um ihrer Familie Bescheid zu geben.«

»Gute Idee, tun Sie das. Wir bringen sie inzwischen runter zum Wagen.«

Damit heben sie die Trage an, woraufhin ein Fahrgestell ausklappt, und schieben sie durch die Tür und die Auffahrt hinunter. Sloane hatte keine Handtasche dabei, also haste ich zu ihrem Auto, wo tatsächlich ihre Tasche auf dem Rücksitz liegt. Ich schnappe sie mir, sprinte damit zum Rettungswagen und klettere zu Sloane hinein.

Kaum habe ich ihre Tasche geöffnet, entdecke ich Sloanes

Handy. Es steckt in einem kleinen Seitenfach, das offensichtlich speziell dafür gemacht ist. Ich hole das Telefon heraus, scrolle durch ihre Kontaktliste, bis ich auf die Nummer ihres Vaters stoße, und lausche dem Klingeln, während der Sanitäter Sloanes Arm desinfiziert, um ihr eine Infusion zu legen.

Ich beobachte ihre Reaktion, als die Nadel in ihre Haut eindringt. Nichts. Nicht einmal ein Muskelzucken. Mir ist, als hätte ich eine Handvoll Steine verschluckt.

Als am anderen Ende der Leitung eine Stimme ertönt, wende ich den Blick von ihrem reglosen Körper ab.

»Locke?«

»Mr. Locke, hier ist Hemi Spencer. Sloane hat mich vorhin besucht und ist bei mir zu Hause kollabiert. Ich habe gleich den Notarzt alarmiert, und wir sind jetzt auf dem Weg zur Notaufnahme. Könnten Sie ebenfalls hinkommen?«

Schweigen. Wahrscheinlich muss er das, was er da gerade gehört hat, erst einmal verdauen. Ich habe nicht lange um den heißen Brei herumgeredet. Das ist nicht meine Art, und seine ebenso wenig.

»Was fehlt ihr?«, erkundigt er sich mit so leiser Stimme, dass ich ihn kaum verstehen kann. Dass ihm die Angst so deutlich anzuhören ist, steigert meine Beunruhigung noch mehr.

»Ich weiß es nicht. Sie hat ganz rote Wangen, und ihre Haut ist heiß und feucht, als hätte sie Fieber. Eigentlich schien alles in Ordnung zu sein, aber jetzt reagiert sie nicht mehr. Ich habe keine Ahnung … ich bin einfach …«

Nachdem ich ihm das wenige, das ich weiß, mitgeteilt habe, fehlen mir die Worte. Am schlimmsten ist dieses Gefühl der Hilflosigkeit. Und die Angst. Was könnte sie denn haben, dass sie einfach so bewusstlos wird und nicht mehr reagiert? Es steckt mehr dahinter als ein Ohnmachtsanfall, so viel ist klar.

»O Gott, bitte nicht!«, höre ich Sloanes Vater ins Telefon flüstern.

Es kommt mir so vor, als würden eiskalte Finger nach meinem Herzen greifen. »Was? Warum haben Sie das gesagt? Was ist los?«

Die Anspannung ist ihm selbst über die Entfernung hinweg deutlich anzuhören, als er sagt: »Das erkläre ich dir, sobald ich dort bin.« Damit legt er auf.

Auf dem Weg ins Krankenhaus gehen mir alle möglichen Szenarien durch den Kopf, und einmal dort angekommen, wird die Angelegenheit für mich auch nicht weniger verwirrend. Sloane wird untersucht, dann kommt eine der Krankenpflegerinnen auf mich zu. »Gehören Sie zur Familie?«

Ich sollte lügen, aber das tue ich nicht. »Nein.«

»Haben Sie schon die Angehörigen der Patientin informiert?«

»Ja.«

»Es tut mir leid, aber Sie müssen hier warten, bis ein Familienmitglied eintrifft. Schicken Sie den Betreffenden bitte zuerst zur Anmeldung. Sobald wir von dort angepiepst werden, kommt jemand, der Sie holt.«

Ich bin nicht begeistert, aber ich weiß, wie streng es in Krankenhäusern zugeht, was die Privatsphäre von Patienten anbelangt. Um bei Sloane sein zu dürfen, müsste ich schon ein paar handfeste Lügen auftischen, und die würde das Personal vermutlich sofort durchschauen. Es gibt nichts, was ich tun kann. Ich muss jetzt einfach auf Mr. Locke warten. Vielleicht ist Sloane bis dahin ja wieder bei Bewusstsein. Ich hoffe und bete, dass die Ärzte es schaffen, sie zu wecken.

Durch die Fensterreihe, die zum Parkplatz hinausgeht, beobachte ich die Scheinwerfer jedes ankommenden Wagens. Hoffentlich taucht Sloanes Dad bald auf. Als ich ihn endlich draußen erblicke, stehe ich hastig auf.

Sobald er zur Tür hereinkommt, stürze ich auf ihn zu. »Sie müssen erst zur Anmeldung und ein paar Angaben machen, dann dürfen Sie zu Sloane.«

»Den Teufel werde ich tun!«, bellt er und marschiert zum Empfangstresen. »Meine Tochter wurde vor ein paar Minuten eingeliefert. Ich will zu ihr, und zwar sofort.«

Er lässt der Rezeptionistin keine andere Wahl.

»Wenn Sie …«, setzt sie an.

»Der Papierkram kann warten. Erst will ich meine Tochter sehen.«

Die junge Frau sieht ihn an. Sie scheint zu überlegen, ob es Sinn hat, sich auf eine Diskussion mit ihm einzulassen und wie kräfteraubend selbige werden könnte. Offenbar kommt sie rasch zu dem Schluss, dass es die Mühe nicht wert ist, denn sie gibt nach.

»Nehmen Sie Platz. Ich schicke gleich eine Schwester zu Ihnen.«

Mr. Locke nickt und steuert einen Stuhl direkt neben der Tür zu der Station an, auf der Sloane liegt. Er setzt sich, den Oberkörper vornübergebeugt, die Ellbogen auf die Knie aufgestützt, und lässt den Kopf in die Hände sinken.

Mein Unbehagen nimmt von Minute zu Minute zu. Er wirkt nicht überrascht, sondern so, als hätte er schon lange befürchtet, dass dieser Tag kommen würde.

Ich beziehe Position vor seinem Stuhl. »Was, zum Teufel, ist mit Sloane los, Mr. Locke? Bitte seien Sie ganz ehrlich.«

Er verharrt einen Augenblick regungslos und schweigt, dann fährt er sich schließlich frustriert mit den Fingern durch das dunkelbraune Haar und richtet sich auf. Es kommt mir so vor, als wäre er um zehn Jahre gealtert, seit ich ihn zuletzt gesehen habe.

»Hat Sloane dir je von ihrer Mutter erzählt?«

»Sie hat erwähnt, dass sie an Leukämie gestorben ist.«

»Richtig. Sie ist bereits als Kind zum ersten Mal daran erkrankt, konnte aber geheilt werden. Dann war sie jahrelang gesund. Und plötzlich, eines Tages, kam die Krankheit auf einen Schlag zurück. Erst dachten wir noch, sie hätte die Grippe. Sie hatte Gliederschmerzen und fühlte sich unwohl, und eines Abends ist sie dann nach dem Essen in meinen Armen kollabiert. Sie war glühend heiß, als hätte sie Fieber. Ich habe sie ins Krankenhaus gebracht. Dort wurden alle möglichen Tests gemacht, und schließlich stellte sich heraus, dass sie einen Rückfall hatte. Wenn das passiert, ist die Prognose schlecht. Sie hat gekämpft wie eine Löwin, aber sie hatte keine Chance. Zwei Jahre später ist sie gestorben«, beendet er seinen Bericht mit trauriger Stimme.

»Es tut mir sehr leid, was Ihre Familie durchmachen musste, aber bei allem Respekt, was hat das mit Sloane zu tun?«

Sloanes Vater blickt auf und betrachtet mich mit gequälter Miene. »Sloane hatte als kleines Mädchen dieselbe Krankheit.«

Mehr sagt er nicht. Er mustert mich bloß, während ich versuche, den Sinn seiner Worte zu erfassen. In meinem Hirn rattern sämtliche Zahnräder.

»Wollen Sie damit sagen, dass Sloane Leukämie hatte?«

»Ja, das will ich damit sagen. Sie hat die Diagnose im Alter von fünf Jahren bekommen. Sie war gerade auf dem Weg der Besserung und hatte eben erst begonnen, sich wieder wie ein normales kleines Mädchen zu verhalten, als ihre Mutter starb. Sloane wurde wieder ganz gesund, und sie war wild entschlossen, ihr Leben voll auszukosten. Nur für den Fall, dass es wieder passiert … Jeder Tag war von diesem ›nur für den Fall‹ überschattet. Deshalb haben wir sie so intensiv beschützt.«

Ich verspüre ein Brennen in den Augen, in der Brust und in

der Seele bei dem, was Sloanes Vater mir da erzählt. Mein Verstand wehrt sich dagegen und sucht nach einer anderen Erklärung, aber es gibt keine.

»Sie wollen damit sagen, dass das hier ein Rückfall von Sloanes Leukämie sein könnte und dass sie vielleicht nur noch ein paar Jahre zu leben hat?« Die Worte kommen mir kaum über die tauben Lippen.

Mr. Lockes Augen füllen sich mit Tränen, und mein Herz bebt.

»Ja, das will ich damit sagen.« Seine Stimme bricht, und er beugt sich nach vorn und birgt erneut das Gesicht in den Händen.

Beim Anblick seiner zitternden Schultern ist mir, als würden all die Versprechungen, Hoffnungen und das Glück, das die Zukunft für mich bereitzuhalten schien, mit einem Mal von einem zerstörerischen Sturm hinweggefegt. Ich würde am liebsten laut schreien oder die Faust ein paarmal in eine der Betonmauern des Wartebereichs rammen. Vielleicht verziehe ich mich aber auch einfach nach draußen und gebe dem Drang nach, mich in der Dunkelheit hinzusetzen und zu weinen.

Wie kann das sein? Sie ist so jung, und es liegt noch so viel vor ihr. Wie kann es sein, dass sie krank ist? Es ging ihr doch immer gut. Die ganze Zeit über war sie fit, so aufgeweckt und voller Leben …

Während Sloanes Vater aufsteht und zur Anmeldung hinübergeht, bleibe ich wie angewurzelt stehen, von einer unfassbaren Reue erfüllt. Die ganze Zeit über hätte ich Sloane genießen können, hätte es mit ihr schön haben können, hätte mit ihr lachen können, sie im Arm halten und berühren können. Ich hätte ihr offen und ehrlich sagen können, was ich tief in meinem Herzen empfinde. Stattdessen habe ich alles, was uns verbunden hat, durch Lügen und Betrug zerstört. Insgeheim habe ich mich darauf verlassen, dass ich eine zweite Chance bekommen würde, sofern sie mir vergeben könnte. Ich war mir sicher, dass ich genügend Zeit haben würde, um das wiedergutzumachen, was ich getan habe. Zeit, um sie glücklich zu machen und sie lächeln zu sehen anstatt sie zum Weinen zu bringen.

Aber das war nichts als ein grausamer Scherz. Wir haben *keine* Zeit. Es *gibt keine* Zukunft, nicht für Sloane. Und für mich jetzt auch nicht mehr.

Sie ist alles, was ich mir nur wünschen kann: rundum perfekt und unersetzlich.

Verzweiflung packt mich, beherrscht all meine Gedanken, meine Gefühle, meine Muskeln. Als die Tür zur Station aufschwingt, drehe ich mich um und spurte los. Ich frage nicht um Erlaubnis. Ich ignoriere die Stimmen, die mir zurufen, ich solle stehen bleiben. Ich renne einfach.

Ich passiere eine Tür nach der anderen, reiße jede einzelne auf und werfe einen Blick in das dahinterliegende Zimmer auf der Suche nach Sloane. Wie durch einen Nebel des Kummers registriere ich hinter mir Stimmen, aber ich beachte sie nicht. Ich suche weiter. Ich darf nicht aufhören, ehe ich Sloane gefunden habe. Ich werde nicht ruhen, ehe ich sie gesehen habe.

Und dann erblicke ich sie. Sie hat den Kopf zur Seite gedreht, und ihr blasses Gesicht ist von mir abgewandt, als würde sie aus dem Fenster sehen, doch ihre Augen sind geschlossen. Ihr Gesichtsausdruck ist friedlich.

Ich stürme in den Raum, gehe zu ihrem Bett und sinke neben ihr auf die Knie.

Genau jetzt, in diesem Augenblick, wird mir bewusst, dass ich ohne sie nicht leben kann. Ich habe keine Ahnung, was ich tun würde, wenn sie stirbt. Heute Nacht. Morgen Nacht. In einem Jahr. In zehn Jahren. Die Vorstellung einer Welt, eines *Lebens* ohne sie erscheint mir schier unerträglich.

Ich nehme ihre kühle Hand, drücke sie erst an meine Augen, dann an die Lippen. Ihre Finger schmecken salzig und nass. Mir war gar noch nicht aufgefallen, dass ich weine.

Ich betrachte ihr Gesicht, das monatelang all meine Träume und meine Gedanken bestimmt hat, und habe das Gefühl, von der Sorge um Sloane erdrückt zu werden, als könnte ich schon jetzt spüren und sehen, wie sie entschwindet, wie sie mir entrissen wird.

»O Gott, bitte lass sie wieder gesund werden!«, flehe ich leise. »Bitte lass sie leben. Nimm sie mir nicht weg. Bitte, bitte, nimm sie mir nicht weg!«

Der Klang meiner brüchigen Stimme ist das Einzige, was ich von meiner Umgebung wahrnehme. Er hüllt mich ein wie die Dunkelheit und verschluckt mich wie das Nichts.

* * *

Wie so oft in den letzten Stunden blicke ich zu dem Monitor hoch, der mir versichert, dass Sloane noch am Leben ist. Ich beobachte die beruhigende Wellenlinie, die über den Bildschirm tanzt. Ich lausche dem tröstlichen Flüstern der Luft, die ihre Lungen füllt. Ich spüre, irgendwo in meiner Seele, dass sie mich noch nicht verlassen hat, zumindest noch nicht ganz.

Irgendwann vernehme ich hinter mir eine barsche Stimme.

»Hat sie schon die Augen geöffnet?«

Es ist Steven, und er klingt verärgert. Meine Anwesenheit wurmt ihn – genau wie Sloanes Vater und die anderen Brüder, die immer wieder kurz hereinkommen, hilflos ein paar Minuten neben ihrem Bett stehen und dann wieder gehen, um anderswo, vor fremden Augen verborgen, ihren Tränen freien Lauf zu lassen.

Steven marschiert zu dem Stuhl, der auf der anderen Bettseite steht. Sloane wurde auf die Intensivstation verlegt, wo die Ärzte ihren Zustand genauestens überwachen können, bis sie herausgefunden haben, was mit ihr los ist. Oder bis sie das Bewusstsein wiedererlangt.

Nachdem Steven Sloane mehrere Minuten lang schweigend angestarrt hat, fragt er: »Warst du eigentlich schon zu Hause?«

»Nein.«

Er sieht mich nicht an. »Hast du vor, rund um die Uhr hier zu bleiben?«

»Ja.«

Jetzt presst er die Lippen zu einem dünnen Strich zusammen. Das war ganz offensichtlich nicht die erhoffte Antwort.

»Du gehst mir ganz gehörig auf die Nerven, aber ich gehe mal davon aus, dass dir das klar ist«, brummt er.

»Ja. Glücklicherweise ist mir das total egal. Ich bin wegen Sloane hier.«

Jetzt hebt er den Kopf und starrt mich über das Bett hinweg an. Ich weiß, dass er mir lieber ein paar Tritte ins Gesicht verpassen würde statt mit mir zu reden. Ich hätte ehrlich gesagt nichts dagegen, wenn er es versuchen würde. Eine kleine Rauferei würde uns beiden sicher ganz guttun, um etwas Dampf abzulassen. Aber das wäre nicht gut für Sloane, und sie ist diejenige, um die es jetzt geht. Sie ist das *Einzige*, was mir wichtig ist.

»Sie würde sich freuen, das zu hören«, stößt er mit zusammengebissenen Zähnen hervor.

»Das hoffe ich. Ich will nur, dass sie aufwacht. Und ich will hier sein, wenn sie die Augen aufschlägt. Sie soll wissen, dass ich sie nie mehr verlassen werde, es sei denn, sie bittet mich zu gehen.«

»Wie wäre es, wenn *ich* dich bitten würde zu gehen?«, fragt

Steven. Seine Miene ist immer noch dieselbe, aber irgendwie habe ich trotzdem das Gefühl, dass er mich aufzieht.

»Nur zu. Ich würde dir schon sagen, wohin du dich verziehen kannst.«

Er schenkt mir ein ironisches Grinsen.

»Wenn das hier vorbei ist, werde ich dir vermutlich trotzdem in den Arsch treten.«

Ich zucke die Achseln. »Du kannst es gern versuchen. *Nachdem* Sloane aufgewacht ist.«

Er nickt. »Ich komme darauf zurück.« Wir verfallen in ein eigenartiges, fast schon einträchtiges Schweigen. »War der Arzt schon da?«

»Ja. Er hat gesagt, dass wir noch weitere Untersuchungsergebnisse abwarten müssen. Sie verabreichen ihr immer noch Flüssigkeit. Wie es aussieht, war sie ziemlich dehydriert. Dazu das Fieber ...«

»Dad hat gesagt, sie hat in letzter Zeit kaum etwas gegessen oder getrunken.«

Er wirft mir einen bitterbösen Blick zu.

»Hör zu, Steven, mir ist klar, dass du mir die Schuld gibst. Und weißt du was? Das ist okay, weil *ich* mir auch die Schuld gebe. Ich habe sie verletzt, und zwar sehr. Ich würde alles in der Welt – und zwar wirklich *alles* – dafür geben, wenn ich die Zeit zurückdrehen und alles anders machen könnte. Und wenn sie aufwacht«, und dabei betone ich das »wenn«, mit meinen Worten und in meinem Herzen, »dann werde ich alles in meiner Macht Stehende tun, um es wiedergutzumachen.«

»Das will ich, verdammt noch mal, auch hoffen. Und ich hoffe, dass sie es dir alles anders als leicht macht.«

Ich antworte nicht. Womöglich kann sich Sloane gar nicht daran erinnern, dass sie mir vergeben hat. Vielleicht hat sie ja vergessen, was passiert ist, ehe sie in Ohnmacht gefallen ist. Wenn das der Fall ist, werde ich eben damit leben müssen. Im Moment wünsche ich mir nur, dass sie aufwacht, selbst wenn sie dann wieder sauer auf mich sein sollte. Von mir aus kann sie schreien und toben und um sich schlagen. Sie kann mich meinetwegen einen Kopf kürzer machen. Ich würde alles auf mich nehmen, und zwar mit Handkuss, solange sie nur wieder aufwacht.

* * *

Heute hat dieselbe Krankenschwester Nachtdienst wie gestern, und wieder lässt sie mich hierbleiben. Während sie mit mir redet, tätschelt sie mir den Arm und nickt, um mich zu trösten. Ihrer Miene nach zu urteilen weiß sie, dass sie einen verzweifelten Mann vor sich hat. Und sie hat recht.

Sloanes Dad wollte eigentlich bleiben, musste dann aber doch aufs Revier. Er sagte, es gäbe wichtige Neuigkeiten, was den Fall Steven und die Burschen, die auf sein Haus geschossen haben, betrifft. Ich werde ihm keinesfalls erzählen, dass Sebastian mich angerufen hat, um mir von einem Zeugen zu berichten, der die Identität des korrupten Polizisten bezeugen könnte. Ich werde Sloanes Vater auch nie erzählen, dass ich die Information an Reese weitergegeben habe, der im Anschluss daran seinen Verbindungsmann im Büro des Generalstaatsanwalts informiert hat. Ich war einfach froh, dass Mr. Locke ging und ich bleiben konnte. Mir ist klar, dass ich nichts tun könnte, falls ihm einfiele, dass er lieber bleiben wollte. Dann müsste ich gehen, doch ich würde lieber sterben als Sloane von der Seite zu weichen, und sei es nur für ein paar Stunden.

Wieder werfe ich einen Blick auf den Monitor, wie es mir inzwischen zur festen Gewohnheit geworden ist. Ich sehe die gleichen Wellen und farbigen Ziffern wie immer, und wie immer wirken sie beruhigend auf mich. Ich bemerke, dass Sloanes Bein in einer anderen Stellung daliegt als vorher und nicht zugedeckt ist. Ich trete ans Bettende und lege die Hand um ihre Ferse, um ihr Bein in die Mitte des Betts zu schieben, und versuche, nicht in Panik zu geraten, weil sich ihre Haut so kühl anfühlt, während ich die Decke unter ihren Füßen einschlage. Wahrscheinlich sollte ich froh sein, dass sie nicht mehr glüht.

Ich will mich gerade hinsetzen, als ich bemerke, wie ihr Bein zuckt. Dann schlägt es aus, so fest, dass das Bettgestell wackelt. Ich strecke die Hand nach ihr aus, und sobald ich ihre Haut berühre, beginnt sie, mit den Armen zu rudern.

Ihre Gliedmaßen zucken, und sie wirft den Kopf auf dem Kissen hin und her.

»Sloane!«, rufe ich, in dem Versuch, sie zu beruhigen.

Mein erster Gedanke ist, dass sie eine Art Anfall hat. Erst als ich mich zur Tür umdrehe, um die Schwester zu holen, registriere ich den Tumult. Gedämpfte Signaltöne haben das Personal aufgescheucht, und Sloanes Krankenschwester ist bereits von ihrem Platz aufgesprungen und eilt direkt ans Bett, um Sloane zu untersuchen.

Mein Puls pocht in meinen Schläfen wie eine Basstrommel, und ich habe das grauenhafte Gefühl, dass mir der Boden unter den Füßen weggezogen wird. Das Krankenhauspersonal bewegt sich nicht ohne Grund so blitzschnell. Was immer gerade mit Sloane vor sich geht, es verheißt offensichtlich nichts Gutes.

»Gehen Sie jetzt bitte«, befiehlt die Schwester mit ernster Stimme. »Sofort!«

Mir kommt das alles vor wie ein Traum – oder eher wie ein Albtraum –, als ich Sloanes Zimmer verlasse. Mein Herz klopft so heftig in meiner Brust, dass es schmerzt, während ich wie in

Zeitlupe sehe, dass die Schwester Sloanes Decke zurückschlägt. Ich höre jede Menge Geräusche und aufgeregte Stimmen, aber es klingt gedämpft, als wären sie unendlich weit von mir entfernt. Zwei weitere Schwestern betreten den Raum, eine davon schließt den Vorhang vor dem Fenster zum Gang, sodass ich nicht mehr ins Zimmer hineinsehen kann.

»Bitte gehen Sie ins Wartezimmer. Wir werden Sie holen, sobald wir wissen, was los ist«, sagt eine männliche Stimme.

Wie ein Roboter gehe ich zum Ausgang und drücke auf den Knopf, damit die automatische Tür aufschwingt. Ich trete hindurch, drehe mich um und sehe zu, wie sich die Tür wieder schließt und mich von Sloane trennt, die womöglich in diesem Augenblick ihren letzten Atemzug tut.

Ich stehe da, starre die schmucklose Holztür an und bete zu Gott, dass er Gnade vor Recht ergehen lässt und mir Sloane nicht wegnimmt. Dass er mir wenigstens noch ein paar Minuten mit ihr gönnt, damit ich ihr noch einmal sagen kann, dass ich sie liebe. Dass er sie erwachen lässt, damit sie mir dabei ins Gesicht sehen kann und spürt, wie ernst es mir ist.

Ich starre immer noch sprachlos und total geschockt auf die Tür, als sie einige Minuten später aufgeht und Sloanes Krankenschwester herauskommt. Ihr Lächeln verwirrt mich.

»Es geht ihr gut. Der Herzmonitor hat Alarm geschlagen, weil sich einige der Elektroden gelöst hatten. Haben Sie vielleicht ihre Decke glatt gestrichen oder so etwas in der Art?«

Ich bin so erleichtert, dass ich ihr nicht gleich antworten kann. »Ich … ähm … ja, ihr Bein lag bloß, deshalb habe ich den Fuß etwas anders hingelegt und sie wieder zugedeckt.«

Die Krankenschwester runzelt die Stirn. »Und das war alles?«

»Ja. Aber sie hat auch gezittert.«

»Was meinen Sie mit ›gezittert‹?«

»Ich dachte, sie erleidet eine Art Anfall. Sie hat mit den Beinen gestrampelt und mit den Armen um sich geschlagen.«

Die Krankenschwester runzelt die Stirn. »Hm, okay. Das gebe ich gleich mal an den Arzt weiter. Sollte so etwas noch mal vorkommen, drücken Sie bitte sofort den Alarmknopf.«

*Als wüsste ich, was los ist*, denke ich leicht verärgert, halte mich jedoch wohlweislich zurück. Ich werde mich von meiner Schokoladenseite zeigen, solange ich nur bei Sloane bleiben darf.

»Ja.«

Sie lächelt und nickt, dann dreht sie sich zur Tür um, und ich folge ihr auf die Station. In Sloanes Zimmer angelangt, schiebe ich meinen Stuhl näher an das Bett heran, lasse mich auf der Kante nieder und nehme ihre Hand. Ich beobachte eine Weile, wie sich ihre Brust bei jedem Atemzug hebt und senkt, und lausche dem tröstlichen, beruhigenden Klang ihres Atems. Dann schließe ich die Augen und lasse den Kopf auf ihre Hand sinken, die in meiner ruht.

»Bitte wach auf, Sloane. Bitte werde wieder gesund«, flüstere ich halblaut.

Ich spüre, wie ihre Finger in meiner Hand zucken, was sie zugegebenermaßen ziemlich oft tun. Doch dann drücken sie meine Hand, und das ist neu.

Ich hebe ruckartig den Kopf, um Sloane ins Gesicht zu sehen. Ich suche nach einem Anzeichen dafür, dass sie allmählich zu sich kommt, dass sie mich hören kann oder dass sie meine Berührung spürt.

»Sloane? Hörst du mich?«, frage ich leise.

Wieder drücken ihre Finger meine Hand, und ich spüre, wie die Freude in meinem Magen Saltos schlägt. »Sloane?«

Ihre Augenlider flattern, und ich halte den Atem an. Nach

ein paar Sekunden – gerade als ich zu dem Schluss gekommen bin, dass ich es mir doch nur eingebildet habe – erkenne ich erneut ein Flattern, und dann öffnen sich Sloanes Augen einen Spaltbreit.

Sie blinzelt ein paarmal, ehe sie die Augen weit genug öffnet, um mich ansehen zu können. Ich glaube, ich habe noch nie etwas Schöneres erblickt oder einen denkwürdigeren Moment erlebt als diesen, als sie mich ansieht.

»Hemi?«, krächzt sie.

»Ich bin hier, Baby.«

Ich stehe auf, um den Arm auszustrecken und über Sloane hinweg auf den Alarmknopf zu drücken. Wenn hier irgendjemand glaubt, ich würde Sloane allein lassen, um eine Schwester zu holen, dann hat er sich getäuscht.

»Ich habe von dir geträumt. Ich habe geträumt, dass ich ertrinke, und je dunkler es um mich wurde, desto verzweifelter habe ich versucht, zu dir zu gelangen. Ich hatte solche Angst, dich nie wieder zu sehen.«

»Du hast mit Armen und Beinen um dich geschlagen. Ich dachte, du hättest einen Anfall, aber vielleicht hast du ja wirklich nur geträumt.«

*O Gott, bitte lass es so sein!*

In ihren Augen spiegelt sich Verwirrung. »Wo bin ich?«

»Im Krankenhaus.«

Ich kann förmlich sehen, wie die Angst sie packt. »Bin ich krank?«

Mir ist klar, dass sie ahnt, was los ist. Wahrscheinlich wusste sie es schon, bevor sie überhaupt gefragt hat.

»Die Ärzte sind sich noch nicht sicher. Du warst eine ganze Weile bewusstlos.«

»Wie lange denn?«

»Ungefähr neunundzwanzig Stunden. Du bist ohnmächtig geworden, in meinen Armen. Weißt du noch, dass du bei mir warst?«

»Ja«, erwidert sie ohne zu zögern.

Puh. »Gut. Erinnerst du dich auch noch an meine Liebeserklärung?« Wenn ich schon die Gelegenheit bekomme, ihr etwas zu sagen, solange sie bei Bewusstsein ist, dann soll sie hören, dass ich sie liebe.

Sloane schenkt mir ihr perfektes, engelsgleiches Lächeln. »Das werde ich *nie* vergessen, solange ich lebe.«

Ihre Worte zerreißen mir beinahe das Herz. Ich senke den Kopf erneut auf ihre Hand, die immer noch in der meinen liegt. Sloane soll nicht merken, dass ich Angst habe. Sie soll mich nicht so in Erinnerung behalten. Sie soll sich nur an das Schöne erinnern, zum Beispiel daran, dass ich sie mehr liebe als die Luft, die ich atme. Sie soll nicht erfahren, dass ich ohne sie verloren sein werde und dass ich keine Ahnung habe, was ich mit dem Rest meines Lebens anfangen soll, sollte sie sterben.

Ich räuspere mich und kämpfe gegen die Tränen an, bemüht, nicht die Fassung zu verlieren, als ich den Kopf wieder hebe.

»Dann hoffe ich, dass du stets ein gutes Gedächtnis hast.«

Ihr trauriges Lächeln spricht Bände. »Das habe ich.«

Sie weiß nicht, dass ich Bescheid weiß, und ich habe nicht vor, es ihr zu sagen. Nicht jetzt. Ich will diesen Augenblick nicht mit derart tristen Angelegenheiten trüben. Sie soll nur Glück verspüren, soll sich sicher und geborgen und geliebt fühlt.

Dann platzt die Krankenschwester herein. Sie sieht von mir zu Sloane und ruft freundlich: »Ach, willkommen!«

»Hi«, erwidert Sloane mit einem matten Lächeln.

»Ich sollte wohl gleich mal den Arzt verständigen.« Die Miene der Schwester verrät, dass sie es kaum erwarten kann, ihm die erfreuliche Neuigkeit mitzuteilen. »Kann ich Ihnen irgendetwas bringen, Dornröschen? Etwas zu trinken vielleicht?«

Sloane leckt sich die Lippen. »Gern. Mein Mund ist ganz ausgetrocknet.«

»Ich bringe Ihnen gleich etwas Wasser, und dann rufe ich Ihren Vater an.« Mit einem zufriedenen Lächeln lässt uns die Krankenschwester wieder allein.

»Es überrascht mich, dass Dad gar nicht da ist.«

»Er wäre natürlich lieber geblieben, aber er musste weg. Es geht um die Sache mit deinem Bruder.«

Es scheint, als würde es Sloane nicht groß stören, dass ihr Vater nicht hier ist, und als sie mir eine Hand auf die Wange legt, bin ich mir dessen ganz sicher. »Das ist schon in Ordnung. Hauptsache, du bist bei mir.«

»Ich war die ganze Zeit bei dir, Sloane, und ich werde immer an deiner Seite sein, solange du willst.«

Als der Arzt hereinkommt, lächelt sie, doch ich weiß, dass sie das Gleiche denkt wie ich: Wie lange haben wir noch? Wie lange wird ›immer‹ für uns sein?

❊ ❊ ❊

Ich habe noch nie so viele Menschen in einem Raum ein und aus gehen sehen. Natürlich war ich auch noch nie zuvor so lange in einem Krankenhaus.

Kaum hat jemand Sloanes Zimmer verlassen, kommt sofort der Nächste herein, um Sloane zu untersuchen, an Maschinen anzuschließen oder ihr Blut abzunehmen.

Ich blicke über den Flur zu einem Arzt, der sich hinter einer halbhohen Trennwand mit Sloanes Ergebnissen befasst, und komme nicht umhin, ihn zu bewundern. Er geht sämtliche Befunde genau durch, um der Sache auf den Grund zu gehen.

Dann sehe ich wieder zu Sloane hinüber, die der ganze Rummel sichtlich anstrengt. Schließlich ist sie gerade erst wieder zu sich gekommen und fühlt sich garantiert noch nicht wieder hundertprozentig fit. Trotzdem lächelt sie tapfer, ohne jemanden auch nur schief anzusehen. Das ist typisch Sloane, und ich liebe und bewundere sie dafür nur noch mehr.

Mir entgeht nicht, dass ihre Augenlider zusehends schwerer werden, und es überrascht mich nicht weiter, dass sie einschläft, sobald die Krankenschwester das Zimmer zum tausendsten Mal verlassen hat. Als Mr. Locke eintrifft, rechne ich fest damit, dass mich jemand auffordert, den Raum zu verlassen. Und ich bin vorbereitet – ich kann ihm jede Menge Gründe nennen, wieso ich bleiben sollte. Doch ihr Dad erspart mir die Diskussionen.

»Er kann ruhig bleiben. Wir werden Ihnen nicht im Weg sein«, versichert er der Krankenschwester.

Diese mustert mich etwas unentschlossen.

»Bitte«, sage ich und sehe ihr in die Augen.

»Okay, aber wenn der Arzt kommt, kann es sein, dass einer von Ihnen gehen muss. Es ist Ihnen überlassen, wer das sein wird.«

Damit ist sie weg. Als wir allein sind, nimmt Mr. Locke schweigend auf dem Stuhl auf der anderen Bettseite Platz und betrachtet seine Tochter. Ich kann ihm seine Angst nachfühlen. Sie ist mir nur allzu vertraut.

Ich habe keine Ahnung, wie lange wir so dasitzen und Sloane beim Schlafen zusehen. Irgendwann kommt schließlich der Arzt herein.

»Meine Herren, es tut mir leid, dass Sie so lange warten mussten«, sagt er leise. »In Anbetracht von Sloanes Zustand wollten wir gründlich vorgehen, bevor wir eine Diagnose stellen.«

Ich spüre, wie sich mein Magen zusammenkrampft, und plötzlich habe ich einen Kloß im Hals. Vorsichtig greife ich nach Sloanes Hand. Ihre Haut fühlt sich kühl an, wie Satin – der Stoff, mit dem häufig Särge gefüttert sind …

Der Kloß in meiner Kehle wird dicker.

»Inzwischen haben wir fast alle Resultate beisammen. Nur ein einziges war positiv.«

Ich sinke auf dem Stuhl zusammen, drücke Sloanes Finger an meine Stirn – und spüre, wie sie die Hand dreht und mir mit den Fingern über die Wange streicht. Erstaunt hebe ich den Kopf und stelle fest, dass sie mich ansieht. Sie ist wach, und in ihrer Miene spiegelt sich eine Mischung aus Liebe, Angst und Tapferkeit wider.

Ich schließe die Augen. Ich kann sie nicht ansehen, wenn der Arzt womöglich gleich verkündet, dass das der Anfang vom Ende ist. Ganz egal, wie lange es noch dauern mag, bis das Ende naht, es wird allzu bald sein.

»Sie hat Grippe.«

Ich reiße die Augen auf, und auch Sloanes Augen sind weit geöffnet. Wir starren uns an, dann sehen wir beide zum Arzt hin.

»Was?«, fragt sie leise, als befürchte sie, ihn falsch verstanden zu haben.

»Sie haben Grippe. Wir haben einen Nasenabstrich genommen, der das bestätigt hat.«

»Ich war stundenlang bewusstlos … wegen einer Grippe?«

»Sie hatten sehr hohes Fieber, und Sie waren stark dehydriert, so stark, dass Ihr Elektrolythaushalt ordentlich durcheinandergeraten ist. Das hat dann eine Reihe anderer Probleme nach sich gezogen, aber nichts, was nicht wieder in Ordnung zu bringen wäre.«

»Dann hat sie also nicht …«, murmelt Sloanes Vater mit bebender Stimme.

»Sie wird wieder gesund, Mister Locke.«

Ich verspüre die gleiche überwältigende Erleichterung wie er, als er auf dem Stuhl zusammensinkt. »Gott sei Dank«, haucht er.

»Na, kein Wunder, dass ich mich in letzter Zeit so miserabel gefühlt habe«, meint Sloane.

»Das hättest du mir ruhig mal sagen können, junge Dame«, rügt ihr Vater sie gutmütig und streicht ihr dabei übers Haar. »Du hast mich zu Tode erschreckt.«

Sie legt die Stirn in Falten. »Du hast wohl gedacht, dass ich … wie Mom …«

Mr. Locke nickt. In seinen Augen glänzen Freudentränen. »Ich habe keine Ahnung, was ich täte, wenn ich dich je verlieren sollte, Sloane.«

Sie ergreift seine Hand. »Du kannst nicht immer mit dieser Angst leben, Dad. Keiner von uns kann das. Wenn es passiert, dann passiert es eben. Das Wichtigste ist, dass wir bis dahin das Beste aus unserem Leben machen. Niemand kann mit Sicherheit sagen, ob er den nächsten Tag erleben wird oder nicht. Wir können nur jeden Tag so leben, dass wir nichts bereuen.«

»Ich weiß, Schatz, aber für einen Vater ist das schwer. Ich hoffe, dass du das eines Tages verstehen wirst.«

»Das hoffe ich auch, Dad. Aber …«

»Kein Aber«, unterbricht er sie lächelnd. »Wir haben das Hier und Jetzt, und jetzt hast du die Grippe. Damit werden wir fertig. Von einer Grippe kannst du dich erholen. Eine Grippe ist … naja, eine Grippe eben«, schließt er grinsend und wendet sich dann an den Arzt. »Und wie geht es nun weiter?«

»Wir können nicht mehr tun, als die Symptome zu behandeln.

Wenn es ihr heute Nacht einigermaßen gut geht, dann kann ich sie morgen eventuell entlassen. Allerdings sollten Sie sich noch schonen, Sloane. Sie brauchen viel Ruhe und viel Flüssigkeit und Paracetamol gegen das Fieber. Vielleicht etwas Hühnerbrühe, bis Sie wieder mehr Appetit haben. Wir werden uns morgen ausführlicher darüber unterhalten. Wie klingt das?«

Sein Lächeln und sein Auftreten sind so wohltuend wie eine kühle Brise an einem heißen Sommertag. Sie lindern den Schmerz in meiner Seele. Zurück bleibt der Entschluss, künftig keine Sekunde der Zeit, die mir noch mit Sloane vergönnt ist, zu vergeuden. Das, was ich in den vergangenen neunundzwanzig Stunden durchgemacht habe, möchte ich nie wieder durchmachen müssen. Niemals.

Sloane hat recht. Keiner von uns kann mit Sicherheit auf ein Morgen hoffen, was bedeutet, dass ich das Beste aus dem Heute machen muss. Und zwar jetzt gleich.

»Wir werden dafür sorgen, dass sie alles hat, was sie braucht«, versichere ich dem Arzt, wobei ich Sloanes Vater einen vielsagenden Blick zuwerfe, ehe ich wieder Sloane ansehe.

Der Arzt nickt. »Dann lasse ich Sie mal die Details besprechen. Alles Weitere klären wir, wenn ich morgen Früh wiederkomme.«

Er schenkt Sloane ein Lächeln, tätschelt ihren Fuß und geht.

»Bitte komm mit zu mir nach Hause, Sloane«, sage ich, sobald er weg ist. Es ist mir egal, dass ihr Vater noch da ist. »Ich werde für dich sorgen. Ich *will* für dich sorgen.« Ich sehe die Unentschlossenheit in ihren Augen. »Bitte.«

»Aber … was ist mit deiner Arbeit? Du kannst dir doch nicht einfach freinehmen und den Babysitter für mich spielen.«

»Warum denn nicht? Der Laden gehört mir. Ich kann machen, was ich will.«

Sloane schnaubt entnervt und verdreht dann seufzend die Augen. »Dieses kleine Detail hast du vergessen zu erwähnen. Ich dachte, du bist nur der Manager, nicht der Inhaber.«

»Naja, das war nichts als die Wahrheit. Meine ›Wahrheit‹ …«

Es dauert einen Augenblick, doch dann lächelt sie. »Verstehe.«

»Dann komm mit zu mir nach Hause. Ich werde dir alles erzählen, was du wissen willst. Außerdem vermutlich so einiges, das du lieber nicht wissen willst.«

Sie lächelt milde. »Nur zu, du Großmaul«, sagt sie verschlafen und gähnt.

»Wird gemacht, Baby«, flüstere ich und beuge mich über sie, um sie auf die Wangen, die Nase, das Kinn und die bereits halb geschlossenen Augenlider zu küssen. »Aber jetzt wird erst einmal geschlafen. Wir werden alle da sein, wenn du aufwachst.«

Ich sage ihr nicht, dass ich die Zeit bis dahin mit Pläneschmieden verbringen werde – lauter Pläne, um ihre Tage mit Glück und Liebe zu füllen und mit allem, was sie sich sonst noch an wunderschönen Dingen wünschen mag.

Solange sie nur Ja sagt.

*Kapitel 45*

# SLOANE

Als ich aufwache, steigt mir der Duft von gebratenem Speck in die Nase. Allmählich bekomme ich wieder Appetit, und gestern hatte ich beiläufig erwähnt, dass ich Lust auf Speck habe. Hemi wollte sofort losziehen, um welchen zu besorgen. Aber ich war müde und habe ihm versichert, es könne noch warten. Wie es aussieht, hat er es nicht vergessen.

Die vergangenen vier Tage war er einfach unglaublich fürsorglich.

Mein Vater war von der Vorstellung, dass ich zu Hemi ziehen soll, zwar nicht sonderlich begeistert, aber er hat sich auch nicht richtig quergestellt, was mich überrascht hat. Ich frage mich, worüber die beiden wohl geredet haben, während ich bewusstlos war.

Mir läuft das Wasser im Mund zusammen, als eine weitere köstliche Speckduftwolke ins Schlafzimmer weht. Ich wälze mich auf die andere Bettseite, wo Hemi geschlafen hat, streiche über das zerknitterte Laken und vergrabe das Gesicht in Hemis Kissen. Wenn mir jemand sagen würde, dass ich bis in alle Ewigkeit jeden Morgen so aufwachen werde, ich wäre die glücklichste Frau der Welt.

Als ich spüre, dass mir die Decke weggezogen wird, grinse ich in das Kissen. Ich bewege keinen Muskel, bis Hemi die

Lippen auf das untere Ende meiner Wirbelsäule drückt. Erst dann drehe ich den Kopf zur Seite, öffne die Augen und sehe ihn an.

»Guten Morgen«, murmele ich.

Er schenkt mir ein strahlendes Lächeln und betrachtet mich einen Augenblick lang, dann blickt er hinunter zu der Stelle, wo seine Finger über meine Hüfte wandern.

»Verrätst du mir irgendwann, was dieses Tattoo wirklich bedeutet?«

Ich drehe mich leicht zur Seite, sodass ich Hemi die Hüfte und die Rippen zukehre. »Dad hat dir erzählt, dass ich als kleines Mädchen krank war, stimmt's?«

Ich kenne die Antwort, noch ehe Hemi nickt.

»Dachte ich mir.«

»Woher weißt du das?«

»Du fasst mich mit Samthandschuhen an, genau wie Dad und meine Brüder es immer getan haben. Ich kenne dieses Gefühl zu gut, als dass es mir nicht aufgefallen wäre.«

»Sloane, ich möchte jede einzelne Minute mit dir bewusst genießen. Ich kann mich nicht dafür entschuldigen, dass ich mich um dich kümmern möchte, oder dass ich dafür sorgen möchte, dass du noch lange bei mir bleibst.«

Bei seinen Worten macht mein Herz vor Freude einen Sprung. In letzter Zeit hat er mehrfach von der Zukunft geredet. Aber es wäre mir nicht recht, wenn sein Wunsch, sie mit mir zu verbringen, nur von der Tatsache herrührt, dass meine Zukunft so unsicher ist.

»Das sollst du auch gar nicht. Ich wollte damit nur sagen, dass ich das Gefühl kenne, das ist alles.«

»Wie dein Dad und deine Brüder tue ich das nur, weil ich dich liebe.«

Mein Lächeln breitet sich auf meinem Gesicht aus wie die Wärme, die ich in meinem Herzen verspüre. »Ich liebe dich auch. Deshalb macht es mir auch nichts aus.«

Er beugt sich vor und haucht mir einen sanften Kuss auf die Lippen. »Da bin ich aber froh«, meint er. Ich spüre die Lust in mir aufsteigen, aber ich will ihr noch nicht nachgeben. Erst muss Hemi aufhören, sich wie mein Babysitter aufzuführen. Ich will nicht, dass er mich wie ein Kleinkind behandelt. Ich möchte, dass er mich liebt und mich berührt und mich so behandelt wie jemanden, mit dem er sein Leben verbringen will, nicht wie jemanden, den er auf immer und ewig ver- und umsorgen muss. »Wie war das jetzt mit den Schmetterlingen?«, hakt er nach.

»Nach meiner Erkrankung hat mich meine Familie aus allen möglichen Gründen und mit den besten Absichten vor der Welt abgeschottet. Sosehr ich mein Leben auch genießen wollte, es war, als würde ich in einer großen Austernschale leben«, erkläre ich und berühre dabei die Muschel, die Hemi vor vielen Wochen auf meine Haut tätowiert hat. »Aber an meinem einundzwanzigsten Geburtstag war Schluss damit. Von nun an wollte ich wirklich leben. Ich wollte etwas *er*leben. Wenn es nach meiner Familie gegangen wäre, hätte ich auch weiterhin so vorsichtig durchs Leben gehen sollen, als wäre es aus Porzellan. Aber ich wollte mich endlich aus meinem Kokon schälen und meine Flügel ausbreiten, wie es die Schmetterlinge tun. Ich konnte es nicht erwarten, endlich loszuflattern, möglichst hoch hinaus, und die Zeit, die mir bleibt, zu nutzen.« Hemi berührt schweigend die Schmetterlinge auf meinen Rippen, einen nach dem anderen. »Ein Schmetterling lebt nur zwei Wochen lang. Aber in diesen zwei Wochen kommt er weit herum und bezaubert die Welt mit seinen prächtigen bunten Flügeln. Genau das ist mein Ziel. Ich will Freude und Schönheit in die Welt hinaustragen, solange ich hier bin, wie meine Mom es getan hat. Ich will lächeln und lachen und für die Menschen, die ich liebe, etwas Besonderes sein. Ich will, dass sie diese schönen Erinnerungen an mich noch lange nach meinem Tod im Herzen tragen. Ich will das *Leben auskosten*, ganz egal, ob mir noch zwei Wochen, zwei Jahre oder zwei Jahrzehnte vergönnt sind.«

Hemi nickt und schweigt eine Weile, während seine Fingerspitzen über meine Haut gleiten. »Das kann ich gut nachvollziehen«, sagt er dann. »Jeder Mensch hat seine eigene Art, mit dem Tod umzugehen. Manche haben ihm schon ins Auge geblickt, viele fürchten ihn, und die meisten Menschen verdrängen ihn einfach. Deshalb habe ich das«, sagt er und hebt sein T-Shirt auf einer Seite an, sodass ich das Tattoo sehen kann, das ich höchstpersönlich schattiert habe.

»Das sind die Initialen meines Bruders und das Datum seines Todes. Für jedes Jahr, das verging, ohne dass ich seinen Mörder gefunden hatte, habe ich mir einen Strang Stacheldraht rundherum tätowieren lassen. In meinem Fall hat der Tod das Leben zum Stillstand gebracht. Ich habe *gar* nicht mehr gelebt. Und dann habe ich dich kennengelernt. Du hast wieder Farbe und Freude in mein Leben gebracht, hast mir das Leben selbst zurückgebracht, als mir selbst noch gar nicht bewusst war, dass es mir abhandengekommen war. Für mich hat sich alles nur noch um diese Buchstaben und Zahlen gedreht. Ollie hat auch weiterhin zu mir gesprochen. Er war derjenige, der immer ›Lebe ohne Reue‹ gesagt hat. Selbst im Tod hat er einen Weg gefunden, mir dabei zu helfen, seinen Verlust zu verwinden. Deshalb wollte ich, dass *du* mir dieses Motto tätowierst. Schon damals, in dieser ersten gemeinsamen Nacht im Hotel, habe ich irgendwie gespürt, dass ich das alles hinter mir lassen muss, damit ich später nicht noch mehr Grund zur Reue habe. Reue, weil ich dich habe gehen lassen. Reue, weil ich zugelassen habe, dass ich mir die einzig mögliche Zukunft, die ich mir inzwischen vorstellen kann, verbaue, und das alles wegen eines Ereignisses, das ich ohnehin nicht rückgängig machen kann.«

Ich spüre, wie meine Muskeln zucken, wie schon des Öfteren, wenn er etwas andeutet, ohne es direkt auszusprechen.

»Mir gefällt dieses Lebensmotto. Genau deshalb mache ich nie Versprechungen, die ich nicht halten kann. Wir sind alle nur Menschen, schwach und ohne Weitblick. Wir haben nicht das Recht, Versprechungen zu machen, die wir nicht halten können. Und bevor ich dich kennengelernt habe, war ich auch nie auf so etwas aus. Ohne Versprechungen gibt es keine Reue, keine Lügen und keine gebrochenen Herzen. Aber inzwischen ist mir klar geworden, was ein Versprechen bedeuten kann, wie sich seine Bedeutung verändern kann, wenn man es in Worte fasst. Einige Versprechen verheißen Hoffnung, so wie meine Schmetterlinge ein Zeichen der Hoffnung sind.«

Hemi steigt zu mir ins Bett und streckt sich neben mir aus, dann zieht er meinen nackten Körper an sich, sodass wir Stirn an Stirn daliegen.

»*Du* bist meine Hoffnung. *Du* bist das Versprechen meiner Zukunft. Ohne dich gäbe es für mich nichts als Reue. Keine Freude, keine Farben, keine Schönheit. Nur Tod und Trauer. *Du* hast mir das Leben zurückgegeben, Sloane, und ich möchte nie wieder von dir getrennt sein.«

Seine Lippen streichen sanft und behutsam über die meinen. Obwohl ich eigentlich noch etwas warten wollte, schmiege ich mich an ihn und lege den Kopf in den Nacken, um den Kuss zu vertiefen. Anfangs zögert Hemi noch, doch als ich ihm mit den Fingern durch die Haare fahre, ergreift die Erregung von ihm Besitz. Ich merke es daran, wie seine Zunge die meine umkreist und wie sich seine Fingerspitzen in mein Fleisch bohren. Ich möchte ihm zeigen, dass ich nicht aus Porzellan bin. Ich will, dass er mich liebt, als wäre ich aus Stahl.

Ich ziehe den Saum seines T-Shirts nach oben, bis ich seine warme Haut auf meinen nackten Brüsten spüre, und stöhne in seinen Mund, während er mich auf den Rücken dreht. Seine Hüften gleiten zwischen meine Oberschenkel. Es fühlt sich an, als wären sie nur dafür gemacht.

Ich ziehe die Beine an und schlinge sie um seine Taille. Jetzt, da seine Leidenschaft wieder entflammt ist, würde ich ihn am liebsten gar nicht mehr loslassen. Er drückt den Rücken durch und reibt das Becken an mir, genau dort, wo ich plötzlich eine unbändige Sehnsucht nach ihm verspüre.

Ich unterbreche den Kuss gerade lange genug, um »Liebe mich, Hemi« zu flüstern, dann drücke ich erneut die Lippen auf seinen Mund und schiebe die freie Hand hinten in den Bund seiner Jeans, um seinen muskulösen Hintern zu kneten.

»Sloane, du bist noch krank«, gibt er atemlos zu bedenken, während seine Hände an meiner Seite auf und ab wandern und dabei leicht meine Brüste streifen.

»Das bin ich nicht, Hemi. Ich bin nicht mehr krank. Es geht mir schon deutlich besser. Ich bin stark, und ich bin gesund. Ich will, dass du all das mit mir machst, was du mir versprochen hast.«

Er knurrt und taucht mit wiedergewonnenem Enthusiasmus seine Zunge in meinen Mund. Ich frage mich, an welche der zahlreichen Unterhaltungen, die wir schon geführt haben, er wohl gerade denkt.

Als er plötzlich innehält und sich von mir losmacht, würde ich am liebst losheulen. Ich versuche, ihn nicht anzuschmollen, als er ans Fußende des Betts rutscht und aufsteht. Einen Augenblick steht er einfach nur da und betrachtet mich, doch dann macht er sich an der Knopfleiste seiner Jeans zu schaffen und zieht erst die Hose und dann das T-Shirt aus, ehe er wieder zurück ins Bett klettert. Er küsst sich von meinen Füßen nach oben bis zu den Oberschenkeln. Sein heißer Atem erregt mich nur noch mehr.

»Nicht heute. Ich stelle gern jeden Tag allerlei schmutzige Dinge mit dir an, aber nicht heute. Heute werde ich dich sanft lieben. Jedes Mal, wenn ich in deinen perfekten Körper eindringe, sollst du spüren, dass ich dich liebe. Gestern wie heute, und auch morgen, und an jedem weiteren Tag, der uns gemeinsam beschieden ist. Ich habe dich immer geliebt. Lass mich dir mit meinem Körper zeigen, was ich schon die ganze Zeit über für dich empfunden habe.«

Damit küsst er mich erneut. Seine Hände wandern über meine Brüste, spielen mit den Knospen und wandern dann nach unten Richtung Bauch und noch weiter. Er bringt mich mit den Fingern an den Rand des Orgasmus, aber bevor ich explodiere, legt er sich auf mich und dirigiert seinen prallen Schaft zwischen meine Beine.

Sein Blick könnte eindringlicher nicht sein, und sein Atem kitzelt mich, als er mir einen Kuss auf die Lippen haucht und flüstert: »Ich liebe dich, Sloane Locke.«

»Und ich liebe dich, Hemi Spencer«, erwidere ich.

Seine Augen ruhen nach wie vor auf mir, als er mit einer sanften Vorwärtsbewegung in mich eindringt und mich ganz und gar ausfüllt. Ich schnappe nach Luft, und auch er stöhnt auf. Es ist ein göttliches Gefühl, ihn in mir zu spüren. Es fühlt sich so selbstverständlich an, so natürlich, als wäre es vom Schicksal vorherbestimmt. Und unsere Körper passen perfekt zusammen. Wie füreinander geschaffen.

Jetzt, da wir miteinander vereint sind und er mir tief in die Augen sieht, spüre ich genau, was er empfindet und schon die ganze Zeit über empfand.

Und mir geht es ganz genauso.

In Liebe vereint. Bis in alle Ewigkeit.

## *Epilog*

# SLOANE

*18 Monate später*

»Ich verstehe echt nicht, warum du so nervös bist. Meiner Meinung nach bist du total bekloppt. Ganz ehrlich«, tönt Sarahs Stimme aus dem Handy an meinem Ohr.

»Das bin ich nicht, Sarah. Kein bisschen. Ich bin mir nur nicht sicher, wie er reagieren wird.«

»Doch, das bist du. Er liebt dich, Dumpfbacke.«

»Ich weiß ja, dass er mich liebt, aber …«

»Aber was?«

»Wenn wir bisher von der Zukunft geredet haben, dann ging es immer um die Zeit *nach* der Gerichtsverhandlung. Und die ist ja jetzt vorbei. Duncan wurde vor vier Monaten wegen fahrlässiger Tötung von Hemis Bruder verurteilt, und genauso lang ist es her, dass Steven von jeglichem Verdacht freigesprochen wurde. Zum Glück konnte man Duncan zweifelsfrei nachweisen, dass er mit Stevens Dienstausweis in die Asservatenkammer eingedrungen ist, um das Koks zu klauen. Wie dem auch sei, jetzt können wir nach vorn blicken, so wie Hemi es sich vorgenommen hatte. Aber seither hat er nicht mehr allzu oft von der Zukunft gesprochen. Jedenfalls nicht ernsthaft. Wir haben keine konkreten Pläne geschmiedet. Und jetzt das!«

*Und jetzt das!*

»Apropos Duncan, konnte man ihn eigentlich schon mit dem mysteriösen Tod des Informanten in Verbindung bringen? Du weißt schon, dieser Drogenkurier, der rein zufällig bei einem schrecklichen Autounfall ums Leben kam, kurz nachdem Hemis Bruder gestorben war und Duncan mit der Sache aufhörte, weil er vermutlich Schiss bekam?«

»Nein, das ist noch nicht geklärt. Vielleicht wird Duncan in diesem Punkt ungeschoren davonkommen. Er dachte offenbar, er hätte alle Indizien beseitigt, aber mit Hemi hat er nicht gerechnet. Eines steht jedenfalls fest: Mein Bruder wird nicht eher ruhen, bis Duncan für *alle* seine Verbrechen zur Rechenschaft gezogen wurde. Steven war am Boden zerstört, und Duncans Vater natürlich erst recht. Schließlich hat der eigene Sohn ihn benutzt, um alles über die Koks-Razzia in Erfahrung zu bringen. Ohne ihn hätte Duncan wohl nie mitbekommen, wie viel von dem Zeug da unten gelagert war.«

»Naja, selbst wenn sich Duncan dafür nicht verantworten muss, so wird sich sicher irgendein brutaler Knastbruder der Angelegenheit annehmen und ihm ordentlich den Arsch versohlen … und noch viel mehr mit selbigem tun, wenn du weißt, was ich meine.«

»Igitt, Sarah!« Ich schnaube belustigt und schüttle den Kopf, während sie losprustet.

Ich steige auf die Bremse und halte an einem Stoppschild, ehe ich in die Straße einbiege, in der Hemi und ich inzwischen wohnen. Vor ein paar Monaten haben wir ein wunderschönes Haus in einem Vorort von Atlanta gekauft. Hemi ist gerade dabei, sein Büro fertig zu streichen. Und obwohl ich nur ungern ohne ihn bin, und sei es nur für kurze Zeit, habe ich heute doch Bammel davor, ihm gegenüberzutreten.

Seit ich damals grippebedingt im Krankenhaus lag, waren Hemi und ich nicht eine Nacht voneinander getrennt. Vor drei Monaten habe ich meinen Abschluss an der Uni gemacht, und jetzt arbeiten wir beide Vollzeit im Studio. Wir verbringen viel Zeit miteinander, aber es wird nie langweilig. Ich kann gar nicht genug von Hemi bekommen. Im Gegenteil – ich begehre ihn nur noch mehr. Ich *liebe* ihn noch mehr.

Anfangs haben wir ziemlich häufig über die Zukunft gesprochen. Ich bin jetzt gerade mal dreiundzwanzig, und Hemi ist dreißig. Wir haben uns darüber unterhalten, was als Nächstes kommen wird, haben aber noch keine konkreten Pläne. Wir haben sogar schon über Kinder geredet, kamen aber zu dem Schluss, damit noch bis *nach* der Hochzeit zu warten. Natürlich hätte *ich* am liebsten sofort damit angefangen. Oder zumindest schon vor einem halben Jahr.

Tja, das ist jetzt kein Thema mehr.

Mein Magen krampft sich zusammen vor Nervosität. »Okay, ich muss aufhören, ich bin gleich da. Wünsch mir Glück.«

»Du wirst kein Glück brauchen, Sloane. Du kannst dir der Liebe eines anständigen Mannes sicher sein, und solche Prachtexemplare werden von Gott nur sehr, sehr selten geschaffen. Wozu solltest du noch mehr Glück brauchen?«

Ihre Worte verfehlen ihre beruhigende Wirkung nicht, doch ein Hauch Verunsicherung bleibt.

»Ich melde mich morgen wieder.«

»Tu das. Und falls du mit deinem Latein am Ende bist, dann zieh dich einfach aus.«

»Vielen Dank für diesen guten und fundierten Rat, Sarah. Wieso bin ich bloß nicht selbst auf die Idee gekommen?«

»Glaub mir, es funktioniert«, versichert sie mir. »Na, egal. Ruf mich morgen an, Angsthase.«

»Mach ich.« Wir schicken uns je ein Luftküsschen durch die Leitung, ehe wir auflegen.

Ich parke und drücke auf den automatischen Summer, um das Garagentor zu schließen, während ich die paar Stufen zum Haus hochlaufe.

Als Erstes gehe ich ins Büro, wo mir der Anblick der blassgrün getünchten Wände einen kleinen Stich versetzt. Die Farbe habe ich ausgewählt, damit wir, wenn wir irgendwann Nachwuchs bekommen, nicht alles neu streichen müssen. Und auch deshalb, weil mögliche Ausdünstungen für eine Schwangere ungesund sein können.

Nun ist auch das kein Thema mehr.

Da ich Hemi nirgends finden kann, gehe ich ins Schlafzimmer, ziehe meine Sneakers aus und deponiere sie auf dem Weg ins Bad im Schuhschrank. Im Bad brennt Licht. Hemi steht vor dem Waschbecken. Er hält etwas in der Hand.

Als ich eintrete, blickt er lächelnd auf.

»Hallo, schöne Frau! Wie war's?«

»Sehr gut. Keine Karies, und das, obwohl du mich immer direkt ins Bett trägst, wenn ich auf der Couch eingeschlafen bin, und mich nicht zum Zähneputzen aufweckst.«

Er grinst. »Du siehst so süß aus, wenn du schläfst. Ich bringe es einfach nicht übers Herz, dich zu wecken.«

Ich gehe zu ihm, schmiege mich an ihn und bohre ihm den Zeigefinger in die Brust. »Tja, das wirst du in Zukunft aber tun. Ich möchte nicht, dass mir die Zähne der Reihe nach ausfallen.«

»Du hast doch gerade gesagt, dass deine Zähne in Ordnung sind.«

»Das sind sie bislang auch, und ich will, dass das so bleibt.«

»Gut, dann wirst du in Zukunft eben geweckt. Aber ich muss dich warnen: Wenn du mich mit deinem Schlafzimmerblick ansiehst, dann wird es vermutlich eine Weile dauern, bis ich dich weiterschlafen lasse.«

»Okay«, sage ich und grinse ebenfalls. Dann registriere ich, was er in der Hand hält, und mein Magen krampft sich zusammen. »Was hast du denn damit vor?«

Hemi betrachtet das kleine knallrosa Etui, in dem ich meine Antibabypille aufbewahre, und dreht es zwischen den Fingern hin und her. »Ich musste gerade an die Verhandlung denken und daran, dass jetzt, wo alles vorbei ist, eigentlich ein neuer Abschnitt beginnen kann. Der Mörder meines Bruders hat seine gerechte Strafe bekommen. Der Verräter deines Bruders ist entlarvt worden. Im Grunde spricht nichts mehr dagegen, dass ich ein Baby in deinen wunderschönen Körper einpflanze und ihm beim Wachsen zusehe.«

Prompt habe ich einen Kloß im Hals und Tränen in den Augen, die sich nicht aufhalten lassen. »Im Ernst?«

»Im Ernst«, versichert er mir. »Wie wär's, wenn ich die Tabletten entsorge? Ich werfe sie einfach in den Müll, und dann mache ich mich über dich her. Jetzt gleich. Was sagst du dazu?«

»Dass ich sie vermutlich ohnehin hätte entsorgen müssen.«

Hemi legt die Stirn in Falten. »Was? Warum?«

»Erinnerst du dich, wie hartnäckig du vorigen Monat darauf bestanden hast, dass ich wegen der Nasennebenhöhleninfektion zum Arzt gehe?«

»Ja, weil du sonst garantiert nicht zum Arzt gegangen wärst, und dann wärst du noch viel länger krank gewesen.«

»Weißt du auch noch, dass er mir Antibiotika verschrieben hat? Keine Ahnung wieso, aber ich habe damals überhaupt nicht daran gedacht, dass wir den Rest des Monats zusätzlich mit Kondomen hätten verhüten müssen. Ich hab's einfach total vergessen.«

»Mit Kondomen? Wozu denn das?«

»Weil Antibiotika die Wirkung der Pille aufheben können. Solange man Antibiotika nimmt, sollte man auf eine andere Verhütungsmethode umsteigen.«

»Worauf willst du hinaus?«

»Naja, wie gesagt, ich habe überhaupt nicht daran gedacht, und wir haben nun mal keine andere Form der Verhütung verwendet, und ...«

Die Worte bleiben mir im Hals stecken. Jetzt ist es heraus. Das ist ein sehr bedeutender Schritt für uns, ein Wendepunkt in unserer Beziehung. Gleich werde ich wissen, ob Hemi tatsächlich so felsenfest zu mir steht, wie er immer behauptet. Ob es ihm ernst war, als er sagte, dass er auf Dauer mit mir zusammen sein will.

»Soll das etwa heißen, du bist schwanger?«, haucht er.

Ich spüre, wie mein Kinn zittert, als ich nicke.

Hemi schließt die Augen, atmet tief durch und lehnt die Stirn an meine. »O Gott. O Gott! Ich kann es nicht fassen.«

Wieder krampft sich mein Magen zusammen vor Angst. Ich bin verwirrt, weiß nicht, wie ich seine Reaktion deuten soll. Bei der Vorstellung, dass er sich nicht über diese Neuigkeiten freut, überkommt mich die Panik.

Doch dann fällt Hemi vor mir auf die Knie, hebt behutsam den Saum meines T-Shirts an und drückt die Lippen auf meinen noch ganz flachen Bauch. So verharrt er eine ganze Weile absolut bewegungslos. Ich spüre nur, wie sein warmer Atem meine Haut kitzelt.

Dann bewegt er endlich den Kopf ein paar Zentimeter nach hinten und flüstert so leise, dass ich ihn kaum verstehen kann. »Hallo, du da drinnen!« Seine Lippen bewegen sich über meinen Bauch. »Hier ist dein Dad, Baby-Spencer«, fährt er fort,

»und ich kann es kaum erwarten, bis du geboren wirst. Ich bin schon unheimlich gespannt, wie du aussehen und wie du dich in meinen Armen anfühlen wirst. Aber bis es so weit ist, sollst du wissen, dass ich dich liebe, schon jetzt, und ich werde dich immer lieben, bis zu meinem letzten Atemzug. So wie ich deine Mom liebe.«

Ich versuche gar nicht erst, die Tränen zurückzuhalten. Sie laufen mir über die Wangen und tropfen von meiner Nase auf Hemis Kopf. Es ist, als würde das Kind, das wir gezeugt haben und das gerade mal fünf Wochen alt ist, mit Freudentränen getauft werden. Sowohl Hemi als auch ich haben in unserem Leben schon so viele Tränen vergossen. Tränen der Trauer, des Kummers und der Wut. Aber dafür ist jetzt nicht der richtige Zeitpunkt, genauso wenig wie für Reue oder Angst. Jetzt regieren die Schönheit des Augenblicks und die Hoffnung auf morgen, und die Liebe, die uns verbindet.

Und sollte ich wie meine Mutter einen allzu frühen Tod sterben, dann kann ich mit Fug und Recht behaupten, dass ich jede Sekunde eines jeden Tages gelebt habe, und zwar mit all der Begeisterung, Liebe und Tapferkeit, zu der ich fähig bin. Und ich werde sagen können, dass ich mein Leben mit Hemi und unserem Kind verbracht habe. Mehr kann ich vom Leben nicht erwarten. Etwas Besseres kann das Leben beim besten Willen nicht für mich bereithalten.

# DANKSAGUNG

Es gab schon mehrfach Situationen in meinem Leben, in denen ich von so viel Liebe und Dankbarkeit erfüllt war, dass ein einfaches »Danke« banal geklungen hätte und schlicht und ergreifend nicht genug gewesen wäre. In solch einer Situation befinde ich mich jetzt, was euch, liebe Leserinnen, betrifft. Ihr seid der alleinige Grund dafür, dass mein Traum, Schriftstellerin zu werden, Wirklichkeit geworden ist. Ich wusste, dass es wunderbar und erfüllend sein würde, endlich einen Beruf auszuüben, der mir so viel Freude macht. Aber ich hatte keine Vorstellung davon, dass diese Freude noch überstrahlt werden würde von dem unsagbaren Glücksgefühl, das es mir bereitet, wenn ich höre, dass ihr meine Bücher liebt, dass sie euch auf die eine oder andere Weise berührt haben oder dass euer Leben ein bisschen schöner geworden ist, weil ihr eines meiner Werke gelesen habt. Mit anderen Worten: Ich kann euch gar nicht genug danken! Aus tiefstem Herzen und vom Grund meiner Seele! Ich füge diese Zeilen an alle meine Geschichten an, zusammen mit einem Link zu einem Blogpost, von dem ich sehr hoffe, dass ihr euch die Zeit nehmt, ihn zu lesen. Er ist Ausdruck meiner absolut aufrichtigen, tief empfundenen Dankbarkeit. Ich liebe jede Einzelne von euch und kann euch gar nicht oft genug versichern, wie viel mir eure ermutigenden Posts, Kommentare und E-Mails bedeuten.

http://mleightonbooks.blogspot.com/2011/06/when-thanks-is-not-enough.html